LA EXTINCIÓN DE LOS ELFOS

ROLLY HAACHT

LA EXTINCIÓN DE LOS ELFOS

PRIMERA PLAGA

MUNYX FANTASÍA

Primera edición.
La extinción de los elfos.

www.munyxeditorial.com

Impreso en España.

ISBN: 978-84-123594-5-9
Depósito Legal: DL T 668-2021

Para María, como prometí

Anoa
Mar Blanco
CIRION
estrecho de Rodrin
Mar Blanco
estrecho de Luana
Vasto océano
Dlutva
Río Luana
AswORN
Risorj
Seic
Sidalt
Sycires
Soet
ARIDIA
Río Arming
Roostad
manantial de
Roca Gris
Peñón del
Rayo
Mar Blanco
Río Ciron
Berproa
Vorproa
Portbury
Mar Blanco
Mindroad
Repson
Jabl
0 5 10 20 30 40 50 60

GANEAN
océano
mar Bravo
REINO DE
EVERB
mar Bravo
Pozo Mar
Río Tiné
Quesúa
mar Bravo
vasto océano
Isla dorada
Niterón
Laguna
de la Luz
Farven
mar Bravo
Río Mariposa
Blézum
Farlan
mar Bravo
mar Ucayo
UCAY
Isla Ucay
océano
mar Ucayo
distancia en senderos
0 5 10 20 30 40 50 60

«Nada en la vida debe ser temido,
solamente debe ser comprendido.
Ahora es el momento de comprender más,
para poder temer menos».

(Marie Curie)

PRÓLOGO

—Son demasiados.

Sin embargo, Endanur pensaba que lo único a lo que él aplicaría el *demasiado* era al tiempo que elfos y humanos habían intentado convivir y reproducirse los unos con los otros.

—Hay que hacerlo de todos modos —repuso.

—¿Por qué lo crees tan necesario?

—No se trata de lo que yo crea. Se trata de enmendar el error que nuestro padre cometió cuando pensó que así retrasaríamos la extinción.

—Lo que él pensaba era que se evitaría, no solo que se retrasaría.

—¿Y crees que estaba en lo cierto? Mira en qué nos hemos convertido.

Endanur obligó a la montura de su hermano a echarse a un lado del camino por el que trotaban, entre Sycires y Roostad. Cuando consiguió controlar a ambos caballos, señaló hacia una de las cakowas que había en tierra de nadie. Así era como llamaban a las casas improvisadas que se habían construido para que los elfos llevasen a cabo su tarea de reproducción, y que habían pasado a servir de comuna y cobijo para mujeres y niños elfanos, porque, naturalmente, los elfos se habían desentendido de ellos al ver el resultado. Aquella estaba situada cerca de varios almendros mustios, que otrora se encontrarían en flor dado el término de la Tercera Luna Fría. Había dos niñas por allí, jugando entre todo el montón de vegetación muerta esparcida a su alrededor. Una de ellas se dedicaba a buscar las plantas que todavía conservaban un leve atisbo de frondosidad, hasta que encontró una flor. Entonces la arrancó y corrió hacia la otra niña para mostrársela, y juntas observaron entusiasmadas cómo se marchitaba.

—Nuestros dones se transmiten intactos únicamente entre razas puras de la misma familia. Los elfos mestizos nunca fueron capaces de desarrollar al cien por cien ninguna de las aptitudes dominantes de sus padres, así que no entiendo por qué motivo al nuestro se le ocurrió que mezclarnos con humanos sería nuestra salvación. No ha nacido ni un elfano con habilidades similares a nuestro don. Y no solo no tienen destreza, sino que desarrollan el efecto contrario. Por ejemplo, estas familias descendientes de los Thaòk conseguirán que desaparezca el bosque. Los nuestros crearán plagas de enfermedades que matarán incluso al último de nosotros. Los de los Qûom…

—Ya basta, Endan. Lo he entendido.

Su hermano era la única persona a la que le consentía que lo llamase por su nombre de pila y no por el alias con la extensión de rey que le pertenecía. Se llamaba Galon, era mucho más joven que él y había nacido durante la Segunda Etapa de su madre, en cuyo alumbramiento estuvo a punto de perder la vida.

Había muy pocos elfos nacidos en esa etapa, conocida como la de Máxima Experiencia. Por alguna extraña razón que escapaba al entendimiento de los más sabios, las elfas de Ganean se habían vuelto mucho menos fértiles con el paso de los siglos. De ahí que su padre, Rey de los Arë y entonces también de todos los Elfos, creyese que debían unirse a los humanos, una raza sin duda inferior. La mente de Endanur andaba rumiando, cada vez más a menudo, que Egon se había llegado a enamorar de una humana en una de las expediciones que hizo para conocer mejor a los de su clase, y que por eso había tomado aquella descabellada decisión.

Sin embargo, le costaba creer que aquello solo hubiese sido una vulgar excusa para que nadie lo repudiase por yacer con una mujer distinta a la suya. De hecho, Egon fecundó a la mujer que alumbró al primer elfano: Tom. Lo que peor le había sentado a él fue que su padre le otorgase a aquel mestizo el sufijo *-ur* de su familia. Según Egon, Tom*ur* sería el primero de una nueva raza engendrada por él mismo. Él, quien había iniciado aquel cambio, quería que su legado permaneciese y que incluso se extendiese para conseguir un dominio mucho mayor. No contento con todo lo que tenía, también quería convertirse en Rey de los Humanos.

—Nuestro padre jamás pensó en las consecuencias —continuó Endanur.

—Él creía que nos haría un favor.

—Subestimó a los hombres, Galon, y ya es hora de que conozcas qué pasó en realidad. —Su hermano lo miró con sorpresa—. Egon, antiguo Rey de los Elfos y aspirante a Rey de Ganean, murió a manos de un hombre —ilustró.

—Eso ya lo sabía. Murió a traición, apuñalado por un simple humano.

—Un simple humano, sí, pero uno que temía que nuestro padre le arrebatase lo único que de verdad poseía: su familia.

—¿La mujer del hombre que lo mató era la madre de Tomur?

—Sí.

—¿Por qué eligió nuestro padre a una mujer casada para su propósito?

—No lo sé, Galon. Lo único que sé es que nunca hay que menospreciar a ninguna raza cuando se trata de riqueza, posesión o poder. Cualquier especie es capaz de todo por alguna de esas tres cosas. Es el instinto lo que nos mueve, como ocurre con los animales: al menor atisbo de peligro, reaccionan.

—Y tú crees que nosotros, nuestro pueblo, estamos en peligro.

—Así es.

Evitó mencionar las ansias que también tenía de riqueza y poder. Deseaba proteger a los suyos por encima de todas las cosas, sí. Incluso exterminaría a los humanos y a cuantos se hacían llamar elfanos si estuviera en su mano. Pero también quería ser rico y poderoso y recuperar la confianza que su pueblo había perdido en su familia desde que Egon los había expuesto a los humanos.

Lamentablemente, no podía orquestar una guerra. Hacía cientos de años que los elfos habían depuesto las armas ante la llamada de auxilio de cualquier causa y que habían establecido relaciones de paz entre ellos para poder convivir en armonía; por no hablar de que, pese a sus dones, estaban en inferioridad numérica.

Se extinguían.

Endanur ardió de rabia al darse cuenta de que, aunque solo en su mente, había empleado el término *inferioridad* para referirse a los suyos y a él mismo. Los Arë eran el vivo ejemplo de perfección, equilibrio y belleza. La humanidad no era consciente de lo que eso suponía. No había ni un solo elfano descendiente de los elfos del aire que pudiese compararse a los auténticos.

—Bueno, Endan. —Galon lo devolvió a la realidad—. ¿Y qué es lo que propones?

Le explicó a su hermano que el primer paso de su plan era encontrar a Tomur en Roostad. Deshacerse de él y de su familia era primordial para que todo siguiese su curso, pues no solo vivía en la ciudad más importante del territorio aridiano, sino que además fue nombrado lugarteniente al cumplir los doce años, cuatro años antes de lo permitido según las costumbres de los humanos. En cuanto Endanur se enteró de la noticia, comprendió que aquel había sido el golpe de gracia que necesitaba. Estaba seguro de que los Jensen, los hasta entonces lugartenientes de Aridia, no debieron de quedar muy contentos con el cambio. Pero fue paciente y esperó para regresar a la tierra de los hombres.

Según sus cálculos, los Jensen llevaban veinte años a la sombra, y Endanur estaba convencido de que se habían mantenido al margen durante tanto tiempo porque pensaban que los elfos todavía eran tan poderosos como antaño, cuando Egon, entonces Egonur, salió del bosque para prometerles una alianza que terminó siendo una conquista. Habían pasado treinta y dos años; los tres últimos de tediosa espera, modificando y perfeccionando su plan, y veintinueve previos de resignación hasta la muerte de su padre, que aumentaron de manera progresiva el rencor y el sentimiento de traición hacia él.

Endanur espoleó a su montura y volvió a ponerse en marcha esperando que su hermano lo siguiera. El resto del recorrido lo pasó absorto, pensando en lo que sería recuperar el verdadero poder.

Él los salvaría a todos de la extinción.

No habría opción a que los Fógur se pusieran en su contra tratándose de un bien común. Hasta el último de ellos se postraría a sus pies, y sería reconocido como el nuevo Rey de los Elfos, término que había desaparecido tras el desastre de Egon.

Cuando llegaron a la capital, su sola presencia bastó para que les cediesen el paso: ropa elegante, cabello largo, lacio, claro y brillante y barbilla prominente. No cabía ninguna duda de que era un Arë, y no uno cualquiera. Los soldados encargados del recibimiento agacharon la cabeza, mostrando sumisión.

Roostad, centro neurálgico de Aridia, estaba recogida dentro de una gran muralla ovalada. Endanur tuvo que reconocer que había sido una buena idea, pues contenía el viento y evitaba que este levantase montañas de polvo. A medida que uno avanzaba hacia el interior, la zona más próspera, las casas aumentaban de tamaño y de acabado, desde la madera más tradicional hasta la más fea y desordenada mampostería. Y en cuanto a la distribución, después de las viviendas más pobres que se apelotonaban alrededor de la parte interior de la muralla, se visualizaban calles más o menos rectas que conducían a la plaza y daban paso a una elevadísima torre.

Tomur era el propietario de dicha construcción, la más alta y peculiar de toda Aridia, con una capacidad muy superior a lo que él había visto jamás. De planta circular y dividida en dos cuerpos diferenciados, se erigía hacia el cielo con finas pilastras a lo largo de su circunferencia que marcaban y reforzaban esa estructura vertical tan imponente.

Además, una delgada moldura de piedra que recorría en espiral toda la superficie le confería al conjunto un carácter ligero, a pesar de haberse edificado con sillar típico de la región. En la parte superior, donde se encontraba la terraza protegida por almenas, se apreciaba una puerta formada con un arco conopial, muy propio de los elfos pero que a Endanur le produjo más malestar que admiración. Por último, en lo más alto, el tejado era cónico y una bandera ondeaba desde allí, por si la altura no destacase ya lo suficiente.

Había oído decir que la había construido con sus propias manos, muy poca ayuda y en menos de diez años. Era tan prominente que podría verse a más de una jornada de distancia en cualquier dirección si las montañas que rodeaban buena parte de la ciudad no lo impidiesen.

A su parecer, había sido muy necio por vanidoso. A ellos, los elfos, jamás se les habría ocurrido, ni se les ocurriría, erigir algo lo suficientemente ostentoso y llamativo como para que cualquiera pudiese encontrarlos. Pero es que los humanos presumían más que incluso el más altivo de los Arë. Endanur podía ser codicioso y estar ávido de poder, sin embargo, su forma de demostrarlo era muy distinta.

De pronto, se corrigió: Tomur no era humano, sino elfano, algo mucho peor.

Una aberración.

Se preguntaba qué aspecto tendría. El envejecimiento humano estaba muy por debajo del de los elfos, pero, con total seguridad, los elfanos habrían desarrollado algo de longevidad. Aun así, Tomur ya habría cumplido los treinta y dos. Hacía once que había entrado en lo que los elfos llamaban la Primera Etapa, la de Máxima Juventud. Puede que todavía hiciesen falta varios años más para poder hacer una valoración de la equivalencia entre un año élfico y uno elfano. Con los humanos era prácticamente el doble desde mediados de la Primera Etapa. Envejecían a una velocidad vertiginosa.

La verdad era que Endanur no tenía ningún interés en observar y comprobar los nuevos valores. No le interesaba el estudio de la supervivencia de un elfano, porque lo único que quería era que desapareciesen. En cuanto consiguiese quitar de en medio a Tomur, esperaba no volver a verlo en el resto de vida que le quedaba, la cual —presagiaba— no era poca pese a haber entrado recientemente, con sus setenta y dos años, en la Tercera Etapa, la de Máxima Sabiduría. Prefirió olvidar el hecho de que los elfos también habían perdido años de vida en las últimas generaciones. Su propio padre ni siquiera había llegado a cumplir los cien.

—¿Qué estáis haciendo aquí?

Endanur tiró de las riendas de forma brusca pero eficaz para evitar llevarse por delante al hombre que se había plantado en medio de su camino, justo a la altura de una pequeña plaza circular.

—¿Quién sois? —le preguntó.

—Os he hecho una pregunta y no me gustaría tener que repetirla.

Tenía el pelo claro y entrecano y su mirada era hostil. Endanur entornó los ojos para poder verlo más de cerca y estudiar sus rasgos. Era un Jensen, por supuesto.

—Venía a veros. —Aquella desafortunada interrupción le dio la idea de citarse primero con la familia de los antiguos lugartenientes en lugar de con Tomur. Descendió de su montura y se situó cara a cara con él. Podía decir, sin miedo a equivocarse, que era al menos una cabeza más alto que aquel hombre y que había cierto pánico en su mirada a pesar de tanta hostilidad—. Soy Endanur, hijo de…

—Sé quién sois. ¿Qué estáis haciendo aquí?

—¿Qué tal si, del mismo modo, vos me decís vuestro nombre? ¿Sois Robert Jensen?

—Su hijo, Ludo, y lamento deciros que no sois bienvenido.

—¿Y seréis vos quien me impida el paso? He venido a ver a mi… hermano.

—Tomur está indispuesto desde hace ciclos. Ahora yo me hago cargo de la ciudad, así que, sí, seré yo quien os impida continuar.

—Entonces me gustaría saber por qué motivo no soy bienvenido.

—El paso de vuestro padre y los demás por nuestra tierra fue más que suficiente. Marchaos, elfo.

Endanur notó el desprecio de la última palabra y luego observó a las pocas personas que se habían congregado alrededor de ellos. Casi todos de mediana y baja estatura. Rasgos sencillos, porte humilde, miradas de color simple… Humanos.

—¿Dónde están? —quiso saber, refiriéndose a los elfanos.

Ludo lo entendió sin necesidad de concretar.

—Enfermos.

—¿Todos?

—Todos.

No pudo deducir si el hombre estaba preocupado por la enfermedad de una parte de la población de Roostad o todo lo contrario, aunque su ceño fruncido dio a entender que lo intentó.

—Os ruego que hablemos a solas sobre este asunto. Tal vez podamos llegar a un acuerdo —le dijo al hombre.

—Mi único interés es que ni vos ni ninguno de los vuestros volváis a nuestro territorio.

—En ese caso, solo os pido una audiencia. La última si así lo deseáis. Os doy mi palabra.

Galon, que se había mantenido en silencio durante la conversación en la calle, lo acompañaba de igual modo en la estancia que Ludo les había ofrecido para su charla. Nunca se lo había dicho a nadie, pero a Endanur le parecía que su hermano no había heredado nada de la arrogancia y la agudeza mental de los Arë.

—¿Qué ha pasado con Tomur y los elfanos? —preguntó nada más tomar asiento.

En cuanto le hizo ver a Ludo Jensen que su único interés en aquella visita era deshacerse de Tomur y de toda aquella estratagema de su padre para expandir la raza, el ahora de nuevo lugarteniente relajó una pizca el semblante y le contó que Tomur, a pesar de todo lo que se esperaba de él por ser el primer elfano, no había demostrado tener ninguna aptitud especial propia de una raza superior, al margen de su talento para la construcción y su característica altura. Había tenido tres hijas con Mery, una hermosa mujer soetiana. Tres niñas que crecieron como princesas, porque, gracias a Egon, se introdujo el concepto de realeza que siempre los había diferenciado de Everb. Desafortunadamente, después de que la primera de ellas, Tamara, alcanzase la pubertad, empezaron a suceder cosas extrañas. Y al poco, sus hermanas enfermaron. Gisell murió a los tres días. Abbey, la más pequeña, continuaba postrada en la cama junto a sus padres, los siguientes en quedar indispuestos. Muchos de los que fueron a visitarlos a la torre empezaron a mostrar los mismos síntomas semanas después. Los elfanos sucumbieron casi en su totalidad y los que habían sobrevivido seguían enfermos.

—¿Y esa plaga no afecta a los humanos? —le preguntó a Ludo cuando terminó de hablar.

—Sí, aunque en menor medida, y por ello hemos tomado las debidas precauciones. Todos los infectados han sido trasladados a la Torre de Tomur.

—¿Insinuáis que los habéis aislado allí hasta que mueran?

—O hasta que sanen —lo corrigió el hombre—. No soy un asesino, elfo. Era congregarlos dentro de unos muros o expulsarlos de la ciudad. No puedo permitir que contagien a los que aún están sanos, ni tampoco al resto de Aridia.

—¿Y qué pasará si sobreviven?

—Todavía no he pensado en eso.

Endanur se levantó y empezó a pasear por la estancia. Por supuesto, aquellas novedades trastocaban su plan, pero no anulaban sus intereses. De pronto, se acordó de algo. De alguien, más bien.

—¿Qué fue de la hija mayor?

—Tamara está encerrada.

—¿No habéis matado a la causante de vuestra desgracia?

—Tiene catorce años.

¿Qué importaba eso? Esa niña, mujer, mejor dicho, había sido capaz de expandir una enfermedad. Sus suposiciones acababan de confirmarse: los elfanos desarrollaban el don a la inversa. Tal vez no los de primera generación, pero sí sus descendientes. Era el fin de los elfos y de la humanidad. Había que deshacerse de ellos. De todos.

—Son demasiados —le recordó Galon.

Demasiado era el tiempo que elfos y humanos habían intentado convivir y reproducirse los unos con los otros.

PRIMERA PARTE

PLAGA

LUNA MENGUANTE 1%

DÍA 1 · LUNA MENGUANTE 1%

TERMINA LA TERCERA LUNA FRÍA

LUDO

ROOSTAD

Ludo Jensen se consideraba un hombre justo. Los habitantes de Roostad confiaban ciegamente en él, a pesar de que su familia había sido relegada del cargo de lugartenientes hacía mucho. Tal vez, para los elfos el tiempo tuviese una medida distinta, pero, para él, veinte años era como media vida. Aridia se había convertido en un lugar distinto después de la llegada de Egonur, y Ludo había tenido el disgusto de ver cómo todo había ido a peor desde entonces, aguardando año tras año en la capital. Estaba seguro de que lo sucedido había anticipado la muerte de su padre; un hombre que vivió por y para todos los aridianos. Los Jensen habían dirigido aquel territorio desde el principio de los tiempos, y no había ninguna memoria viviente, por anciana que fuese, que no recordase a un Jensen a cargo de Aridia. De hecho, ellos fueron los que crearon la mayoría de las ciudades, los que establecieron la capital en Roostad y los pioneros en lo referente a lo marítimo. Su abuelo, Ludan el Explorador, había sido el primer hombre en navegar y llegar hasta Everb, el único territorio conocido de Ganean, aparte de Aridia, habitado hasta la fecha. Con aquello empezó una guerra que más tarde dio paso al comercio marítimo, y aunque los everbios y los aridianos tenían costumbres muy distintas, habían mantenido un trato cordial durante los años de contacto después del acuerdo de paz.

Hasta la llegada de los elfos.

Hasta que Egonur decidió usar a las mujeres para expandir su raza.

Hasta que los elfanos aparecieron y, asociadas a ellos, las primeras mutaciones, malformaciones graves y, por último, enfermedades mortales.

En cuanto los everbios se enteraron de lo que ocurría en Aridia, cerraron todos sus puertos, empezaron a amurallar sus costas y a construir defensas para extinguir la relación entre las dos únicas naciones. Everb se caracterizaba por poseer suelo seco y clima desértico en casi toda su extensión y, a pesar de que habían disfrutado del comercio con Aridia por el género que los marineros transportaban desde una tierra rica en productos muy distintos a los suyos, podían apañárselas perfectamente sin ellos.

Ludo había intentado comunicarse de nuevo con Basco Tiné, el rey everbio, en vano. Además, pese a conocerlo poco, sabía que cualquier indicio de anormalidad entre sus habitantes terminaría con una solución mucho menos preventiva y moderada que la que había establecido él mismo al encerrar a todos los afectados con aquellas fiebres mortales en la Torre de Tomur. Los everbios no eran populares por su clemencia.

—¿Estáis bien, padre?

Rómulo acababa de entrar en la habitación donde él se encontraba reflexionando desde hacía más de una hora. Le hizo un gesto para que cerrase la puerta tras de sí. Su hijo actuó en consecuencia y se acercó hasta él.

—¿Qué ha pasado? —quiso saber—. ¿De qué habéis hablado?

—De nuestro futuro… El de todos nosotros.

—Tendríais que haberme permitido participar. ¿Por qué estáis tan afectado? ¿Acaso quieren volver y conquistar lo poco que dejaron? ¡No se lo permitiremos!

—Lo que quieren es justo lo contrario. Quieren desaparecer de Aridia.

—¿Y no es eso motivo de alegría?

—Los elfos no dan sin pedir nada a cambio. No está en su naturaleza. Al menos, no en la de los Arë.

Ludo no había tratado con todas las razas élficas de Ganean. Tampoco había sido su deseo hacerlo, aunque sabía que entre ellos también había normas, incluso clases. Había tenido roce principalmente con los Arë, los elfos del aire, pero también con Siome, una elfa Thaòk, de la tierra, que había intentado ayudarlos y que estaba encerrada con los demás, contagiada y a las puertas de la muerte. No le había hablado a Endanur de su existencia. Siome le había hecho jurar que nunca le contaría a nadie que ella había ido a parar allí, y mucho menos que se encontraba en aquella lamentable situación por su imprudencia. A Ludo le parecía curioso que hablase de imprudencia cuando lo único que había hecho era echar una mano. Los elfos tenían una curiosa forma de pensar.

Debía hablar con ella.

Tal vez Siome fuese la única capaz de asesorarlo sobre el plan de actuación que le había propuesto Endanur. Necesitaba otra mente que juzgase aquella idea, una que pudiese ser tan fría como la del elfo, porque, desde luego, a Ludo Jensen se le encogía el corazón solo de pensarlo.

—¿Padre? —Rómulo lo trajo de nuevo al presente.

—Necesito que me dejes solo, hijo.

—Pero, padre, necesito saber qué ha ocurrido en la reunión, qué es lo que os han dicho esos… elfos. Quisiera formar parte de la decisión que ahora debatís. Soy vuestro hijo, y también vuestro sucesor.

—Te recuerdo que todavía no hemos recuperado nuestro título de manera oficial. No eres sucesor de nada, ni de nadie.

—Te equivocas. Con o sin derecho a gobernar sobre Aridia, soy un Jensen.

Ludo miró a Rómulo con orgullo y decepción al mismo tiempo.

—Aún me pregunto cómo es posible que sientas ese apego por la familia a la que perteneces —le dijo—, cuando fuiste el primero en crecer sin nada más que la leyenda de lo que un día fuimos.

—Volveremos a ser importantes, padre. Los elfanos están enfermos. Vamos a recuperar lo que nos pertenece por derecho.

—¿Derecho? Dudo que tengamos derecho a nada después de que consintiésemos que todo esto ocurriera. No queda más que esperar a que el pueblo decida cuando este feo asunto se solucione.

—¿Qué insinuáis?

—Ya no somos los únicos con nociones de dirigir un territorio, ni los únicos que lo anhelan.

—¿Creéis que los Riel reclamarán el territorio después de todo?

Vaya si lo creía. Rudolf Riel llevaba mucho tiempo pegado al esparto de sus zapatos.

—Creo que la familia de Rudolf se ha ganado el derecho a reclamar la posesión de Aridia —repuso.

—Aquí, en Roostad, nadie se opuso a que vos recuperaseis el derecho como lugarteniente cuando empezó a desatarse el caos —le recordó Rómulo—, y ahora no van a echarse a atrás.

—Pero hay que preguntar antes de dar por hecho las cosas. Además de que, en algún momento, tendremos que enfrentarnos al resto de Aridia, y no sé si estoy preparado para ver cómo está afectando todo este asunto a las otras ciudades. Los rumores no son nada alentadores.

—Si eso es lo que causa una buena parte de vuestra preocupación, yo mismo iré a comprobar cómo de grave es el asunto.

—No irás a ninguna parte, Rómulo. Es peligroso.

—Es necesario. —La determinación de su hijo no dejaba de sorprenderlo—. No podemos pasarnos la vida muertos de miedo dentro de estas murallas. No podemos recuperar nuestro título si no actuamos, y siento decíroslo, padre, pero no está en vuestra mano esta decisión. Tengo veintidós años, mujer y dos hijos. Soy un hombre independiente que…

—De acuerdo —lo interrumpió Ludo—. No voy a impedir que tomes tus propias decisiones, mas hazme un favor. Espera a que solucione algo que tengo pendiente. He de ir a la torre a verificar el estado de los enfermos. Después de eso, volveremos a tener audiencia con los elfos y podrás venir y debatir sobre nuestro futuro.

—¡Todos y cuantos hay en esa torre están infectados!

—Lo sé, tomaré precauciones.

—Pero…

—Son mi pueblo. Enfermos o no, no puedo abandonarlos. Tú tampoco puedes impedir que actúe con la poca dignidad de líder que todavía me queda.

DÍA 2 · LUNA NUEVA

EMPIEZA LA CUARTA LUNA FRÍA

SIOME

TORRE DE TOMUR

Al contrario de la vida que manaba del bosque del que procedía, en aquella torre lo único que había era enfermedad y muerte. Todavía no podía creer que todo hubiese cambiado tanto en tan poco tiempo. Era como si hubiese perdido años de existencia al estar encerrada y rodeada de personas tan distintas a ella. Hacía ya mucho que había abandonado la tarea de ayudar a los más afectados, así que su único cometido en esos momentos era cuidar de la pequeña Abbey. Su madre había muerto la noche anterior, y su padre, Tomur, tenía los días contados.

Él era la esperanza de los elfanos. Siome pensaba que se aferraba con ahínco a la poca vida que le quedaba por preservar el optimismo entre los que eran como él. Porque si él, el primero, sucumbía a la enfermedad que había provocado su propia hija, ¿qué sería de los demás? Lo consideraban el elfano más perfecto y talentoso de cuantos había. La esperanza se desvanecería en cuestión de días. Los que se esforzaban por mantenerla viva desistirían. Y ella también, de no ser por Abbey. Ella haría cualquier cosa por esa niña.

Incluso sobrevivir.

Siome dejó el bosque sin dar explicaciones y viajó hasta Roostad con una intención muy clara. En los más de treinta años que habían pasado desde que los elfos habían empezado a llevar a cabo su misión de reproducción, ninguna mujer había sido invitada a participar en la causa. En realidad, no había habido muchas dispuestas a ofrecerse para tal fin, pero hubo algunos conflictos importantes cuando Egon eligió a los hombres que lo acompañarían y, por supuesto, no todos eran elfos célibes de Primera o Segunda Etapa. También los había que tenían consorte pero no habían podido concebir. Egon había sido el único con descendencia, no obstante, él era el precursor y suyo el deber de dar ejemplo como Rey de Todos los Elfos.

Siome podía hacerse una idea de por qué Sora, la consorte de Egon, no se había opuesto o mostrado disconforme. Forem, el suyo, se había ofrecido voluntario mucho antes de que Egon hiciese la selección. Y, no contento con ello, tuvo la desfachatez de decirle a Siome que sus arrebatos de furia eran sin fundamento, que no podía echarle en cara que se ofreciera para una causa que supondría la salvación de ambos.

La salvación.

Era realmente irónico, pues aquella hazaña había acabado con su vida. Forem murió por una infección al poco tiempo de haber logrado fecundar a una humana. Lo único que los Arë pudieron hacer por él fue rebajarle el sufrimiento.

Durante algún tiempo, Siome estuvo comentando su malestar con otras elfas descontentas por la situación en la que se encontraban, hablando de que no era justo que solo ellos fuesen los que salían a cohabitar con la raza humana por el bien común. Pero, con el paso del tiempo y al comprobar las primeras y escasas cualidades de los elfanos que habían nacido, los elfos fueron disminuyendo las visitas a las cakowas y regresando definitivamente al bosque junto a sus consortes, abandonando a sus descendientes elfanos pues el resultado no había sido, ni de lejos, el esperado. Con eso, ellas quedaron satisfechas y fueron librándose del rencor que habían albergado.

Excepto Siome.

Siome no podía olvidar.

Las otras Thaòk le decían que, si Forem hubiese sobrevivido a la infección, ella también lo habría perdonado. Pero no se trataba solo de eso. No era la deshonra que su voluntariado había causado en ella, sino la estúpida norma de Egon sobre quién podía y quién no salir del bosque y procrear con otra raza en busca de una solución a la extinción. Así que, a pesar de todo, tanto tiempo después de que los elfos abortasen la misión de forma definitiva, Siome decidió comprobar con sus propios ojos cómo estaban las cosas. Aparte, muy en el fondo de su corazón, deseaba conocer al único niño que Forem había sido capaz de engendrar. Quería encontrar a la mujer que había yacido con él y ayudarla si estaba en problemas.

Siome estaba en su Segunda Etapa, no tenía consorte ni ascendencia ni descendencia. Pocas personas la echarían de menos, y cuando lo hicieran sería demasiado tarde. Por eso cogió lo indispensable y puso rumbo a la capital de Aridia, con la idea de hacerse pasar por curandera, conocedora de que su tono de piel, ligeramente tostado, la ayudaría a pasar inadvertida entre los aridianos.

Pero lo que descubrió no fue nada alentador.

En primer lugar, la infección que mató a Forem también se había llevado la vida de la mujer y la del niño que tuvo con ella. En segundo lugar, los dones de algunos elfanos de segunda generación —ella llamaba *betas* a estos últimos y *alfas* a los de la primera— comenzaban a causar verdaderos estragos. La gente empezaba a nombrarlos «dones perjudiciales». Ella, confusa, decidió buscar un razonamiento lógico a aquel problema y concluyó que tal vez no fuesen dones dañinos, sino desatendidos; cualidades innatas en personas que no eran capaces de gestionar lo que habían recibido de una raza superior.

Las cakowas que en un primer momento habían utilizado elfos y mujeres para concebir se habían convertido en los hogares de esas mujeres y luego de las primeras elfanas, que a su vez habían tenido hijos con elfanos o humanos con la esperanza de que las nuevas generaciones desarrollasen algún don. En vista de que no y de que los humanos cada vez estaban más disgustados con el trato que los elfos habían dado a sus mujeres, dejándolas solas y desamparadas tras el alumbramiento, empezó a surgir el odio hacia ellos y, por consiguiente, hacia los elfanos dentro de las distintas poblaciones. Los repudiaban; por eso las mujeres que habían participado o las elfanas sin pareja se habían cobijado allí. Los elfanos más recios habían sido destinados a trabajos pesados, permitiéndoles instalarse con sus familias a condición de que no molestasen y dejasen de reproducirse. Las familias más afortunadas habían encontrado protección en Roostad durante los últimos años, al amparo de Tomur, el Rey Impuesto, obteniendo así un buen trato y una vida digna sin límites reproductivos.

Hasta que Tamara dio paso a la Plaga.

Siome había acudido a la capital de inmediato al conocer la noticia, motivo por el cual y pese a sus pobres investigaciones, se encontraba encerrada en la Torre de Tomur, tal y como ella misma había pedido.

No quedaba ni un solo elfano en Roostad que no estuviese contagiado y confinado allí. Los humanos que habían enfermado estaban en estancias aparte, porque la convivencia se había vuelto insoportable. Siome se contagió al tercer día de visitar a Tomur y a su familia, aunque a ella le había afectado en menor medida. Los elfanos sufrían fiebres muy altas y tenían ronchas por toda la piel. Los humanos también tenían fiebre, pero sus heridas superficiales eran menos impactantes, y hasta parecía que podían llegar a sanar. Ella, simplemente, se sentía cada vez más débil.

El mayor problema era que un par de mujeres habían dado a luz a niños con malformaciones tan graves que les habían causado la muerte a los pocos días. No era que antes del cruce entre humanos y elfos no hubiesen ocurrido ese tipo de cosas, pero ahora todos tenían la excusa perfecta para dejar de culpar al Destino a cambio de un ente real. «Nos empeñamos en buscar o señalar culpables cuando algo escapa a nuestro entendimiento», solía pensar Siome al reflexionar sobre ello, «en lugar de afrontar y normalizar las adversidades».

Abbey, la hija más pequeña de la unión entre Tomur y Mery, era la única elfana que no había desarrollado la afección en la piel. Se pasaba la mayor parte del tiempo con fiebre, pero nada más. Seguía preguntando por Tamara y Gisell, creyendo que ambas estarían juntas, sanas y seguras en alguna otra parte.

Siome se encariñó con ella nada más conocerla. Mery, la madre, se alegró de que hubiese accedido a ayudarlos y de que tuviese tan buena mano con los niños. Su último deseo antes de morir había sido que le diese una vida lo más digna posible a Tamara y que cuidase de ambas, pues estaba segura de que su hija pequeña sobreviviría. Así que Siome tenía que hacerlo también. Las Madres Elfas —Leën, Firea, Anoa y Syphie— la habían llevado hasta Abbey después de años y años de infertilidad, y cuidaría de aquella niña como si fuese suya, tras haber recibido el consentimiento de Mery.

El hecho de que los elfanos hubiesen terminado así la apenaba muchísimo, y se preguntaba si habría algún lugar en toda Aridia donde todavía viviesen cómodamente y sin reproches constantes.

Esperaba que sí.

—Ya no está, ¿verdad?

Abbey acababa de despertarse. Había estado durmiendo en su regazo después de que las últimas lágrimas por separarse de su madre la hiciesen caer rendida.

—Ya no puedes verla —le dijo—, pero estará contigo siempre.

—¿Cómo?

Siome la obligó a girarse hacia ella y luego le apartó algunos mechones húmedos de la cara. Primero le tocó la frente.

—Aquí —añadió. Después le cogió la mano y se la acercó al corazón—. Y aquí.

La niña la miró sin comprender.

—Tu mente guardará el recuerdo de tu madre y estará disponible cuando quieras hacer uso de él. Tu corazón sentirá su amor y su ausencia eternamente, y solo tú podrás controlar el dolor que ahora es inevitable por su pérdida.

—Estoy cansada. —Abbey se frotó los ojos y volvió a girarse para adoptar una posición fetal. Bostezó y añadió—: ¿Me prometes que me lo repetirás mañana? No estoy segura de haberlo entendido.

—Mañana y siempre —concluyó.

Sabía que había sucumbido al sueño antes de escuchar su respuesta, pero no importaba. Si conseguían recuperarse, iban a tener mucho tiempo por delante para acostumbrarse la una a la otra. Siome a la sencillez de una niña humana de ocho años, y Abbey a los conocimientos y costumbres de una elfa de la tierra.

Se sobresaltó cuando llamaron a la puerta.

Segundos después apareció Ludo y se colocó frente a ella, a una distancia prudencial, con un pañuelo hasta la nariz y unos guantes de cuero.

—Acabo de enterarme de lo de Mery —le dijo. Ella se limitó a asentir y bajó la cabeza para mirar con pena a la niña—. Sin embargo, parece que Tomur se está recuperando.

Siome abrió mucho los ojos por la novedad.

—Yo estoy tan sorprendido como vos —continuó Ludo—. Él mismo me ha recibido para darme la noticia. No solo puede mantenerse de nuevo en pie, sino que camina. Quiere saber cómo está Abbey.

—Iré a verlo.

Con delicadeza, incorporó a la niña para dejarla acostada en la cama improvisada que tenían en aquel cubículo que hacía de habitación para Siome. Al levantarse sintió tal mareo que, de no ser porque el hombre reaccionó a tiempo, habría acabado de bruces contra el suelo.

—Habéis empeorado. —Ludo le recordó lo evidente.

—Pero estoy, que es lo importante.

—Estáis pálida, y mucho más delgada.

Si lo estaba, ella no podía saberlo. Hacía demasiado tiempo que no veía su reflejo.

—He de ir a ver a Tomur —aseguró.

—Primero quiero hablar con vos.

—Sea lo que sea, habréis de esperar.

—Me temo que no puedo.

Siome se separó de él y estudió su expresión. Tuvo que poner una mano en la pared para sostenerse.

—¿Por qué no os sentáis? —sugirió Ludo.

—Estoy bien, es solo…

—Sentaos.

Lo dijo con tal preocupación que no le quedó más remedio que hacerle caso y sentarse en el frío y húmedo suelo. Al instante, se sintió mucho mejor y cerró los ojos, aliviada pero asustada. Flaquear no era propio de ella.

—¿Y bien? —le preguntó al hombre—. ¿Qué era eso que queríais decirme?

—¿Conocéis a Endanur, el Rey de los Arë, y a su hermano?

Por supuesto que los conocía.

Asintió, extrañada, esperando que continuase.

—Están aquí.

Siome enmudeció, pues esa información no tenía razón de ser. Endanur no deseaba ningún tipo de contacto con los humanos.

—¿A qué os referís?

—Están en Roostad. Vinieron con la intención de ver a Tomur, y ahora que saben cuál es la situación de todos los elfanos me han ofrecido una solución.

—¿Para qué querrían visitar a Tomur? Ellos… no lo aceptan como hermano. Endanur odia a los elfanos por el simple hecho de existir.

—Me temo que no era una visita cordial.

Tal vez, si hubiese estado en plenas facultades, podría haberse hecho una idea de lo que estaba ocurriendo, pero lo único que tenía en mente en ese momento era un horrible y punzante dolor de cabeza.

—Ludo Jensen, hacedme un favor. No sé cuánto tiempo de lucidez me queda ahora mismo, así que id al grano.

—Me han propuesto, como solución a la Plaga, un exilio masivo de todos los humanos afectados.

—¿Un exilio? ¿A dónde? Eso supondría salir de la torre, y ni la mismísima Anoa sabe qué podría ocurrir entonces con el resto de la población.

—Por cómo se expresa Endanur, me temo que lo que él considera exilio no es otra cosa que enviarlos de forma sutil a una muerte segura. Quiere llevarlos a Ucay.

—¡A Ucay! —exclamó por lo bajo para no desvelar a Abbey—. ¿Y los elfanos? ¿Los enviará con ellos?

Ludo suspiró y se agachó frente a ella.

—No. Para ellos tiene pensado un destino mucho peor. Por eso he venido a veros. Creo que sois la única persona que puede asesorarme sobre esto.

Recuperó la lucidez de forma momentánea con esa última frase y miró al hombre con temor.

—¿Le habéis hablado de mí?

—No. Os di mi palabra. Nadie sabe quién sois. Estáis aquí en calidad de curandera según lo acordado.

—Necesito un poco de agua.

Una hora más tarde, Siome se encontraba reflexionando sobre el plan del Rey de los Arë. Era tan descabellado como Ludo se temía, aunque, de seguir igual, después de tantos ciclos sin una cura para la Plaga, el resultado no iba a ser nada esperanzador para ninguna de las razas, fuese cual fuese. Ella, que pertenecía a los elfos de la tierra, precursores de la vida, no concebía ninguna otra cosa que no fuese la salvación de cualquiera de las especies.

—Él podría poner fin a esto —le dijo a Ludo en otro momento de claridad—. Tal vez no solo, pero sí con los elfos Arë más poderosos.

—Siome. Ese elfo jamás ayudará a los elfanos. —El hombre se alejó unos pasos de ella y se destapó la cara para acompañar el diálogo con una expresión de pesar—. ¿Creéis que no he pensado en ello? Pero ni siquiera lo contempló como opción. Solo pensaba en deshacerse de Tomur, de sus descendientes y del resto de elfanos nacidos hasta la fecha. Tendríais que haberlo visto y escuchado. Estaba contento con la desgracia que tenemos dentro de esta torre y se atrevió a insinuar lo necio que era yo por haber dejado con vida a Tamara.

—Por todos los valles… Me había olvidado de que fue Endanur quien tuvo que cargar con la responsabilidad de lo que había creado Egon y quien se vio destituido de su cargo heredado de Rey de Todos los Elfos.

—¿Quién es ahora vuestro rey?

—Dejamos de tener un rey. Desde entonces, cada una de las razas se rige según sus propias costumbres, generalmente mediante líderes. Los Arë son los únicos que siguen manteniendo esa figura, y no me cabe duda de que anhelan restaurar el antiguo título.

—¿Vos podríais convencerlo para que nos brinde ayuda?

Siome quería saber cuál sería la reacción de Endanur si se enterase de que había dejado a los suyos para internarse en el mundo de los humanos con la intención de ayudarlos a ellos y a los elfanos. No le daría ninguna pena que hubiese enfermado, no obstante, se preguntaba si, como semiiguales, sopesaría la opción de salvarla a ella… y a Abbey. Si ocultaba su identidad, podría convencerlo de que no era más que una niña cualquiera. Segundos después, comprendió lo inviable que era aquella suposición. El elfo jamás la ayudaría en su recuperación.

Ni a ella ni a nadie.

—Quiero que hagas una cosa por mí —se dirigió a Ludo obviando su pregunta—. Es un hecho que Tomur está en las últimas. Si es cierto lo que cuentas de que ha experimentado una recuperación momentánea, no hace más que confirmar mis sospechas. Ya he visto a muchos aquí dentro sentir eso justo unos días, incluso horas, antes de morir. Así que, cuando muera, quiero que le digas a todos que Abbey también ha muerto.

—¿Morir? ¿Por qué? ¿Y cómo interferiría eso en el plan de Endanur?

—Su plan ha de llevarse a cabo. No queda más remedio.

Sabía que eso era lo último que el hombre quería escuchar, y con certeza la odiaría también a ella por aceptarlo. Pero, tal vez, Endanur tuviera razón y aquella fuese la única forma de evitar que la terrible enfermedad se propagase. Pensándolo bien, no había suficientes elfos sanadores en Ganean para contrarrestar los efectos que causaba. Algunos incluso podrían perder la vida por el simple hecho de intentarlo y no estaban en condiciones de seguir disminuyendo. Por la salvación de ambas razas, no tenían más opción que dejar que los infectados se enfrentasen a lo que el futuro les deparase. Las Madres Elfas velarían por todos.

—¿Qué hay del resto de ciudades de Aridia? —le preguntó a Ludo.

—En principio, los habitantes de Roostad siguen siendo los únicos afectados por la Plaga de Tamara, lo cual tiene sentido, porque se tomaron muchas precauciones desde el comienzo. Pero me temo que lo de los dones perjudiciales heredados de los vuestros no es solo cosa de esta ciudad. Nos han llegado rumores de algunos comerciantes, y también los nuestros han traído noticias tanto de los pueblos como de las cakowas que han encontrado a su paso. Algunos elfanos de segunda generación han adquirido cualidades muy extrañas. El mismo Endanur vio con sus propios ojos a unas niñas que podían marchitar flores solo con tocarlas.

No se sorprendió, porque, en el fondo, sabía que era posible. Ella había tratado con algunos de esos niños, intentando comprender cómo era posible que sus dones fuesen negativos y sin lograr mejorarlos. Pero que la noticia de tales acontecimientos hubiese empezado a extenderse era malo, muy malo.

Siome no podía creer que la mezcla entre razas hubiese llegado a tal extremo.

Pensó en Abbey y en las consecuencias de llevársela con ella para garantizar su seguridad, teniendo en cuenta lo que había hecho su hermana. Era un riesgo, pero tenía la esperanza de poder ayudar a los elfanos a que sus extraños dones desapareciesen, aunque tuviese que intentarlo en otra parte para que, si el fracaso se producía de nuevo, afectase al menor número de personas posible.

—Aceptaremos el plan de Endanur con una condición —anunció tras su reflexión.

—No tan deprisa —la interrumpió Ludo—. Yo todavía no tengo claro que haya que aceptarlo.

—¿De verdad? ¿Qué planteáis si no? ¿Queréis esperar a que todos sucumbamos aquí dentro? —Siome sonó más severa de lo que pretendía—. No vamos a sanar —suavizó—. Necesitamos respirar aire puro para intentarlo y, sin embargo, no podemos salir porque es un peligro para el resto. ¿Qué haréis con nosotros? ¿Qué queréis hacer vos? Esperar a que muramos y luego, ¿qué?

—Sabéis de sobra que lo único que deseo es que la infección deje de ser letal.

—Entonces la única alternativa es aceptar la propuesta para que, al menos, algunos tengamos una oportunidad de sobrevivir.

—¿Qué proponéis?

—Conozco una isla, en un rumbo muy distinto al de Ucay. No tiene nombre y tampoco pertenece a nadie. Es una pequeña extensión de tierra que se separó en uno de los maremotos que causaron la división de Ganean. Técnicamente, pertenecería al Reino de Everb, tal y como vuestras tres islas sureñas pertenecen a Aridia, pero solo nosotros conocemos su existencia, y con nosotros quiero decir a los elfos, aunque los Thaòk y los Qûom somos los únicos capaces de llegar hasta allí. Si alguno de los infectados en esta torre, o algún elfano que esté a vuestro servicio, es buen marinero, podríamos dirigirnos hacia allí sin ser vistos. Será un viaje largo y complejo, pero es preferible a la muerte que les depara a todos los elfanos.

—¿Y quién viajará con vos? ¿Quiénes serán los afortunados?

—Mi única condición son Abbey y Tamara. Después de eso, aquellos que no tengan rasgos élficos significativos y que consigan llegar hasta la costa sin levantar sospechas.

—Eso se reduciría a los niños y a algunas de las madres de estatura media —anunció Ludo, astuto.

—Exacto. Por los enfermos y los que han heredado algún rasgo evidente ya no podemos hacer nada —prosiguió Siome—. No pasarán desapercibidos por mucho que lo intenten. —Siome percibió el horror en la expresión de Ludo y no dudó al continuar—: Hay que empezar cuanto antes. El exterminio que propone Endanur no va a ser cuestión de días. Mucho me temo que perdurará durante varios años hasta que estén completamente seguros de que se han deshecho de los elfanos de forma definitiva.

—¿Por qué queréis llevaros a Tamara?

—Le prometí a su madre que cuidaría de ambas.

—Endanur no va a consentir que la deje libre.

—Por eso no debe enterarse.

Ludo suspiró con pesar.

—No os hacéis una idea de lo complicado que es para mí seguir el hilo de las cosas que decís. No sé a qué os referís, o qué es lo que se os pasa por la cabeza al idear todo esto.

—No os atormentéis. Necesitaríais toda una vida para entenderlo y no tenemos tanto tiempo. —Siome se puso de pie con intenciones de volver a la cama donde descansaba Abbey—. Endanur no debe saber quién soy ni que estoy aquí; continuaré haciéndome pasar por curandera. Sin embargo, necesito una audiencia privada con su hermano Galon. ¿Podríais conseguirme eso antes de que se inicie el plan?

Ludo puso cara de resignación al escuchar su petición.

—Supongo que ni siquiera merece la pena que pregunte para qué queréis veros con Galon. Mas exponedme, en cambio, qué he de decirle, quién reclamará una entrevista con él y… ¿dónde?

Siome asintió, como muestra de que había notado su perspicacia. Era evidente que no podían verse en la Torre de Tomur y, por lo tanto, ella tendría que salir bien oculta.

—Sois un buen señor para los aridianos. Sé que encontraréis la forma y el lugar para la reunión. Yo me limitaré a esperar, pero no tardéis mucho, os lo ruego.

En su última frase estaba implícito el hecho de que la infección la estaba debilitando cada vez más, pese a que los efectos no fuesen visibles a través de su piel. Simplemente, sentía cómo sus músculos se engarrotaban y sus huesos se volvían más frágiles con el paso de los días.

Ludo asintió por toda respuesta y se retiró de la estancia. Ella confiaba en él.

JULIUS

ROOSTAD

Hacía apenas una hora que la noticia de la muerte de Tomur y de su hija pequeña se había propagado por toda la ciudad. El padre de Julius, Mangaro Mason, había sido el encargado de comunicar la nueva entre los vecinos más cercanos a la torre para que se fuese corriendo la voz, y el ambiente estaba alterado. Muchas personas habían dejado a un lado sus trabajos y quehaceres para reunirse con familiares y vecinos y hablar sobre ello.

Julius no era capaz de adivinar qué postura era más clara que la otra. Por un lado, los había que estaban encantados ante la perspectiva de que el líder de los elfanos, el Rey Impuesto, hubiese muerto de una vez por todas; por otro, los que se miraban con preocupación ante lo mucho que aquello iba a repercutir en sus tradicionales vidas. Además, todavía estaba viva la hija mayor, Tamara, causante de aquel estropicio.

¿Qué sucedería con ella? ¿Se consideraría la opción de que la princesa sucediese a su padre? ¿O, por el contrario, la matarían? La mente de Julius era un no parar. Le había preguntado a su padre, pero ni siquiera él, que era sargento guardián del ejército de Aridia, tenía idea de lo que ocurriría a partir de entonces. Lo único que el chico sabía con certeza era que estaba más cerca que nunca de empezar como recluta bajo la supervisión de su padre, y era por eso que sus nervios aumentaban a la par que la incertidumbre en la capital.

Había esperado dieciséis años para poder unirse al ejército, lo que más ansiaba desde que tenía uso de razón. Hasta entonces, tal y como dictaba la ley del territorio, se había formado en calidad de aprendiz en el taller de carpintería de su tío al acabar la escuela, a los doce. Y había sido un buen alumno, había aprendido bien, pero Julius no estaba destinado a ese oficio.

Julius deseaba con todas sus fuerzas convertirse en soldado y vestir el uniforme que lo reconocía como tal, y luego conseguir los logros convenientes para que lo nombrasen sargento en cualquiera de las tres categorías: consejero, guardián o pelotón. Y también deseaba viajar y que lo enviasen de un lugar a otro a lomos de un corcel que fuese únicamente suyo, o navegar hacia las islas aridianas del sur o incluso al este, quizá a retomar el contacto comercial con Everb.

—¡Julius! —le gritó su madre—. Regresa a la tierra, ¿quieres?

—¿Qué ocurre?

—Te dije que le sirvieses la leche a tu hermano y no veo siquiera que hayas conseguido traerlo a la mesa.

Valero, de ocho años y el menor de los cuatro hermanos Mason, era el más inquieto de todos.

—Ya mismo voy a por él. A propósito… ¿Se sabe algo de mi ropa de recluta?

Su madre puso los ojos en blanco antes de contestar.

—Pero ¿dónde has estado todo este tiempo, hijo? Te he dicho que tu hermana lo está preparando y que lo tendrás listo mañana. ¿Hay alguna cosa más que hayas olvidado y quieras que te recuerde?

—¡Eso es todo! ¡Gracias!

Julius subió corriendo a la planta superior con intención de atrapar a Valero, no sin antes detenerse en el cuarto de la colada donde estaba seguro de que encontraría a Cintia, quien se encargaba de ajustar a toda prisa su nuevo uniforme en vista de que el que tenía preparado para tal fin se le había quedado pequeño de la noche a la mañana.

Su hermana estaba haciendo sus tareas con total diligencia. No conocía a ninguna otra persona tan minuciosa como ella. Sus padres siempre decían que el Destino había sido generoso bendiciéndolos con aquella primera hija tan dulce y obediente. Lejos de sentir envidia, Julius la admiraba y, pese a que era extremadamente reservada, alguna vez le había hecho de confidente y se había sentido muy halagado. Era un año mayor que él y ya contaba con un sinfín de pretendientes, aunque ella, la verdad, no parecía contenta al respecto. Ni interesada.

—Mamá dice que estás preparando mi ropa y que estará lista mañana.

—Es posible que esta noche ya puedas probártela —respondió Cintia guiñándole un ojo.

Atrapar a su hermano se volvió una tarea menos tediosa después de recibir esa información.

Por la tarde, como su tío había cerrado el taller, Julius se dedicó a seguir a su padre a todas partes, empapándose de todo lo que escuchaba a su alrededor. Con el paso de las horas, ni siquiera los sargentos tenían claro qué iba a suceder con el cuerpo de Tomur, si lo sacarían de la torre o no para darle una despedida digna de un rey.

Al parecer, Ludo Jensen no se había pronunciado al respecto porque no tenía claro que el pueblo estuviese a la espera de sus órdenes. Acababan de reunirse con él cerca de la plaza de la torre para hablar sobre ello, ya que todo el mundo estaba convencido de que no era necesario un nombramiento: Ludo se había hecho cargo de Roostad y de la situación desde el momento en que Tomur enfermó y todo empezó a desmoronarse; Ludo era el sucesor del anterior lugarteniente, Robert Jensen el Magnífico, y no cabía ninguna duda de que estaba sobradamente capacitado para asumir el puesto que había estado desempeñando desde hacía ya cinco ciclos. De hecho, Julius no conocía a nadie que no estuviese contento con su trabajo y a él le ocurría lo mismo: su padre siempre había admirado a Robert y había contado muchísimas de las aventuras que había vivido bajo su mando, así que Julius había crecido amparado por ello, razón por la cual sentía devoción por su sucesor: Ludo. No podía esperar al día siguiente para presentarse por fin como recluta y empezar su formación en un ejército que le sería fiel una vez restaurado de manera oficial su título de lugarteniente.

—¡Julius! —exclamó su padre, captando su atención—. Acércate, vamos.

Notó que el corazón estaba a punto de salírsele del pecho mientras corría hasta él.

—¿Sí, padre?

—Soldados —comenzó Mangaro poniéndole las manos sobre los hombros—. Muchos ya lo sabéis, pero este es el mayor de mis hijos varones, Julius. Estaba previsto que mañana se uniera como recluta y así será, a pesar del caos de los últimos acontecimientos. Hijo, ayudarás a mis hombres a reunir a los ciudadanos en las puertas de la muralla. Les diréis que se convoca una reunión de urgencia ante la triste noticia de la muerte del rey Tomur.

—A sus órdenes, sargento Mason —añadió el que parecía más avispado del pelotón.

Cuando todos los soldados se pusieron en marcha, Julius miró a su padre, nervioso. Mangaro se limitó a guiñarle un ojo y a hacerle un movimiento con la cabeza para indicarle que se pusiera en marcha.

Ya cuando el sol amenazaba con perderse en el horizonte, una gran muchedumbre, tan grande como Julius nunca había visto, se extendía por la parte exterior de la muralla y aguardaba expectante a que Ludo Jensen hiciese su aparición.

Poco antes de que eso sucediera, alguien lo apartó de un golpe que le hizo trastabillar y acabar encima de un soldado que lo miró, molesto. Se estabilizó con rapidez tocándose el brazo y observó al grupo que había pasado por su lado con tan poca delicadeza. Se trataba del coronel Rómulo Jensen y sus hombres de confianza. Eso solo podía significar que el lugarteniente estaba a punto de llegar y, cuando ocurrió, Julius se quedó aún más impactado que con la cantidad de gente, porque lo hizo acompañado de uno de los elfos que había acudido a Roostad en busca de Tomur y que, hasta entonces, él solo había podido ver de refilón. Su porte y su ropa plateada lo hacían parecer más alto de lo que ya de por sí era, junto a la larga cabellera, tan brillante que se asemejaba más al blanco que al rubio, y su delicada y clarísima piel. Su padre le había contado que los dos que habían llegado el día anterior a la capital eran elfos del aire y que por eso tenían ese aspecto, pero no es que antes hubiese visto a ningún otro para poder comparar. ¿Serían muy diferentes unos de otros, en función del elemento de la naturaleza que representasen? Desde luego, la esencia de aquel elfo era realmente aire; hasta parecía que flotaba por su manera de caminar, tan pulcro, tan elegante, tan…

—¡A formar! —dijeron de repente.

Los soldados se cuadraron rectos y Julius se sintió, de pronto, muy estúpido y muy fuera de lugar. Alguien tiró de él hacia atrás y se alegró de que hubiese sido su padre, llevándoselo hasta un sitio más alejado.

—Espera aquí, ¿de acuerdo? —le dijo—. Los reclutas no están convocados en los actos oficiales y tu aspecto, sin la ropa adecuada, desentona demasiado en un momento tan importante.

Asintió sin rechistar y se retiró aún más, buscando el mejor ángulo para ver lo que estaba a punto de empezar y observando de nuevo a la masa de gente que había acudido a la convocatoria.

Roostad tenía la mayor densidad de población de Aridia, miles de personas de todas las edades. Pese a la gran variedad, su padre decía que era una de las ciudades menos envejecidas del territorio, pues muchos jóvenes habían migrado y seguían haciéndolo, procedentes de otros lugares en busca de un futuro mejor. La capital siempre tenía sus puertas abiertas a las personas trabajadoras.

La multitud enmudeció cuando Ludo apareció en lo alto del muro de entrada que cercaba la ciudad. Largas filas de público esperaban expectantes a un nuevo comienzo. Julius pensó que aquella era una ocasión tan única como debió serla la proclamación de Tomur como rey cuando tenía doce años, o antes incluso, con la llegada de Egonur y los primeros elfos. Deseó haberlo vivido.

De pronto, al ver a Ludo Jensen ya preparado, se preguntó si todos los presentes serían capaces de escuchar lo que se iba a decir de un momento a otro, pues era imposible que la voz de una persona pudiese proyectarse tanto. Una vez más, su curiosidad quedó apaciguada cuando, al hablar el lugarteniente, el elfo que había a su lado extendió los brazos y una corriente de aire, leve pero intensa, se levantó para transportar sus palabras a lo largo y ancho de la explanada. No tardó en notarse un murmullo de asombro que también se oyó y expandió con la misma intensidad a través del aire.

«Así que eso es lo que hacen», pensó Julius, desconocedor de cualquier tipo de don que los elfos poseyesen, sin contar, por supuesto, los rumores de los que aseguraban haber tratado con ellos. Había oído hasta que podían volar, y él lo habría creído de no ser porque su padre se echó a reír en cuanto se lo contó. Desde entonces, decidió que no haría caso a cosas que no pudiese ver con sus propios ojos o sentir en su misma piel, tal cual acababa de suceder.

El discurso de Ludo fue breve y esperanzador.

Julius escuchó cada una de sus palabras con admiración y deseó que fuese cierto que estaban elaborando un plan de acción bajo el pretexto de que la vida de todos regresase a la normalidad, las personas de la torre sanasen y no volvieran a ocurrir tragedias como la causada por Tamara. Dijo que los elfos se habían ofrecido a ayudar y que estaban decidiendo lo mejor para el conjunto de Roostad y de Aridia. Lo único que no le gustó fue que anunciase que su hijo Rómulo sería el encargado de liderar al ejército mientras él se quedaba en la capital a cargo de la Torre de Tomur, la despedida que el rey merecía y el resto de tareas.

Julius contempló a la gente de las primeras filas y notó la aprobación en sus rostros. Él también habría estado feliz de no ser porque Rómulo Jensen no le caía bien y no le entusiasmaba la idea de empezar su servicio de recluta con él al mando. Se convenció de que sería algo temporal para que dicha orden no empañase lo bueno que pensaba que estaba por llegar. Al fin y al cabo, en un par de años pasaría a ser considerado un soldado y tendría un empleo fijo, experiencia en combate y medio camino hecho de su formación como sargento. Su madre esperaría que se casase a partir de entonces. Sin embargo, Julius no tenía pensado dedicar su vida a una familia, aunque era pronto para que él mismo lo supiese.

Después de que los roostadianos regresasen en orden a sus hogares, Julius se despidió de su padre para ir a ayudar a su madre con la cena y, con suerte, probarse la ropa de recluta. Cintia no había acudido a las puertas de la muralla para poder dejarlo todo listo a tiempo, así que Julius se encargó de contarle lo que había sucedido.

Se le puso la piel de gallina al describir cómo sintió que la voz del lugarteniente se extendía por el aire gracias al poder del elfo.

—¿Sabes? —continuó mientras su hermana terminaba de coser un botón que se había desprendido de su camisa—. Ludo Jensen es un gran comunicador. Estoy seguro de que padre también lo piensa y de que está contento con que el pueblo le haya mostrado su apoyo de forma definitiva ahora que Tomur ha muerto. ¿Cuál crees que será su apodo en el futuro? ¿Ludo Jensen el Orador?

—¿Por qué piensas en eso ahora, Julius? Dale al menos unos años, que parece que ya lo estás condenando a morir.

—Tienes razón, sí, es que estoy muy nervioso.

—Pues relájate. —Cintia terminó con el botón y luego le alisó los pliegues de la ropa con las manos—. Todo va a ir bien.

Qué equivocada estaba.

DÍA 3 · LUNA CRECIENTE 1%

GALON

ROOSTAD

Era la segunda noche que Galon y Endanur pasaban en casa del lugarteniente y saltaba a la vista que ni al hombre ni a su familia les interesaba lo más mínimo que su estancia allí se alargase. Él, por su parte, deseaba que así fuese, pues, de lo contrario, significaría que ya se había puesto en marcha la estrategia de su hermano mayor de apresar a los elfanos y enviar a los humanos afectados a Ucay.

Pero en ese territorio no había nada habitable. Nada. Su tierra no era fértil y no tenía ríos, solo un mar embravecido y un volcán que había causado que fauna y flora desaparecieran en su totalidad, arrasando con su lava todo cuanto había tras entrar en erupción. El abuelo de Galon había hablado durante años de aquel fenómeno pues, dada la magnitud del acontecimiento, podía verse el humo desde cualquier punto de Ganean, incluso, decía, desde la tierra de Anoa.

Y ahora Endanur quería enviar a toda aquella gente allí; si es que llegaban, claro. Porque de cuantas embarcaciones se habían aventurado a investigar sus alrededores, según Ludo Jensen, solo había regresado una, la de su padre, y porque no se había acercado lo suficiente. Era imposible gobernar los barcos a partir de una determinada distancia. Nadie había conseguido poner un pie en Ucay. Nadie. Ni siquiera los elfos del mar se habían aventurado a explorarla. Los Qûom decían que aquellas mareas las provocaban criaturas marinas inimaginables y que era mejor no molestarlas. Pero claro, eso los humanos no lo sabían. Los Qûom no eran muy dados a compartir su sabiduría, mucho menos a relacionarse con otras razas. Además, una mente humana no era capaz de sospechar las causas de la mayoría de las adversidades con las que tenía que lidiar, por ejemplo, el simple hecho de que se desatasen huracanes por la muerte de un elfo del aire de la primera descendencia. Galon pensó en cómo reaccionaría un humano al azar intentando asimilar que los maremotos que desunificaron Ganean fueron causados por la muerte de Syphie, la madre de todos los Qûom, y de su primer hijo poco tiempo después.

Como se encontraba en la misma estancia que Rómulo y su familia, pensó en la suya propia y la añoranza se apoderó de él. Su hija Alënn tenía cuatro años, uno más que el mayor de los hijos de Rómulo.

El pequeño Ludino se acercó a él para tocarle las orejas.

—No estáis acostumbrado a que os observen con asombro, ¿verdad? —le preguntó Rómulo, refiriéndose a encontrarse en una zona habitada por humanos.

De fondo, vio a Endanur fruncir el ceño cuando el niño por fin lo tocó. No era solo que Galon estuviese en un entorno distinto, con gente distinta, sino que el contacto físico era realmente reprochable para los elfos. No tenían gestos afectivos de una forma casual como los humanos y, sin duda, no se dedicaban a tocar o acariciar en público las facciones de un semejante, mucho menos las orejas. Pero Galon era tan opuesto a los suyos pese a ser físicamente tan igual... Tenía inquietudes y había decidido acompañar a su hermano con tal de satisfacer su curiosidad. Era increíble lo mucho que lo asombraban los humanos y lo cercano que se sentía a ellos. Los suyos se escandalizarían al saber lo que estaba pensando.

—Es extraño —le respondió cuando el niño le cogió una mano para observar también sus dedos alargados—. Supongo que es porque los humanos hacéis cosas extrañas.

—Hemos convivido con elfanos durante las últimas tres décadas, casi siempre más altos y fuertes, no obstante, es mucho más singular para nosotros ver y tener a dos elfos aquí, en Roostad. —Rómulo se levantó para coger a su hijo y llevarlo de vuelta con él—. No diré que me complace vuestra presencia, pues, como sabéis, es todo lo contrario. Pero mentiría si dijese que no me alegra el hecho de que mi hijo vea a uno de vosotros, porque será de los últimos humanos en hacerlo, ¿no es cierto?

—Lo es. —Endanur fue el encargado de dar aquella respuesta—. Si vuestro padre accede de una vez por todas a los intereses que nos atañen.

—Cuidado con las formas, elfo. Estáis en mi casa, y solo espero por vuestra parte el mínimo respeto que merece mi familia por ello. No me gustaría tener que recordaros, una vez más, que no sois bienvenido.

A Galon le parecía impactante que los humanos hubiesen cambiado tanto con el paso de los años, o, al menos, que actuasen de forma distinta a lo que su padre contaba con respecto a la sumisión que demostraban cuando ellos se acercaban a sus ciudades para comerciar o con algún otro fin. Era como si no los temiesen, y como si no los necesitasen. Los humanos se habían vuelto autosuficientes y no querían que nada ni nadie les recordase que eran inferiores.

Lejos de pedir disculpas, Endanur se levantó y salió de la estancia.

—No somos enemigos —aseguró él para contrarrestar el comportamiento de su hermano—. Vuestra raza y la nuestra, quiero decir.

—Tal vez, pero a la vista queda que estamos destinados a vivir separados. Sois tan altivos y arrogantes que jamás llegaríamos a ningún acuerdo de proponernos pactar una convivencia. Vosotros jamás consentiríais aceptar que somos iguales.

—Pero no lo somos.

—No, por supuesto, porque vosotros *sois* superiores, ¿no es cierto?

—No es cuestión de que creamos que lo somos. Solo lo somos. —Galon intentó reproducir alguna frase en su mente que significase lo mismo que acababa de decir sin que sonase despreciativo; no la halló—. Vuestra postura es la más lógica, sin embargo. Pues si ahora, de pronto, apareciese una persona de una raza distinta y me dijese que es superior a los elfos, también a mí me costaría aceptarlo. Es el orgullo de cada uno y es comprensible. No os lo reprocho.

Rómulo entregó al niño a los brazos de su mujer y se paseó por la estancia antes de dirigirse directamente a ella:

—¿Por qué tengo que aguantar que me insulten en mi propia casa? Esto no tiene razón de ser.

—Cálmate. No lo dice con mala intención.

—¿Qué otra intención podría tener alguien como él?

Galon los observó, inquieto. No entendía que se refirieran a él de esa forma estando presente.

—Es solo que tiene unas costumbres diferentes —continuó la mujer— y se nota que no conoce nada más allá de ellas.

—Nosotros tenemos formas distintas de proceder y no por ello vamos de aquí para allá como si creyésemos que somos los dueños del mundo.

—En realidad, sí —lo interrumpió Galon—. Vuestra familia misma, por ejemplo. Decís que sois los lugartenientes de Aridia, los dueños de esta extensión de tierra sobre la que vivís. ¿Quién os otorgó tal título? ¿Quién se lo otorgó, de igual forma, al rey de Everb?

Justo cuando Rómulo iba a replicar, Ludo entró en la estancia y se dirigió a ambos.

—Ya basta de discrepancias. Sería suficiente con que humanos y elfos no sacasen a relucir ninguna de sus opiniones con respecto a la superioridad o no de unos sobre otros. Galon —añadió—, ¿podríais acompañarme? Necesito hablar con vos de un asunto urgente.

—Mi hermano está fuera. Si es tan urgente, puedo decirle que lo estáis buscando.

—Sé perfectamente dónde está, pero no es con él con quien deseo hablar.

Galon dudó. No estaba acostumbrado a que contasen con él.

Aun así, accedió.

Ludo lo guio hasta el patio trasero. Allí cogió una bolsa, manoseó y apartó unos cuantos arbustos y desapareció tras ellos. Galon fue tras él.

Continuaron por una estrecha y sinuosa calle que se había formado a raíz de los patios de las otras casas que habían ido construyéndose sin orden alguno. Era como un callejón que a cada lado tenía salida a una vivienda distinta, pero era difícil saber en qué punto exacto de la vegetación había paso a algo que no fuese un muro. Al menos para él.

Durante el trayecto, se cruzaron con un par de mujeres que transportaban víveres. Una de ellas saludó a Ludo con un gesto de cabeza y la otra, más joven, se limitó a agachar la cabeza cuando los vio.

El camino desembocó en una calle desde la que se veía la grandiosidad de la Torre de Tomur, con su singular estructura. Los Arë siempre habían destacado por sus construcciones, así que, al acercarse, Galon estudió con atención su base, una especie de talud hecho con una piedra más resistente que la de más arriba y que ampliaba la superficie en contacto con el suelo. Las aberturas que iluminaban las estancias, planta a planta, eran arcos apuntados, que dotaban al conjunto de una mayor sensación de perpendicularidad. Observó también que apenas había unas cuantas casas enfrente de dicha torre, y que estas estaban construidas sobre la gran superficie de piedra que daba forma de plaza a todo el perímetro. De un solo vistazo, podía apreciarse que habían quedado deshabitadas.

Los humanos no eran tan necios; sabían cuándo debían mantenerse al margen, aunque la calidad de aquellas viviendas fuese muy superior al resto. Cambió de idea respecto al intelecto cuando Ludo se dirigió con decisión hacia una de ellas.

—¿A dónde me lleváis? —le preguntó.

—A uno de los pocos sitios seguros para vos en esta ciudad. ¡No os paréis!

—¿Qué queréis decir con eso?

Ludo retrocedió para volver al lugar donde él había hecho el alto.

—¿Creéis que los aridianos se alegran de vuestra presencia? —Señaló hacia la torre—. ¿Os hacéis una idea de la cantidad de familias que tienen a algún conocido, amigo o familiar dentro de esa maldita torre?

Aquel hombre tenía razón. Roostad era una gran ciudad, pero no tanto como para que la mayoría no estuviesen emparentados de una forma u otra, tal cual pasaba actualmente con las familias élficas. Sin embargo, no entendía el porqué de ese odio tan repentino, después de haberles ofrecido a él y a su hermano un trato cortés tras aquel primer día de su llegada a la ciudad.

—Debéis confiar en mí —prosiguió Ludo—. No hay peligro alguno en esas casas. Os doy mi palabra. He tomado precauciones —añadió señalando la bolsa que cargaba al hombro—. Pero tenemos que continuar, antes de que llamemos la atención de algún vecino.

—¿Quién hay allí?

Ludo volvió a girarse.

—Me alegra que seáis tan inteligente como presume vuestra raza. —Le dedicó una mirada cargada de misterio—. No puedo decíroslo. Solo ella lo hará.

Tras la respuesta, Galon dio un paso al frente para indicarle que lo seguiría. Creía saber qué clase de persona se encontraría en la casa abandonada, pero ansiaba descubrir quién era realmente y por qué estaba allí.

Cuando llegaron a la puerta, Ludo introdujo una llave en la cerradura y accedieron a la penumbra. Todas las ventanas estaban tapiadas, así que la luz entraba solo por las rendijas que dejaban las maderas entre sí y bajo la puerta.

—Es por aquí. —Se apartó para dejarle paso a la siguiente habitación.

Allí había, al igual que en la casa de Ludo Jensen, un acceso al patio trasero. Le ofreció una silla y luego empezó a inspeccionar el contenido de la bolsa. Sacó dos trozos de tela y le ofreció uno de ellos.

—Si os lo colocáis alrededor de la nariz y la boca y mantenéis la distancia, evitaréis el contagio, os lo garantizo —le dijo al tiempo que se colocaba uno de ellos a modo de ejemplo.

—¿Contagio? —Galon se levantó de inmediato—. ¿Me habéis traído aquí para que comparta estancia con una persona infectada?

—Os digo que no os ocurrirá nada si seguís mi consejo.

—Será mejor que me vaya.

—¡No!

La voz los sobresaltó a ambos. Detrás de Ludo apareció, procedente del patio, una mujer con el rostro tapado tal y como le había explicado el lugarteniente.

—Galon, hijo de Egon que un día fue nombrado Rey de Todos los Elfos, sé que crees que no eres lo suficientemente hábil siendo un elfo del aire, pero lo eres, y esta enfermedad jamás podría afectarte como al resto. Pese a todo, sigue el consejo de este hombre, ponte la tela sobre los orificios de la cara y permite que te explique lo que he venido a decirte. No te pasará nada.

—¿Quién eres?

—Siome, elfa Thaòk, hija de Vandra, la mujer que ayudó a tu madre a que vinieses al mundo. Sé que has oído hablar de ella.

La verdadera identidad de Galon cayó sobre él como una pesada carga. Lo que la elfa acababa de decir daba a entender que sabía algo que todos los demás elfos de la comunidad desconocían, incluido su propio hermano.

—Ludo Jensen —continuó ella—. ¿Podéis dejarnos a solas, por favor?

El lugarteniente hizo ademán de protestar, pero Siome adoptó una posición tan imponente que calló y se marchó hacia el patio trasero.

—Como ves, no estoy en una situación muy favorable —comenzó la elfa cuando se quedaron solos. Galon no podía apartar los ojos de los de ella—, y espero que me des tu palabra de que no le contarás a tu hermano quién soy ni dónde me encuentro.

—¿Qué estás haciendo aquí, con los humanos?

Había escuchado rumores de que una elfa de la tierra había abandonado a los suyos, pero no salía de su asombro al comprobar que se trataba de ella.

—Vine hace algún tiempo. Mis motivos no son importantes ahora. —La Thaòk se dirigió hacia la silla más cercana y se dejó caer. Cerró los ojos durante unos segundos antes de continuar—. El lugarteniente me ha contado el plan de tu hermano y, dado que a nadie se le ha ocurrido hasta el momento ninguna otra solución a esta epidemia, no nos queda más remedio que aceptarlo y esperar a que las Madres Elfas decidan qué pasará con los humanos que partan hacia Ucay.

—Así que estás de acuerdo.

—Me parece una decisión sensata. Un sacrificio necesario por el bien común.

Galon ya había oído otro discurso relacionado con el bien común y no le gustaba demasiado que utilizasen esa excusa para justificarse. El bien común era subjetivo y dependía exclusivamente de las personas que empleasen el término a su antojo.

—¿Para qué querías hablar conmigo?

—Necesito que Ludo Jensen y tú me ayudéis a sacar de Roostad a Tamara y a Abbey, las hijas de Tomur que todavía siguen con vida. Me haré pasar por humana y a ellas, por mis hijas.

—¿Por qué?

—Porque juré protegerlas, del mismo modo que le juré a mi madre guardar tu secreto y ella, a la vuestra.

—Hiciste un juramento por voluntad propia —repuso Galon—. No te debo nada por ello.

—Es cierto, y no te lo reprocharé de no aceptar lo que te propongo. Pero pensaba que estarías interesado en ayudar. Si me he equivocado, te pido disculpas por haber abusado de tu tiempo. —Una tos seca hizo que se le atragantasen las últimas palaras—. Como podrás apreciar, yo no dispongo de mucho, al menos, si me quedo en este lugar.

—¿Por qué no te has marchado?

—¿Qué derecho tengo a salir de aquí afectada por la Plaga? Estamos todos encerrados en la Torre de Tomur porque somos conscientes de lo que podría suponer nuestra salida. No queremos que se expanda.

—¿Y para qué quieres embarcarte con destino Ucay? ¿Acaso no sabes que es un viaje hacia una muerte segura?

—No deseo ir a Ucay con los humanos. Mi interés queda muy lejos de ese paradero.

—¿Entonces? ¿A dónde quieres ir? —Siome se relajó, consciente de que él había empezado a plantearse ayudarla—. Será mejor que me expliques con detenimiento qué es lo que has pensado y a cuántas personas podrías salvar.

Era ya bien entrada la tarde cuando Galon regresó a la casa de los Jensen.

Ahora estaba junto al fuego, calentándose mientras pensaba en todo lo que la elfa le había dicho. Sabía que la alternativa o, más bien, el anexo de Siome al plan de Endanur era viable. La elfa pretendía salir de la torre y hacerse pasar por una simple humana con la menor de las hijas de Tomur para marcharse de Roostad sin que nadie tuviese tiempo de reparar en ellas. Pero también quería llevarse a Tamara, la mayor. Era por eso que Siome lo necesitaba a él.

Precisaba de alguien que la rescatase, y él era la única persona de la que Endanur o cualquier otro jamás sospecharía cuando advirtiesen que la habían liberado. Además, Tamara no iba a fiarse de ningún humano después de que la hubiesen encerrado. Por si acaso, la elfa le había hecho entrega de un anillo que había pertenecido a la madre de las niñas para que lo usase como aliciente en caso de que se mostrase reacia a seguir el plan que habían trazado a su costa. Una vez reunidas, viajarían de región en región hacia Seic, en la costa este de Aridia, y desde allí hasta Cabo Ribalta.

Galon no podía saber qué pasaría cuando la joven se enterase de cómo estaban las cosas. ¿Se escaparía? Daba por hecho que la elfa había contemplado y descartado esa posibilidad, pero le inquietaba de todas formas, por lo que podía implicar.

Ludo había prometido que enviaría un barco hasta el cabo en cuanto los humanos enfermos hubiesen salido de Aridia. Mientras tanto, Siome dispondría hasta el final del ciclo lunar actual para llegar, esperar y esconder a cuantos elfanos lograsen arribar también, preparando los alimentos y las provisiones que iban a necesitar. Una vez en alta mar, tendrían que pasar inadvertidos a ojos de los everbios y de sus barcos con tal de no ser interceptados —serían una presa demasiado fácil—, así que Ludo también se había comprometido a proporcionarles un timonel experto, pues necesitaban a uno con ciertas habilidades para sortear las posibles adversidades que podrían encontrar en un trayecto tan largo. Si todo iba bien, tardarían alrededor de un ciclo más en alcanzar su destino final. Un destino, por cierto, virgen y sin nombre, más allá del Mar Everbio, en el límite entre el Vasto Océano y lo que los humanos habían acuñado como Lo Desconocido.

A pesar de la solidez del plan expuesto, Galon no estuvo convencido de querer ayudar y traicionar a su hermano hasta que Siome le habló de su posible descendencia: hijo secreto y bastardo de un humano. Solo él, su madre, Siome y la suya sabían ese dato, pues Galon nació con la gracia y el don de los elfos Arë: esbelto, pálido, rubio, ojos celestes y capacidad de sanación. No se creía igual de diestro que su hermano o los elfos del aire más respetados, pero sí era capaz de aliviar síntomas molestos, entre otras cosas, y había podido ayudar a Siome antes de que se despidiesen. Probablemente, él era único entre cualquiera de las razas conocidas. No era del todo humano, ni elfo. Tampoco se asemejaba al resto de elfanos, pues había sido engendrado en el vientre de una elfa, mientras que los demás habían sido gestados y alumbrados por mujeres. Este hecho era el más insólito y la razón por la cual Siome había peleado tanto por sus derechos a la hora de contribuir a la causa de reproducirse con humanos. Galon era la prueba viviente de que los elfos estaban equivocados con su forma de proceder, pero ella nunca habría podido justificar su argumento, porque su promesa le impedía hablar sobre la única elfa que había faltado al juramento de lealtad con su par: Sora, la madre de Endanur y Galon. La elfa que *jamás* se posicionó a su favor y que guardó silencio cuando su consorte empezó a salir del bosque para cohabitar con una mujer humana, o varias.

Siome le habló a Galon de genética. Según dijo, había observado patrones en su corta estancia con los elfanos y sus vástagos. Por mucho que él ya tuviese una perfecta y preciosa hija Arë, no había nada que garantizase que sus otros posibles descendientes fuesen igual de perfectos, y tampoco los hijos de sus hijos. La elfa estaba convencida de que, tarde o temprano, después de la tercera o cuarta generación de Galon, las cualidades físicas humanas de su desconocido padre se presentarían en un infante. Cuando eso ocurriera, estaría en problemas con el resto de su clase. Entonces él mismo necesitaría un lugar a donde ir con su familia, o, en el más egoísta de los casos, donde enviar a la criatura. Y por más que quisiera quitarse de la cabeza esa posibilidad, sabía que era factible, que tenía sangre humana y que, en cualquier momento, podría revelarse. Lo que no tenía muy claro era cuál sería su forma de proceder cuando eso sucediese.

Jadynn, su consorte, siempre había expresado su deseo de tener más de un hijo, así que Galon y ella habían estado trabajando en ello sin éxito hasta la ansiada llegada de Alënn. Les había costado mucho concebirla y, después de su larga charla con Siome, empezaba a entender por qué resultaba tan complicado. Había desarrollado bien sus dones, pero no era un elfo puro al cien por cien.

A partir de ahora, seguiría mucho más de cerca los pasos de su pequeña Alëen. Tenía dos opciones con respecto a ella, pese a que aún era demasiado pronto para pensar en ello. Además, aunque tuviese que deberle un gran favor a una Qûom a cambio de que lo llevase, había decidido viajar a la tierra de Anoa; era primordial hablar con su anciana madre sobre el turbio asunto que ambos habían evadido durante los cuarenta y tres años que Galon tenía.

DÍA 5 · LUNA CRECIENTE 7%

LUDO

ROOSTAD

Su hijo, los elfos y él se habían reunido con motivo de concretar los detalles del viaje que habían previsto comenzar poco después del Cuarto Creciente de la Cuarta Luna Fría, en cuanto Rómulo regresase con el ejército de avisar a todos los elfanos residentes en territorio aridiano para que acudiesen a Roostad y aguardasen al regreso de los elfos dentro de la torre.

—Tendremos que llevar provisiones de agua, además de comida, para los dos primeros días —expuso Ludo—. Si todo va bien, con el tercer amanecer habremos alcanzado el río Tirón y continuaremos bordeándolo hasta que nos desviemos hacia Portbury. Las mujeres irán primero y marcarán el ritmo, seguidas de los hombres; los enfermos críticos marcharán detrás, con ayuda de las camillas que ya están construyendo dentro y fuera de la torre, transportadas por soldados y reclutas.

—El sargento Staton se ocupará del grupo de los hombres —dijo Rómulo.

Ludo sabía que era su amigo. Mostró su conformidad y añadió:

—Mientras tú te ocupas de la organización del ejército y estableces los mandos, yo me ocuparé de los cálculos necesarios en cuanto a barcos y avituallamiento de los mismos.

—¿Y qué harán ellos? —quiso saber su hijo en referencia a los elfos.

Ludo miró a Endanur esperando una respuesta por su parte.

—Nosotros os brindaremos lo que necesitáis para evitar que los soldados que enviéis a la torre causen estragos fuera de ella en caso de contagiarse.

—Los soldados irán protegidos con los mejores guantes y pañuelos —dijo Rómulo, malhumorado—. Ya hace dos días que todas las personas de Roostad que se dedican al hilo y la costura trabajan en ello. Mi padre les pagó por adelantado. ¿Qué otra cosa podéis aportar al respecto?

—Ventilación —repuso Endanur sin cambiar la expresión de indiferencia.

Rómulo se quedó sin motivos para seguir increpándole y Ludo, pensando en lo que realmente había querido decir. Pero el elfo continuó:

—Garantizaremos la correcta ventilación de la ciudad mientras estemos aquí, consiguiendo que el aire no se estanque dentro de la muralla y que los gérmenes que pudieran salir de la torre se vayan lejos.

—¿Estáis insinuando que es posible que mis hombres se contagien incluso tomando precauciones?

—Lo único que hago es reducir aún más las posibilidades de que eso suceda. Una buena aireación es esencial al tratarse de una enfermedad que puede transmitirse de unos a otros.

—Mas creemos que solo es posible el contagio mediante el contacto —le aclaró Ludo.

—Creéis, pero no tenéis la certeza —sentenció el elfo.

Le molestó su prepotencia. Al contrario que su hijo, no lo demostró.

Era cierto lo que había dicho; que la transmisión se produjera únicamente por contacto era solo una hipótesis, aunque más que evidente para su gusto. Cuando la gente, en un primer lugar elfanos —pues suponían el total de los que trabajaban para Tomur—, empezó a enfermar, coincidió que todos ellos habían tenido contacto con algún infectado. Fueron contagiándose a medida que se ayudaban y cuidaban unos de otros. Primero Tomur, su mujer y cuantos se esforzaron en vano por sanar a su hija Gisell. Luego los familiares de estos últimos al atenderlos a ellos. Fue una cadena que solo acabó con la propuesta del propio Ludo al rey Tomur de que todos cuantos habían sucumbido a la enfermedad se encerrasen en la torre para intentar pararlo. Y había funcionado. De ahí la suposición. De hecho, según sus propias averiguaciones puestas en común con Siome, la transmisión entre elfanos era directa, de elfano a humano elevada, pero de humano a humano mucho menos frecuente. Como si la dolencia creada por Tamara estuviese concebida a conciencia para los elfanos.

Pero lo que estaba claro era que si los elfos prometían una buena ventilación de la ciudad, no sería él quien se opusiera a algo aún más preventivo.

—Solo una cosa más —intervino—. Durante el trayecto hasta Portbury, viajaréis siempre junto a nosotros. Permaneceréis cerca mí y del resto de hombres.

Endanur arqueó una ceja.

—Si así lo deseáis…

Con eso, Ludo dio por concluida la reunión a pesar de las protestas de su hijo. Imaginaba que los elfos serían capaces de mantener alejada la Plaga de sí mismos, así que lo más inteligente sería estar a su lado el mayor tiempo posible.

Estaba previsto que Rómulo partiese esa misma mañana liderando a tres cuadrillas de hombres que se dividirían para recorrer Aridia, comprobar que no hubiese ningún otro foco y avisar a humanos y elfanos de las medidas adoptadas.

DÍA 9 · LUNA CRECIENTE 36%

RÓMULO

SOET

El viaje había sido pesado, pero el mensaje era claro y había calado entre los aldeanos, así que Rómulo estaba satisfecho. Habían salido en tres partidas, una hacia al norte, otra hacia el sur y otra hacia el oeste para poder hacer el llamamiento en nombre de la capital con respecto al destierro de todos los elfanos de Aridia y la confirmación de que Tamara, la hija del difunto rey, había sido capaz de extender una epidemia.

Eso, junto con las pruebas irrefutables de que muchos habían desarrollado dones perjudiciales y, por lo tanto, eran capaces de causar verdaderos estragos, fue suficiente para generar el pánico. Por supuesto, no había utilizado la palabra «exterminio», que era en lo que realmente consistía el plan de Endanur. En su lugar, habían alertado del peligro inminente que sufrirían los aridianos en caso de que los elfanos continuasen viviendo como iguales, incitándolos a que revelasen la existencia de cualquier familia conocida en cada región, para poder reunirlos a todos y enviarlos con los elfos, bajo el pretexto de que estos estaban dispuestos a colaborar para salvar Aridia y no volver a molestarlos. La orden dictaba que los elfanos debían presentarse en Roostad con la mayor brevedad posible y en un máximo de diez amaneceres, escoltados por los soldados que se quedaban en cada ciudad o aldea con ese único fin. Una vez allí, aguardarían dentro de la Torre de Tomur.

Como era de esperar, los elfanos habían mostrado mucho escepticismo ante el anuncio de que los elfos, que los habían abandonado tanto tiempo atrás, hubiesen tomado la decisión de rescatarlos de lo que se había convertido en un lugar hostil para ellos. Rómulo nunca había sido tan consciente de lo decadentes que eran sus vidas después de que los elfos se negasen a ampararlos. Había sitios, como en Sidalt, donde incluso los hacían servir para las familias más acaudaladas. Él mismo los había visto trabajar de sol a sombra con la cabeza gacha y temiendo por los azotes que se llevarían si cometían un error. Ese concepto de someter a otros considerados inferiores lo fascinó. Tenía que contárselo a su padre. Tal vez pudiesen dar un cambio en Roostad y conseguir poner en vereda a los pordioseros de la ciudad. Ludo no era muy dado a ostentar el poder para someter a los demás, pero tarde o temprano lo convencería, o lo sucedería en el cargo.

Hacía ya dos atardeceres que había llegado a Soet y que esperaba a los sargentos procedentes del sur y del oeste. Ansiaba conocer la postura de los tres pueblos sureños que se dedicaban principalmente a la pesca, al comercio marítimo y a la fabricación de barcos. Ellos serían los encargados de terminar de construir o reparar los que se llevarían a los infectados de la torre fuera de Aridia. Deseaba que las noticias fuesen favorables, aunque, visto el recibimiento de las regiones del norte, estaba convencido de que así sería.

Entonces regresaría con las buenas nuevas a la capital para contárselo a su padre y empezar a disponerlo todo para el traslado de los enfermos.

Lo único sorprendente hasta la fecha había sido descubrir que en Asworn no había rastro de ningún elfano, y que la mayoría de sus habitantes ni siquiera sabía que Tomur había tenido tres hijas. Sin lugar a duda, era la aldea más olvidada de Aridia, sin contar con la deshabitada Dlutva.

Estaba pensando en ello y en las ganas que tenía de deshacerse de la ropa que había estado usando y que se había llenado de polvo durante el camino, cuando un muchacho entró en su tienda con premura.

—Os ruego que me perdonéis y me atendáis. Traigo noticias de la partida del sur.

Rómulo lo reconoció como uno de los hijos del sargento guardián Mason. Justo cuando iba a concederle la palabra, uno de sus hombres apareció tras él y lo cogió del brazo.

—Lo siento, coronel, le había dicho que esperase afuera y el muy granuja...

—Tiene noticias de la cuadrilla de Mason —terció Rómulo—. ¿Por qué no dejas que hable libremente?

—No sabemos si eso es cierto; mucho menos si podemos permitir que se os acerque.

—¡No estoy infectado! —se defendió el chico.

—¿Infectado? —Rómulo se tensó sobre su asiento y empezó a buscar algo que pudiese servirle para cubrirse los orificios de la cara.

—No temáis de mí —se apresuró a decir el muchacho al verlo tan desesperado—. Estoy en perfecto estado, por eso soy el encargado de traer la noticia. Mi padre jamás me habría enviado de suponer una amenaza. Es leal a vuestra familia y no os procura ningún mal, ni a vos ni a vuestra empresa.

—¿Qué ha ocurrido? —le preguntó.

—Había gente infectada en Berproa. Pocos, pero los había y nadie nos previno.

—¿En Berproa?

—Así es, coronel.

—¿Y qué síntomas tenían? Podría tratarse de cualquier cosa.

—Eso fue lo que pensó mi padre en un principio, hasta que nos enteramos de que los Hutton habían ido a parar allí cuando decidieron salir de Roostad porque su hija había enfermado. Por lo visto, era amiga de las hijas de Tomur.

Claro. ¿Cómo era posible que ni su padre ni él hubieran pensado en eso? Esa familia era cercana a la de Tomur. A todos les extrañó que decidieran marcharse de un día para otro. De hecho, Charles Hutton había sido muy buen amigo de su padre en la infancia; ambos habían nacido en Roostad y amaban su ciudad, por lo que su partida fue todavía más inesperada.

Ahora tenía sentido.

—Así que la hija de Hutton llevó la Plaga hasta Berproa —continuó Rómulo, desconocedor de que la joven se hubiese infectado.

—Sí, y eso que murió a las pocas semanas de llegar, lo mismo que la señora Hutton. Pero, durante el tiempo que pasaron allí, contagiaron a algunas personas que trataron de ayudarlas. El señor Hutton no dijo nada de que la enfermedad de su hija tuviese algo que ver con una plaga, mucho menos la de Tamara. Así que imaginaos en qué situación se halló mi padre cuando nosotros llegamos y descubrimos que todos los elfanos berproenses habían muerto por dicha infección en los últimos dos ciclos y que seguía habiendo algunas personas afectadas. Por suerte, allí no se ha extendido tan rápido ni con tanta gravedad como en Roostad, señor.

El muchacho continuó poniéndolo al día sobre lo ocurrido. Todo indicaba que las personas infectadas no habían dado mayor importancia a los sarpullidos, solo cuando iban acompañados de fiebres muy altas, pues habían causado la muerte de las tres únicas familias elfanas residentes allí y de un reducido número de humanos. Al tratarse de una población pequeña y pesquera al sur de Aridia, no conocían los detalles de la epidemia que había surgido en Roostad y Charles se aseguró de que continuasen en la ignorancia. Los que sobrevivían a las fiebres se recuperaban, y aunque las ronchas de la piel no terminaban de desaparecer, hacían vida normal, porque creían que ya no había riesgo de transmisión. Sin embargo, siempre había un nuevo contagiado, porque no aislaban a los que se infectaban de un modo u otro, desconocedores de la gravedad del asunto y de lo que podía suponer para el resto de las comarcas de Aridia que la Plaga se extendiera por todo el territorio. Y, dado que los elfanos de Berproa habían muerto y con ellos los peores síntomas, nadie se había alarmado hasta que llegaron Mangaro Mason y sus hombres.

—¿Qué ha sido de Hutton? —se interesó Rómulo.

—Desapareció —repuso el chico—. No volvieron a saber de él después de que su mujer muriera. Algunos dijeron que creían haberlo visto entrar en el mar para dejarse engullir, pero no parecían muy convencidos.

—Eso podría ser un problema.

—Es cierto, coronel. Es por eso que mi padre dejó en Berproa a algunos de sus hombres por si consiguen localizarlo y así garantizar también el aislamiento total del lugar, sobre todo de los que están en la fase más crítica. El resto regresamos, pero, a mitad camino, mi padre empezó a presentar síntomas, y no fue el único, así que tomó la decisión de separarme del grupo y enviarme hasta vos para que podáis actuar en consecuencia. Él y los demás soldados están en una cakowa a no más de dos jornadas de aquí, entre Roostad y Sycires.

—¿Cómo te llamas, muchacho?

—Julius Mason.

Rómulo pensó que Julius había sido muy valiente, y Mangaro, su padre, un buen sargento. Debía recordar el apellido Mason para cualquier cosa que se propusiese con relación al gobierno de Aridia. Era una suerte que el plan de los elfos ya se hubiese puesto en marcha y que hubiesen ido a tiempo a Berproa, antes de que se celebrase el Mercado Regional de Primavera —con la inminente llegada de la Primera Luna Cálida del año—. De lo contrario, quién sabía lo que habría sido de los aridianos, mezclándose los unos con los otros desde todas las partes del territorio y también con los berproenses, inconscientes de su mal.

—Haremos todo lo posible por ayudar a tu padre —le dijo al chico—. Ahora preciso quedarme a solas para pensar en lo que me has dicho. Tal vez incluso deba hablarlo con mi padre antes de dictar una solución. Mientras tanto, podrás disponer en Soet de todo lo que necesites junto a mis hombres.

—¿Y qué pasa con los soldados de mi padre? ¿Vais a dejarlos aislados por el momento? ¿No pensáis ir hacia allí?

—Me temo que no podremos reunirnos con tu padre y los suyos hasta que tomemos una decisión. Es muy arriesgado.

—No todos estaban contagiados.

—Eso es imposible saberlo —respondió el sargento guardián que había intentado sacarlo de la tienda—. Ni siquiera podríamos garantizar que tú no lo estés. Ha sido riesgo de sobra el que hayas venido.

—Entonces preferiría regresar junto a mi padre y aguardar a lo que Ludo Jensen decida al respecto.

Lo había ofendido su último comentario, pero se limitó a estudiar con detenimiento al muchacho. Julius era el futuro, la siguiente generación de hombres que entregarían su vida a Aridia y a su lugarteniente. A él. Si algo había aprendido de su padre era el respetar a su pueblo por encima de todo, y a escucharlos y satisfacerlos en la medida de lo posible. *Todavía* no podía pasar eso por alto, así que empezó a pensar en una solución que mantuviese al chico tranquilo. La situación precisaba del máximo número de hombres, por lo que pudiese pasar en días venideros.

—Me hago cargo de tu preocupación y de tu malestar con respecto a esta coyuntura. No es seguro que regreses junto a tu padre, de la misma forma que tampoco lo es enviar a mis hombres a un más que posible contagio. El sargento Mason hizo un buen trabajo aislándose y aguardando nuevas órdenes, y dudo mucho que quisiera que tú intervinieses más de lo que ya lo has hecho. Has realizado un largo viaje, estoy seguro de que lo que ahora necesitas es alimentarte y reponer fuerzas. Mañana lo verás todo con más claridad. Si acatas mis órdenes, como espero que hagas, me encargaré personalmente de redactar una carta urgente exponiendo lo sucedido, y la enviaré con un emisario esta misma noche hacia Roostad para que se la entregue a mi padre. Como sabes, hay dos elfos en nuestra ciudad y son elfos del aire; eso quiere decir que poseen el don de la sanación. Ellos no pueden hacerse cargo de lo que ha ocurrido con la Plaga, pero juro que haré lo que esté en mi mano para que ayuden a Mangaro y a los hombres que se quedaron con él, así tenga que obligarlos. No consentiré que paguen con sus vidas quienes se han ofrecido a llevar a cabo una misión que ellos mismos han promovido.

—Os lo agradezco, coronel.

—Soy yo quien agradece que te apresuraras en traerme esta noticia. Ahora ve con los demás y descansa. Te lo mereces. —Levantó la vista para mirar al otro hombre y añadir—: Aseguraos de que no le falte de nada.

En cuanto se fueron, Rómulo cogió un trozo de pergamino, mojó una pluma con tinta y empezó a redactar la misiva. Primero le contaría a su padre sobre el éxito obtenido en las regiones del norte y después le hablaría del incidente de Berproa, prometiéndole que, a pesar de todo, el plan podía seguir adelante, porque la infección allí estaba controlada y porque, una vez cerca de Portbury, desviarían a alguno de los sargentos para dar la orden de que se trasladasen a dicha ciudad, comunicando a las personas infectadas lo mismo que a las demás: que se embarcarían rumbo a Ucay por una nueva ruta perfectamente estudiada que los mantendría a salvo, y que allí vivirían hasta que se recuperasen y pudiesen regresar. Un par de mentiras piadosas para que no cundiese el miedo ni entre los que marchaban ni entre sus familiares. Por último, expuso el caso de Mangaro y la imperiosa necesidad de que Endanur y Galon hiciesen algo al respecto. Era lo mínimo que podían hacer si querían que aquellos hombres, junto con sus familias, continuasen apoyándolos tanto a ellos como a los Jensen. Rómulo pensaba que no podrían negarse a algo así. Así saldaría su deuda con los Mason y se ganaría la admiración de Julius.

Aquel sería su primer acto como futuro lugarteniente que el pueblo recordaría en su favor. Iba a ser un buen comienzo. Después llevarían a cabo lo planeado por los elfos y trataría de sumar algún que otro logro más para que nadie dudase de su capacidad de gobierno llegado el momento de relevar a su padre, tan querido por todos. Cuando eso sucediese, ya tendría tiempo de proceder a su antojo con respecto a los métodos que él mismo había estado elucubrando.

DÍA 10 · LUNA CUARTO CRECIENTE

ENDANUR

ROOSTAD

—De ninguna manera —dijo Endanur en cuanto Ludo leyó en voz alta la carta de su hijo—. Galon y yo no haremos tal cosa —añadió, refiriéndose a la petición de que intentasen sanar a uno de sus hombres.

—Me temo que no os queda otra opción si queréis que vuestro plan continúe adelante.

—Os recuerdo que dejé bien clara mi postura de mantenernos al margen de la gente infectada cuando concretamos el plan. No intercederíamos por nadie, ya fuese humano o elfano. No podemos arriesgarnos a algo así y mucho menos nosotros, dignos descendientes de Lëén.

—No tengo ningún interés en vuestra maldita ascendencia. Mi hijo ha recorrido Aridia con sus hombres en vuestro favor, y esos hombres…

—Un momento, Ludo Jensen —lo interrumpió—. Todo está planeado para que tanto vosotros como nosotros salgamos beneficiados. No me vengáis ahora con eso de que los vuestros han recorrido el territorio por mí. Lo han hecho por la causa; una causa que salvará sus vidas y las de sus más allegados. La noticia de los hombres infectados no hace más que reforzar nuestra teoría de que los enfermos tienen que salir de Aridia cuanto antes. Y los elfanos... Ya sabéis lo que hay que hacer con ellos.

—¿Y qué pasará si algún elfano se niega a identificarse y consigue ocultarse? —preguntó Galon—. No a todos se los puede reconocer a simple vista y, desde luego, los que no están identificados tampoco estarán interesados en desvelar su identidad.

—Si Rómulo ha hecho bien su trabajo —continuó, molesto por la racional pero inoportuna apreciación de su hermano—, cualquier persona denunciará tal cosa en caso de mínima duda. Hoy, mañana y en el futuro. No creo que los humanos quieran volver a pasar por una situación de riesgo como la que están viviendo.

—Sea como sea, ya no nos queda mucho tiempo —añadió Ludo—. Lo único que podemos hacer es esperar a que todos los aridianos hagan caso al comunicado y denuncien. No podemos retrasarlo más después de lo de Mangaro y sus hombres. El traslado de los enfermos ha de ser según lo acordado, dentro de tres amaneceres, así como el encierro de los elfanos en la Torre de Tomur. Que después de eso quede alguno en Aridia es lo que menos me preocupa.

—Pues debería preocuparos. Todos son peligrosos.

—Como bien ha dicho vuestro hermano, los que se queden de forma clandestina no estarán dispuestos a exponerse al odio de la gente. Se extinguirán con el paso del tiempo.

Cada vez que la palabra «extinción» aparecía en una conversación, Endanur tensaba el cuerpo y rechinaba los dientes. Pero sí, Ludo tenía razón, eran los elfanos quienes estaban destinados a extinguirse, no los suyos y él. Para eso había hecho aquel largo viaje, y no regresaría junto a los Arë hasta estar seguro de que los barcos partían hacia Ucay y la Torre de Tomur ardía con todos los bastardos en su interior.

—En cuanto a Berproa —continuó—, me consta que es una población pequeña, ¿no es así?

—La más pequeña de Aridia, de hecho. No pasan de ciento cincuenta habitantes, ¿por qué?

—Restando las muertes más recientes, quizá el censo actual no sea mucho mayor de cien.

—¿Y qué queréis decir con eso? —preguntó Ludo con impaciencia.

Endanur sabía que ese humano era más perspicaz que otros que hubiese conocido.

—Tal vez deberíais plantearos la posibilidad de desharceros de todos los residentes de ese lugar —expuso—. Las noticias que nos llegan son de que la situación está bajo control, pero ¿qué garantías tenemos, si el mismo pueblo ha vivido en la ignorancia durante ciclos? Si la enfermedad ha permanecido latente allí, siendo un número tan reducido de habitantes, no hay duda de que la mayoría habrá estado en contacto con los infectados. Y, a mi parecer, solo hay una única solución posible.

Ludo agachó la cabeza y negó.

—Vuestra vileza no conoce límites.

A Endanur le importunó el agravio, sin embargo, dejó que el hombre dirigiese la información hasta darse cuenta de que él tenía razón. Berproa era una ciudad contaminada que no había tomado ningún tipo de precaución. Cualquiera de sus residentes suponía un peligro.

—Sabéis que tengo razón —agregó cuando las pesadas dudas en la mirada de Ludo se disiparon.

—Pensaré en ello —dijo entonces.

Endanur saboreó la victoria, pero contuvo la sonrisa que le hubiese gustado mostrar.

—¿Significa que empezamos con los preparativos? —preguntó, cauto.

—Mas no sin antes darle una respuesta convincente a Rómulo de vuestra parte.

Los humanos lo exasperaban, definitivamente.

—Decidle que lo haremos —anunció—, que repliegue a sus hombres y regrese a la ciudad. Cuando emprendamos el viaje hacia Portbury, buscaremos el lugar donde dice que están los otros infectados.

—Entonces, ¿lo haréis? —La expresión de Ludo reflejaba tanta sorpresa que Endanur dedujo que lo había creído—. ¿Sanaréis a Mangaro Mason y a los hombres que se quedaron con él?

Estuvo a punto de decirle la verdad, que solo era la respuesta que todos querían escuchar y aquella con la que Rómulo se cubriría las espaldas ante sus hombres. Miró a su hermano, a sabiendas de que él conocía perfectamente sus intenciones. Esperaba que no lo estropease cuando tomó la decisión de seguirle la corriente a Ludo.

—Al menos, lo intentaremos. No podemos garantizar que nuestro don pueda curar a esas personas, pero haremos todo lo posible si de esa forma damos un poco más de apoyo a vuestra familia. Deseáis recuperar de forma oficial vuestro título, así que os brindaremos esa ayuda que merecéis por ser un nombre justo que solo desea el bien para su pueblo.

Galon no hizo ningún comentario.

DÍA 12 · LUNA CRECIENTE 65%

REGRESO DE RÓMULO A ROOSTAD
REUNIÓN DEL EJÉRCITO EN LA CAPITAL

LUDO

ROOSTAD

Todo estaba preparado para que Siome y las niñas escapasen esa misma noche, así que a primera hora de la mañana fue a hacerle una última visita a la elfa. Subió hasta la primera planta de la torre, donde se situaba la antigua sala de peticiones del rey Tomur, y se sentó tras una enorme mesa de madera oscura y mal trabajada, el único mueble que vestía la estancia. Acto seguido, llamó a uno de los hombres que se encargaban de mantener el orden para que llevase a la curandera ante él; tras cumplir su cometido, se marchó a petición de Ludo.

—Tenéis mejor aspecto —le dijo a Siome una vez a solas.

—Galon hizo un buen trabajo, a pesar del escaso tiempo del que dispusimos.

Ludo estaba realmente intrigado con aquel supuesto don de sanación que poseían los Arë, del mismo modo que se preguntaba cuál sería el talento de Siome. Nunca le había preguntado al respecto, pero aquel tampoco era el mejor momento.

—Sois consciente del peligro que corremos todos en este asunto —le dijo, yendo directo al grano—. Si alguno de mis hombres os reconoce, no habrá vuelta atrás.

—En ese caso, pedid al Destino, a los Elementos o a aquello en lo que creáis que nos proteja. Yo cuento con las Madres Elfas y sé que así lo harán.

«Las creencias de lo humanos y los elfos están tan lejos de casar como las razas», pensó.

—Todo saldrá bien, Ludo Jensen —insistió la elfa—, pues así ha de ser.

—Me sorprende que mostréis tanta seguridad.

Y no solo lo decía por la firmeza de sus palabras. Era su porte tranquilo, la naturalidad con la que hablaba y había hablado durante sus furtivas reuniones.

—Mostrarse segura es garantía de éxito. La confianza…

—Ya, ya… Es fácil decirlo, Siome.

La elfa guardó unos segundos de silencio. Ludo pensó que la había ofendido al interrumpirla.

—¿Qué hay de los barcos que os esperan en Portbury? —preguntó después, cambiando de tema y sin mencionar la afrenta—. ¿Habéis solucionado el tema del espacio?

—Casi, pues ya había decretado el cese de actividad de tres barcos que podían equiparse para albergar entre veinte y veinticinco personas; pero he tenido que ordenar que preparen dos más. —Ludo suspiró al pensar en el más grande de estos últimos, cuya construcción había exigido para su uso personal y ni siquiera estaba acabado—. Mis hombres han encontrado infectados en Berproa, por motivos que no es necesario explicar ahora —concluyó.

—Aun así.

Ludo frunció el ceño.

—¿Qué insinuáis?

—Hay mucha gente en esta torre —prosiguió—. Sé que no será de vuestro agrado lo que os voy a decir, pero me temo que los enfermos más críticos son prescindibles.

—¡¿Qué?!

—Que los enfermos…

—¡Por el suelo que piso! Os he oído.

—¿Entonces por qué…?

—No puedo creer que estéis hablando en serio, eso es todo. Pero os he oído, maldita sea.

—Relajaos, Ludo Jensen.

Ludo dio un golpe sobre la mesa. Ella no se inmutó y eso lo puso todavía más nervioso.

—No sé por qué os alteráis tanto —continuó diciendo—. ¿Os sentís bien sabiendo que vais a enviar a personas inocentes al territorio isleño más peligroso de Ganean con la única intención de que jamás logren alcanzar su objetivo y, sin embargo, os alarmáis ante la idea de sacrificar a los que ni siquiera deberían embarcar porque están condenados a morir desde hace semanas?

Una vez más, Siome iba muy por delante de él. De hecho, se sorprendió al no haber pensado algo que tenía una lógica tan aplastante. Y eso que aún no le había expuesto la idea de Endanur respecto a deshacerse de todos los berproenses, aunque, por lo que acababa de decir, supuso que ella también estaría de acuerdo.

—No es lo mismo. No podemos deshacernos de la gente sin más. ¿En qué lugar me deja eso como lugarteniente que se preocupa por su pueblo?

—Sois demasiado bueno, Ludo Jensen.

Lo inquietaba sobremanera que los elfos usasen su nombre completo. Tenían esa extraña costumbre, y Ludo lo asociaba a que los elfos solían denominarse con nombre y ascendencia. Ella era Siome, hija de Vandra, pero él no la podía llamar así porque habría significado que la trataba como a una igual, y, pese a que Siome se alejaba mucho de la soberbia que demostraban los elfos del aire, no se consideraba una igual y prefería no tener esa discusión. Aún así, ella lo llamaba Ludo Jensen como muestra de respeto.

—¿Qué hay del barco que enviaréis a Cabo Ribalta? —continuó la elfa.

—No tenéis que preocuparos por eso. El barco llegará.

—Voy a pediros un último favor —añadió Siome—. Quiero que, si Helina Wrim sobrevive al viaje, consigáis que zarpe en el barco que mandaréis a por nosotros.

—¿Quién?

—Helina, la joven embarazada del grupo de las mujeres. Ella ha de viajar conmigo. —Estuvo a punto de preguntar por qué, pero se abstuvo—. Y, en el caso de que eso no sea posible, que no podáis sacarla sin levantar sospechas, al menos su hijo. Es más que probable que nazca antes de la partida.

Siome le dio unos cuantos detalles más. Reclamaría la presencia de la joven en cuanto regresase a su estancia para poder hablarle de la salvación de su hijo.

—¡Eso es tremendamente arriesgado! —protestó Ludo—. ¡Nadie puede saber que vais a iros de Aridia con algunos elfanos!

—Helina no dirá nada. Podéis estar seguro.

—Pero…

La sola mirada de Siome bastó para que enmudeciera. Ella ya había dado por concluida aquella conversación.

—Bien. Si lo tenéis tan claro, haré lo posible.

—Lo imposible, Ludo Jensen.

—De acuerdo. Ya veo que es importante.

—No os imagináis cuánto.

HELINA

TORRE DE TOMUR

El ajetreo había sido constante tras el anuncio de que iban a trasladar a todos los enfermos a una isla para que se recuperasen. A Helina no le había parecido tan buena idea como a los demás, pero solía tener un punto de vista muy diferente al del resto.

Desde que Tomur había muerto, y también su hija más pequeña, nadie albergaba esperanzas con respecto a una posible cura. Por eso, que les llegase un comunicado de Ludo Jensen sobre lo establecido había logrado unos cuantos gritos de júbilo y que todos se pusieran manos a la obra. Además, nadie podía negarse a aceptar su porvenir, porque no les habían dado la opción de elegir. No podían continuar suministrando víveres después de tantos ciclos y sin ningún resultado de mejora, y tampoco podían dejarlos regresar a sus hogares, pues ello conllevaría la propagación de la infección.

Helina ni siquiera sabía si podría ver a su hermana antes de que la obligasen a salir de la ciudad. Por todo eso, se había convertido en un alma en pena que vagaba sin entusiasmo por las pocas estancias a las que tenía acceso dentro de la torre.

Tenía quince años, era hija de una de las primeras elfanas nacidas poco después de Tomur y estaba embarazada de siete ciclos. Por suerte, las mujeres —y niños— con las que compartía habitación no sabían nada acerca de su procedencia, a pesar de que siempre había sido un misterio para todos que ella y su hermana melliza fuesen tan llamativas como distintas entre sí. Ambas eran un poco más altas que la media, pero Cala era una muchacha robusta, de pelo alborotado y castaño igual que sus ojos. Helina era delgada, de pelo más fino, rubio oscuro y con un color de ojos difícil de determinar. Además, la cíclica le había llegado a los once años, moldeando su cuerpo y diferenciándola todavía más de su hermana. No habían conocido a su madre; su tío Zafro se encargó de ellas y las crio al margen de todos cuantos hubiese conocido, intentando apartar cualquier indicio de rasgos élficos, vaticinando que aquello les traería problemas en el futuro. Fue por eso que se mudaron de Sidalt a Roostad tras la muerte de Alienne al poco del alumbramiento. Allí él se presentó como un hombre viudo a cargo de sus hijas, aunque ellas supieron desde el inicio que era su tío y que no podrían haber caído en mejores manos. Por desgracia, se quedaron huérfanas definitivamente recién cumplidos los diez cuando el corazón de Zafro se paró de repente.

Desde entonces, habían estado subsistiendo solas los últimos cinco años, motivo por el cual Helina estaba embarazada e infectada. Cala nunca había aceptado que vendiese su cuerpo y tenía razones de peso como, por ejemplo, que a Alienne, su madre, la hubiesen obligado a yacer con un elfo de identidad desconocida dos años antes de la edad permitida. Además, su hermana era partidaria de que podían hacer muchas otras cosas para comer, pero Helina no era tan fuerte como ella, no soportaba los trabajos pesados y no era especialmente diestra en ninguna de las tareas a las que había intentado dedicarse. Mentir sobre su edad y complacer a los hombres había sido lo más sencillo, pues en Aridia no estaba aprobado casarse ni mantener relaciones con nadie hasta los dieciséis. Helina era pobre pero bonita, y había decidido sacar provecho de aquella ventaja, con tan mala suerte que, al poco de empezar a ejercer la prostitución, yació con uno de los hombres que protegían la Torre de Tomur y que entonces no sabía que era uno de los primeros contagiados. También fue uno de los primeros en morir por la Plaga de Tamara cuando todavía nadie le había puesto nombre a lo que ocurría, dos o tres ciclos antes de que los encerrasen a todos, hecho que coincidió con la llegada de la Primera Luna Templada del año anterior.

—Aparta de ahí.

Tuvo que pegarse mucho a la pared del pasillo por el que circulaba porque varios hombres aparecieron a toda prisa transportando en camillas a los enfermos que ya no se sostenían en pie, casi todos elfanos. Los distinguía con facilidad, pues eran los peor parados; los había incluso que tenían la cara completamente llena de pústulas. Ella debía de ser de las pocas que, siendo elfana, no había sufrido las consecuencias más fatales y daba gracias por haber podido mantener oculta su identidad. Por otro lado, desde que había alcanzado la edad necesaria para entender las historias que se contaban en la ciudad sobre los elfos, se lamentaba de no haber obtenido nada de ellos, más allá de su aspecto físico, que de poco le servía ya con la cara llena de costras por el sarpullido que la había afectado desde el principio.

—¡Eh! ¡Tú! —gritó alguien a sus espaldas cuando los camilleros terminaron de pasar—. ¿Por qué no estás con las demás? Deberías estar…

En cuanto Helina se giró para mirar a su joven interlocutor, vio cómo detenía su discurso y palidecía.

—¿Preparando mis cosas? —se atrevió a decirle.

—Sí. Vamos, ve. Saldremos mañana antes del amanecer.

Estaba tan acostumbrada a obedecer dentro de aquella torre que se sorprendió de sí misma al dar un paso hacia el chico para comprobar su reacción. Él retrocedió a su vez.

—Estaba buscando a alguien a quien poder preguntarle si nos dejarán despedirnos de nuestros familiares cuando salgamos.

—No lo sé. No te acerques más.

Llevaba la boca y la nariz cubierta con un pañuelo, así que lo único que podía ver de él era su mirada, cargada de pánico. Era a todas luces un recluta, no mucho mayor que ella; dedujo ambas cosas por el tipo de uniforme que llevaba, sin distintivo. Además, era bastante menudo.

Helina avanzó un poco más, hasta que el chico se topó con la pared del final del pasillo y comprendió que no tenía salida a menos que pasase por su lado.

—No te acerques a mí. Te lo ruego.

Agradeció su súplica y sus buenos modales. Cualquier otro le habría gritado que se apartase de inmediato y, de regalo, se habría llevado unas cuantas groserías, así que no fue más dura de lo necesario.

—Tengo que hablar con mi hermana. Los de fuera llegasteis aquí hace días y nos dijisteis que nos ibais a trasladar al sur, pero nadie habló de familia, amistad o despedidas. No podéis hacernos esto. No puedo marcharme sin verla, al menos, una vez.

—No es a mí a quien tienes que preguntar; yo ni siquiera me ofrecí para entrar aquí dentro. Por favor, no quiero acabar así.

—¿Por qué? ¿Tienes familia? —Helina avanzó otro paso—. ¿Qué pasaría si te tocara y te contagiaras y tuvieses que unirte a nuestro inesperado viaje? Habría alguien de quien te quisieras despedir, ¿verdad?

El chico no contestó y Helina creyó intuir la respuesta, pues todo el mundo tenía a alguien.

O eso pensaba.

—Ayúdame, por favor —continuó—. Busca a Cala Wrim. Dile a qué hora nos sacarán de aquí y el camino que tomaremos. Ella hará todo lo demás.

—De acuerdo, pero retrocede y deja que vuelva a mi trabajo. No deberías estar fuera de la habitación que te asignaron.

—Claro, volveré allí enseguida. —Helina empezó a caminar de espaldas para alejarse y dejarle vía libre—. Cala Wrim. Puedes preguntar por ella en los establos.

Cuando regresó al lugar que tenía establecido, las demás mujeres no le prestaron atención, como venía siendo costumbre. Helina era la más joven, sin contar con unas pocas niñas, y, pese a las marcas de la cara, la más hermosa. Cuando llegó a la torre, una de la más adultas la reconoció pese a su estado y se encargó de comunicarle al resto a qué se había dedicado fuera. Desde entonces, había vivido una estancia solitaria y taciturna en la torre. Aunque poco le importaba ya. Su único interés en cuidarse había sido por el bebé y, suponiendo los nuevos acontecimientos que estaban por venir, lo único que le quedaba por hacer era lamentarse y tratar de despedirse de Cala. Tal vez debiera ilusionarse como las demás ante el inesperado viaje a Ucay —el lugar donde sanarían al aire libre—, pero lo único que sabía de aquel territorio era su nombre, y eso no la tranquilizaba lo más mínimo.

—Espero que no te pongas de parto de camino a Portbury —le dijo una de las mujeres.

—¿Por qué? —preguntó, inocente.

—Porque eso solo haría que nos retrasásemos.

—O que decidan abandonarla a su suerte —añadió otra.

Algunas rieron.

—No creo que el futuro le depare nada bueno si se queda atrás. ¿Has visto su cara? Nadie se acercaría a ella ni a diez pasos de distancia.

—Agradezco vuestra preocupación —respondió Helina con ironía.

Escuchó algún que otro comentario más, sin molestarse. Poco después, notó movimiento en el vientre y se acomodó en el suelo para descansar y disfrutar de la sensación. Pensó en el futuro y se preguntó por la criatura, sobre qué sería. Ni siquiera había barajado nombres, porque hasta entonces había dado por sentado que daría a luz allí, que pediría que le entregasen el bebé a su hermana y que, por lo tanto, le dejaría ese derecho a ella.

Cuando llegó la hora de la comida, el encargado de llevarles los pocos alimentos que tendrían que repartir la hizo salir de la estancia.

—La curandera quiere hablar contigo. —Se quedó tan sorprendida que ni siquiera parpadeó—. Te espera. Hoy comerás con ella.

—¿Pero...?

El hombre la agarró por el brazo.

—¡Eh! —le espetó—. Que me haces daño, ¡suelta!

—Deja de resistirte, estúpida.

Lo que más le sorprendía a Helina después de que todos los infectados hubiesen sido llevados y encerrados en la To-

rre de Tomur era que, pese a la condición que todos compartían, seguía habiendo distintos estatus. Los hombres que se habían recuperado de las fiebres mortales habían tomado el mando y se habían autoproclamado los guardianes del orden, de los alimentos que llegaban de fuera y de cualquier cosa sobre la que creyesen que tenían derecho, como llevar a rastras a Helina hacia alguna parte sin dar explicaciones. Que hubiese dicho que iría ante la presencia de la curandera no era ninguna ventaja. Podría conducirla hasta otra estancia, hacer con ella lo que quisiese y nadie se daría cuenta. Desde que habían descubierto que estaba embarazada, dos hombres ya se habían beneficiado de su estado.

Los infectados tenían prohibido mantener relaciones entre ellos para evitar un mal mayor en vista de los niños que habían nacido con problemas, por eso las otras dos mujeres que dieron a luz y ella habían sido motivo de garantía para los que habían decidido saltarse las normas. Uno de ellos la golpeó tan fuerte que casi le hizo perder la conciencia cuando vomitó del asco al ver cómo las ronchas de la piel se habían esparcido por todo su cuerpo. Al menos, eso la salvó de una experiencia desagradable. Aquel tipo no volvió a intentarlo, pero le hizo jurar bajo amenaza de muerte que mantendría la boca cerrada.

Estaba a punto de resignarse ante el hecho de que aquel otro quisiera aprovecharse de ella cuando por fin la soltó y la empujó hacia una puerta. Suerte para él, porque Helina ya estaba buscando un lugar donde morderlo para devolverle el dolor.

—Sucia ramera… Más te vale que hayas memorizado el camino para la vuelta. En una hora pasaré a hacer el último recuento antes de la partida y espero no tener que buscarte. —El hombre se separó por fin de Helina y empezó a alejarse. A los pocos pasos se dio la vuelta y la miró con impaciencia. Deshizo lo andado y se encaró con ella—. ¿Qué haces ahí parada? ¡Entra de una vez! Te está esperando.

Lo cierto era que había desarrollado la capacidad de quedarse estática frente a los controladores de la torre y su desprecio, aunque eso supusiese tener que soportar su aliento putrefacto y las gotas de saliva que le llegaban por la cercanía. Parpadeó un par de veces tras los alaridos que le había dedicado y, sin más, se giró y llamó a la puerta con los nudillos.

—Adelante —escuchó al otro lado.

Era la voz cansada de una mujer, así que Helina empezó a creer que de verdad había sido llamada ante la presencia de la única curandera confinada en la torre. Abrió con precaución y pasó cerrando tras de sí.

—Acércate y toma asiento, por favor.

Hacía bastante tiempo que no coincidía con ella, el mismo que la curandera había dejado de visitar a las demás personas, recluida siempre en las estancias de Tomur, y por eso le extrañaron principalmente dos cosas: su empeoramiento y que estaba acompañada de Abbey, la niña que todos creían muerta. Además, esta última parecía haber recuperado la vitalidad que le correspondía a alguien de su corta edad.

—Sabes quién soy, ¿verdad? —le preguntó a Helina cuando se sentó en el cojín que había dispuesto sin duda alguna para ella.

—Siome.

Pronunciar su nombre en voz alta le resultó agradable. Las mujeres hablaban de *la curandera* para referirse a ella, al igual que todos los demás.

—Recuerdas mi nombre.

—Sí.

Cómo olvidarlo. Ella fue la primera que reparó en que estaba embarazada, y también la primera que intercedió ante el acoso que sufría debido a su profesión.

—Yo también recuerdo el tuyo, Helina.

Dudó si sentirse halagada o no. La mirada de Siome, a su parecer, no transmitía nada.

—Sé que te has estado ocultando todo este tiempo —siguió la curandera. Helina contuvo el aliento mientras esperaba sus próximas palabras—. No eres una mujer.

Sé quedó más blanca que la luna.

—Sin embargo, has pasado por una de ellas y eso te ha beneficiado tanto como ha de beneficiarte en el futuro. No te alarmes, joven Helina, estoy de tu lado. —La mujer le indicó que se acercara con la intención de poder tocar su vientre—. Estás gestando a un elfano de tercera generación, y uno sucesor de los Arë por una de las partes, si no me equivoco.

Sí, su madre era una elfana descendiente de los elfos del aire. Y, aunque Helina no conocía la procedencia élfica de su padre, sí sabía que lo era. O lo fue.

—¿Cómo deducís todo eso sobre mí?

—Eres mayor que Tamara. Por tu edad, solo puedes ser hija de una de las primeras elfanas y, por tu apariencia, salta a la vista un lado de la procedencia.

—Por favor, no digáis nada —le pidió, desesperada—. No tengo ningún don y tampoco la capacidad de hacer cosas malas como… —se interrumpió al acordarse de que Abbey estaba con ellas—. No hago que sucedan cosas extrañas.

—¿Estás segura?

—Lo estoy.

Helina bajó la cabeza, avergonzada. En más de una ocasión, dentro de la torre, había deseado poder perjudicar a las personas que le habían hecho daño de una u otra forma, poniendo todo su empeño mental en conseguirlo, convencida de que debía tener algún rastro genético que la ayudase en esos momentos. Pero jamás había conseguido nada, e incluso se arrepentía por haberlo intentado. Se preguntó si Tamara habría generado la Plaga de forma consciente, aunque lo dudaba, porque sus hermanas habían sido las primeras en sufrir la terrible enfermedad, y nadie querría dañar a su propia hermana. ¿No?

—Quiero pedirte algo. —La voz de Siome hizo que volviera a la realidad—. Tienes que seguir como hasta ahora, haciéndote pasar por humana. Pero, cuando nazca la criatura, has de evitar que se embarque contigo hasta Ucay.

—¿Por qué? —preguntó, asustada.

Siome la volvió a mirar de forma indescifrable. Tenía los ojos más brillantes que había visto nunca.

—Es la mayor garantía de supervivencia para él o ella.

—¿Qué queréis decir?

—El viaje a Ucay es muy peligroso.

—Pero…

—Tienes dos únicas opciones. O te escapas cuando salgáis y te diriges a Seic sin que te descubran antes de que acabe este ciclo, o cuando nazca el bebé…

—¿Que me escape? —la interrumpió Helina esa vez—. ¡No! ¿Cómo voy a hacerlo? ¡Estoy enferma! Aunque lo consiguiera, nadie querría acercarse a mí.

—¿Nadie? ¿Ni siquiera tu familia?

Helina pensó en Cala y no, ni siquiera podía pedirle a ella que la ocultase. Eso supondría exponerla a la enfermedad y contagiarla y, al final, todos descubrirían lo que había pasado. No, no podía ser. De ninguna manera. Ya bastante había hecho al pedirle a aquel soldado que la avisara para que pudieran despedirse.

—¿Por qué me pedís algo así?

—Por tu hijo.

—¿Mi hijo?

—No tardará en nacer, y tal vez pueda salvarse.

Siome le dijo que podría llevárselo con ella.

—¡No vas a quitarme a mi hijo!

—No quiero quitártelo, Helina. Solo quiero que viva.

—¿Acaso crees que morirá si se queda conmigo? Soy joven, pero podré cuidar de él.

—Ucay no es un lugar seguro.

—Yo haré que lo sea.

La curandera le sostuvo la mirada una vez más, en silencio, y tardó en volver a pronunciarse.

—Tu determinación es admirable, joven Helina. Ojalá la infección no te hubiese afectado el rostro y pudiese llevarte conmigo. —Quiso preguntarle a dónde; no le dio tiempo—. Sabes que os van a sacar de aquí al amanecer, ¿verdad?

—Sí.

—¿Y sabes que solo van a ser trasladados los humanos?

—¿Por qué?, ¿qué pasa con los elfanos?

—Ellos se quedarán aquí.

Helina la miró sin comprender. ¿Por qué iban a dejar a los elfanos en la torre? Por la mañana habían estado trasladándolos a los pisos inferiores. Además, llevaban días tapiando ventanas y preparando el edificio para su posterior incineración y abandono, con la intención de que los restos de la enfermedad muriesen allí y los dejase en paz para siempre.

—Van a morir aquí —le aclaró.

Helina ahogó un grito de sorpresa.

¿Morir?

¿Acaso iban a quemar la torre con ellos dentro?

Le entraron náuseas por primera vez desde que supo que estaba embarazada y no fue por eso, sino por el horror.

—Esa es la razón por la que has de continuar fingiendo que eres humana —añadió Siome.

—¿Y vos? —preguntó, consciente de que la curandera había dado a entender que no viajaría con los demás—. ¿A dónde iréis vos? ¿A Seic?

—No estaré aquí después de caer la noche. En algún momento os llegará la noticia de que he muerto, pero, en realidad, iré hasta Cabo Ribalta y haré todo lo que esté en mi mano para salvar a cuantos elfanos consiga reunir durante mi camino, pues tienen orden de venir a Roostad en los próximos días. Los que consigan burlar al ejército y encontrarse conmigo me acompañarán a un lugar que nadie conoce, donde nos ocultaremos el tiempo que sea necesario. Allí trataré de comprender mejor qué es lo que ocurre con los que han heredado dones desfavorables, lejos de donde puedan perjudicar al resto de personas. Es todo cuanto puedo hacer desde la posición en la que me encuentro.

—Por eso quieres llevarte a mi hijo… —dijo Helina, pensando en voz alta.

—Es un elfano y nacerá antes de tiempo, pero no sé si lo suficiente como para que se lo entregues a alguien de confianza y pueda reunirse conmigo antes de mi partida.

El miedo se apoderó de ella. Quería que el bebé se salvase a toda costa.

—¿Qué puedo hacer?

—Al llegar a Portbury —le explicó Siome—, pasaréis unos días en la ciudad antes de embarcar, mientras avituallan los barcos y se hacen cargo de la organización. Es probable que tu hijo nazca para entonces. Cuando eso ocurra, te encontrarás con una persona que se hará cargo de la criatura para traerla hasta mí.

—¿Quién?

—Cuando llegue el momento lo sabrás.

—¿Y si mi bebé nace antes de tiempo? ¿Y si durante el camino…?

—El bebé aguantará hasta Portbury, Helina, te lo aseguro, pero has de tener la determinación de que así sea. Hazle frente a cualquier cosa que creas que te puede hacer desfallecer: el tiempo, la falta de sueño por la incertidumbre o la incomodidad para poder conciliarlo, la comida, que será escasa… Trata de guardar siempre una parte de la ración que te den por si al día siguiente, o al otro, por el motivo que sea, os quedáis sin alimentos hasta la próxima parada. Tienes que procurarte sana. Va a ser un viaje mucho más largo de lo normal, teniendo en cuenta la crítica situación de algunos de los enfermos.

Como no habían comido nada de lo que Siome tenía a su disposición, la mujer envolvió lo más duradero, dos trozos de pan y un puñado de castañas, y luego le ofreció la sopa de pollo con eneldo para que la tomase, junto con su propia ración. Helina quiso protestar por tanta amabilidad, pero no se lo permitió. «Estaremos bien», le aseguró, refiriéndose a la niña y a ella. Al nombrarla, a Helina la asaltó una duda de notable importancia.

—¿Cómo es posible que Abbey haya estado con vos aquí cuando a nuestros oídos llegó la noticia de su muerte? ¿Qué hay de los guardias? ¿Estáis confabulando con ellos?

—Las únicas personas que saben que Abbey sigue con vida somos el lugarteniente y yo.

Helina abrió la boca por la sorpresa y, mientras trataba de hacerse a la idea, Siome le hizo un gesto a la niña, que, al instante, se escabulló hacia el montón de paja que hacía más mullido el lecho de la curandera; solo que su función no era únicamente esa. Abbey había estado oculta todo el tiempo y Helina no podía salir de su asombro. Entendió, sin expresarlo y sin que Siome tuviera que explicárselo, que la niña era importante para ella, y valiosa. Eso también.

Cuando estuvo lista para volver a su estancia con el resto de mujeres, tuvo una última duda antes de salir por la puerta.

—¿Por qué sabéis tanto sobre mí? Sobre los elfanos.

Siome le echó un vistazo a Abbey, que había salido de su escondite y se dedicaba a jugar con una muñeca de trapo. Entonces miró a Helina y se llevó las manos al velo que cubría su cabello. Cuando lo retiró ligeramente hacia atrás, se quedó sin habla.

Era una elfa.

¿Cómo era posible que no se hubiese dado cuenta?

Sin darle tiempo a decir nada, Siome volvió a cubrirse. Con una única mirada le demostró lo mucho que significaba que guardase silencio.

Ambas conocían el secreto de la otra.

—De acuerdo —concluyó Helina con decisión—. Confiaré en vos, por el bebé. En Portbury me acogeré a lo que sea que me tenga deparado el Destino.

—Que así sea.

RÓMULO

ROOSTAD

Su padre había estado esperando el regreso de cada una de las partidas de soldados, así que con su retorno y el de sus hombres ya no había motivos para postergar la misión; saldrían con el siguiente amanecer. Además, le había contado la sugerencia de Endanur sobre hacer partir también a los habitantes de Berproa —enfermos o no— para aumentar las probabilidades de éxito y, aunque bastante arriesgado, él se había mostrado de acuerdo.

Después de la reunión, Rómulo había pasado la mañana con su mujer y sus dos hijos, Ludino y Lahr. A ella le prometió que todo sería distinto a su regreso de Portbury, que las cosas irían a mejor y que ya no tendrían que temer a los elfanos. No comentó nada sobre lo que había estado meditando cuando su padre le cediese el cargo de lugarteniente. Todavía no habían hablado de manera formal sobre ese tema, pero daba por supuesto que así sería; Ludo no tenía ningún interés en seguir al mando de Aridia para el resto de sus días.

Ahora iba de camino a la escuela militar para encontrarse con la banda de hombres que estarían a su servicio durante el viaje, entre ellos, los sargentos encargados de velar por la seguridad de los hombres infectados. Más en concreto, buscaba a Willem Staton. Tenía su misma edad, así que se habían formado juntos para ser soldados. Era uno de sus hombres de más alta confianza, y no podía encargarle a ningún otro lo que tenía pensado.

Lo encontró dando instrucciones a los más jóvenes a su cargo, quienes, al verlo llegar, juntaron las piernas y se pusieron rectos a modo de saludo.

—Descansad, muchachos —les dijo—. Vengo a robaros a vuestro sargento. Proseguiréis con la charla más tarde.

Los chicos esperaron a que Willem les diese la orden para retirarse y luego se reunieron con los demás.

Rómulo extendió entonces los brazos.

—¡Por fin de vuelta! —exclamó Willem completando el abrazo.

—Sí…, ha sido un viaje como los de antaño, aunque reconozco que esta vez ha sido emocionante por otros motivos, y mucho más pesado, tanto física como mentalmente.

—Me hubiese gustado acompañarte.

—Lo sé, mi querido amigo, lo sé. —Rómulo empezó a caminar, invitando a Willem a hacerlo con él. No quería que nadie creyese que tenía planes ocultos que tratar con su mejor sargento de pelotón, así que, a ojos de todos, disfrutarían juntos del sol de la tarde mientras se ponían al día y le hablaba de la tarea que tenía pensado otorgarle—. Pero ni yo ni nadie te reprochará nunca que te quedaras para poder cuidar de tu madre en sus últimos días. Puedes estar tranquilo.

—Era una buena mujer —comentó Willem con pesar.

—Como una madre para mí, bien lo sabes. Y la mejor panadera de toda Ganean, sin duda.

Siguieron caminando por una de las calles principales que conducían a la Torre de Tomur y pasaron la plaza redonda, donde un grupo de soldados se había reunido para repartir al resto de compañeros los guantes y pañuelos que se habían fabricado, aprovechando que era una zona sin sombra al caer la tarde.

—No me andaré con rodeos, Willem —le dijo a su amigo, en dirección a la torre—. Necesito tu ayuda para poder llevar a cabo una misión paralela al viaje, y también necesito que sea realizada con la mayor brevedad y disimulo posible. Ya sabes a qué me refiero.

Willem no hizo ningún comentario. Continuó caminando como si lo que le acababa de decir no le suscitase ni un mínimo de emoción. Su amigo era leal, aunque lo que más apreciaba de él era su profesionalidad. Podía ser una persona afable durante la mayor parte del tiempo, pero, cuando se trataba de algún asunto oficial, se volcaba de lleno. Pasaba del blanco al negro en cuestión de segundos. Lo único que le preocupaba a Rómulo era que el tema en cuestión tenía que ver con Mangaro Mason, otro de los mejores sargentos del ejército de Roostad y, por lo tanto, compañero suyo.

—Lo que te voy a pedir es mucho más complejo que cualquier otra cosa que hayas hecho hasta el momento.

—¿Es por la causa?

—Por supuesto que lo es.

—Entonces no importa lo que sea —repuso Willem—. Lo haré.

—Ese es uno de los dos problemas.

Rómulo lo condujo hasta un lugar apartado para que ningún soldado pudiese inmiscuirse.

—No quiero que seas tú quien ejecute la orden —le dijo—, sino tres de tus hombres, cuatro a lo sumo. Aquellos en los que más confíes, así como yo te confío a ti esta tarea.

—¿Por qué no puedo liderarlos?

—Porque a ti te necesito aquí. No puedes desaparecer ahora.

—Entiendo.

Hubo un atisbo de sorpresa en su expresión cuando le explicó lo que quería y, a su vez, sacó a relucir el nombre de Mangaro, aunque Willem se esforzó en ocultarlo. Rómulo le contó lo que había pasado en Berproa y lo que había supuesto para una de las divisiones de la partida del sur.

—Según el joven Julius, no todos estaban infectados —le aclaró—, pero se han quedado en una cakowa por precaución.

Luego le dijo que su padre, los elfos y él partirían después de que el ejército ya se hubiese puesto en marcha con los enfermos, porque primero irían a esa cakowa a constatar la situación en la que se encontraban y tratar de ayudarlos. Lo que Willem tenía que hacer era enviar a algunos de sus hombres tan pronto acabasen con la conversación, a caballo y a galope, con el pretexto de comprobar los alrededores. Si se daban prisa, podrían regresar antes de que despuntase el sol. De ese modo, no levantarían sospechas cuando hiciesen lo ordenado.

Rómulo tenía tanto miedo al contagio que prefería deshacerse de aquellos hombres, por valiosos que fuesen, antes que acercarse a ellos mientras estuviesen con vida.

—De acuerdo —dijo Willem—. No será ningún problema.

—¿Crees que tus hombres tampoco lo serán?

—Te doy mi palabra. Mis soldados veteranos están deseando que esto acabe tanto como yo, y están dispuestos a lo que haga falta con tal de ascender.

—Me alegra oír eso.

Y lo decía de verdad. Para su gusto, había demasiados cabos sueltos, por mucho que su padre hubiese repasado el plan una y otra vez, así que guardaría aquella información para cualquier otra cosa que necesitase si algo se complicaba durante el camino.

Justo iban a despedirse cuando Willem le hizo *la* pregunta:

—¿Qué pasa con Tamara?

—La princesa se quedará aquí. Ella no está infectada, como bien sabes.

—Pero...

—Permanecerá encerrada hasta nuestro regreso. Solo después decidiremos.

Con aquel asunto, Willem tampoco dio muestras de sobrecogimiento, a sabiendas de lo mucho que esa muchacha le importaba. Asintió, le hizo el saludo de respeto a un superior y se dispuso a marcharse.

—Espera. —Rómulo lo paró sujetándole el brazo—. Te juro, amigo mío, que si la hemos dejado con vida todo este tiempo es porque tengo planes para ella más allá de desear su muerte por lo que ha ocurrido. Yo también te doy mi palabra. No la mataré.

—¿Y qué hay de tu padre? O de los elfos —preguntó el sargento.

—Si todo va bien, ninguno de ellos tendrá potestad sobre su persona cuando estemos de regreso. Te lo garantizo.

«Y por eso debemos asegurarnos de que todo irá bien», pensó cuando Willem se marchó.

CALA

ROOSTAD

Podía haberse pasado los días maldiciendo, pues tenía motivos de sobra con nombres propios: Tamara Tomursson, Ludo Jensen, Endanur Lo Que Fuese… Y ella necesitaba un —o varios— cabeza de turco para descargar toda la ira que albergaba ante la noticia de que iban a desterrar a todos los elfanos y que trasladaban a los humanos a Ucay, es decir, a un territorio que no era más que una pequeña isla que estaba vete tú a saber dónde y cuánto de lejos. Y eso último incluía a su hermana melliza. A Helina.

Decidió que no malgastaría más tiempo con ese tipo de pensamientos, porque el muchacho que yacía inconsciente en el suelo le había dado una buena excusa para no hacerlo. La había informado de cuándo efectuarían la evacuación de las personas recluidas en la Torre de Tomur.

Y no había mucho margen de tiempo.

Cala Wrim estaba decidida a evitar que se llevasen a su hermana lejos, pues Ucay era un lugar tan remoto como desconocido, y quién podía aventurar si los que se marchaban algún día regresarían recuperados; si es que iban allí con intención de curarse. En cualquier caso, tenía claro que nadie iba a quitarle lo único que le quedaba. Podía seguir viviendo, rondando la torre durante el resto de su vida, consciente de que su hermana estaba allí aunque no pudiese verla, pero no soportar que la fuesen a alejar de ella de esa manera, y menos cuando sabía con total certeza que estaba viva y que ella misma había rogado que se la informase de ello. Helina sabía que Cala haría cualquier cosa por ella y que encontraría la forma de verse.

Se imaginó la cara que pondría cuando la descubriese haciéndose pasar por recluta, usando la ropa del muchacho que le había llevado la información. ¿Qué tendría? ¿Dieciséis?, ¿diecisiete años? Qué importaba. Ella siempre había aparentado más edad de la que tenía y daba por sentado que a ningún hombre le importaría que se ofreciera voluntaria mientras estuviese dispuesta a trabajar como los demás, aunque supiesen que mentía.

Miró por última vez dentro del cobertizo, asegurándose de que el chico seguía respirando. Lo había dejado inconsciente con una pala, así que suponía que se acordaría de ella una vez despertara. Disimuló el pelo que se había cortado mezclándolo con la porquería y la paja del suelo, se ciñó un poco más el cinto y salió a la calle con la barbilla alta. Sonrió tanto, conocedora de su nueva apariencia, que un par de señoras se la quedaron mirando, estupefactas. Les guiñó un ojo y ellas aligeraron el paso, incómodas. Cala rio y se puso manos a la obra.

Como estaba anocheciendo, supuso que la mayoría de los hombres que custodiaban la torre estarían de descanso, pues iniciarían la partida antes del amanecer. Lo habían decidido así para hacer menos dolorosa la despedida

de los que se marchaban. Cala pensó que era una soberana estupidez. La gente no se contentaría con caminar en silencio mientras la ciudad dormía. Ella jamás lo haría. Armaría el máximo revuelo posible para alertar a sus familiares y amigos y tener así la oportunidad de verlos, aunque fuese solo un segundo. Claro que ella ya no tenía familia ni amigos. Todavía no había conseguido que la respetasen en los establos. Algunos, incluso, trataban de desmerecer su trabajo cuando demostraba que era tanto o más capaz que ellos. Tal vez usara su nuevo peinado, su atuendo y su nuevo nombre para ir al trabajo, confundirlos y darle un escarmiento a más de uno. Ya había decidido que usaría el nombre de su tío al encontrarse con los demás soldados. No podía presentarse como Cala. Ojalá pudiese, pero no.

Todavía no.

Su nerviosismo fue en aumento a medida que se acercaba a la torre. Las pocas veces que había intentado a aproximarse, sin éxito, había sido a hurtadillas, esquivando a los que hacían guardia con tal de hallar una entrada, puerta o ventana por donde acceder para buscar a Helina. En ese momento, con el desgastado uniforme y toda la seguridad que hacía un rato había sentido al convertirse en un chico y poder pasar desapercibida, esperaba que el resto de hombres uniformados no tuviesen objeción alguna con su llegada. Sabía que la calma sería su mejor aliada, así que trató de serenarse con cada paso que daba.

Al llegar junto a un grupo de soldados que todavía estaba despierto, metió los pulgares en el cinto, abrió las piernas e hizo un gesto de cabeza para saludar.

—¿Qué demonios le ha pasado a tu uniforme? —le preguntó uno con voz ronca.

—¿Qué? ¿Por qué?

Lo último que esperaba era que le preguntasen por la ropa. Algunos de los hombres que estaban sentados terminando de cenar se volvieron para mirarla.

—Porque parece que hayas salido de un estercolero —añadió otro.

En cuanto los soldados se echaron a reír, se relajó. No iban tan mal encaminados con aquella suposición. El pobre muchacho al que le había robado el atuendo se había caído encima de un montón de excremento animal tras asestarle el golpe. Ella estaba tan acostumbrada a aquel olor que ni siquiera se había percatado de que llamaría la atención por eso. Pensándolo bien, puede que aquel chico se acordase de ella más tiempo del previsto cuando despertase y se viese rodeado de porquería.

—Ve a lavarlo y, de paso, lávate tú también, si es que quieres pasar la noche cerca del grupo…

Cala hizo ademán de marcharse, pero entonces el soldado volvió a hablarle:

—Aguarda un momento. ¿Quién diablos eres tú?

Por fin, la pregunta que estaba esperando.

—Soy Zafro, y he venido a unirme como recluta. ¿Con quién he de hablar?

—Zafro… ¿qué más?

—Gulens —improvisó.

—¿Gulens? —dijo otro hombre, acercándose—. Tú no eres de por aquí.

—No, señor. Mi madre y yo nos mudamos hace unas pocas semanas. Soy de Sycires. Vivimos cerca de las caballerizas.

—¿Y cuántos años tienes?

—Dieciséis recién cumplidos, señor.

Cuando empezaron las risas generalizadas, Cala se puso de muy mal humor y tuvo ganas de patearles el culo a todos los que se reían.

Otro hombre, uno de porte mucho más agraciado que los demás, se dirigió a ella desde su asiento.

—¿Por qué quieres unirte ahora, muchacho? Y a estas horas de la noche…

—Mi madre no lo aprueba, señor, pero es lo que quiero. Necesitamos el dinero.

—¿Y piensas escaparte de casa, sin más?

—Le he dejado una nota.

Cuando se levantó para llegar hasta ella, Cala vio la insignia bordada en su uniforme, con el blasón de los Jensen. Lo conocía de sobra, pues la ciudad se había llenado de banderines con los colores del tradicional escudo de armas, colocados en todas las calles principales, en cuanto Ludo se hizo cargo de la capital. Dio por hecho que aquel hombre era el sargento al mando. Caminó con parsimonia sin dejar de mirarla y luego se puso a su vera, la rodeó por los hombros con un solo brazo y la obligó a caminar con él.

—Admiro tus intenciones, Zafro Gulens. Sin embargo, estamos a punto de llevar a cabo una misión muy importante. Si quieres, puedes cuidar de la ciudad. Hay soldados que van a quedarse para lograr méritos, evitando que los roostadianos salgan de la capital tras sus seres queridos hasta nuestro regreso, y una mano extra siempre es de gran ayuda. Te pagarán por ello. ¿Qué me dices?

—¡No! ¡Por favor! Yo quiero formar parte de la misión.

—Lo siento, pero eso no será posible.

—¡Por favor!

El sargento negó.

—Eres demasiado joven —añadió.

—Os juro que tengo dieciséis. Decidme qué he de hacer para demostrar mi valía.

—La valía no sirve de nada en esta misión. No vamos de camino a ninguna batalla.

—¡Eso nunca se sabe, señor! ¿Qué pasaría si los enfermos decidieran revelarse a última hora? ¿Y si no quisieran irse?

El hombre la alejó todavía más del grupo de forma brusca.

—¿Qué sabes tú de eso?

Cala leyó el miedo en su mirada.

¿De verdad no se les había pasado por la cabeza aquella posibilidad? Era remota, claro, pero probable, al fin y al cabo. Si a Cala todo aquello del traslado no le parecía más que una excusa para deshacerse de los infectados, daba por hecho que alguno de ellos podía pensarlo también.

—No sé nada, señor. Lo juro. Pero pienso que podría darse el caso y, entonces, necesitaríais a todos y a cada uno de los vuestros. Una mano extra siempre es de gran ayuda.

Cala sabía que era un atrevimiento repetir sus palabras. Por suerte, vio comprensión en los ojos del joven sargento. Sabía a qué se refería y el peligro al que se exponían. Cala estaba deseando escuchar lo que tenía que decirle, conocedora de que sus posibilidades de ser aceptada habían aumentado hasta un noventa y ocho por ciento, cuando un soldado los interrumpió:

—¡Eh! ¿Alguien ha visto a Aleph? ¿Dónde diablos está ese cobarde?

—Yo que tú no contaría con él —dijo otro—. Esta mañana estaba cagado de miedo solo porque una enferma había hablado con él.

El hombre que estaba con ella la dirigió de vuelta hacia el grupo.

—Olvídate de Aleph. Ese muchacho solo estaba aquí por obligación. Dad la bienvenida a nuestro nuevo recluta. —Cala se irguió lo máximo que pudo cuando la señaló—. Él ocupará el lugar de Aleph. ¿Cómo has dicho que te llamas?

—Zafro Gulens.

—Pero, sargento Staton —protestó el soldado—, con todos mis respetos, no es más que un crío.

—Ya me has oído, Filch.

Dicho lo cual, el sargento se despidió de los hombres y dejó a Cala frente a un montón de desconocidos. Le pareció que Filch era el mayor de todos ellos.

—Será posible… —maldijo este. Cala estaba nerviosa, esperando instrucciones mientras el hombre caminaba de un lado para otro. Cada cuatro o cinco pasos se paraba, la miraba y luego repetía el procedimiento. Así hasta que por fin se hizo a la idea—. Será mejor que vayas a lavar ese apestoso uniforme si es que es cierto que vas a quedarte con nosotros.

—¡Enseguida, señor!

—¡Y más te vale no dejarnos tirados como Aleph! Cuando vuelva a encontrarme cara a cara con ese mequetrefe…

Cala se esfumó de allí antes de que terminase la frase. Estaba segura de que Aleph era el chico al que había dejado inconsciente. Se sentía mal por el hecho de que los demás pensasen que era un cobarde, aunque, si lo habían acusado de tal actitud, debía ser porque ya tenía antecedentes…

Después de un rato yendo de un lado para otro, se dio cuenta de que no tenía ni idea de a dónde dirigirse. Sabía que algunos soldados se aseaban en las casas habitadas más próximas entre guardia y guardia, pero ella no podía hacer eso. Tras barajar sus escasas opciones, tomó la decisión de rodear la torre y adentrarse en el interior de unos matorrales para revolcarse entre ellos. Quitarse la ropa no era una opción, y no solo porque alguien pudiese descubrir sus recién adquiridos rasgos de mujer. Recientes y tardíos, según las personas a las que les gustaba opinar de más.

—¿Qué estás haciendo?

Al escuchar la voz, lo primero que hizo fue quedarse quieta bocabajo, tal y como estaba. Luego reaccionó y se puso en pie frente a su interlocutora. Le dio un vuelco el corazón al verla.

—Nada. Solo estaba... limpiándome el uniforme. —Lo dijo con la voz más distinta que pudo. Luego aprovechó la oscuridad de su alrededor y dio un paso atrás para ocultarse un poco más—. Pero ya estoy... listo. ¿Te he asustado? Perdona si ha sido así.

—Los reclutas también podéis asearos en las casas del fondo, como los soldados —continuó ella—. Mi familia es una de las que están a disposición de lo que preciséis, y yo, además, soy lavandera y tengo nociones de costura.

—Vaya..., no lo sabía —mintió.

—Me da la sensación de que te acabas de incorporar. ¿No eres demasiado joven?

A Cala le molestó la apreciación de su juventud al presentarse como un chico. Como mujer podía pasar por alguien de más de quince años sin problema, pero, por lo visto, su rostro la hacía parecer más joven con ropa de recluta. Por otro lado, tenía delante de sus narices a la mismísima Cintia Mason, una de las jóvenes más bonitas de toda la ciudad. Cintia tenía diecisiete años y era muy reservada, sobre todo porque su padre, consciente de la gracia de su hija, no quería que anduviese de aquí para allá hasta encontrar al muchacho perfecto. Y, sin embargo, allí estaba, hablando con ella.

—Aparento más joven de lo que soy en realidad —se quejó, molesta.

—¿Cómo te llamas?

—Ca... Zafro.

—¿Cazafro?

Cala estaba tan apurada que era incapaz de pensar con claridad y corregirla. Era lógico que la joven se hubiese extrañado. Nadie en su sano juicio llamaría Cazafro a su hijo.

—Yo soy Cintia. No nos conocemos, ¿verdad?

—No, qué va —se apresuró a decir—. Soy syciriano, me mudé a Roostad hace muy poco.

Le resultó extraño que Cintia estuviese alargando tanto tiempo la conversación. En más de una ocasión, la había visto ser cordial con algún joven, pero siempre evitaba mostrarse interesada para que la comunicación terminase lo antes posible. Lo que no sabía era si lo hacía por contentar a su padre o por ella misma, porque tal vez no disfrutaba del interés que todos le profesaban.

—¿Y os habéis unido al ejército de forma voluntaria o…?

—Sí, soy voluntario.

Cintia asintió con pesar. A Cala le dio la sensación de que lo preguntaba porque sabía de primera mano que no siempre era así. Que había chicos que, ya fuese por voluntad de sus padres o por reclutamiento forzoso, estaban obligados a servir.

—Mi padre salió con mi hermano hacia el sur cuando se supo la noticia de que iban a exiliar a los enfermos —continuó Cintia—. Solo ha regresado mi hermano Julius. ¿Lo conoces? —Cala estuvo a punto de asentir, pero negó con efusividad—. Mi padre se contagió y los elfos irán a sanarlo. Estará bien hasta entonces, ¿verdad que sí?

¿Exiliar? En primer lugar, a Cala no le gustó aquel término; en segundo lugar, empezaba a entender por qué Cintia estaba tan habladora. Estaba asustada. Preocupada por su familia, como ella.

—Claro —le dijo—. Si los elfos van a buscarlo, seguro que pueden sanarlo.

—Eso creo yo. —Cintia estiró el cuello, tratando de verla mejor—. Oye, ¿por qué no sales de ahí de una vez?

—Créeme, es mejor que no me acerque. Mi uniforme apesta.

—Con más razón entonces, acompáñame. No deberías andar revolcándote sobre las malas hierbas.

No. Imposible. No podía exponerse. Estaba segura de que Cintia la reconocería.

—Eh…, sí, claro. Gracias. Si te parece, iré después. Primero voy a dar señales de vida, que hace ya rato que le dije a los de mi grupo que no tardaría.

—De las que se ven desde aquí —señaló hacia su izquierda—, la mía es la quinta casa de la derecha.

Sabía perfectamente dónde vivía.

—Lo recordaré —concluyó.

Se dio cuenta de que sudaba después de que Cintia empezase a alejarse. No sabía muy bien qué le había pasado, pero estaba claro que había sido cuestión de más de una cosa. Se miró el uniforme y, a pesar de que la luz de la luna creciente no era abundante, era consciente de que el resultado de su propósito había sido nulo.

Se armó de valor y corrió unos pasos detrás de la chica.

—Cintia, espera.

—¿Sí?

—Necesito tu ayuda.

Cala se situó frente a la joven, muy cerca, y esperó por si ella la reconocía. Al ver que no, y que empezaba a echarse hacia atrás, la cogió de la mano y la llevó hasta un sitio con más luz.

—¡Eh!

—No me llamo Cazafro —le dijo con rapidez.

—¿Qué…? —Cala se echó los cortos mechones de pelo hacia atrás para despejarse la cara—. ¿Cala? ¿Eres tú?

Sintió que se quitaba un gran peso de encima cuando la reconoció, aunque justo antes se hubiese esforzado para que no lo hiciese. Si iba a seguir adelante con aquella locura, necesitaría ayuda, y Cintia era la única opción en ese momento. Tal vez en ese y en cualquier otro.

—Me estoy haciendo pasar por soldado para poder ver a mi hermana —confesó.

—Vaya... No sé qué decir.

—Ayúdame, por favor. No puedo partir con el uniforme así...

—¿De dónde lo has sacado?

—Lo he robado. ¡Sé que está mal! —alegó de inmediato—, pero no me quedaba más remedio, porque no dispongo de mucho tiempo. La gente de la torre saldrá dentro de unas horas y emprenderemos el viaje.

—¡¿Ya salen?!

—Sí.

—Pensé que primero irían a por mi padre.

—De eso no sé nada, te lo aseguro.

—La gente no sabe que hoy es el día de la partida. De ser así, mi hermano nos lo habría...

—Estoy segura de que no os ha dicho nada porque eso forma parte del plan.

—¿A qué te refieres?

—Tienen miedo de que haya nuevos contagios si la gente se acerca para despedirse. —La joven se quedó tan sorprendida como ella—. Cintia, ayúdame, te lo ruego. Si alguien más se entera de que estoy fingiendo, se correrá la voz y me echarán. Tengo que ver a Helina.

No perdió detalle de su boca cuando la chica se mordió el labio por la indecisión. Era disciplinada y correcta de los pies a la cabeza, Cala lo sabía, así como sabía que tenía buen corazón y que entendería su preocupación, pues para ella la familia también era lo más importante.

—De acuerdo, ven conmigo.

—¡No! No puedo ir a tu casa. Tu madre... ¡o tu hermano...!

—No pasará nada. Confía en mí.

Cuando por fin regresó junto al grupo, Filch le preguntó el porqué de su tardanza, pero, al comprobar que lucía un uniforme impoluto, resolvió dejarla en paz. Cintia le había ajustado unas prendas que a Julius le habían quedado pequeñas incluso antes de poder usarlas y ahora lucía mejor que bien. Y estaba todo limpio, que era lo fundamental.

Willem Staton, el sargento al mando de aquel pelotón y con el que ella había hablado, se acercó solo para dar instrucciones a sus soldados de confianza.

A Cala no le pasó por alto la mirada de refilón que le dedicó.

Luego un compañero le entregó una manta, y entonces se tendió con los demás y se dispuso a dormir. Era lo único que ya quedaba por hacer hasta que diesen el aviso de que empezaban a desalojar la torre, momento en el cual buscaría a Helina, con disimulo y desespero.

SEGUNDA PARTE
EXILIO
LUNA CRECIENTE 74%

DÍA 13 · LUNA CRECIENTE 74%

SIOME

ROOSTAD CAMINO SEIC

No fue fácil salir de la torre, a pesar de que, con el anuncio de su muerte, Ludo consiguió que transportasen su cuerpo y el de la niña hasta la planta baja, donde se habían acumulado todos los cadáveres. Tampoco lo fue permanecer envuelta junto a Abbey en una manta con escasa ventilación, ni soportar el olor de la morgue. Siome sabía que se exponían a una nueva infección por la putrefacción que emanaba de aquel lugar, pero Ludo Jensen había hecho bien su trabajo y, por ende, conseguido que saliesen de allí antes de que el calor y la peste resultasen inaguantables.

En cuanto tuvo oportunidad, las condujo hasta una caja de madera que hizo pasar por carga para el traslado. Los soldados la subieron a un carro y Ludo se encargó personalmente de tomar las riendas del caballo que lo arrastraba con la excusa de involucrarse —como siempre había hecho—. Era un hombre muy comprometido, por lo que a

Siome no le extrañaba que el pueblo no hubiese dudado de sus capacidades como líder después de que el Rey Impuesto enfermara.

Fuera de la torre los soldados dormían y muy pocos prestaron atención al traqueteo del carro o al trote del caballo, conscientes de que continuaban los preparativos. Fue por eso que Ludo pudo aproximarse hasta la celda de la princesa Tamara y aguardar a la llegada de Galon.

Siome se relajó al percibir movimiento en el exterior. Deseó con todas sus fuerzas que fuese el elfo entregándole una última *cosa* a Ludo.

Después de aquello, Abbey y ella aguardaron pacientes en el reducido espacio que compartían durante, al menos, media hora. Cuando el hombre le ordenó parar al caballo, Siome contuvo el aliento. Abrazó a la niña y esperó a que abriesen la tapadera de la caja.

Un Ludo con expresión preocupada apareció ante ellas, permitiéndoles el paso hacia el exterior del carro. En el suelo había dejado un gran bulto alargado de tela envuelto con prisa.

—¿Es ella?

—Sí —respondió el hombre. Luego señaló hacia una pequeña construcción de madera, al pie de la montaña que bordeaba la capital—. Debéis ocultaros en esta cakowa hasta que amanezca y podáis continuar vuestro camino.

—De acuerdo. Gracias, Ludo Jensen.

—Os deseo suerte.

—Y yo a vos.

No hizo falta decir nada más.

Escuchó los cascos del caballo a sus espaldas, de regreso a Roostad, pero no miró atrás. Siome cargó con el pesado bulto hasta el interior de la cakowa, seguida por Abbey. Abrió con cuidado las telas hasta que pudo ver el rostro de Tamara y respiró, aliviada. Abbey le acarició las mejillas con dulzura y Siome le susurró que podía acurrucarse junto a su hermana para dormir algunas horas. Partirían de nuevo antes de que el sol empezase a despuntar en el horizonte. Siome no podía garantizar que la joven princesa hubiese despertado para entonces, así que había contado con la posibilidad de cargarla, aunque las ralentizase. La prioridad era alejarse más de Roostad sin demora.

Antes de cerrar los ojos, recorrió con la mirada la pequeña construcción que las cobijaba y pensó en lo lamentables que eran las condiciones de aquellas cakowas. Inhumanas, incluso, pues aquella tenía una pequeña ventana, pero en su largo recorrido por Aridia las había visto hasta sin ningún tipo de ventilación. Los elfos ni siquiera se habían molestado en prepararlas, sino que habían ordenado a los hombres construirlas con la mayor brevedad posible, y los resultados saltaban a la vista.

Recordó algunas de las historias que le habían contado las mujeres y elfanas que había conocido y que habían hecho de algunas cakowas su hogar, repudiadas por los suyos. Le contaron que varias familias llegaron a vender a sus hijas a cambio de artilugios de fabricación élfica, como las espadas que lucían solo los cargos más altos del ejército después de requisárselas, o comida de primera necesidad cuando, a los años, empezaron a escasear las voluntarias. Incluso hubo maridos que rentaron a sus propias esposas.

A Siome no le sorprendió que con el tiempo las voluntarias disminuyesen. Imaginaba a las mujeres solteras ansiosas por encontrar un compañero de vida en un elfo, expectantes por lo que eso podía suponer a nivel afectivo y en la intimidad. Sin embargo, se encontraron con que los elfos no resultaron ser amables, ni tan buenos amantes como habían presupuesto. «Peores incluso que la mayoría de los hombres», decían. Siome reía cada vez que descubría testimonios similares relacionados con dicha apreciación. No tenía ni idea de cómo era la vida sexual entre hombres y mujeres, pero entre elfos no le parecía que hubiese nada que destacar. Para ellos, reproducirse era un simple procedimiento.

Otra de las cosas sobre las que indagó y que le resultaron igual de sorprendentes fue que los elfos con consorte que habían accedido al plan de Egon, viendo que no habían podido concebir con su pareja, habían resultado ser los principales desencadenantes de los dones desfavorables o las malformaciones e infecciones de algunos recién nacidos, incluido Forem.

Siome tenía la teoría de que la fertilidad de las elfas se había visto afectada y disminuida por la calidad de los dones de los elfos varones: quienes no habían desarrollado su don a la perfección coincidían con aquellos incapaces de engendrar descendencia, pues los óvulos de las elfas rechazaban cualquier tipo de carencia. Esa era la forma que tenía la raza de subsistir perfecta y pura al cien por cien, y también el motivo de su extinción. Por eso mismo a Galon le había costado tanto que Jadynn, su consorte, concibiera a su hija Aleën. Su don, por mucho que se hubiese esforzado, no tenía la misma efectividad que, por ejemplo, la de su hermano Endanur. Era eficaz pero inferior, y así se lo había explicado. Los otros elfos menos talentosos lo eran por dejadez, por suponerse excelentes y no preocuparse de perfeccionar el don heredado.

Así que la infertilidad de las elfas no era culpa de ellas, o no exclusivamente, como a algunos les gustaba destacar cuando se frustraban por la falta de descendencia. Por todo eso, estaban destinados a seguir disminuyendo, a pesar de que elfos como Egon o Endanur se negasen a aceptarlo.

En cuanto Siome escuchó que Abbey cambiaba de posición y respiraba con profundidad, dejó de pensar y cerró los ojos para descansar un par de horas.

Helina

DESALOJO DE LA TORRE DE TOMUR

Caminaba entre dos mujeres con la cabeza gacha, la bolsa de sus cosas apretada contra el pecho y el paso constante. No debían hacer ruido. No debían despertar a la ciudad pues, de hacerlo, expondrían al contagio a quienes querrían salir a verlos antes de su marcha. Ese era el protocolo marcado para la salida de la torre. En cuanto cruzó el umbral que daba paso al exterior, miró al cielo. El frío le erizó el vello cuando le acarició la piel. De forma involuntaria, se paró para poder respirar con todas sus ganas. La mujer que iba detrás chocó contra ella y protestó, pero no le importó. Helina continuó llenando sus pulmones, quieta, con la cabeza hacia arriba y los ojos cerrados.

Un soldado la hizo volver a la realidad sujetándola por el brazo y obligándola a avanzar. Solo entonces fue consciente de que todo iba a cambiar. Estar recluida en la torre había sido una rutina tediosa, pero, al menos, había permanecido en Roostad, y Cala la esperaba fuera. Ahora iba a emprender un viaje en contra de su voluntad, con unas personas que la odiaban y otras tantas alrededor que la consideraban un peligro y que lo demostraban tanto por la protección que usaban como por la repulsa que le mostraban.

Echó un último vistazo a la torre pensando en Siome y en la niña, recordando cómo la mayoría de las mujeres se habían mantenido indiferentes ante la falsa noticia de la muerte de la curandera. Luego volvió a situarse en la fila y a poner de su parte para que el soldado la soltara.

Lo único que se podía escuchar en la quietud de aquel amanecer eran los pasos y los susurros de los soldados que, de vez en cuando, hablaban entre ellos y se daban instrucciones. Helina miró en derredor y contempló su añorada ciudad, a pesar de que no dejaban de instigarlas para que acelerasen el paso. Ellas formaban parte de las personas más saludables, así que no quería imaginar cómo sería cuando salieran los enfermos críticos.

—Continuad —dijo alguien.

—¡No! ¡Parad!

Un cúmulo de susurros se congregó a su alrededor hasta que volvieron a pedir silencio. Helina alzó la cabeza y miró por encima de los que tenía delante. Un poco más allá, un sargento señaló una casa; tenía las luces encendidas. Cogió a uno de sus hombres y lo incitó a que se dirigiese a toda prisa hacia allí.

Poco después, empezaron a pedirles que diesen la vuelta.

—Retroceded, ¡deprisa!

Resopló, irritada, por toda aquella treta para salir de la ciudad. Helina no terminaba de entender que tuviesen que hacerlo ocultos. ¿Por qué importaba tanto que saliesen sin ser vistos? ¿No era mejor que pudiesen despedirse, aunque fuese en la distancia? ¿O acaso los demás ciudadanos no estaban enterados de que iban a partir? A lo mejor no sabían que querían deshacerse de ellos, o no habían estado de acuerdo con aquella decisión. Fuera como fuese, ella albergaba la esperanza de que aquel muchacho con el que se encontró por la mañana hubiese localizado a su hermana. De ser así, su encuentro con Cala sucedería en cualquier momento, estaba segura.

Marcharon de vuelta a la torre para continuar por otro de los caminos que conducían a la puerta de la muralla, única entrada y salida de la ciudad. Entonces oyó el primer grito. Todos se giraron de forma automática. En la casa iluminada había entonces más personas aparte del soldado. Una de ellas era la que gritaba. Al poco se empezaron a iluminar otros puntos, cada vez más, y la gente empezó a salir de sus casas. Helina maldijo al que la apremió a avanzar con un empujón. Las demás también protestaron por eso. Entretanto, ya había algunas personas que habían alcanzado al grupo y pronunciaban nombres en voz alta.

—¡Sara! ¿Dónde estás?

—¡Elvira!

—¿Josephine?

Las mujeres empezaron a ponerse nerviosas buscando a quienes las llamaban, respondiendo y alzando la mano para hacerse ver a pesar de la oscuridad. Helina observó con atención por si divisaba a su hermana.

—¡No os detengáis! —decían los soldados—. No podéis acercaros a ellos.

—¡Mi niña!

—¡Mamá!

El ejército actuó en consecuencia cuando una mujer se salió de la fila y corrió para abrazar a la que debía de ser su hija. La separaron de forma violenta y la empujaron hacia el grupo. Entonces los soldados se organizaron para crear una barrera humana frente a los ciudadanos que querían acercarse en busca de sus conocidos.

—¡No seáis estúpidas! —vociferó uno de los sargentos—. ¡Vais a contagiarlos! ¡Salid de la ciudad sin demora! ¡Soldados! ¡En posición!

—¡¿Quién demonios ha alertado a la gente?! —gritó un hombre golpeando a Helina al pasar por su lado—. ¡Tú! ¿No te dije que mantuvieras a raya a esa familia?

El joven al que se dirigió se escabulló como pudo, pero Helina tuvo tiempo suficiente para enfocar su rostro. «No puede ser», se dijo. Aumentó el ritmo y empezó a adelantar a las mujeres de su grupo, y no solo porque los soldados la forzasen a avanzar. El silencio que absorbía la ciudad cuando partieron de la torre había dado paso a una constante algarabía, formada por las órdenes de los soldados, los gritos de los familiares que los veían marchar y sus voces al intentar comprender lo que estaba sucediendo.

Una vez alejados de la muralla, continuaron a paso ligero durante un tiempo. Justo por detrás de las mujeres marchaban los hombres, y dio por hecho que tras ellos irían los más enfermos, en su mayoría ayudados por los soldados que transportaban las improvisadas camillas, en cuya construcción ella misma había participado.

No se detuvieron en ningún momento. Los que se cansaron después de la primera media hora fueron sujetados por compañeros para seguir avanzando. Helina no había vuelto a ver a la persona que había creído reconocer y estaba desesperada. Ya no solo porque hubiese tenido una impresión equivocada, sino porque Cala todavía no había hecho acto de presencia para hablar con ella.

Las cerca de dos horas de camino fueron demasiado para todos, incluso para los que solo tenían secuelas. La mayoría había estado hasta cinco ciclos dentro de la Torre de Tomur. Ciclos de casi total inactividad, porque, una vez superadas las peores fases, no restaba mucho que hacer allí dentro. Los recorridos no pasaban de ser entre una planta y otra y, además, tenían la mayoría de accesos restringidos.

Suspiraron aliviados cuando dieron el alto. Helina se dejó caer en tierra, exhausta. Se dio cuenta de que los soldados se organizaban de nuevo, hablaban entre ellos, daban órdenes a algunos hombres de la torre y empezaban con los preparativos del reparto de bebida y sustento básico. Helina observó a los que seguían llegando y eran reconducidos a su lugar. Los hombres se situaron justo en la misma zona que las mujeres, pero a los enfermos graves los mantuvieron un poco más atrás.

Sintió una leve punzada en el vientre y trató de pensar en positivo, tal y como Siome le había pedido, aunque saber que les esperaban varias jornadas de viaje hasta llegar a Portbury no era un pensamiento nada alentador. Que Cala no hubiese aparecido, aún menos.

—Es demasiado pronto para andar lloriqueando, ¿no crees? —se atrevió a decirle una de las mujeres.

A veces, de verdad se preguntaba por qué la odiaban tanto. Helina no había hecho nada malo. Nada. Ni por haber nacido hermosa, ni por ser la más joven. Ni siquiera por haber escogido una profesión que a ojos de las demás era indecente. Estuvo a punto de decírselo, de una vez por todas, pero alguien intercedió por ella.

—Será mejor que te metas en tus asuntos —dijo un joven uniformado tras ella—. Sígueme.

Helina no daba crédito. Era... él. Ahora que volvía a verlo, cara a cara, no pudo menos que aceptar que estaba en lo cierto. Su hermana se había hecho pasar por recluta. Se levantó sin salir de su asombro y Cala simuló que la ayudaba a caminar por su embarazo. Cuando llegaron hasta el grupo de soldados que preparaban los cuencos de bebida, dijo:

—Necesito un poco de agua, urgente. Mi… Es decir, esta joven está embarazada. Necesita agua. Doble ración.

Todos la miraron; uno de ellos con especial interés.

—¿Quién diablos eres tú?

—Zafro, del grupo de los hombres.

Helina la miró, perpleja una vez más, por el nombre que se había adjudicado.

—¿Y qué haces aquí? Vuelve con los tuyos.

—He visto a esta joven en problemas y me ha parecido correcto ayudar.

—Conque ayudar, ¿eh?

Los soldados se echaron a reír, pero le dieron a Helina el agua que su hermana había pedido. Después ambas se alejaron.

—Malnacidos, sucias ratas… —murmuró su hermana.

—¡Cala! —dijo Helina entonces.

—¡Chist! Todavía no. Sigue caminando…

—¡Eh! ¡Tú!

Cala se giró al instante.

—¿Señor?

—¿Quién te ha dicho que hagas de acompañante de nadie? Vuelve al trabajo. Ahora mismo. —El sargento que hablaba se aproximó a ellas—. ¡¿Qué te has creído?! Con el lío de hace unas horas y todavía crees que puedes ir por ahí haciendo lo que te dé la gana. No hagas que me arrepienta aún más de mi decisión, o yo mismo te llevaré de vuelta a Roostad.

Escuchó a su hermana resoplar y dedujo que no le estaba

siendo nada fácil acceder a ella. Eso, y que había sido Cala la responsable de que la salida de la torre hubiese sido todo un despropósito.

—Te buscaré esta noche —le dijo mientras la ayudaba a sentarse junto a las demás—. Mantente despierta, ¿de acuerdo? Si es necesario, duerme durante las paradas, pero quédate despierta esta noche.

—¿Es que vamos a continuar? ¿No nos quedamos aquí?

Cala le puso las manos sobre los hombros para infundirle coraje.

Helina afirmó con un gesto y luego la vio alejarse. Se sintió muy dicha por aquel encuentro, así que pasó lo que quedaba de jornada mucho más animada.

La noche fue dura, muy dura.

Divisaron una destartalada cakowa muy cerca del sitio donde les dieron el alto, así que continuaron hasta allí y, mientras esperaban apretujados los unos con los otros para paliar el frío, varios soldados echaron una ojeada y comprobaron que podían terminar de acercarse.

Helina caminó abrazada a sí misma y luego esperó a que los sargentos decidiesen qué hacer. Hombres, mujeres y niños eran un número reducido, poco más de cincuenta en total. Pero había que sumar otra veintena de infectados graves. A Helina le dio la sensación de que en aquella ruinosa cakowa no cabían más de quince personas, veinte a lo sumo. Los demás también se dieron cuenta y empezó a armarse barullo.

Se estremeció cuando notó una gota de lluvia en la frente.

No podía ser cierto.

No.

Debía ser una broma del Destino que lloviese justo en su primera noche de viaje; la más fría que recordaba en el exterior de la torre. O a lo mejor solo había pasado demasiado tiempo recluida y se había olvidado de lo que eran los ciclos de luna fríos. Tal vez, si usaba la excusa de que estaba embarazada para dormir resguardada, le haría un favor al bebé y a sí misma. Siome le dijo que fuese egoísta de ser necesario.

Antes de que los sargentos terminasen de debatir sobre lo que iban a hacer, dio un paso al frente con convicción, pero justo entonces uno de los hombres alzó la voz por encima de la del resto:

—Se hace saber que hemos decidido que tanto esta cakowa como cualquier otra que tengamos la suerte de encontrar en el camino será de uso exclusivo para los soldados que velan por los infectados. Y que accederán por turnos durante esta o cualquier otra noche hasta que amanezca y reemprendamos la marcha.

Helina escuchó las primeras protestas.

—¡Todos los soldados que veis a vuestro alrededor están arriesgando sus vidas por la causa!

—¿Y qué pasa con los niños? —preguntó una mujer. Su bebé era de los pocos que habían sobrevivido dentro de la torre, y a la vista estaban las consecuencias. Helina no sabía qué le pasaba con exactitud; parecía que tuviese algún problema en las extremidades inferiores. Dudaba incluso de que fuese a poder caminar.

—Nosotros solo cumplimos la orden de proveeros víveres y cerciorarnos de que llegáis a Portbury. Todo lo demás es cosa vuestra.

—¡Cielo santo! —exclamó una mujer, próxima a ella—. No valemos nada para ellos.

—Me temo que no les importa si acabamos el viaje o nos quedamos en el camino… —añadió otra.

El descontento general se adueñó del ambiente.

Pese a lo dicho, Helina levantó la voz para que la escuchasen:

—¡Por favor! Estoy embarazada.

—¡No hay excepciones! —exclamó el mismo que había expuesto la resolución.

Sin otra opción, permaneció allí parada, observando cómo algunos soldados accedían al interior y con la intención de que Cala pudiese localizarla fácilmente. Las gotas se convirtieron entonces en una lluvia constante.

No supo nada de su hermana en toda la noche.

Para cuando amaneció, estaba cansada, helada y desolada.

DÍA 14 · LUNA CRECIENTE 83%

RUDOLF

ROOSTAD

Rudolf Riel sabía que su llegada había pillado a Ludo Jensen desprevenido, pero su asombro al verlo llegar no fue, ni de lejos, comparable al que él mismo sintió cuando los dos elfos Arë se presentaron para escuchar lo que había ido a decir. Sabía que debía mostrar rechazo hacia ellos, no obstante, su apariencia era demasiado impactante como para manifestar simple desdén. Rudolf, un hombre cuya estatura estaba por debajo de la media, se sintió realmente intimidado ante la presencia de los elfos, y no fue hasta que Ludo reclamó su atención que reaccionó.

—¿Y bien? —le habló tras un breve carraspeo—. ¿Qué es eso tan importante?

—Oh, sí. —Rudolf se sujetó las manos por detrás de la espalda y levantó la barbilla para parecer más alto—. Veréis, mi querido amigo Ludo. Hace ya tiempo que empezó a desaparecer la vegetación al noroeste de Aridia y que mi familia, mis hombres y las suyas nos mudamos allí en busca de un lugar para prosperar.

—No empezó a desaparecer —puntualizó el más adulto de los elfos—. Un fuego provocado hizo que nuestro bosque se consumiera. Habría sido mucho peor si no hubiésemos reaccionado a tiempo.

Rudolf tuvo que hacer un gran esfuerzo por mantener el tipo. Hasta entonces, nadie había insinuado que aquella catástrofe hubiese sido premeditada. Pero, hasta entonces, tampoco había estado ante la presencia de un elfo.

—¡¿Provocado?! —exclamó con falsa sorpresa—. ¡La primera vez que escucho tal cosa! Si lo que decís es cierto, y me consta que lo es si vos mismo fuisteis uno de los encargados de extinguir aquellas peligrosísimas llamas, tened por seguro que, si alguna vez descubrimos quién fue el culpable…

—Id al grano, por favor —lo interrumpió Ludo—. No nos hemos reunido para hablar sobre dicha catástrofe. Mientras nosotros estamos aquí, más de un centenar de personas caminan a pie hacia Portbury, y todos los elfanos que han venido contigo todavía no han accedido a entrar en la torre. ¿Qué es lo que queréis?

Los diminutos ojos de Rudolf hicieron chiribitas.

Ludo era un hombre inteligente; sabía que los elfanos que habían viajado con él hasta la capital estaban a la espera de sus órdenes. En Risorj, única ciudad al oeste de Aridia y que él mismo había bautizado, no había ni una sola persona que se hubiese infectado y tampoco elfanos que hubiesen desarrollado aptitudes a tener en cuenta. Estos últimos no eran muchos, pero sí los suficientes como para que hubiese habido muestras de comportamientos sospechosos. Pese a eso, y pese a que todos los adultos varones formaban parte de su guardia personal, estaba dispuesto a sacrificarlos a cambio de un beneficio mayor.

—Por supuesto, por supuesto. Veamos… Vos habéis decidido este exilio bajo la premisa del bien común. No habéis hecho distinciones y ni siquiera os habéis preocupado en demasía. Aunque esto último me temo que es porque contáis con la suerte de no tener a ningún pariente cercano entre los infectados... —Ludo hizo ademán de protestar, pero Rudolf se lo impidió—. Y lo habéis decidido vos, sin consultarlo con nadie, porque los aridianos todavía tienen interiorizado que los Jensen deben estar a cargo de todas las regiones, a pesar de que Tomur, el primer elfano, os arrebató dicho cargo.

—Me pregunto por qué motivo gastáis tantas palabras —volvió a decir el mismo elfo—. Manifestad de una vez cuál es vuestra condición. Es evidente que tenéis una.

Aquel ser le parecía fascinante. Rudolf se habría sentido intimidado de no ser porque su fascinación superaba cualquier otra emoción.

—Sí, es cierto —continuó—. Tengo una condición.

—Pensad bien lo que vais a decir, Rudolf, pues, pese a que mi cargo como lugarteniente no ha sido reconocido por votación popular tras la muerte de Tomur, el pueblo ha demostrado que está conmigo, y el ejército también. —Era evidente que Ludo se empezaba a impacientar—. No quiero que haya conflictos dada la situación en la que nos encontramos. Los elfanos han de desaparecer, y creedme que no ha sido una decisión que haya tomado a la ligera. Si los de Risorj se niegan a reunirse con el resto, no nos quedará más remedio que obligarlos. Y creo que eso no nos beneficiaría a ninguno de los dos. Lo último que necesitamos es un escándalo.

«Como si no fuese a ser un escándalo que incendien la torre cuando todos los elfanos estén dentro», pensó.

—Sabéis de sobra qué es lo que anhelo —dijo, sin embargo.

—Sí. Queréis ser nombrado lugarteniente.

Rudolf esperaba que Ludo estallase de ira al hacer evidente cuáles eran sus intereses, ya que la familia Riel siempre había estado al acecho de los Jensen, sobre todo, desde hacía dos generaciones, aguardando lo adecuadamente cerca para poder señalar cualquier error que cometiesen en la gestión del territorio aridiano. No obstante, la mirada de Ludo no mostraba rabia, mucho menos ira. Era una mirada cansada, derrotada.

—De no ser por mi hijo Rómulo —continuó— y por su determinación de heredar el cargo, tened por seguro que yo mismo os apoyaría para que el pueblo os favoreciese a vos y no a mí. Llegados a este punto, mi único interés es extinguir la Plaga de Tamara y evitar que vuelva a ocurrir una tragedia como esta.

Podría haberse aprovechado de la vulnerabilidad que Ludo estaba mostrando, pero él mismo lo había dicho: su hijo no iba a ceder tan fácilmente.

—No es esa mi condición —anunció Rudolf—, aunque debo reconocer que me ha sorprendido vuestra predisposición a sacrificaros por el bien de nuestro pueblo. Os envidio y admiro a partes iguales.

—Si no es eso, ¿qué otra cosa queréis?

—Mi propio territorio. Quiero gestionar las tierras del norte, construir ciudades y habitarlas.

—Quieres las montañas…

—Sí, eso es lo que quiero. Y Risorj, por supuesto. Risorj forma parte del trato, así que el oeste también. Seré lugarteniente y fundador de un nuevo territorio de Ganean. Y los Jensen y los Riel seremos aliados de ahora en adelante. Solo os pido lo que no necesitáis. Creo que es un trato justo.

—¿Qué os hace pensar que querría prescindir de las montañas?

—Os quedáis con la zona más fértil. —Rudolf extendió los brazos para dar mayor evidencia a sus palabras—. Vamos, Ludo, sed razonable. Haced realidad el sueño de este pobre infeliz y así podremos estar igual de contentos vuestro hijo y yo. Cada uno con lo suyo.

El elfo dio un paso al frente para hablar. Él levantó un poco más el mentón y trató de mantenerse digno.

—¿Y qué os hace pensar, a ambos, que dicho trámite podéis arreglarlo entre vosotros? ¿Qué os hace pensar que podéis manejar Ganean a vuestro antojo? —Estaba enfadado, era indudable—. Os adueñáis de la tierra como si esta existiese para ser algo a disputar y os creéis con más derechos que el resto de los hombres.

—¡Y vos os creéis digno Rey de Todos los Elfos! —exclamó Ludo en respuesta—, así que no me vengáis ahora con ese discurso. Tenemos cosas más importantes que hacer que debatir sobre el orgullo que a todos nos sobra.

—¿Significa eso que estáis de acuerdo con el trato? —preguntó Rudolf.

—Si esa es vuestra única condición, sí. Pero se lo comunicaré a mi hijo después de que hasta el último elfano se haya metido en la torre y regresemos para comprobarlo.

—Eso es demasiado tarde.

—Está bien, al llegar a Portbury. Solo entonces. Y deberéis mantener la boca cerrada mientras tanto. No quiero tener que lidiar también con habladurías y especulaciones si se filtrase por error dicha información.

El elfo volvió a interferir:

—No puedo creer que sigáis pasando por alto…

—¿Qué, Endanur? —Ludo elevó la voz al interrumpirlo. Rudolf jamás lo había visto tan alterado, y perder los estribos no era precisamente una de sus cualidades—. ¿Qué pasamos por alto? ¿Vuestro bosque? Porque es *vuestro*, claro.

También podemos continuar el resto del día discutiendo sobre eso, pero no podemos permitírnoslo. Nadie va a tocar el bosque, ¿de acuerdo? Seguiréis viviendo allí si es eso lo que queréis, y os pertenecerá en Aridia y en el nuevo territorio del norte cuando Rudolf se lo quede. ¿Lo tenemos todos claro?

—Cirjon —puntualizó Rudolf. Ludo y Endanur se giraron hacia él—. El norte se llamará, a partir de hoy, Cirjon, con Rudolf Riel como su primer lugarteniente.

—Poco me importa el nombre ahora, Rudolf. Vuestro territorio se llamará como os plazca después de que zarpen los barcos en Portbury, e insisto en que se guarde la nueva información con celo. De lo contrario, no tendréis mi apoyo. Y creedme, sin él, mi hijo sería capaz incluso de declararos la guerra.

—De acuerdo, de acuerdo. No se hable más del tema.

—Haced lo que os corresponde con los elfanos, luego enviad a los soldados al sur, en dirección al río Tirón, y que se reúnan con mis hombres lo antes posible.

—*Nosotros* vamos a caballo —le recordó Rudolf, alardeando de la capacidad de un ejército que se había tomado la libertad de afianzar a su familia—. No temáis, no tardaremos en darles alcance.

—Vos no. Vos vendréis con los elfos y conmigo.

—¿A dónde?

—Hemos de hacer una parada antes de reunirnos con los trasladados, por un altercado que hubo en Berproa.

—¿Berproa? ¿Ha habido problemas allí?

—Os lo contaré por el camino.

TAMARA

CAMINO A SEIC

Despertó cegada por la luz del mediodía y se incorporó con dificultad, como si hubiese estado durmiendo durante años. Frente a ella, estaba su hermana pequeña acunada por una mujer.

—Tranquila —le dijo esta última.

A pesar de lo dicho, Tamara retrocedió a rastras. Abbey se levantó y corrió hasta ella.

—Has tardado mucho en despertarte —expresó su hermana durante el abrazo de reencuentro.

La apartó para poder verla bien. Había crecido en los últimos ciclos.

—¿Dónde están papá y mamá? —le preguntó.

Abbey se giró hacia la mujer. Tamara la obligó a ponerse de cara a ella de nuevo.

—Mírame a mí, Abbey.

Entonces reparó en que tenía las manos protegidas con unos guantes de cuero. Y su hermana también.

—Por favor, no te los quites —le pidió la mujer.

Sospechaba por qué se los habían puesto, pero se sentía desconcertada. Por suerte, la mujer actuó primero, quitándose el pañuelo que le cubría el pelo y el cuello y dejando al descubierto sus orejas. Tamara ahogó una exclamación y escuchó la risa infantil de Abbey ante su reacción.

—Me llamo Siome —dijo a continuación—. He estado en la torre con tu hermana casi desde el principio, y cuidé a tus padres hasta que ya nadie pudo hacer nada más por ellos.

—¿Han muerto?

El silencio de la recién descubierta elfa confirmó la respuesta y Tamara no supo cómo sentirse. Había pasado tanto tiempo alejada de ellos que, a pesar del nudo en el pecho, no pudo llorar. Porque tenía la impresión de que, en el fondo, siempre había sabido lo que iba a pasar, desde que Gisell enfermó. La sensación de alivio al ver a la menor de sus hermanas tan saludable la consoló un poco y logró mitigar la creencia de que era incapaz de profesar amor, que había ido en aumento desde antes de que la encerrasen. La besó en la mejilla con dulzura.

—¿Dónde estamos? —quiso saber, antes incluso de interesarse por la condición de elfa de su acompañante.

—A cuatro senderos de Roostad, y por eso mismo no podemos tardar mucho en ponernos en marcha.

—¿Hacia dónde?

Siome suspiró.

—Es una larga historia, pero primero tenemos que hablar sobre la infección que generaste. Sobre…

—Gisell.

—Sí, sobre tu hermana.

Tamara se revolvió incómoda y miró a su alrededor. No había nadie más.

—¿Estáis intentando… ayudarme? —volvió a preguntar.

—Sí.

—¿Por qué?

—Porque le hice una promesa a tu madre.

—¿Qué clase de promesa?

—Protección.

—¿Y por qué querríais proteger a alguien como yo?

Había pasado ciclos encerrada sin apenas contacto con ninguna persona una vez que todos se cansaron de su mutismo, por no hablar de la mala alimentación que había mantenido durante ese tiempo. Había tenido semanas mejores y peores. Durante las peores, había perdido mucho peso, negándose a comer para tratar de facilitarle las cosas a la muerte, segura de que ansiaba llevársela porque era lo justo después de lo que había hecho. Durante las buenas, volvía a comer y a maldecir a cuantos se le acercaban como si fuera un monstruo, harta de que las cosas hubiesen terminado así.

Ella *nunca* habría deseado la muerte de su hermana. Jamás llegar *tan* lejos.

—La promesa a Mery es uno de los motivos —continuó Siome—. En lo personal, porque me gustaría entender qué fue lo que ocurrió entre tu hermana y tú.

«Lo que ocurrió entre tu hermana y tú».

Tamara sacudió la cabeza. Sus recuerdos aún eran vagos.

—¿Sois amiga del elfo que me trajo las hierbas a la celda? —preguntó en un intento de aclarar un poco más sus ideas.

—Sí.

Recordó cómo estuvo negándose a comer aquel potingue, incluso después de que le mostrase el anillo de su madre, hasta que él le reveló su naturaleza élfica y le aseguró que aquello anularía sus dones por un tiempo y podría ayudarla a escapar sin peligro para ambos. No pensó, ni por un segundo, que lo que quería era dormirla y sacarla de allí mientras estaba inconsciente.

—También soy una de las personas que intentó comprenderte cuando estabas encerrada —siguió la desconocida—, hasta que enfermé y me trasladé a la torre. Por aquel entonces, no atendías a razones, ni siquiera cuando me hacía pasar por curandera. —Volvió a cubrirse el pelo y las orejas—. Entiendo que no confíes en mí, pero, aun así, voy a contarte cómo están las cosas y qué es lo que vamos a hacer para poder escapar de Aridia, lugar donde las tres seríamos perseguidas si alguien nos reconociese.

Abbey se sentó a su lado mientras la elfa la ponía al día de los últimos acontecimientos, a partir de la muerte del rey, su padre. Entretanto, les ofreció agua y un poco de pan que untó con manteca de cerdo. Llevaba los víveres repartidos en varias bolsas de yute anudadas al cinto.

Tamara devoró todo lo ofrecido mientras escuchaba con atención cómo se había resuelto el problema de los infectados y se horrorizaba al conocer la magnitud de la Plaga. No podía creer que su estúpido capricho hubiese desencadenado algo tan grave. Tantas muertes, tantos contagiados, tanto miedo… ¡El exilio de decenas de personas! Y lo que era todavía peor, el fin de los elfanos.

Siome no lo había dicho, pero había sonado a exterminio.

—¿Cómo piensan conseguir que los elfanos se internen de forma voluntaria en la torre de mi padre?

—A los elfanos los han estado marginando en casi todas las regiones de Aridia desde que la noticia de la Plaga se extendió. Si ya antes había muy pocos que quisieran emplearlos o ser sus amigos fuera de la capital, ahora es mucho peor. Todos temen que sean peligrosos, porque, además, tú no fuiste la única que desarrolló un don desfavorable. Es por eso que les han hecho creer que los reúnen para partir con los elfos, Endanur y Galon, hacia el bosque, en cuanto regresen del traslado de los humanos.

—¿Así lo llaman? ¿Don desfavorable?

—Así lo llamo yo. ¿Eres consciente de lo que eres capaz de hacer?

Tamara no pudo más que bajar la cabeza, con pesar.

Había descubierto su poder por casualidad, una tarde que quiso llevarse un gato recién nacido y la madre la atacó con uñas y dientes. «¡Gata mala!», le dijo a la vez que la agarraba del pescuezo y la miraba a los ojos. Deseó que dejara de respirar en un ataque de furia e, instantes después, lo hizo. Murió mientras todavía la sostenía en sus manos. Ese momento se había quedado retenido en su memoria desde entonces. Tiempo después, un día que su padre la llevó a dar una vuelta a caballo, tuvo la tentación de verificar si de verdad poseía algún tipo de poder o la muerte de aquella gata solo había sido un hecho fortuito. Comprobó que era cierto cuando al caballo se le partieron las patas delanteras mientras cabalgaban sobre él. Su padre sufrió de la cadera durante semanas por la mala caída que su acción sobre el animal había provocado. A ella no le pasó nada.

—Sí —respondió a la pregunta de Siome por fin con los ojos anegados de lágrimas. La elfa ni siquiera modificó la postura. Si le sorprendió la confesión, no lo demostró. Le pareció que iba a añadir algo, pero se contuvo—. Adelante, decidlo. Sé que soy un monstruo.

—No creo que lo seas. Lo único que creo es que debemos trabajar tu don cuando lleguemos a nuestro destino. Hasta entonces, tú solo... procura contenerte, y no te quites los guantes.

Lo último lo dijo mirando con ternura a Abbey, que había estado acariciando el largo pelo de Tamara con sus pequeñas manos enfundadas. Por la forma en que Siome habló, le dio a entender que sabía mucho más de lo que había demostrado.

Tamara se echó a llorar al recordar a su familia, consciente de lo que les había hecho. Especialmente a la bella Gisell, su hermana mediana, cuyo único delito fue tener el rostro más perfecto que había conocido la ciudad de Roostad.

Eso fue más que suficiente.

GALON

A VARIOS SENDEROS DE ROOSTAD

Ya podían ver la cakowa a lo lejos. Habían salido de la capital en aquella dirección siguiendo las indicaciones de Rómulo y de un muchacho que cabalgaba a su lado. Eran un grupo más numeroso de lo esperado, pues cada uno de los hombres que dirigía la iniciativa había decidido quedarse con dos soldados de su guardia personal. Había dos por Rómulo, dos por Ludo y dos por Rudolf, además de su hermano, el muchacho y él. Y todos iban equipados en cuanto a protección, pues el lugarteniente se había encargado de proporcionarles lo que había considerado necesario y de la mejor calidad para su seguridad frente al contagio.

Era perfectamente consciente de que las intenciones de Endanur con respecto a la posibilidad de sanar a los soldados recluidos allí eran nulas. Estaba seguro de que ni siquiera se le había pasado por la cabeza tratar de hacerlo. Su hermano no se expondría a un posible contagio que se llevaría consigo de vuelta al bosque. Sin embargo, Galon seguía debatiéndose entre ayudar o no. Si decidía hacerlo, sería sin el consentimiento de Endanur y tendría que acarrear con las consecuencias, pues tal vez no volviera a dirigirle la palabra en mucho tiempo.

Siome estaba en lo cierto cuando dijo que se sabía diferente, pero no en exclusiva por su condición excepcional de elfano. Galon tenía voluntad de ayudar a los humanos; de ayudar, en general. Y no solo eso, sino que además sentía que les debía algo, pues no existiría de no ser por ellos. Y Rómulo tenía razón en una cosa: aquel hombre que se había quedado en la cakowa junto a sus hombres se había sacrificado por los demás. Eso decía mucho de él, y Galon no podía pasarlo por alto. Los humanos se estaban movilizando por salvaguardar su raza con total determinación. Ya podía imaginar las leyendas que se contarían sobre los mártires que se habían volcado en aplacar la Plaga, tanto como los lamentos de quienes iban a perder a una parte de su familia por no haber encontrado una cura.

Lo más inquietante de todo era el convencimiento que los hombres y Endanur tenían con respecto a que no quedaría ningún elfano en Aridia cuando el plan finalizase. Galon pensaba que era imposible garantizar una cosa así. Podría haber elfanos que no supiesen que lo eran, e incluso que, en alguna de las nuevas generaciones, apareciera uno con don. De ser así, suponía que el lugarteniente al mando no le pediría amablemente que se marchase de Aridia, y no quería ni figurarse lo que conllevaría aquello si habían sido capaces de planear la quema de la torre con ellos dentro.

—¡Alto! —exclamó Rómulo de pronto.

Todos tiraron de sus monturas para acatar la orden.

—A partir de aquí debemos continuar despacio. Aseguraos de llevar los guantes y cubríos la nariz y la boca con los pañuelos. No os confiéis.

—Ha de haber contacto para el contagio, coronel —dijo el muchacho.

—¿Cuántas veces te he dicho que no podemos dar eso por hecho?

—¡Pero es cierto! Mi padre me mantuvo alejado de él todo el tiempo, por eso pude llegar sano a Soet.

—Aun así, Julius, toda precaución es poca. Cúbrete.

—Haz caso, chico —dijo Ludo—. Tenemos que dejar esto solucionado cuanto antes.

Julius accedió, aunque de muy mala gana. Galon dedujo que debía de ser cierto si estaba tan convencido. Al fin y al cabo, desde que los afectados habían sido recluidos en la Torre de Tomur, se había parado la propagación. Pero Rómulo también tenía su parte de razón: cualquier precaución era poca dadas las circunstancias.

Cuando se acercaron lo suficiente, nadie pudo evitar que el muchacho espoleara a su caballo para adelantarse.

—¡Padre! —gritó avanzando hacia allí.

Nadie salió a recibirlo.

—¡Julius, espera! —Rómulo trató de detenerlo con su mandato.

Pero el chico se bajó de la montura y corrió hacia el interior.

Poco a poco, los demás llegaron también a las proximidades, quedándose sobre sus caballos, a la espera. Galon dedujo que, en realidad, Julius les había hecho un favor. Ninguno parecía estar por la labor de querer comprobar el estado de los enfermos.

—¡Ayuda!

El grito los sobresaltó, aunque ninguno reaccionó. Se miraron unos a otros y, justo cuando Galon fue a ofrecerse voluntario, el chico salió con las manos ensangrentadas.

—Están todos muertos... —dijo con voz queda.

Lloraba.

Galon bajó por fin del caballo y se acercó, raudo.

—¡¿A dónde vas?! —exclamó Endanur tras él.

Cuando llegó hasta Julius, se agachó hincando una rodilla en el suelo para mostrar respeto y, a la vez, ponerse a su altura. Lo sujetó por los hombros y lo incitó a calmarse.

—¿Qué ha pasado? ¿Por qué está todo lleno de sangre?

No era solo que el chico tuviese las manos y la ropa manchadas; había también un rastro de sangre por el suelo, alrededor de la entrada a la cakowa.

—Los han matado... —logró articular el muchacho—. Mi padre...

No pudo terminar. Galon se esforzó en comprender cuán doloroso debía de resultar. Para los humanos, los vínculos fraternales parecían mucho más importantes que para los elfos.

Se levantó y accedió a la cakowa, pese a las voces de protesta a sus espaldas. Lo que encontró allí fue lo más desagradable que había presenciado en la vida. Había ocho..., no, nueve hombres repartidos por la estancia. Algunos estaban apoyados contra la pared, como si hubiesen muerto sentados, y otros estaban echados sobre el suelo. Se percató de que casi todos llevaban instrumentos de hoja de metal en una de las manos y también de que tenían cortes en la yugular. Habían muerto desangrados.

—¡Cielo santo! —exclamó Ludo. El hombre entró haciendo aspavientos con las manos para ahuyentar a las moscas—. ¿Qué demonios ha pasado aquí?

Rómulo y sus dos hombres entraron tras él.

—Me temo que es evidente —dijo. Galon y Ludo lo miraron, impacientes por conocer lo que había supuesto—. Han decidido acabar con sus vidas. La fiebre debía de ser insufrible.

—¡No! —Julius entró corriendo y se puso en medio de la estancia—. ¡No! Mi padre juró que aguardaría. Jamás habría decidido quitarse la vida. ¡Los han matado!

—Cálmate, ¿quieres? Mira a tu alrededor. No hay indicios de lucha, ¡y todos tienen un corte en el cuello!

—¡NO!

Julius se dirigió a uno de los cuerpos y se hizo con el cuchillo que había al lado de su mano.

—Mi padre no ha tenido jamás un cuchillo como este. ¡Han sido asesinados!

—Maldita sea, ¿quién haría algo así? —preguntó Rudolf, el último en llegar.

Todos empezaron a hablar a la vez.

Galon siguió estudiando la escena. La posibilidad de que hubiesen decidido quitarse la vida era factible, aunque poco probable. Podrían haber caído afectados por los peores síntomas de la enfermedad y optado por ahorrarse el sufrimiento, sí; él mismo había visto salir de la torre a enfermos realmente críticos. Sin embargo, el chico estaba convencido de que su padre jamás faltaría a su promesa. Otra opción era que, de tanto correr la voz sobre el peligro de la Plaga, alguien se hubiese tomado la libertad de acabar con cuantos enfermos encontrase a su paso. Y eso podía ser peligroso para todos los que habían iniciado la ruta hacia Portbury. Su última conjetura tenía que ver con Rómulo. Galon lo estuvo observando, analizando sus gestos y su forma de proceder. Le dio la sensación de que lo tenía todo muy ensayado. ¿Habría sido capaz de enviar en secreto a un conjunto de hombres con el fin de terminar con la vida de aquellos moribundos? Ludo, sin duda, no había ordenado tal cosa, y no se le escapó la mirada interrogativa con la que miró a su hijo. Además, Julius y Rómulo eran los únicos que conocían el paradero de los que yacían sin vida. Pese a ello, el chico todavía no había contemplado esa hipótesis. No sabía si sería por la conmoción, que no lo dejaba pensar con claridad, o que no dudaba de la lealtad de los Jensen. De ninguno de ellos.

—La sangre es reciente, señor —dijo uno de los hombres de Rómulo—. Un par de días como máximo.

—Salgamos de aquí. —La petición de Endanur sonó del todo imperativa—. Este lugar está contaminado.

—No podemos dejar los cadáveres así. Esto podría generar una nueva plaga —advirtió Ludo.

—Quemad este lugar.

Julius se puso a gritar con más intensidad al escuchar la orden de Endanur, así que Galon lo cogió por los hombros y lo sacó a rastras de la cakowa mientras los demás iniciaban los preparativos, evitando acercarse a los cuerpos.

Su hermano tenía razón. Era muy peligroso estar allí.

—¿Quieres que nos alejemos? —le preguntó a Julius.

Él se cruzó de brazos y negó con la cabeza. Estaba intentando contener las lágrimas y lidiar con la situación, reprimir el dolor. Era otra faceta curiosa de los humanos, lo de intentar ocultar las emociones. Galon estaba fascinado con las cosas que había aprendido sobre ellos en las últimas semanas.

Cuando emergieron las primeras llamas, Julius volvió a temblar. Ludo y sus dos guardianes fueron los últimos en salir y, acto seguido, caminaron hacia sus respectivos caballos para alejarlos del lugar y reunirse con los demás. Galon permaneció junto al chico y luego lo exhortó a que retrocediera, pero él no se movió. Se quedó allí, plantado frente a la casa, viendo cómo el fuego se intensificaba. No tuvo más remedio que regresar sin él. Subió a su montura y esperó, con el resto, a que se despidiese de su padre. Era lo mínimo que podían hacer por él.

Al cabo de un tiempo, Julius empezó a gritar de rabia. Gritó y gritó hasta que ya no pudo más. Para entonces, el humo era insoportable y todos se habían alejado aún más, así que apenas podían distinguirlo. Galon estuvo a punto de ir a por él justo cuando apareció, con la cara y la ropa llenas de hollín. Sin decir nada, subió a su yegua y la avivó para situarse al lado de Rómulo. Este le puso una mano en el hombro y le hizo un gesto de respeto con la cabeza. Después se pusieron en marcha.

LUDO

POSADA DE RIN

Según el plan, después de visitar la cakowa donde estaban Mangaro Mason y los suyos, pondrían rumbo al sureste para reunirse con el ejército. Sin embargo, Rómulo y Rudolf insistieron en hacer noche en la Posada de Rin, situada estratégicamente a una docena de senderos de la capital. Rin ofrecía dos tipos de servicios: alojamiento estándar y *completo*. El estándar beneficiaba, sobre todo, a comerciantes o viajeros procedentes del sur, cuando se les hacía muy tarde en el camino hasta Roostad o necesitaban con urgencia un descanso o un cambio de montura; el completo solían usarlo, por el contrario, los que viajaban de la capital al sur, porque era la excusa perfecta para disfrutar de un rato en compañía.

Ludo había conocido allí a la madre de Rómulo.

—Vamos, padre, a los elfos les encantará —comentó su hijo con una sonrisa maliciosa—. Van a ver lo rápido que los hombres hemos aprendido de su concepto de las cakowas.

Tenía razón. La Posada de Rin y dos más que ya empezaban a ser conocidas en Aridia habían surgido de la idea de las cakowas. El objetivo de los huéspedes no era el de concebir, como los elfos propusieron a la población en su día, sino poder yacer con mujeres por el simple placer de hacerlo, estuviesen casados o no. Ludo no lo estaba cuando acompañó a su padre la primera vez. Era demasiado inocente y joven. Tanto que se enamoró de la mujer con la que pasó la noche, por eso estuvo regresando a la posada cada nuevo ciclo con la intención de que ella se casase con él, a expensas de su familia, durante años. Lissa era varios años mayor, aunque nunca le llegó a decir la edad que tenía y, a pesar de que Ludo le ofreció un sinfín de comodidades si se fugaba con él, al final, cuando se quedó embarazada por error, lo único que hizo fue esperar a que naciera el bebé, entregárselo y marcharse a Everb, según los rumores.

Durante mucho tiempo, se preguntó por qué Lissa huyó de aquella manera; por qué jamás lo quiso, aunque siempre hubiese estado disponible para él.

A los diecisiete años, cuando llevó al bebé a casa de su padre y lo presentó como hijo suyo, nadie le pidió explicaciones y él tampoco las dio, así que Rómulo creció en el seno de los Jensen creyendo que su madre había muerto durante el parto, como el resto de la gente.

Ludo dejó de creer en el amor después de lo ocurrido, al darse cuenta de que lo que para él habría sido una unión basada en el respeto y la lealtad, para sus compañeros y su propio padre no pasaba de ser un puro trámite. Por suerte, en lo que llevaba de vida, había conocido a algún que otro hombre que jamás había estado en un lugar como la Posada de Rin.

Pocos, pero los había.

A pesar de lo mucho que le divertía a su hijo aquel asunto, Ludo les dijo a los elfos que no se dieran a conocer en la posada, pues el revuelo que causaría su presencia les resultaría incómodo si pretendían descansar una última noche en un lugar en condiciones. Luego les explicó también en qué consistía el alojamiento, los dos servicios disponibles. Ellos no hicieron ningún comentario al respecto.

Su propio hijo pidió un servicio completo cuando Rin los atendió, al igual que Rudolf.

—Para mí la alcoba estándar de siempre, Rin —añadió Ludo.

Una de las pocas cosas decentes de aquel lugar era que el viejo posadero era una persona comedida. Jamás hablaba de las preferencias de sus clientes, ni de cualquier aventura que hubiese ocurrido allí. Por eso, a pesar de lo sucedido con Lissa, Ludo sabía que su secreto estaba a salvo de que los chismes pudiesen llegar algún día a oídos de su hijo.

—¿No crees que tus largos años de luto han sido suficientes? —le preguntó Rómulo.

Rudolf rio; los elfos no mudaron de expresión bajo el misterio que les conferían las capuchas de sus capas.

—Esta posada es una de las cosas que más he echado de menos desde que me mudé a Risorj, amigo. —Rudolf le puso una mano en el hombro que él retiró de forma discreta—. No me iréis a decir que estáis demasiado tenso con todo lo del destierro porque…

—La alcoba de siempre —repitió pese a las insistencias.

—¿Y qué desean sus acompañantes? —preguntó Rin invitándolos a que se descubrieran—. ¿Una habitación doble, tal vez?

Al viejo no se le escapaba nada.

—Sí —repuso Ludo con rapidez—. Estarán más cómodos —añadió sin dar más explicaciones.

Rin se puso manos a la obra en busca de las llaves de sus respectivas estancias y luego los instó a seguirlo.

—La taberna estará abierta durante toda la noche —fue diciendo mientras avanzaban—. Los señores que han pagado el servicio completo pueden escoger en la taberna, a menos que quieran un servicio más especial, en cuyo caso les recuerdo que habrán de pactar los honorarios extra con las especialistas. Las pueden encontrar en la cabaña, lugar al que solo podrán acceder previo acuerdo con la tabernera.

La cabaña era un servicio adicional una vez pagado el precio por el alojamiento completo. Rin había establecido un negocio paralelo con una mujer de pocas palabras que Ludo conocía bien. Solía ser la única compañía que tenía cuando acudía a la posada y Lissa estaba ocupada. Él le había preguntado por ella en alguna ocasión, incluso había confesado su amor, pero Ibeth, la tabernera, se limitaba a mirarlo y a negar con la cabeza. A Ludo le caía bien, a pesar de la apatía que parecía sentir hacia todos los hombres que frecuentaban el lugar. No se limitaba solo al negocio. Había ocasiones en las que, simplemente, se negaba a realizar el trámite necesario con alguno de los que solicitaban acceso a la taberna, por monedas que ofreciese y flamenco se pusiese, pues si estaban demasiado borrachos no tenían nada que hacer. La última vez que él había presenciado una escena del estilo, un hombre se puso violento e Ibeth le dio tal puñetazo que le partió la nariz. Nadie se rio. Los clientes siguieron vaciando sus jarras de juc como si nada.

Rin ubicó a Rómulo y a Rudolf en la primera planta, y a los elfos y a él en la segunda.

—No parecéis muy cómodo en este lugar —le dijo Endanur cuando el viejo posadero se marchó.

—No me complace en demasía los asuntos que se suelen tratar en las plantas inferiores —replicó él—. Tal y como ha dicho mi hijo, el concepto nace de las cakowas que hizo construir vuestro padre.

—Tal vez, pero he oído perfectamente la explicación que el dueño ha dado. No hemos sido nosotros los que han transformado tanto el origen de lo que representaba una cakowa. ¿Servicio completo? ¿Especialistas? Eso es solo cosa vuestra.

Ludo se enfadó por la insinuación y no se quedó atrás con su respuesta:

—Puede que sí. De todas formas, soy de los que piensa que vuestro padre no solo las mandó construir para preservar vuestra raza. —Notó cómo Endanur se tensaba. Ludo había llegado a la conclusión de que el rencor que el elfo sentía hacia su propio padre nacía de un punto parecido al que él mismo tenía con el suyo al presentarle por primera vez a Rin y su posada—. Yo era muy joven cuando Egonur llegó a la capital, mas todavía recuerdo cómo reaccionaron los hombres de mi alrededor ante el uso que iban a tener las famosas cakowas. A todos les pareció una vulgar excusa para que los elfos pudiesen hacer lo que quisiesen con sus mujeres.

Endanur no añadió nada. Abrió la puerta de su habitación y accedió, dejando atrás a su hermano.

—Estoy harto de que elfos y humanos creamos que lo único que tenemos en común son nuestras diferencias —le dijo Ludo a Galon antes de adentrarse también en su alcoba.

A la mañana siguiente, todos partieron de la Posada de Rin sin hablar más de lo necesario. Ludo y Rómulo se adelantaron con sus hombres para reunirse con los sargentos de pelotón al mando y comprobar cómo estaba yendo el traslado tras los dos primeros días.

Cuando los otros llegaron, acordaron que Rómulo y Rudolf encabezarían la marcha y que Ludo y los elfos la cerrarían.

DÍA 16 · LUNA CRECIENTE 96%

CALA

RÍO TIRÓN

Habían alcanzado por fin el río Tirón y, aunque volvían a tener agua, la situación iba de mal en peor. Los enfermos más saludables empezaban a decaer, cada vez avanzaban más despacio, y la desesperación de Cala solo hacía que aumentar. Lo único bueno era que su hermana estaba sobrellevando la marcha mejor de lo esperado, aunque tenía que contentarse con observar sus señas y con sus pobres palabras entre susurros cuando se veían a lo lejos o conseguía pasar por su lado. Había de encontrar el modo de concretar con ella el día de la huida.

Quedaban menos de tres días para llegar a Portbury.

—¿Es que siempre tengo que ir detrás de ti para que muevas el culo?

Cala cerró los ojos, llenó los pulmones de aire y lo expulsó antes de girarse hacia su interlocutor.

—¡A sus órdenes, sargento!

—¿Qué haces ahí parado mirando a la nada en lugar de estar trayendo más agua?

—¡Voy enseguida!

Se escabulló como pudo, evitando así los reproches del sargento Staton, y se acercó a los que estaban repartiendo los cuencos para coger un recipiente vacío, llevarlo al río y volver con más. Varios de sus compañeros habían alzado la vista, con la mano en forma de visera contra el sol del mediodía, observando algo en la distancia. Cala miró también y vio a alguien acercándose a todo correr. No le habría dado importancia de no ser porque el sujeto en cuestión no iba a caballo, pues durante el viaje había habido muchos soldados que se habían unido de ese modo, procedentes de Roostad tras haber completado la misión de escoltar a los elfanos desde las ciudades más próximas a la capital. Una vez incorporados, se les asignaba casi siempre el grupo de los enfermos críticos con intención de relevar así a los más cansados. Por eso, que aquel fuese sin montura le llamó, cuanto menos, la atención.

Al regresar de recoger agua, echó un vistazo al nuevo y comprobó, por su tamaño y uniforme, que era solo un muchacho. Estaba hablando con suma indignación con algunos de los demás reclutas, que le daban golpes en la espalda, como mostrándole apoyo. Cala entrecerró los ojos para agudizar la vista —usaba ese pequeño don heredado con demasiada frecuencia— y volvió a abrirlos de par en par al percatarse de quién era. Su primer impulso fue el de buscar el mejor lugar donde ocultarse. Dejó el recipiente de agua con torpeza, cogió otro y se encaminó de nuevo al río.

—Zafro, espera —le dijo uno de sus compañeros. Ellos siempre eran los que se encargaban de las tareas más tediosas, como el agua—. Necesito que les lleves el barreño que has traído al grupo de los críticos. El sargento Joffrem me ha dicho que necesitan que les echemos una mano.

Eso estaba en dirección al recién llegado. Cala se quedó tan paralizada que el chico tuvo que insistirle:

—No te quedes ahí parado, colega, que hay mucho por hacer.

—¡Voy!

Llevaba ya tanto tiempo infiltrada entre los soldados que se le hacía raro que a esas alturas alguien pudiese conocer *uno* de *sus* secretos. En realidad, no era fácil que la reconocieran porque el uniforme era igual para todos y se había cortado mucho el pelo; pero, si alguien le hiciera lo que ella le había hecho a aquel chico, Cala estaría segura de que haría todo lo posible por preservar la última imagen de esa persona.

Para vengarse cuando tuviese oportunidad.

Sin más remedio, cogió el recipiente de agua y caminó con paso decidido y sin agachar la cabeza para no levantar sospechas. Respiró más calmada cuando consiguió llegar a su destino sin incidentes, porque, aunque había tenido que pasar muy cerca, los otros estaban tan enfrascados en la conversación que ni la habían mirado.

Cala se preguntaba qué estaría contando el chico sobre su ausencia el día de la partida. Le parecía muy estúpido por su parte haber vuelto para ofrecer sus servicios, pues ella lo había librado de correr el riesgo de contagiarse. Todos los miembros del ejército, desde el coronel hasta el último recluta, creían que regresarían sanos y salvos solo por cumplir con las medidas de seguridad que habían adoptado, que no eran otras que cubrirse el rostro y usar unos estúpidos guantes cuando se acercaban a los enfermos; pero ella sabía que no bastaba con eso, al igual que sabía que, cuando llegaran a Portbury, más de uno se vería en la obligación de embarcarse por la infección. Pobres ignorantes… El contagio no se hacía evidente de un día para otro, como pensaban. No era hasta varias semanas después. De hecho, ella tenía claro que ya habría más de uno con síntomas leves, aunque lo achacasen al cansancio.

—¡Hola! —le dijo de pronto un niño que apareció a su lado.

Cala le revolvió el pelo cuando dejó el agua en el suelo y luego se dirigió hacia el que estaba llenando los cuencos para repartir como voluntaria. Cuanto más entretenida estuviese, mejor.

El niño la siguió.

—¿Cómo te llamas? —le preguntó con timidez.

—Zafro, ¿y tú?

—Vaz.

—De acuerdo, Vaz, ¿quieres un poco de agua?

—No, estoy bien, señor soldado. —Cala sonrió al escuchar la forma con la que se dirigió a ella—. Lo que quiero es ayudar.

—¿De verdad?

—¡Sí! ¡Por favor! Me aburro mucho…

—¿Tu familia está aquí? ¿Están enfermos?

—No. Mi familia no está aquí.

—¿Qué quieres decir?

—Mi madre me trajo. Dijo que tenía que quedarme aquí y luego se marchó.

—¿Cuánto hace de eso?

—Llegamos por la noche.

Cala lo miró sin saber qué decir. El niño estaba tranquilo, como si lo que le había dicho no fuese algo de lo que tuviera que preocuparse.

—¿Quién se ocupa de ti?

—Los soldados, supongo.

¿Qué tendría? ¿Seis? ¿Siete años? Era demasiado pequeño como para no estar bajo la supervisión de alguien.

—¿Y te han asignado a este grupo?

—No lo sé.

—¿Estás enfermo?

—No.

Cala arremangó su camisa para mirarle los brazos, la barriga y la espalda. Después hizo lo mismo con los pantalones. El niño no tenía ningún síntoma visible.

—¿Te encuentras bien?

Vaz asintió. Ella intuyó un par de motivos por los que una madre habría decidido abandonar a su hijo a la suerte de un viaje hacia un territorio casi desconocido. Los dos le resultaron igual de lamentables.

—¿Qué te parece si te nombro mi acompañante oficial?

El crío sonrió tan ampliamente que solo esperaba que Willem no gruñera demasiado.

Volvieron a ponerse en marcha después del descanso de la mañana. Vaz estuvo yendo y viniendo a su antojo y Cala no tuvo que preocuparse de nada. Se dio cuenta de lo ventajoso que podía resultar la libertad del niño cuando regresó, ya exhausto.

—¿Falta mucho? —le preguntó con la respiración acelerada.

—Un poco —respondió ella colocando una mano sobre su cabeza. Era un niño muy guapo y con mucha energía, no cabía duda—. ¿Sabes? Tengo una misión para ti.

—¿De verdad?

Cala sabía que estaba cansado y no se sentía nada orgullosa por aprovecharse de su entusiasmo, pero se le estaba acabando el tiempo.

—Necesito que busques a una chica en el grupo de las mujeres. ¿Podrás hacerlo?

—¡Sí!

—Es una joven de pelo castaño más claro que el nuestro, que está embarazada. Fácil, ¿verdad?

—Mmm…, sí. Creo que ya la he visto antes.

—¡Bien! Cuando la encuentres tienes que preguntarle su nombre.

—¿Y qué pasa si no quiere decírmelo?

—¿Por qué no iba a querer?

—Porque nadie contesta nunca a mis preguntas.

—Estoy seguro de que la chica que buscamos te responderá —le aseguró Cala—. Si no, es que no es ella.

—¡Vale!

Vaz salió a la carrera, dispuesto a llevar a cabo su misión. Intentó seguirle la pista, pero era rápido y había demasiada gente. Cala se sorprendió de su buena relación con el crío, pues nunca antes había simpatizado con ningún otro. Pero este en cuestión había resultado ser muy obediente y no incordiaba, así que ella estaba encantada de tenerlo de peón.

Mientras esperaba a que regresara, el chico de Roostad al que había estado evitando se puso a su lado de manera fortuita. Cala tensó todo el cuerpo y sintió la adrenalina subiéndole a la cabeza. Estaba pensando en la forma de moverse sin levantar sospechas cuando otro chico, el mismo que le había pedido ayuda con el agua, Mars Lillard, habló:

—Todavía no puedo creer que te quedases dormido.

—¡No me quedé dormido! Os lo he dicho mil veces. Alguien me golpeó en la cabeza y me dejó inconsciente.

—Lo que tú digas… —añadió un tercero.

—No sé por qué creéis que me lo estoy inventando. Podría haberme quedado en la ciudad, ahorrándome la carrera, y ahora no estaría aquí dando explicaciones.

—Eso sí que es verdad —continuó otro de los compañeros. Otro que, de pronto, apareció entre el chico y ella y le pasó un brazo por los hombros—. ¿Te has enterado, Zafro? Aleph se quedó dormido justo el día antes de que empezásemos el viaje y lleva desde que se despertó intentando darnos alcance. ¿Qué te parece?

«Que es un necio».

Ella se limitó a reír mirando al frente, evitando cruzar la mirada con el tal Aleph, que seguía defendiendo la versión que nadie creía. A lo lejos vio las cortas piernas de Vaz abriéndose paso.

Al fin.

Se adelantó fingiendo enfado, lo agarró por el brazo y tiró de él hacia la parte de atrás.

—¿Dónde te habías metido? —El niño la miró sin comprender mientras ella lo seguía moviendo—. Finge que has hecho algo malo, ¿de acuerdo? —le susurró después.

Cala pensó que Vaz no sería capaz de reaccionar, era demasiado pequeño como para comprender cuál era su verdadero propósito; que hubiese un propósito siquiera. Una vez más, la dejó asombrada cuando empezó a decir:

—¡Lo siento! ¡No volveré a hacerlo! ¡Lo prometo!

Continuaron caminando un poco más hasta que consideró que ya había ganado una buena distancia. Cuando lo soltó, él preguntó:

—No he hecho nada malo, ¿verdad?

—No. Lo has hecho genial, Vaz, ¡gracias!

—¡De nada!

—¿Has encontrado a la chica?

—¡Sí! Dice que se llama Helina. —Cala suspiró, aliviada. Ya estaba un poco más cerca—. ¿Qué hacemos ahora?

Vaz era un niño inteligente. Demasiado inteligente, de hecho.

—Has oído hablar de los elfanos, ¿verdad? —le preguntó.

—Sí. Mi madre me dijo que no me acercara a ellos.

—¿Y tu padre?

—No tengo.

Cala frunció el ceño.

—¿Hiciste algo antes de que tu madre decidiera traerte aquí? —insistió—. ¿Algo extraño?

—Ella decía que hablaba demasiado y que eso era malo. Tampoco le gustaba que hiciese preguntas.

—¿Sabes cuántos años tienes?

—Sí. Cinco.

Sus sospechas se confirmaron.

Vaz era elfano, y uno de los pocos que había heredado algo bueno de los elfos. Era más grande que los niños de su edad, pero lo más notable era su inteligencia. Al parecer, el mensaje de que los elfanos eran peligrosos y de que había que denunciar su presencia ante las autoridades de cada ciudad había calado hasta el punto de que una madre había decidido deshacerse de su hijo. Eso, o dicha mujer era una elfana destinada a Roostad y no quería arrastrar a su hijo con ella. Si su motivo era augurarle un mejor futuro o rehacer su propia vida ya era otra cuestión, de la cual nunca sabría la respuesta.

«El miedo es un aliado poderoso para los que saben hacer uso de él», pensó.

Le dijo a Vaz que necesitaría su ayuda cuando hiciesen la última parada del día, para cenar y descansar, y él le aseguró que podía contar con él, sobre todo si eso significaba volver a hablar con Helina.

—Es una chica muy guapa —añadió.

Cala sonrió. Sí, sí que lo era.

De vuelta al grupo para continuar con la marcha, vio otra vez al chico al que le había robado el uniforme. Se dio cuenta de que iba a ser complicado evitarlo durante los días que quedaban, así que decidió que aprovecharía algún momento que estuviesen a solas para hablar con él. Por lo poco que había observado, tenía la impresión de que era de los buenos, como Cintia, así que esperaba que comprendiese por qué lo había hecho.

Cala Wrim no tenía ningún don más allá de la visión y el oído agudizados, pero sí la capacidad de percibir la bondad en las personas, de la que se sentía muy afortunada.

No eran muchas y dar con ellas era casi una bendición.

WILLEM

RÍO TIRÓN

Acababa de percatarse de la presencia de un niño que no paraba de correr de un lado a otro entre sus hombres cuando vio que un sargento guardián de Rómulo se dirigía a su encuentro.

—El coronel quiere veros.

Asintió y no tuvo que dar ninguna orden para que el guardián ocupase su lugar de primero de pelotón cuando empezó a cabalgar hacia donde estaba su amigo, así como tampoco hizo falta que el otro hombre que iba con él, Rudolf Riel, se alejase para que pudiesen hablar a solas.

—¿Alguna novedad? —preguntó Rómulo a modo de saludo.

—Nada, salvo las dos muertes de ayer —respondió él.

—¿Cuántos más crees que caerán antes de llegar a Portbury?

—No lo sé, pero apostaría a que no quedarán muchos de los críticos. Empeoran con cada trayecto y la mayoría empiezan a dar problemas durante la noche con los delirios causados por la fiebre. Los hay que no pasarán de esta noche.

—Bien, esperemos que sigan sucumbiendo a la enfermedad, pese a que, aun así, no será suficiente.

Willem lo miró, extrañado.

—Me preocupa el tamaño de los barcos que ha dispuesto mi padre —manifestó Rómulo. Él no era conocedor del tamaño de dichos barcos ni del porqué de aquella repentina duda. Su amigo continuó antes de que pudiese preguntar—: Creo que deberíamos hacer algo para asegurar el espacio de todos los enfermos que consigan llegar a puerto.

Inspiró con fuerza y luego expiró con calma mientras asimilaba la información.

—¿En qué habías pensado?

—Lo más sencillo sería hacer correr un falso rumor entre los hombres que están a tu cargo —empezó a explicarle Rómulo—. Son los que más me preocupan, dado que los que están más enfermos no aguantarán mucho. En cuanto a las mujeres y niños, ambos sabemos que no suponen ningún problema.

Willem alzó las cejas.

—¿Qué tipo de rumor?

—Uno que les haga pensar que esta misión no es segura para ellos y, por lo tanto, les haga replantearse su obediencia.

—Quieres que se subleven —dijo pensando fugazmente en lo que el joven recluta, Zafro, había sugerido cuando insistió en unirse al ejército para aquel trabajo.

—Algo así. ¿Qué opinas?

Willem estudió la proposición de Rómulo no como su amigo de toda la vida, sino como su coronel. Por conocidos que fuesen y por mucho que él le permitiese dirigirse a él con un trato cordial, no estaba en condiciones de contradecirlo. Ni aquel día ni ningún otro. Era muy consciente de cuál era su lugar y qué se esperaba de él por el simple hecho de que lo habían ascendido a sargento al mismo tiempo que a Rómulo se le otorgó el cargo de coronel cuando ambos cumplieron los veinte años.

—Sabes bien que estoy al servicio de los Jensen —respondió—. Lo único que tienes que hacer es decirme cuál es el rumor que quieres que se extienda. Yo me encargo del resto.

Rómulo le explicó la idea y él se limitó a repetirla para corroborar que lo había entendido bien. Había que hacer creer a los hombres enfermos que aquel desplazamiento era solo una trampa, que no iban a ningún lugar a sanar y que lo único que harían sería viajar con rumbo a ninguna parte, lo bastante lejos como para que se les acabasen las provisiones antes de poder regresar.

—Lo he entendido —repuso después de asimilarlo—. ¿Puedo hacerte una pregunta relacionada con el futuro?

—¿Qué pregunta?

—¿Qué pasará cuando los enfermos se hayan recuperado en Ucay y quieran volver? ¿Cómo podrán comunicarse con nosotros para que vayamos a recogerlos?

Rómulo no respondió al instante. Conociendo a los Jensen, Willem dudaba de que hubiesen pasado por alto algo así, y mucho menos los elfos que los acompañaban. Se preguntaba cómo habría sido la negociación previa al pacto que daba pie a la empresa que estaban llevando a cabo. Si los elfos habían accedido a ayudar después de tanto tiempo a la sombra, no podía ser por mera generosidad.

—Esa es una duda muy apropiada a la que no puedo responderte, amigo —le dijo por fin con suma reserva—. Es mejor que no sepas la respuesta.

Sus palabras fueron desalentadoras, mucho más de lo que había sospechado, teniendo en cuenta las acciones en las que se estaba viendo involucrado desde lo de Mangaro Mason y sus hombres. Dio por hecho que habían dado por concluida la conversación y sujetó las riendas de su montura para ordenarle que virara hacia la derecha y regresar así hacia su pelotón. Pero entonces le surgió una nueva pregunta, regresó y la lanzó sin pensarlo:

—¿No se suponía que los hombres enfermos a mi cargo eran quienes iban a aprender las nociones básicas para gobernar los barcos una vez llegásemos a Portbury?

—Sí, pero ya no será necesario —repuso, tajante. Hizo una breve pausa y luego añadió—: Recuerda que hay enfermos en Berproa.

Rómulo se giró, lo miró y Willem le sostuvo la mirada tratando de asimilar la información, lo que daba a entender y lo que él creía que significaba. Prescindir de los enfermos de la torre era una simple gestión; sus vidas no importaban. A fin de cuentas, el objetivo principal era deshacerse de ellos, ya fuese enviándolos lejos de Aridia, o aniquilándolos. Confirmó sus sospechas cuando Rómulo se llevó el dedo índice a los labios para indicarle que debía guardar silencio.

Willem le dedicó una mirada muy reveladora y él se limitó a asentir. Su coronel y mejor amigo le había prometido la princesa. Era por eso que tenía pensado ser fiel sin miramientos, guardándose los escrúpulos en lo más profundo de su ser, conocedor de que aquella misión podría complicarse. Ya se había manchado las manos de sangre una vez, y se las volvería a manchar cuantas veces hiciera falta si eso suponía salvar a Tamara, tal y como Rómulo le había garantizado al jurarle lealtad. Era consciente de las consecuencias de dejarla con vida, así que esperaba que la joven le estuviese agradecida cuando se recuperase de la amputación de sus manos y la liberasen para reunirse con él.

Todo cuanto hacía era y sería por ella. Por su salvación.

Willem regresó junto a su grupo pensando en los enfermos de Berproa. No tenía ni idea de cómo habían podido contagiarse allí, pero, al menos, era seguro que casi todos los infectados sabrían navegar, y eso aceleraría mucho la partida de los barcos.

DÍA 17 · LUNA LLENA

SIOME

CAMINO A SEIC

Durante el trayecto a Seic, Siome y las niñas se cruzaron con varias personas que iban en dirección contraria, hacia Roostad, procedentes de Sidalt en su mayoría. No fue fácil distinguir los que eran elfanos de los que no, aunque, dada la eventualidad del momento, casi todos lo eran. Sin embargo, solo hablaba de su misión con quienes veía en grupos reducidos sin la compañía de soldados y sin rasgos notables característicos de los elfos. Tuvo la suerte de encontrar a muchas mujeres que viajaban solas junto a sus hijos. Siome pudo hacerse una idea del miedo que había asolado el territorio para que hubiese tantos casos así. Nadie quería que lo relacionasen con elfanos, ni siquiera tratándose de su compañera o de sus hijos. Se había convertido en una deshonra. También había solo hombres con hijos, claro, pero menos. Cuando los elfanos iban acompañados por soldados procedentes de las diferentes regiones de Aridia, a Siome no le quedaba más remedio que lamentarse y continuar, porque era evidente que los aldeanos habían reconocido su procedencia y por eso marchaban custodiados hacia la capital.

Por suerte, de entre todos aquellos con los que habló y a pesar de que en ningún momento reveló que era una elfa —mucho menos la identidad de las niñas—, encontró a varios dispuestos a escucharla como curandera y a fiarse de ella. Les dijo que habían confiado demasiado rápido en la promesa de unos elfos desconocidos que nunca habían hecho nada por ellos, y se mostraron visiblemente de acuerdo, añadiendo que no es que hubiesen creído en su promesa, sino que se habían visto obligados a emprender aquel viaje por las denuncias de sus vecinos. Siome se horrorizó al escuchar el testimonio de los que contaban que incluso les habían quemado la casa.

Nadie quería que se quedasen.

Nadie pensaba ayudarlos en el futuro.

Era confiar en los elfos o nada.

Siome les explicó hacia dónde debían dirigirse una vez llegasen a Seic, dejando, al menos, una jornada de distancia con ella para no levantar sospechas. No iba a ser fácil esconderlos, pero estaba segura de que encontraría cuevas para todos en Cabo Ribalta. De lo contrario, las construiría. Los elfos siempre habían sabido cómo ocultarse de los humanos generación tras generación. Esperaba que los elfanos hubiesen heredado el sigilo de quienes los precedían.

Eran demasiados inocentes y nadie más que ellos tenía derecho sobre sus vidas. Pues los hombres no querían más lazos con los elfos y los elfos no querían saber nada de los elfanos; pero los elfanos solo querían vivir.

De pronto, Abbey le tiró de la manga para llamar su atención.

—Tengo hambre.

Siome vació el saquito de los últimos frutos secos en la mano de la niña.

—No nos queda más comida —anunció—. Mañana cruzaremos el río Ürming y llegaremos a Seic. Allí podremos proveernos, te lo prometo.

—Tengo miedo, Siome —añadió Tamara.

Las tres llevaban la cara descubierta, pues, a pesar de que el plan inicial había consistido en cubrir sus rostros con pañuelos, simulando lo que hacían algunos ciudadanos de Roostad por imitación al ejército y temor al contagio, una vez fuera de allí, Siome sabía que sería muy difícil ubicarlas y que nadie se cubría. Según la información que circulaba por Aridia, toda la familia de Tomur había muerto, a excepción de Tamara, que estaba encerrada y con una sentencia pendiente. Para cuando se extendiese la noticia de que había sido rescatada, ya estarían muy lejos de aquella tierra. Las tres se habían cortado el pelo y vestían ropas harapientas, y Siome les había pedido que tratasen de hablar sin mirar directamente a los ojos de ninguna persona, en aparente sumisión. Porque, además de que Tamara tenía un don todavía por concretar, sus ojos grises eran casi tan llamativos como los pardos de la propia Siome. Ideal para que pasasen por madre e hija, aunque un verdadero problema si alguna de las personas que había servido en la torre se cruzaba con ellas. Era una posibilidad mínima que no podían descartar.

Tamara era una joven de catorce años muy llamativa, por mucho que se hubiese deshecho de su ensortijada melena y fuese sucia y andrajosa.

—Venid —les dijo a las niñas—, vamos a buscar un lugar junto a la familia de Rinda para descansar y contemplar la belleza de la Luna Llena que nos acompañará esta noche.

Rinda Well y sus dos hijos eran elfanos de Sidalt. Era la única familia con la que Siome había aceptado realizar lo poco que quedaba de camino hasta Seic. Rinda tenía una paciencia ilimitada. Se pasaba la mayor parte del tiempo contándoles cuentos a sus hijos, de cinco y siete años, por lo que Abbey estaba encantada con su compañía. Habían parado a descansar junto a unos acebuches, tan tradicionales de Sidalt, una vez pasada dicha ciudad, y Ruy, el más pequeño, lanzó una pregunta:

—¿Es cierto que los everbios tienen la piel de un color diferente y que son malos?

—¿Por qué habrían de ser malos? —preguntó Rinda de vuelta—. ¿Por tener la piel oscura?

El niño se encogió de hombros.

—Porque son mucho más marrones —añadió Tobias—. O negros, como su rey.

Siome sonrió al ver a la apurada mujer tratando de sacarles esas ideas de la cabeza, y supuso que se esforzaría en dar un giro a las historias que contaba para que los niños no llegasen a ese tipo de conclusiones. Abbey se sentó en el círculo que la familia había formado para escuchar con atención, mientras Rinda les hablaba de la existencia de los distintos tonos de piel y la nula relación que eso tenía con la maldad de las personas.

Tamara y Siome se sentaron un poco más allá.

—¿Podrías contarme algo más sobre Helina? —le preguntó la princesa cuando se acomodaron sobre la tierra.

—¿Qué más quieres saber?

—¿Qué pasará si no consigue llegar hasta nosotras o que traigan a su bebé?

Siome suspiró y miró hacia arriba para que la luz de la brillante luna la inspirase.

—Que no habrá nada, en la vida que me queda, que vaya a lamentar más que eso.

Y justo entonces decidió algo.

ALEPH
CAMINO A PORTBURY

Su imberbe rostro no ayudaba a que lo tomasen en serio y estaba harto de las burlas de sus compañeros. Desde que había ingresado en el ejército de Roostad, no habían hecho más que reírse a costa de él, o a sus espaldas. Todavía no había decidido qué era peor, pero, al menos, cuando hablaban de él sin estar presente no era embarazoso.

El hecho de que aquella chica lo hubiese dejado inconsciente en el cobertizo de los establos no había ayudado en absoluto. Nadie creía en el valor que él decía tener, ni siquiera su padre, que también se había echado a reír cuando le dijo que se ofrecería como recluta voluntario para aquella misión con el fin de hacerse un hueco entre los soldados, impaciente por hallar su lugar. Estaba claro que no servía para la forja, ni para cualquier otra cosa en la que su padre hubiese intentado formarlo, así que ninguna persona de su entorno confiaba en que lo aceptasen en el ejército. La verdad era que él no tenía ningún tipo de interés, pero necesitaba ganar aptitudes en alguna profesión y sabía que aquella era una de las más respetables, sobre todo si quería encontrar pareja para formar una familia. Por lo pronto, todavía quedaba tiempo hasta que regresasen del traslado de los enfermos, así que, mientras tanto, disfrutaría de estar lejos de los reproches familiares. La soledad que había disfrutado durante la carrera le había sentado de maravilla.

—Aleph, el sargento Staton dice que te adelantes. Quiere preguntarte sobre tu extraño accidente.

Miró al compañero que le había dado el aviso con el ceño fruncido. ¿Tenía que volver a repetir la historia? Ya había perdido la cuenta de las veces que lo había hecho y estaba un poco cansado de que cada vez que lo hacía se burlasen. Pero no podía rehuir al sargento.

Aceleró el paso para ir a su encuentro.

—¿Quería verme, señor?

—Sí. —Willem habló desde lo alto de su caballo—. Aguarda hasta que demos el alto. Mientras tanto, piensa bien en lo que vas a decirme, porque no quiero escuchar ninguna de las pobres excusas que han llegado a mis oídos.

«¿Pobres excusas?».

Vale que había omitido que fue una chica la que le dio el golpe, también que le había robado la ropa y que había ido a verla porque se lo había pedido una de las enfermas... Pero no creía que todo eso fuese relevante, y mucho menos que le hiciese un favor a su reputación. Ya había tenido bastante con aguantar la mirada de su padre cuando se presentó semidesnudo y lleno de estiércol a decirle que necesitaba con urgencia que le confeccionasen un nuevo uniforme y algo de provisiones para dar alcance a su pelotón. Lo ayudó, no sin demostrar que dudaba del éxito de su hazaña, porque, en el fondo, deseaba que se marchase y se ganase la vida,

aunque le hizo jurar que le devolvería hasta la última moneda que se había gastado en él.

¿Acaso no era un logro en sí el que hubiese salido a la carrera hasta alcanzarlos? ¿Por qué nadie reparaba en eso y sí en el hecho de que no se presentó la noche antes de la partida? Si hubiese querido escaquearse, se habría quedado en Roostad. ¿No era evidente?

Cuando el primer grupo, el de mujeres, paró, Willem dio el alto y todos los soldados se pusieron manos a la obra con sus tareas. Todavía no tenía una definida y tampoco sabía muy bien si debía ocuparse de algo o continuar a la espera y que el sargento no creyese que intentaba evitarlo.

—¡Ven aquí! —le dijo. Obedeció al instante—. Quiero que te encargues de contar el número exacto de hombres que tenemos, y que te fijes en si hay alguno que haya empeorado tanto como para que lo cambiemos de grupo. ¿Crees que serás capaz de hacerlo?

—Sí, señor —respondió, avergonzado.

Odiaba que su aspecto sentenciara sus capacidades.

Contar. Lo único que tenía que hacer se reducía a eso, y estaba seguro de que no habría ni veinte hombres bajo vigilancia. Su extrema delgadez lo imposibilitaba a ojos de los más corpulentos, pero Aleph era mucho más rápido que ellos y eso nadie lo valoraba. Además, era torpe, no débil. Podía cargar lo mismo que cualquiera de sus compañeros pese a sus brazos delgados. «Menudo enclenque», solía decirle su padre.

¡No era ningún enclenque!

Se fijó en los hombres que tenía que contar. Apenas hablaban entre ellos y todos se habían sentado a descansar. A ellos sí se los podía considerar débiles, pero porque lo *estaban*, no porque lo *fuesen*. Se colocó el pañuelo en los orificios de la cara antes de acercarse más.

Contagiarse era lo que más lo aterraba. Mucho más que tener que combatir, batirse en duelo o enamorarse. Cosa que, según él mismo, no tenía mucho sentido.

Vio que uno de los hombres se observaba las piernas por debajo del pantalón. Tenía algunas costras y también pústulas recientes. Se acercó intentando no tocar a ninguno de ellos y se horrorizó cuando se detuvo a menos de cinco pies de él. Daba la sensación de que se le estaba pudriendo el pie, desde el interior del zapato y a lo largo de la tibia. Estaba seguro de que, de haber llevado algo reciente en el estómago, habría vomitado.

Incapaz de aguantar las arcadas, se cubrió la boca con el pañuelo y se alejó lo más rápido que pudo. Terminó chocando con uno de los reclutas que estaban trayendo agua para repartirla. Los dos acabaron en el suelo.

—¡Oye! ¿No sabes mirar por dónde vas?

«Torpe, torpe, torpe».

—Lo siento, yo… —Aleph escudriñó al chico con el que había tropezado, curioso—. ¿Nos conocemos?

Cuando el otro terminó de sacudirse el uniforme de tierra pegada por la humedad, lo miró con el ceño fruncido.

—Olvídame —le espetó antes de irse.

Ese chico le sonaba de algo, pero no lograba ubicarlo. Aleph lo observó en la distancia mientras regresaba para buscar a Willem y un soldado soltó varios improperios cuando pasó por su lado; lo había golpeado en el hombro por estar girado hacia atrás.

«Céntrate, por lo que más quieras. Céntrate».

Localizó al sargento hablando con otro hombre, junto al grupo de mujeres.

—Señor, me temo que hay un hombre en estado grave…

—Maldita sea. Ahora no, muchacho. Ve corriendo a decírselo a Joffrem y que vayan a por él.

«Aleph: contable y recadero».

Un recadero inútil, por cierto, porque no tenía idea de quién era el tal Joffrem.

—¡Hola! —dijo alguien de pronto, muy cerca de él.

No podía ser cierto.

¿Era la misma chica que le había pedido que buscase a su hermana?

Sí, por supuesto que lo era.

—Tú.

—Joffrem es el sargento de los enfermos críticos. El que tiene la barba roja y abundante.

Aleph miró a donde la chica señalaba y visualizó al susodicho. Empezó a alejarse sin responderle siquiera.

—¡Eh! ¡Espera!

Fue toda una suerte que se girase por inercia, de lo contrario, la chica lo habría tocado. Se alejó aún más haciendo aspavientos con los brazos para ahuyentarla.

—¡No te me arrimes!

—Perdona… —La joven retrocedió unos pasos, triste.

Aleph lamentó haberle gritado, pero su instinto era más fuerte que su educación, dadas las circunstancias.

—Por favor, no me sigas —le pidió recuperando sus buenos modales.

—Solo quería darte las gracias.

Abrió los ojos de par en par en señal de alarma.

—¡No podemos hablar sobre eso aquí! —exclamó por lo bajo.

—Y no iba a pedirte que lo hiciésemos —replicó ella—. Solo decir que… gracias.

—Ah, pues bien. —Aleph se alisó los pliegues del uniforme para aparentar normalidad y que ella no reparase en su rubor—. Ya lo has dicho, así que… En fin, no hay de qué. Ahora me voy. Tengo cosas que hacer.

Le dio la espalda y se puso a caminar sin un destino concreto, aunque en la dirección que minutos antes había tomado. Su cuerpo deseaba girarse a mirarla, así que se concentró en evitarlo. Tenía la sensación de que haría cualquier cosa que esa chica le pidiese y ya había hecho ridículo suficiente en la última semana. Puede que fuese su voz. El «gracias» que ella había dicho reverberaba en su mente una y otra vez. Se estaba convirtiendo en melodía, de hecho. ¿Cómo era posible?

—¿Qué es lo que quieres? —Joffrem acababa de plantarse delante de él, cortándole el paso. Los enfermos críticos estaban demasiado cerca y él ni siquiera se había empezado a alarmar—. ¿No tienes nada que hacer? Porque si es así, tengo trabajo para ti.

«Reacciona».

—El sargento Staton me envía a avisaros de que hay un hombre que debería trasladarse a este grupo, señor.

—¿Por qué? ¿Qué tiene? No hacen más que pasarme infectados, caray. Espero que sea grave.

—Me temo que sí. En cualquier caso, será mejor que lo veáis y lo valoréis vos mismo.

Agradeció no tener que dar más explicaciones y acompañó al sargento Joffrem hasta el conjunto de hombres. Sin embargo, cuando llegaron no había ni rastro del enfermo con el pie semipodrido. Aleph caminó en círculos observando a todos los que se encontraban allí. Era imposible que hubiese desaparecido.

Percibió la impaciencia de su superior por el resoplido que le acarició la nuca.

—Había uno… Estaba justo ahí…

Joffrem se limitó a levantar las cejas por la incredulidad.

—¡Lo juro!

Aleph siguió buscando con desesperación, tratando de convencerse de que no había sido fruto de su imaginación.

—¡Eh! —gritó para llamar la atención de los enfermos—. ¿Dónde está vuestro compañero? El que tenía la pierna infectada. —Todos lo miraron, ninguno respondió—. Sabéis de quién hablo. ¿Dónde está?

Aleph se enfadó como nunca se había enfadado. Era imposible que las cosas le estuviesen saliendo tan mal. Tan tan mal.

Miró a Joffrem, que negó con la cabeza de la misma forma que lo hacía su padre cuando lo daba por perdido. Eso ya fue lo último que necesitaba para estallar.

—¡¿Dónde está?! —volvió a gritar de cara a los hombres—. ¡Maldita sea! ¡Hablad! ¿No os dais cuenta del peligro que supone que se haya marchado? ¡Su pierna estaba fatal! Nos estáis poniendo a todos en grave peligro. ¡A todos, panda de desgraciados!

Estaba fuera de sí.

Harto.

Estudió los rostros de los que lo contemplaban con cara de asombro, intentando avistar a alguien al que conociese de la ciudad, aunque solo fuese de vista. Algún vecino, algún cliente de su padre. Tenía que haber alguien.

Entonces lo vio. Era el único que no tenía los ojos puestos en él y que se había quedado con la cabeza gacha. Se dirigió de inmediato hacia donde estaba, cargándose cada vez más y más de ira sin percatarse de que todos los soldados y reclutas de alrededor estaban contemplando la escena.

—¡Vos conocéis a mi padre! —Lo cogió del brazo en cuanto se situó a su lado, perdiendo el miedo al contagio, aunque no la educación—. Estoy seguro de que os ha hecho más de un favor. Si os queda un mínimo de decencia, abrid la maldita boca y decidme dónde está el enfermo al que busco.

El hombre lo miró con desdén. Tenía una costra debajo del ojo izquierdo muy impactante y tuvo que hacer un esfuerzo por mantener el contacto visual y la cercanía. Sintió que las piernas empezaban a temblarle después de la descarga de adrenalina, pero no cedió.

—Aleph Winnick —dijo el hombre, por fin—. Lo último que me preocupa en este momento es la decencia, y ambos sabemos que no tienes lo que hay que tener para venirme a mí ni a nadie con amenazas. Deja de fingir que eres un chico duro.

«Fingir».

Eso es lo que pensaba de él aquel malnacido.

Que estaba fingiendo.

El hormigueo de las piernas desapareció y volvió a sentir la furia que le salía del interior. Toda la acumulada durante años de desprecio. Aleph soltó al hombre, buscó la empuñadura del cuchillo que llevaba atado al cinto, lo sacó y se colocó detrás, amenazando su cuello.

—¿Qué tal así? ¿Todavía os parece que esté fingiendo?

—¡¿Qué está pasando aquí?!

Willem apareció a la carrera seguido de Joffrem y de otros dos soldados más. El primero le quitó el cuchillo y lo empujó para que se alejase.

—¡¿Qué diantres haces, Aleph?!

Volver a la realidad fue duro.

—Yo... Solo estaba...

—Solo estabas, ¿qué? —Willem se encaró con él y tuvo que retroceder todavía más—. ¿De repente has pensado que sería divertido matar a alguien?

—No, señor. Solo intentaba que me dijese a dónde había ido el otro...

—¿Qué otro?

—Este recluta está empeñado en que en tu grupo había un infectado en estado crítico —intervino Joffrem.

—¿Y no está?

—Ni idea, pero está claro que, o se lo ha inventado, o se ha fugado.

—Señor. —Aleph volvió a acercarse—. Os juro que ese hombre estaba aquí. Se ha escapado.

—¿Cuántos hombres contaste?

Aleph sintió vértigo.

No había contado a los hombres.

No había hecho la única cosa que le habían conminado.

Se había obsesionado tanto con aquella pierna que no se había molestado en contar, solo en dar parte. De haberlo hecho, tendría en su mano la prueba perfecta con la que ampararse.

—Esta mañana había diecinueve, sargento, yo los conté —dijo otro joven. Era el mismo con quien Aleph se había chocado hacía apenas un momento—. Ahora hay dieciocho. Si no ha habido ningún cambio en las últimas horas, mi compañero tiene razón. Falta un hombre.

No se apreció ningún cambio en el rostro de Willem, pero giró un poco la cabeza para que uno de los soldados se le acercase, y entonces le susurró algo al oído y, tras eso, lo instó a que se retirase. Después se agachó para ponerse cara a cara con el enfermo de la disputa.

—Será mejor que me digas a dónde ha ido.

—¿Por qué? ¿Creéis que no sabemos que no vamos a ninguna parte? Solo estamos aquí, resignados, esperando a que nos dejéis en paz en Portbury.

—¡Estamos tratando de salvaros la vida, mentecato!

—La única vida que va a salvarse es la de Elrik, si consigue esquivar a vuestros soldados.

—Dime a dónde ha ido.

—Ni hablar...

Aleph vio cómo la frente de Willem se perlaba de sudor. También vio una línea que... No, una vena. Era una vena cruzando su frente. Admiró cómo su superior era capaz de aparentar serenidad a pesar de arder de rabia por dentro. Sin embargo, lo creyó mucho más sereno de lo que estaba en realidad, porque entonces le devolvió el cuchillo que le había quitado y le dijo:

—Adelante.

—¿Qué?

—Continúa con lo que estabas haciendo.

Willem Staton se plantó frente a ellos y se cruzó de brazos. Ambos se quedaron boquiabiertos. ¿Había insinuado lo que Aleph creía que había insinuado?

—Adelante —repitió—. Lo haremos por las malas.

Aleph curioseó su alrededor y estudió el panorama. Todos los enfermos seguían sentados en el suelo, alerta. Los soldados a su cargo se habían acercado, rodeando al grupo. En teoría, él estaba en el bando correcto, pero se asustó, porque volvía a ser plenamente consciente de sus actos. Ya no se movía por un simple impulso. Lo hacía por obligación, acatando una orden. Porque eso es lo que había sido aquel «adelante».

Cuando trató de situarse tras el hombre para ajustarle el cuchillo en la garganta, él se apartó e intentó levantarse. Entonces Willem lo agarró por el cuello y se lo impidió. Luego le indicó a Aleph con un gesto que procediera, así que, muerto de miedo, lo hizo. Le costó horrores mantener el filo cerca del cuello por el temblor de sus manos.

—Y ahora, ¿vas a decirnos a dónde ha ido Elrik? —preguntó el sargento.

El hombre rio a pesar de todo.

—¿Qué pensáis hacer? ¿Matarnos uno a uno hasta que alguien hable?

—Quién sabe.

—Para entonces, Elrik ya estará lejos de aquí.

—En ese caso, será mejor que empecemos cuanto antes. —Willem miró de nuevo a Aleph, alzó la cabeza y luego asintió—. Tu turno.

En realidad, la situación en la que se encontraba era culpa suya. Él había sido el primero en dárselas de valiente e insinuar que le rebanaría el cuello a aquel hombre porque lo había infravalorado, y también por culpa de los otros enfermos que lo habían hecho quedar mal delante de Joffrem. Se debatía entre seguir adelante o echarse atrás, pese a la repercusión que tendría su desobediencia y cobardía.

«Cobarde».

La emoción empezaba a subirle por la garganta. No quería matar a nadie. Sin embargo, cerró los ojos y empezó a apretar el filo contra la garganta. El hombre forcejeó, pero Willem lo tenía bien sujeto. Notó las lágrimas luchando por salir en cuanto abriera los ojos y el sentimiento de culpa acumulándose en el pecho. Entonces sucedió algo.

Fue visto y no visto.

Willem le arrebató el cuchillo, se lo clavó al hombre en el centro de la garganta y luego se lo volvió a colocar en la mano. Aleph escuchó por primera vez el lamento de aquel que quería agonizar pero le era imposible hacerlo. Se sobresaltó cuando el cuerpo sin vida cayó sobre la tierra.

Durante unos instantes, hubo silencio absoluto.

El sargento se limpió con mesura los restos de sangre y luego se acercó a él para golpearlo en el hombro.

—Bien hecho —dijo en voz alta. Luego se dirigió a los demás enfermos—. ¿Alguno de vosotros sigue pensando que todo esto es una pérdida de tiempo? Porque he de confesar que se me ha acabado la paciencia. Nos han ordenado que llevemos al mayor número de personas posible hasta Portbury, no obstante, estoy seguro de que a nadie le importará cuántos se hayan quedado en el camino. Lo dejo en vuestras manos.

—¡No lo escuchéis! —exclamó otro enfermo. Aleph se dio cuenta de que no era, precisamente, uno de los más saludables—. Solo buscan una excusa para deshacerse de nosotros. ¡Es preferible morir! Sabéis que lo haremos de todos modos, o aquí, en Aridia, nuestra tierra, o en el mar.

—¿De dónde han sacado esas estúpidas ideas? —murmuró uno de los soldados más cercanos.

Aleph también se lo preguntaba. ¿Creían que iban a morir? Se suponía que iban a intentar salvarse, que iban a una isla para sanar y después regresarían. ¿No?

—¡Huir es la única solución!

—¡Todos a una!

De pronto, los hombres se levantaron a la vez y empezaron a correr. Willem lanzó un silbido de lo más estridente y sus hombres actuaron en consecuencia. Aleph se dio cuenta de que el sargento ya había pensado en una posible insurrección cuando le susurró algo al soldado.

Eran instrucciones.

«Claro».

Por alguna extraña razón, los enfermos varones pensaban que era mejor intentar escapar que llegar hasta la ciudad y navegar hacia Ucay. Aleph se sintió completamente desubicado mientras pensaba en ello, a la vez que los soldados daban caza a los huidizos.

—¡Señor! ¡¿Qué hacemos?! —preguntó el que arrastraba a uno de los hombres de vuelta a donde habían estado agrupados.

La respuesta no llegó de parte del sargento.

Rómulo Jensen apareció de la nada y tomó el mando.

—Sin piedad. —Un murmullo comenzó a expandirse entre todos los que estaban presenciando la escena, que no eran pocos—. No la merecen aquellos que atentan contra la seguridad del resto de aridianos y, sin duda, estos hombres ya han expresado su último deseo. Prefieren morir aquí que seguir sufriendo las consecuencias de la Plaga lo que les queda de viaje hasta Ucay.

—¡Los elfos solo quieren hacernos desaparecer! —gritó el apresado—. ¡No vamos a ninguna parte!

—Los elfos son nuestros aliados —continuó el coronel—. Gracias a ellos vamos a liberar Aridia del mal que nos acecha desde hace más tiempo de lo que jamás debimos soportar. Cualquiera que piense lo contrario, tendrá que atenerse a las consecuencias. Soldados, ya me habéis oído. Este grupo ha de ser eliminado aquí y ahora.

Aleph nunca habría imaginado, ni en sus pesadillas más fantasiosas sobre la guerra, lo que sucedió durante los minutos posteriores al discurso de Rómulo.

La matanza de los parias.

Ese sería el nombre con el que se conocería aquel suceso años después.

CALA
CAMINO A PORTBURY

Por primera vez en mucho tiempo estaba asustada de verdad.

Había contemplado con sus propios ojos cómo los soldados daban caza a todos los hombres enfermos que trataban de escapar bajo el pretexto de que aquel viaje hacia Portbury era solo una artimaña para deshacerse de ellos. Cala siempre había barajado esa posibilidad, pero creía que era más producto del malestar que sentía por que la alejasen de Helina que por estar en lo cierto.

Mientras los que habían participado en la matanza se limpiaban y lavaban sus uniformes, ella empezó a captar conversaciones ajenas. Rumores sobre lo que había ocurrido.

—¿Por qué creían que este viaje solo era una encerrona?

—¿Qué motivos tenían para pensar así?

—La enfermedad debe haberlos enloquecido.

Tuvo que concentrarse para dejar de escuchar y, en cuanto logró despejar su mente, se acordó de su hermana y revivió las últimas palabras que había escuchado respecto a enloquecer. Helina corría un grave peligro si a las mujeres les daba por sublevarse también. Se giró instintivamente para mirarlas; estaban todas apelotonadas, la mayoría abrazadas entre sí y con el susto todavía reflejado en los rostros. Cuando quiso dirigirse hacia allí, sin ningún tipo de plan, se quedó atascada entre un montón de soldados y reclutas que iban de un lado a otro despejando la zona de la masacre. Dio varias vueltas sobre sí misma intentando calmarse hasta que chocó con un compañero y a punto estuvo de caer por el fuerte impacto. Al recuperarse, se halló a pocos metros de Aleph.

El chico estaba sentado abrazándose las rodillas. Tenía la mirada perdida y se balanceaba hacia delante y hacia atrás. En parte, la tragedia se había desencadenado por él, así que estaba segura de que trataba de apaciguar alguna voz en su interior que le decía que tenía toda la culpa. Pero no. Él no había sido el causante de nada.

El odio lo había sido.

¿Cómo iba a hacérselo saber sin acercarse a él?

Necesitaba a Vaz.

¡A Vaz!

Había estado tan absorta en la carnicería que se había olvidado de él.

Tenía que encontrarlo.

No podía creer que hubiese sido tan descuidada como para desatenderlo en un acontecimiento que lo marcaría si lo había presenciado. Cala se figuraba que tendría pesadillas recurrentes en las próximas semanas. Había sido lo más siniestro y asqueroso que había visto nunca, y un niño no debería haber contemplado semejante cosa.

Ella tendría que haber estado más pendiente.

Ella…

—Tú. —Por alguna extraña razón, Willem siempre se dirigía a ella de esa forma—. ¿Por qué estás ahí parado? —También siempre hacía la misma apreciación—. Deberías estar ayudando con la limpieza.

—Estoy buscando a Vaz.

—¿A quién?

—Al niño.

—No importa dónde carajos esté. No es tu responsabilidad. ¡Ponte a trabajar de inmediato!

Apretó los puños para contener el coraje que sentía cada vez que Willem le daba una orden. Se preguntaba constantemente si era algo personal o le pasaba a todos los demás, pero, en ese momento, Vaz era su prioridad y debía buscarlo a la vez que simulaba hacer alguna cosa de provecho. Por suerte, lo localizó rápido, arrodillado junto a Aleph.

—¡Eh! —protestó el sargento cuando le dio la espalda—. ¿A dónde vas?

—A ver a Aleph —dijo girándose solo un momento.

—¿Lo conoces?

Cala se paró en seco, sospechando que tal vez había sido un error hacerlo.

—Es un compañero, señor —repuso mirando a Willem—, y parece que necesita ayuda. Además, el niño está con él.

—Tienes lo que queda de día para deshacerte de él.

—¿De quién?

—¡¿Cómo que de quién?! Llévalo con las mujeres, o a donde te dé la gana, pero que ese crío desaparezca de mi vista antes de que desee que tú también lo hagas.

Se preguntó qué narices le había pasado a Willem en los últimos días.

Cala había asumido que era un buen líder, pues había que mantener el tipo para estar al mando de un pelotón de soldados, fuese cual fuese la misión. Pero su severidad había aumentado considerablemente, más teniendo en cuenta la matanza que había ordenado. En otro momento, Cala no se habría tomado demasiado en serio aquel aviso. Sin embargo, ahora sabía que debía concretar la huida con su hermana esa misma tarde. La posibilidad de concluir el trayecto y hacerlo una vez llegasen a Portbury estaba descartada. Y, además, ya había tentado demasiado a su suerte. Empezaba a pensar que Willem sospechaba de ella de alguna forma.

Cuando llegó hasta el chico y el niño, se quedó plantada al lado de ellos, cohibida. Vaz estaba sentado frente a Aleph y se limitaba a mirarlo con curiosidad. Miró también a Cala al reparar en su presencia, y ella comprendió que, con toda seguridad, era la única persona que iba a tratar de darle apoyo moral a aquel muchacho. Todos los demás estaban muy ocupados limpiando los uniformes o a sí mismos, por no hablar de que llevaban a cabo la tarea de amontonar cadáveres para su posterior incineración. Eso último le provocaba una repulsión hasta entonces inconcebible. Cala había asumido que los soldados se veían obligados a ese tipo de cosas, y por eso no quería seguir haciéndose pasar por uno.

Pero todo a su tiempo.

—Oye, ¿te encuentras bien? —le preguntó a Aleph.

De pronto, se sintió la persona más estúpida de toda Ganean.

Era evidente que no se encontraba bien. Antes de agacharse junto a él, maldijo para sus adentros por tener que ser ella, precisamente ella, la única que se hubiese acercado a comprobar qué tal estaba.

«El Destino es caprichoso y cruel», pensó.

—Oye —repitió, esa vez a su altura y poniéndole una mano sobre el hombro.

El chico dio tal respingo que hizo que Cala y Vaz también lo dieran. Luego se apartó, arrastrándose por el suelo, y la observó con horror. Cala comprendió que acababa de salir de su pequeño trance, lo cual era buena señal. Hizo un movimiento repetitivo con las manos hacia arriba y hacia abajo para indicarle que se calmara, que todo estaba bien, y empezó a hablar:

—Ya ha terminado, ¿de acuerdo? Está todo bien.

Él tenía la mirada perdida. Negó con la cabeza y, cuando Cala se atrevió a acercarse, volvió a retroceder a toda prisa.

—¡Cálmate! —le gritó sin querer.

Entonces Aleph se llevó una mano al pecho y le dio la sensación de que se estaba quedando sin aire.

—¡Cálmate! —repitió llegando hasta él, veloz—. Concéntrate en la respiración, Aleph. Vamos. Puedes hacerlo. Respira. —Al ver que con sus palabras no obtenía resultados, le agarró la cara con decisión—. Mírame a mí y concéntrate en lo que te digo. Respira conmigo.

Cala inspiró y espiró lentamente, haciendo un verdadero esfuerzo para evitar que Aleph se deshiciera de su agarre. A la tercera respiración, él fue dejando de forcejear y Cala comprendió que por fin podía verla. Lo siguiente que ocurrió fue que consiguió acompasar su respiración con la de ella y que saliera del trance. Entonces lo soltó.

—Perdona si te he hecho daño —le dijo Cala.

—No. Yo… Lo siento.

Apartó la vista por la vergüenza.

—No tienes que sentir nada.

—No sé qué me ha pasado —se excusó.

—Te has bloqueado por lo ocurrido. Eso es todo.

Como si acabase de ser consciente de dónde estaba, echó un vistazo a su alrededor. Cala también lo hizo, a sabiendas de que, si el sargento Staton reparaba en el tiempo que estaba *desperdiciando* por ayudar a un compañero, volvería a encararse con ella.

—Sé que es lo último que quieres en este momento —le dijo al chico—, pero debemos unirnos a alguna de las tareas antes de que Willem se dé cuenta de que estamos aquí sentados. Me temo que no sería amable con ninguno de los dos.

De repente, Aleph empezó a buscar a alguien con desespero.

—Willem —dijo a la vez que seguía mirando en todas direcciones—. Él... Él...

—Él, ¿qué?

—Él... lo ha hecho por mí. Ha matado a ese hombre y... me ha protegido de algún modo. No sé por qué.

—¿Qué quieres decir con que él lo ha matado?

—Ha simulado que lo hacía yo, pero... No he sido yo. Ha sido él. Y luego ha empezado todo...

Cala se sorprendió.

A ojos de todos, Aleph fue quien degolló al primer hombre que se había revelado. Por eso ella había dado por hecho que aquel era el motivo de su conmoción.

—No es momento de pensar en ello. —Se levantó y le tendió una mano—. Vamos. Estoy segura de que todavía quedan tareas de limpieza esperándonos.

—¿Segura? —Fue Vaz el encargado de formular aquella pregunta, después de que Aleph se incorporase al fin.

—¿Qué?

—Has dicho que estás segura.

¿Había dicho «segura»? Cala se atragantó con sus propias palabras antes de responder.

—¿Por qué iba a decir eso?

—Pero...

—En cuanto a ti —dijo mientras lo cogía de la mano y tiraba de él para alejarse—, tenemos que ver lo que hacemos contigo, porque Willem no quiere que sigas estando con nosotros.

Cala se esforzó en remarcar y decir bien alto el «nosotros», a pesar de que ya se habían alejado de Aleph unos metros. Había hecho por él todo cuanto había podido. Le había salvado el pellejo cuando le preguntaron por el recuento de hombres y ahora también lo había sacado del ataque de pánico que casi lo había ahogado. Si llegaba a enterarse de quién era ella en realidad, esperaba que lo tuviese muy presente.

Respecto a Vaz... No tenía ni idea de qué iba a hacer. Lo necesitaba, al menos, un poco más y, en caso de que Helina y ella pudiesen desaparecer aquella misma noche, tampoco se sentía bien al pensar que lo abandonaba a su suerte; que lo dejaba a cargo de gente como Willem Staton. Tal vez, si entablase algo de amistad con Aleph, podría hacer que se ocupase de él... Estuvo pensando en ello a medida que se esforzaba en simular que seguía siendo *uno* más hasta la hora de cenar.

Fue antes de dar el primer bocado cuando visualizó por fin la solución a todos sus problemas. Vaz estaba sentado delante de ella mojando un pedazo de pan en la sopa insípida que les habían servido, feliz y ajeno a todo lo que había tenido que presenciar. Ni siquiera habían hablado de ello y, sin embargo, el niño no parecía afectado por la criba de enfermos que Willem había efectuado, porque, ahora sí, Cala estaba convencida de que había sido eso: un cribado. La mayoría de sus compañeros estaban de acuerdo con la teoría y muy pocos se mostraban descontentos con lo ocurrido. Cala suponía que les alegraba tener un momento de calma antes de ser asignados a cualquiera de los otros grupos. Estaba segura de que había quienes estaban incluso felices por haber protagonizado la escabechina.

Pero Cala acababa de cruzar una fugaz mirada con Willem y por fin su plan encajaba a la perfección. Hasta entonces, había consistido en que Vaz hablara con Helina, usándolo de intermediario para poder explicarle lo que iban a hacer, y sabía que era muy arriesgado por dos motivos. El primero era que Vaz haría muchas preguntas, y el hecho de que otra persona conociese sus intenciones de escapar no era buena idea; el segundo, que la gente sospecharía o pensaría cosas raras de que Vaz hiciese de recadero todo el tiempo entre ella y su hermana.

Al mirar a Willem aquella noche y recordar su amenaza, comprendió que tenía la excusa perfecta para ir ella misma a hablar con Helina. El sargento le había dicho que llevara al niño con las mujeres, por lo que nadie tendría inconveniente en que lo hiciera en cuanto terminasen de cenar.

¡Cómo no se le había ocurrido antes!

—¡Señor! —exclamó poniéndose de pie y aprovechando que el sargento estaba cada vez más cerca—. Solicito permiso para llevar al niño con las mujeres.

—Con gusto te lo concedo, pero antes, acompáñame.

Eso era lo último que hubiera esperado.

Willen se alejó, esperando que lo siguiera. Sin más opción, Cala le indicó a Vaz que se levantara y ambos fueron tras él, sorteando a los soldados que se habían reunido y compartían la cena. Mientras se mentalizaba para nuevas preguntas acerca del niño, Willem llamó a voz en grito a Aleph y le exigió que se uniera a ellos.

¿Qué pintaba Aleph en todo aquello?

Cala observó con discreción al chico y comprobó que parecía tan desconcertado como ella gracias a la deslumbrante luna y a la antorcha que sujetaba el sargento. Luego miró a Vaz, que seguía igual de tranquilo que siempre y hasta se permitió el lujo de bostezar por el cansancio. Si había sido un día de lo más intenso para Cala, no quería ni imaginar lo que habría sido para un niño de su edad.

Cuando se alejaron una buena distancia, Willem se detuvo y se giró hacia ellos. Primero se cruzó de brazos. Después, sin descruzarlos, se frotó la cara con la mano derecha.

—Aleph, dime una cosa, ¿conocías a este muchacho antes de unirte al ejército? —preguntó refiriéndose a Cala—. Zafro Gulens.

—No, sargento.

—¿Estás seguro?

—Sí, señor.

—Bien.

Willem empezó a caminar en torno a ellos hasta que se acercó a Aleph, lo empujó por detrás con la mano libre y lo movió para situarlo cara a cara con ella.

—Pues quiero que lo mires bien. A él y al crío. —La antorcha los iluminó de lleno—. ¿El crío te suena de algo?

—Tampoco, señor. Lo vi correteando durante la jornada de ayer y de hoy. Nada más.

—El niño es solo un niño —trató de explicarse Cala—, ya os dije que…

—Tú mantén la boca cerrada.

Entonces el sargento Staton se colocó detrás de ella y, por lo tanto, enfrente de Aleph. Le puso una mano en el hombro que incrementó su nerviosismo y la zarandeó levemente.

—He oído decir que alguien te golpeó en la cabeza y te dejó inconsciente, ¿no es así?

Aleph asintió en silencio.

Cala se concentró para que el ritmo de su corazón no se descontrolase más de lo que ya estaba. Tenía que parecer serena. No, serena no. Sereno, seguro. Era Zafro, de Sycires. Aquel no era un buen momento para dudar sobre su nombre inventado y su supuesta procedencia.

—¿Reconocerías a la persona que te golpeó si la tuvieras delante?

—No llegué a verlo, señor. Estaba oscuro.

—De acuerdo, Aleph, lo entiendo. —El sargento Staton bajó su antorcha—. Ahora también está oscuro, así que solo te pido que te fijes bien en este chico y trates de recordar. ¿Se parece al que te golpeó?

—Pero…, ¡señor! —protestó Cala.

—¡Cierra la boca!

Aleph los miró, desconcertado; luego se centró en ella.

La intensa luz de la luna refulgía en los ojos de todos los presentes.

Cala notó cómo la expresión del chico cambiaba, cómo dudaba, cómo se preguntaba a sí mismo el porqué de aquel interrogatorio. Durante unos interminables segundos, temió que confirmase que había sido ella, solo por el miedo que sentía a que no creyesen su historia, y estaba segura de que iba a hacerlo cuando su expresión volvió a cambiar. El silencio que precedió a la respuesta de Aleph fue incómodo. Cala podía escuchar la respiración de Willem tras ella y notó los deditos de Vaz buscando su mano. Lo agarró con fuerza, tratando de transmitirle que, pasase lo que pasase, estaría a su lado. De hecho, acababa de decidirlo en ese preciso momento. No iba a deshacerse de Vaz, de ninguna manera. Vaz formaba parte de su plan desde el principio, solo que por fin se había dado cuenta de por qué.

—No, sargento. —Aleph la devolvió a la realidad—. No fue él.

—¿Estás completamente seguro?

—Sí, lo estoy.

—¿Y sigues pensando que no lo has visto nunca antes de unirte al ejército de Roostad?

—No, señor. Nunca.

—Bien. —Willem se separó de ella, por fin—. Pues ya hemos terminado. Podéis regresar con los demás. Pero tú —señaló a Cala— no sin antes deshacerte del niño.

Ella no se molestó en volver a mirar a Aleph.

Tiró de Vaz y se marchó a paso ligero hacia el grupo de las mujeres. Se había dado cuenta enseguida de que la mirada que Aleph le había dedicado, a la vez que pronunciaba: «No, sargento», era inequívoca de que la había reconocido.

Helina
Camino a Portbury

A pesar de que había estado todo el tiempo centrada en seguir el consejo de Siome para llegar a Portbury sin dar a luz, cada vez se le hacía más cuesta arriba. Las jornadas a pie eran muy duras y a los soldados poco les importaba su estado; mucho menos a las mujeres con las que compartía los interminables días. Lo único bueno era que había conocido a un niño muy simpático que parecía estar colaborando con su hermana. De las últimas cosas que había hablado con Cala era que no podría acercarse a ella hasta que llegasen a la ciudad portuaria y acampasen allí. Por lo visto, los soldados se regían por unas órdenes más estrictas de lo que ambas habían imaginado.

En realidad, no tenía muy claro qué era lo que pretendía su hermana al seguirla. Eso hacía muchísimo más difícil la despedida. Lo único bueno era que, si se ponía de parto en Portbury, podría entregarle al bebé y pedirle que se lo llevara a la elfa.

Por lo visto, Cala tenía unos planes distintos a los suyos y no tardó en demostrarlo.

—¿Qué quieres, muchacho? —escuchó decir al guarda de turno.

Helina vio a su hermana acompañada de Vaz.

—Me envía el sargento Staton del grupo de los hombres… Bueno, ya de nada, porque no queda ninguno, pero mi sargento, al fin y al cabo.

Se rio con disimulo por su comentario. Lo que había ocurrido ese mismo día todavía mantenía a todas las mujeres compungidas y asustadas por si les ocurría lo mismo, y su hermana acababa de hablar abiertamente sobre ello, bromeado incluso.

—Estoy buscando a Helina Wrim. Tengo que hablar con ella en relación al niño —continuó Cala.

—¿Qué es lo que pasa con él?

—El sargento me ha dicho que ha de quedarse a cargo de las mujeres, por eso lo traigo.

—Pues déjalo y vete. Ya es hora de dormir.

—Antes he de reunirme con Helina y hacerle algunas preguntas.

—¿Por qué?

—Porque el niño ha salido de la nada y esa chica es la única que parece tener algún tipo de relación con él. Por eso.

Admiraba la capacidad de improvisación de su hermana.

El soldado resopló, molesto porque interrumpiesen sus pocos quehaceres, pero se volvió hacia las mujeres y gritó:

—¡Helina! ¡Helina Wrim! Acércate.

Se levantó, no sin sentir una punzada de dolor en el abdomen, y caminó como pudo hacia donde estaba el soldado-centinela.

—Este chico pregunta por ti.

Helina sonrió, tanto al niño como a su hermana, y advirtió el pellizco que Cala le dio a Vaz en el hombro y que hizo que saliera corriendo en otra dirección.

—¡Eh! ¡Vuelve aquí! —gritó Cala yendo tras él—. ¡Ayúdame! —Se giró para captar su atención—. No puedo permitir que se escape otra vez.

Comprendió la indirecta.

—¡Vaz! —gritó avanzando hacia ellos, no sin dificultad debido a su estado—. ¡Tranquilo, Vaz! Para de correr.

Al percatarse de que el centinela iba tras ella, echó el brazo hacia atrás para pararlo una vez que Cala dio alcance al niño.

—No. Dejad que vaya sola. La presencia de los soldados es lo que hace que huya despavorido. —Al ver que no pensaba hacerle caso, se esforzó por sonar más convincente, suavizando su tono de voz y poniéndose a prueba a sí misma—. No tardaré en regresar. Podéis vigilarme desde aquí.

Funcionó, tal y como había funcionado con el otro chico por la mañana, el mismo al que había convencido en la Torre de Tomur de que hablase con su hermana. Cuando llegasen a Ucay pensaría largo y tendido sobre ello, con calma y tiempo de sobra para probar su recién descubierta habilidad. De momento, tenía que unirse a Cala y a Vaz y ver qué habían tramado.

—¡Por fin a solas! —dijo Cala alternando la vista entre ella y Vaz, fingiendo enfado—. Debemos simular que tratamos de convencerlo de que se vaya contigo, así que sígueme la corriente mientras te explico el plan.

—¿Qué plan? —preguntó Helina.

—El plan para marcharnos de aquí de una vez por todas.

—¿Marcharnos? Yo no puedo hacerlo, Cala.

—¿De qué estás hablando?

—Tengo que llegar a Portbury.

—No, qué va. Eso es solo lo que quieren que hagáis.

—No, Cala. Tengo que llegar hasta allí y embarcar. La elfa me dijo que era mi única opción, a menos que pudiese ocultarme, y dada mi visible enfermedad, no puedo.

Cala dejó de mirar al niño para mirarla a ella. Notó desconcierto en su mirada.

—¿Qué elfa, Helina?

—Es una larga historia —apuntó—. Hablé con ella en la torre antes de la partida. La curandera que llegó a Roostad, ¿recuerdas?

—Pero ¿qué es lo que te pasa? Sea lo que sea, ¡olvídalo! Vamos a irnos de aquí cuanto antes. De hecho, hoy. Nos vamos hoy mismo. Por eso estoy aquí, con Vaz. Él es nuestro señuelo para poder concretarlo todo contigo.

—¿Has estado siguiéndome desde Roostad con la intención de que regresásemos juntas?

—¡¿Con qué otras intenciones si no?!

—No puedo volver a Roostad, Cala. Mira mi piel. ¡Me reconocerían en cualquier parte!

—A Roostad no. Nos iremos a alguna otra parte de Aridia. A Asworn, tal vez. He oído que allí…

—Basta, Cala. No voy a ir a ninguna parte.

—Pero…

—Creía que solo estabas aquí para que tuviésemos mucho más tiempo de acostumbrarnos a la despedida, no para convencerme de que reniegue de mi destino.

—¿Qué destino?

—La elfa me prometió proteger al bebé. Confío en ella.

—No puedes estar hablando en serio. ¿Pretendes abandonarme?

—Estoy enferma, Cala.

—¡No estás enferma! ¡Ya no! Solo tienes esas asquerosas secuelas.

—No, Cala, lo siento. Te quiero. No concibo una vida sin ti, pero es como tiene que ser. Pensaba que ya te habías hecho a la idea, al igual que yo.

—¿Cómo voy a hacerme a la idea de separarme de ti? Solo nos tenemos la una a la otra.

—Cala... —Cogió la mano de su hermana para acercarla hasta su vientre—. No puedo pensar únicamente en mí. ¿No lo entiendes? Ya no somos solo tú y yo.

Ojalá hubiese pensado mejor lo que quería decir para adecuar las palabras, sonar más sutil, porque sintió el dolor irremediable en los ojos de su hermana. Pero es que era verdad que ya no dependía en exclusiva de ella. Había alguien más en su interior que merecía una oportunidad; que merecía la libertad que jamás tendría si se quedaban en Aridia.

—No sé qué clase de cosas te ha dicho esa curandera para meterte esas estúpidas ideas en la cabeza, pero yo no pienso renunciar a ti, ¿me oyes?

—Baja la voz...

—Casi que me da igual que se enteren de la verdad después de escucharte, no puedo creer que...

—¡Vosotros dos! Regresad de una vez.

El guarda les gritó desde la distancia y eso fue lo único que apaciguó los ánimos de discutir de su hermana.

—Creo que deberíamos regresar —continuó Helina—. ¿Era cierto lo de que tenías que dejar a Vaz a mi cargo?

—¡Sí! ¡No! Helina, qué complicado lo has vuelto todo. Vas a obligarme a seguirte hasta Portbury y no sabes lo que eso supone para mí. Hay un recluta que sabe quién soy de verdad y mi sargento se pasa el día acosándome. ¡No aguanto más! Lo tenía todo pensado para que nos marchásemos hoy, con Vaz.

—Puedes irte sin mí, Cala —expuso con dulzura—. Podemos hacer de esto una despedida.

—¡No! No puedo. Primero, porque me niego a despedirme aquí y así, y segundo, porque tienes que quedarte con Vaz. Mi sargento me ha dicho que no puede quedarse conmigo y no voy a irme de aquí sin él.

De pronto, el niño se abrazó a ella y hundió la cabeza en su abdomen. Helina se sintió conmovida por la escena. ¿Cómo era posible que estuviesen tan unidos si solo se conocían de unos días?

—Cuidaré bien de Vaz, ¿de acuerdo? No te preocupes —le dijo para tranquilizarla.

—Sé que lo harás, aunque eso no hace que me sienta mejor.

—En Portbury buscaremos la forma de que podáis escapar.

—Sí, por supuesto. —Cala sacó su lado más obstinado—. No dejaré que suba a ningún barco y, en el caso de que no podamos reunirnos para hablar, espero que tú tampoco. Dame tu palabra.

—Te doy mi palabra, Cala, aunque sabes que no es preciso.

—Visto lo visto, y oído lo oído, lo es.

—¿No confías en mí?

—No confío en lo que pueda suceder en Portbury. Pase lo que pase, no quiero que Vaz se vaya de Aridia, ¿entendido? No está enfermo, no tiene síntomas de nada. Si es necesario, que corra y se esconda. Vaz… —Cala hincó una rodilla en el suelo para dirigirse a él—. Si llega el momento y tienes que esconderte, hazlo, ¿de acuerdo? Yo te encontraré. Sabes que lo haré.

—Sí.

—Ahora tienes que ir con Helina. Es mi hermana y cuidará muy bien de ti. Cuida tú también de ella, y procura no alejarte demasiado. Queda muy poco para llegar a Portbury y quiero que estés a su lado todo el tiempo.

El niño asintió y Cala lo abrazó. Después regresaron hasta el centinela.

—Dad gracias de que tenga cosas mejores que hacer que ir a escuchar vuestros cuchicheos. Ni los reclutas ni los soldados pueden intimar con las enfermas, deberías saberlo.

—Solo intentábamos tranquilizar a Vaz. —Helina intervino antes de que Cala soltase una grosería, porque estaba segura de que lo haría después de su acalorada conversación.

—Espero que seas consciente de la carga que va a suponer quedarte con el crío —le dijo el guarda.

—No es ninguna carga.

—Lo que tú digas… Ahora vuelve con las demás y procura que el mocoso no moleste.

Vaz se despidió de Cala con la mano. Helina tuvo que tirar un poco de sus hombros para que caminase. Lo último que quería era acarrear con el mal humor del soldado que la vigilaba. El de hoy no era, precisamente, de los mejores, y ya lo habían importunado bastante.

Cuando llegaron al hueco donde ella se había establecido, el niño se sentó, apoyó las manos en la barbilla y se mantuvo en silencio. Helina le ofreció una de las castañas que le había dado Siome en la torre y que aún conservaba, pero él la rechazó.

—¿Tienes sueño? —le preguntó entonces.

Él levantó los hombros y se encogió sobre sí mismo.

—¿Y frío? ¿Tienes frío?

—Sí, eso sí.

—¿Qué tal si dormimos abrazados? Puedes acurrucarte junto a mí.

—Tienes una barriga muy grande.

—Porque también debo cobijar al bebé que hay dentro, pero créeme, hay hueco de sobra para los dos. ¿Lo comprobamos?

Vaz vaciló y luego dejó escapar una tímida sonrisa antes de acercarse. Helina se tumbó y le ofreció un hueco a su lado. Cuando estuvieron bien colocados, cubrió a ambos con su única manta. Los pies se le quedaron al descubierto, pero se sintió feliz de que el niño no tardase más de unos minutos en caer rendido.

DÍA 18 · LUNA MENGUANTE 99%

LLEGADA DE SIOME A SEIC

ALEPH

CAMINO A PORTBURY

Llevaba todo el día esquivando a aquel chico, que no era un chico, sino una chica. ¿O era al revés? Todavía no tenía claro cómo dirigirse a él cuando forzase el encuentro; tal vez por eso lo estaba retrasando tanto. Por si fuera poco, aún se preguntaba por qué había desaprovechado la gran oportunidad que Willem Staton le ofreció para desenmascararla. Pero también se preguntaba por qué motivo el sargento había dudado de él. Ella. Estaba casi seguro de que no sabía que se estaba haciendo pasar por chico, así que no sabía qué otra cosa le hacía sospechar que no era quien decía ser. A su parecer, no hacía nada que no formase parte de la rutina a la que él mismo ya se había acostumbrado.

Ya no era solo contador o recadero; como el grupo de los hombres enfermos más saludables se había disuelto, su tarea consistía en vigilar y apremiar a los críticos. Eran muy pocos los que habían sobrevivido al viaje, así que lo único que dificultaba la tarea era que se cayesen o que ya no pudiesen más. Entonces tenía que solicitar la ayuda de un compañero para transportarlos en camilla, como estaba haciendo en ese momento con uno de los que se había dado por vencido. Aleph era consciente de que muchos fingían estar débiles para ser llevados, pero casi prefería eso a tener que sujetarlos para que continuasen. Además, después de la masacre del día anterior, no parecía que nadie quisiese armar mucho jaleo.

También era toda una suerte que las mujeres y los niños se limitasen a caminar con la cabeza gacha y siguiendo el ritmo. Aleph envidiaba a los que habían sido destinados a escoltarlos a ellos. No había duda de que corrían mucho menos peligro que los demás, y eso que algunos se atrevían a decir que la propagación había desaparecido, que ya no habría nuevos infectados.

—Y entonces, ¿para qué toda esta misión? —preguntaban unos.

—Más vale prevenir que curar —solían responder los demás.

Ni ellos ni Aleph lo sabrían nunca. Las órdenes venían de mucho más arriba. De los mismísimos Jensen. Ni siquiera el sargento Staton podía inmiscuirse en las decisiones del lugarteniente, el comandante, o de su hijo, el coronel.

—Y parecía que no ibas a poder cargar ni una jarra de agua —le dijo de pronto uno de sus compañeros.

Aleph miró a su izquierda con el ceño fruncido. Tal vez, si se hubiese unido desde el principio y le hubiesen hecho ese comentario, habría sonreído, complacido porque apreciasen sus capacidades a pesar de su aspecto. Pero después de lo acaecido los últimos días, ya no tenía ganas de escuchar nada parecido. No necesitaba la condescendencia de nadie. Se había demostrado a sí mismo mucho más de lo que había podido demostrar nunca ante nadie y eso empezaba a bastarle, al menos, por el momento.

—Cierra el pico —le dijo.

—¿Qué bicho te ha picado, mosquita muerta?

«Mosquita muerta».

—¿A qué ha venido eso, Kai? —le espetó Mars, el que estaba transportando con él al enfermo.

Aleph agradeció que saliese en su defensa, aunque tampoco le hizo gracia que intercediesen por él.

—¿Se puede saber qué os pasa a vosotros dos? —respondió Kai con notable aburrimiento.

—Nada, pero mejor que te pierdas de vista.

El chico dejó caer unas cuentas maldiciones antes de alejarse.

—No le hagas caso, Aleph Winnick.

Le sorprendió que se dirigiese a él de esa forma. Casi nadie mencionaba los apellidos, a menos que hubiese dos nombres iguales o similares, o se tratase de una muestra de respeto.

—¿Winnick?

—Eres Aleph Winnick, ¿no?

—Nadie me ha llamado Winnick hasta ahora.

—No sé —continuó Mars—, es que ya no me parece que seas solo el Aleph que conocimos en la ciudad o, al menos, el Aleph que yo creía que eras.

—Ya, Aleph el enclenque.

—Sí, supongo.

—No importa. Ese apodo ya me venía de lejos.

—Si te sirve de consuelo, no volveré a ponerte jamás ese calificativo.

Aleph se quedó unos segundos en silencio, reflexionando sobre el diálogo que acababan de tener. Por una parte, sentía que debía estar agradecido por lo que le había dicho

Mars sobre su cambio de visión respecto a él, pero, por otro lado, también pensaba que no tenía nada que agradecer. Con aceptar sus disculpas sería suficiente.

—¿Vas bien? —le preguntó a su compañero.

—Sí. Creo que puedo aguantar hasta que paremos. ¿Tú?

—También. ¿Sabes? —prosiguió, retomando el tema anterior—. Sería genial si nunca más le pusieses a nadie ese calificativo del que hablabas sin conocerlo.

Mars giró la cabeza hacia atrás para poder mirarlo.

—Tienes razón. Pensaré en esta conversación siempre que juzgue a alguien sin conocerlo de verdad, créeme.

Aleph sintió que se había quitado un gran peso de encima. Aunque solo fuese una persona la que había decidido revisarse la conducta de juzgar a la ligera a raíz de los últimos acontecimientos relacionados con su persona, había merecido la pena. Era más de lo que había esperado.

Con el ánimo mucho más subido que nunca, decidió que hablaría ese mismo día con Zafro.

No fue fácil encontrarlo porque, al haberse disipado el grupo al que ambos estaban destinados, ya no coincidían cada dos por tres —aunque tenía la impresión de que le había perdido la pista porque él mismo, ella, había querido que así fuese—. Tal vez la asustase que pudiese reconocerla si seguían coincidiendo, a pesar de que Aleph ya la había descubierto. Ahora que tenía tan cerca a la persona que lo había hecho quedar en ridículo, tenía que pedirle explicaciones y hacerle ver lo que había supuesto para él; las burlas a las que lo había expuesto.

Se dedicó a buscarla durante el descanso de la comida. Lo primero que hizo fue acercarse de forma discreta al grupo de las mujeres. Allí estaba la otra chica, la que había conocido en la torre. Se suponía que era su hermana y el motivo principal por el que le había robado el uniforme. Pero no había rastro de Zafro. Sin embargo, coincidió con la mirada de la joven embarazada. Deshizo el contacto tan rápido como fue capaz y caminó en sentido contrario. No entendía por qué se ponía tan nervioso ante su presencia. Aun con todas las marcas de la cara, era bonita, sí, pero él ya había conocido a otras chicas bonitas en Roostad que no le habían producido, ni de lejos, la misma sensación.

Poco después, encontró a la persona que buscaba hablando con Willem en una zona apartada.

—No sé qué es lo que estás tramando —escuchó que le decía el sargento—. Sea lo que sea, más vale que desistas. Si levantas la más mínima sospecha sobre tu honor a este ejército o a la familia Jensen, yo mismo me encargaré de ti.

A Aleph se le erizó el vello por la amenaza, y eso que ni siquiera iba dirigida a él. No tenía ni idea de por qué Willem intuía algo raro en Zafro. ¿Quién iba a confabular contra los hombres de los Jensen en Aridia? Porque estaba claro que Zafro era aridiano al cien por cien, así que cualquier sospecha se escapaba a su entendimiento. El chico —«la chica», se corrigió por enésima vez— se dedicó a colocarse bien el uniforme después de que el sargento se marchase. Aleph disimuló todo lo que pudo para dar a entender que pasaba por allí de manera casual y que no había escuchado nada. Le dio la impresión de que su superior no había reparado en él, lo cual era un alivio teniendo en cuenta que quería dialogar con Zafro y que estaba en el punto de mira.

—¿Puedo hablar un momento contigo?

Vio su cara de sorpresa, aunque enseguida arrugó el entrecejo.

—No deberías estar hablando conmigo.

—¿Por qué?

—Creen que soy un impostor, así que aléjate.

—¿Lo eres?

Resopló de forma irónica.

—Oye, ¿por qué me hablas? ¿Quieres que te pida perdón? Pues vale, lo siento. ¿Contento?

Aleph se quedó pasmado. De hecho, pestañeó varias veces para asimilar lo que le había dicho. Zafro puso los ojos en blanco ante su reacción.

—¿Acaso sabes que yo sé…?

—¿Que soy una chica? ¿La chica que te dejó inconsciente? Sí, lo sé. Lo que no sé es por qué no se lo dijiste al sargento. O tal vez lo hicieras y por eso…

—¡No le he dicho nada a nadie!

—Ya, pues muy bien. Seguro que también esperas que te dé las gracias por eso. Pues graaacias.

—Vamos a ver, ¿se puede saber por qué estás a la defensiva? —le preguntó Aleph, atónito a la par que confuso—. Creo que, de los dos, debería ser yo el que esté enfadado por todo lo que he soportado desde que… ¡Maldita sea! —Se reprochó a sí mismo el irse por las ramas—. ¡Me tiraste sobre un montón de deposiciones de caballo!

—¿Qué te hace pensar que eran de caballo?

Aleph se puso rojo de ira y vergüenza, pero, antes de que pudiese explotar, la chica continuó:

—Te amortiguaron el golpe, deberías estarme agradecido. Además, ya te he dicho que lo siento, ¿no? ¿Qué más quieres?

—¡Pues…! Es que yo… ¡No sé! ¡Caray! Pero habría sido mucho más fácil si me hubieses dicho que necesitabas un uniforme para perseguir a tu hermana, ¿no crees?

—Ah, ¿sí? —Zafro echó cabeza y pecho hacia atrás para darle más énfasis a sus palabras—. ¿Habrías aceptado ayudarme? No te lo crees ni tú. Lo hice así porque era la forma más rápida y eficiente de acercarme a mi hermana, pero ¿sabes qué? Que ya no importa. —Zafro dio por concluida la conversación y empezó a alejarse—. No puedo creer que vaya a abandonarme… —escuchó que añadía al seguirlo. Seguirla.

—¿Puedes calmarte? Necesito hablar contigo.

—Mala suerte, porque yo no quiero hablar con nadie.

Entonces sí, Aleph explotó de la impotencia.

—Me debes una explicación, ¿de acuerdo? No una mísera disculpa, no. ¡Una maldita explicación! Y vas a dármela, Cala Wrim.

Aleph se alegró de haber recordado su verdadero nombre, al fin.

TERCERA PARTE
DESTIERRO
LUNA MENGUANTE 96%

DÍA 19 · LUNA MENGUANTE 96%

ENDANUR

PORTBURY

Llegaron a Portbury de madrugada, por fin, después de cuatro días de trayecto interminables desde que alcanzaron al ejército con los enfermos. Todos estaban exhaustos, pero siguieron caminando cuesta abajo por la empinada calle principal hasta la plaza del puerto, donde acamparían.

Los humanos podían ver por dónde iban gracias a la todavía luminosa luna, aunque estaban tan cansados que muy pocos miraban a su alrededor para contemplar la ciudad. Todo lo contrario que Endanur, que además de observar hasta el más mínimo detalle, agudizó el don de la visión nocturna para ampliar la nitidez y fijarse en la extraña y desordenada urbe portuaria.

La mayoría de las casas eran como las que había visto próximas a la muralla de la capital —las más pobres—, de estructura de madera y revestidas con unas piezas hechas de una mezcla que preparaban los humanos a base de arcilla, arena y paja —o alguna otra cosa que pudiesen usar como fibra— y que llamaban adobe. Sin embargo, en Portbury, sobre las paredes exteriores ponían una capa de cal que dotaba a todas las casas del mismo aspecto blanquecino. Podría haber resultado bonito de no ser porque no había ni un solo muro en línea recta. A Endanur le producía una sensación de desequilibro y malestar, acostumbrado a la perfección y simetría de las construcciones élficas. Además, a diferencia de Roostad, allí casi todas las casas eran de dos plantas; más estrechas pero más altas, y algunas, las más grandes, tenían la parte inferior de piedra. Supuso que serían edificios importantes.

Para él, lo que no fuera su hábitat en el interior del bosque siempre le parecía vulgar. Pero Portbury le pareció feo a la par que nauseabundo. El olor a pescado era más insoportable a medida que avanzaban y las calles estaban llenas de cajas de madera y excedentes de comida apilados en las esquinas.

—Todos los días hay mercado —le comunicó el lugarteniente, a su izquierda. Debió de notar su expresión de asco—. No parecéis muy acostumbrado al ambiente de mar. ¿Rechazáis de igual forma a vuestros semejantes, los elfos del agua?

Endanur se giró hacia él tras escuchar el disparate.

—¿Osáis comparar a los Qûom con vuestros marineros?

—Jamás haría tal cosa. —Percibió la burla y azuzó su montura para cortarle el avance y plantarle cara—. Pero, a fin de cuentas —prosiguió Ludo como si nada—, el mar es el mar y el olor a salitre es el mismo aquí que en cualquier otra parte de Ganean.

—No es el aroma a salitre lo que impregna las calles de esta ciudad —le aclaró, todavía sin apartarse—. Es el pescado muerto, la basura generada y la distribución de las viviendas. No se puede respirar, porque los que la constru-

yeron no siguieron ninguna pauta y, por supuesto, no pensaron en las consecuencias de tener toda una ciudad como esta sin ventilación.

—Os pido perdón. A vuestro padre y sus amigos no pareció importarles cuando vinieron aquí en busca de descendencia, y mucho me temo que entre sus prioridades no estuvo el transmitirnos alguno de sus grandes conocimientos.

Las fosas nasales de Endanur se abrieron por la crispación.

—Te seré sincero, Ludo Jensen. Nuestro acuerdo es lo único que nos retiene a mi hermano y a mí en estas tierras que creéis vuestras. De no ser porque desconfío de todos y cada uno de vosotros, ya nos habríamos marchado, os prometiese o no quedarnos a vuestro lado hasta el final. Así que creedme si os digo que me he esforzado en ser respetuoso. Vos deberíais hacer lo mismo. Es lo mínimo.

—Mirarnos con desprecio, a nosotros y a todo cuanto hemos creado, no me parece que pueda aceptarse como muestra de respeto. Lo mínimo fue recibiros en Roostad hace medio ciclo, después de jurarle a mi padre en su lecho de muerte que jamás permitiría que los elfos regresasen.

—¡Como si eso dependiese de vos!

—Todos estamos fatigados —intervino Galon—. Será mejor que retoméis la conversación cuando amanezca, de lo contrario, es posible que digáis más cosas de las que realmente deseáis.

Una mirada bastó para hacer callar a su hermano, a pesar de que llevaba razón. Lo último que tenía que hacer, cansado o no, era seguirle el juego a un simple humano, así que volvió a permitir que su caballo y los otros dos avanzasen.

Cuando llegaron a la plaza, los soldados de los Jensen se pusieron manos a la obra para dejar a punto las tiendas que les habían preparado los ciudadanos de Portbury, alertados de su inminente llegada. Había cuatro en total: una grande para Ludo y tres pequeñas para Rómulo, Rudolf y los elfos Arë. Y, aunque no quiso reconocerlo, fue un alivio dormir resguardado después de tantos días con el único calor de su caballo.

Se durmió pensando en las ganas que tenía de que todo terminase, impaciente por ver los barcos partir, regresar a Roostad para acabar con la última parte de la misión y así volver a su amado bosque más que satisfecho.

Cuando despertaron, antes del amanecer, la ciudad ya estaba en marcha. Endanur se asomó al exterior, molesto por el griterío, y se sorprendió al ver a una gran cantidad de gente de un lado para otro, vociferándose tareas los unos a los otros y sin ningún tipo de orden.

El aspecto de la ciudad le pareció aún más grotesco.

HELINA

PORTBURY

Se sentía tan débil después del largo viaje que ni siquiera la impresionó la majestuosa vista del mar que tenía delante cuando Vaz la despertó, sacudiéndole el hombro. La brisa que llegaba de la mañana era húmeda y fría. Helina se abrazó a la manta y tiró con suavidad del niño para sentarlo a su lado y cobijarlo también. Él se dejó, pero abrió un hueco para sacar la mano y la cabeza y señalar a las aves que paseaban por el muelle en busca de pescado.

—Mira cuántas gaviotas.

Helina se fijó en los curiosos pájaros, que no se parecían ni en forma ni en tamaño a ninguno de los que conocía de la zona central de Aridia. Era cierto que volaban bajo, al acecho de comida.

—Mi madre las odia —añadió.

—¿A las gaviotas?

—Sí. Dice que roban el pescado y que son malas. Nunca me dejaba jugar con ellas.

Helina se dio cuenta de que apenas sabía nada de aquel chiquillo.

—¿Echas de menos a tu madre? —le preguntó entonces.

Vaz se encogió de hombros y empezó a dibujar en el incómodo suelo —mezcla de grava y arena—, haciendo surcos con los dedos. Helina lo intentó de nuevo.

—¿Dónde vivías antes de unirte a nosotros?

—En Vorproa.

—¿Y vivías allí con ella?, ¿con tu madre?

Asintió sin cambiar de postura.

—¿A qué se dedicaba? —insistió.

—Mi madre dice que hacer muchas preguntas está mal. —Hubo un silencio, porque no supo qué decir después de eso. El niño continuó—: A mí me gusta hacer preguntas, pero no me agrada contestarlas.

—¿Te estoy incomodando, Vaz?

—Quiero ir con Zafro-Cala. ¿Vendrá pronto?

Se asombró de que el niño hubiese empleado los dos nombres, pero tenía sentido pues la había conocido como Zafro. Era posible que ni siquiera supiese quién era en realidad, si uno u otra.

—Estoy segura de que no tardará. ¿Sabes una cosa?

Vaz levantó la cabeza, por fin, y la miró con atención.

—Es la primera vez que veo gaviotas y que veo el mar.

El niño abrió la boca por la sorpresa.

—¿Por qué?

Helina sonrió, feliz por ver que había cambiado el rumbo de la conversación y que ahora era él quien hacía preguntas: lo que le gustaba.

—Porque he vivido casi toda mi vida en Roostad y nunca había estado en la costa. Además, allí no hay lonja ni puerto, como aquí, así que supongo que por eso tampoco hay gaviotas.

—¿Y qué hay entonces en Roostad?

—Pues..., por ejemplo, hay urracas y mirlos, que son más pequeños que las gaviotas... ¡Ah! ¡Y bravías! Hay muchas, ¿sabes? Te cruzas con ellas la mayor parte del tiempo.

—¿Cómo son allí las bravías?

—Pues como en todas partes, supongo. Más o menos de este tamaño. —Helina acotó con las manos una medida aproximada de menos de un pie—. En tonos grises con algunas partes de color verde o granate en la zona del cuello, y cuando lo estiran parece que estén sacando pecho, y caminan moviéndolo tooodo el rato. Les gusta mucho andar por el suelo picoteando la comida que encuentran a su alcance. Además, si caminas por las calles principales con una hogaza de pan, te persiguen sin parar en busca de miguitas.

—En eso sí se parecen a las gaviotas —señaló Vaz—. Te atosigan si tienes algo que les parece apetecible.

—¡Tienes razón!

Vaz le contó que había visto bravías en alguna ocasión, pero que donde él vivía no andaban por la calle durante el día acechando a la gente, todo lo contrario. Huían de las personas. Ella supuso que se debía a que, como en las ciudades de la costa sur el principal sustento era el pescado, cualquier ave que pudiesen cazar para obtener otro tipo de carne era bien recibida. Definitivamente, en Roostad, popular por los corrales de crianza de pollo y gallina, las bravías tenían más posibilidad de sobrevivir que en Vorproa, de ahí que hubiese tantas. Vaz siguió preguntando por el resto de las especies que ella había nombrado, para asegurarse de que no había diferencia de un lugar a otro si tenían el mismo nombre, así que Helina empezó a detallarle cada una de ellas con la mayor precisión posible. Le dio la sensación de que su curiosidad nunca se saciaba y que no se cansaba de aprender.

Cuando soldados y reclutas se pusieron en marcha para repartir la comida y bebida de la mañana, empezó a escuchar el rumor de que había y llegarían más contagiados. Las mujeres lo estaban comentando de unas a otras. Por lo visto, había personas infectadas en otra ciudad e iban a partir más barcos hacia Ucay, con todos a bordo.

—¿Infectados dónde? —preguntó, a pesar de la enemistad que compartía con casi todas.

—Berproa.

Helina pensó en cómo podía ser eso posible. ¿Alguien más había desarrollado un don tan poderosamente nocivo como Tamara? ¿O no habían encerrado a todos los enfermos a tiempo y algunos se habían marchado de la ciudad? Dudó de la veracidad del cuchicheo que no dejaba de expandirse, pero, en el fondo, sabía que cualquiera de las opciones, u otras, eran tan factibles como aterradoras.

—¿Habrá sitio en los barcos para todos? —escuchó—. ¿O vendrán más?

Helina reparó al instante en algunos de los barcos que había amarrados frente a ella. No tenía ni idea de cuántas personas podría albergar cada uno, pero dio por hecho que habría sitio de sobra teniendo en cuenta que habían eliminado a sangre fría a uno de los tres grupos. En el suyo, el de mujeres, quedaban veintisiete. Echó una mirada rápida a los críticos para cerciorarse de que seguía siendo un conjunto igual de cuantioso. Considerando que la Plaga se había originado en Roostad, dudaba que los de Berproa superasen la veintena.

Volvió a la realidad cuando alguien dijo:

—No deberíamos hablar de esto. Pensarán que tramamos algo y quién sabe lo que puede pasar.

—Sí, porque, a este paso, veremos quiénes y cuántas quedaremos para el manejo de los barcos.

Helina se estremeció al recordar lo ocurrido con los hombres. Varias mujeres habían perdido a sus maridos por culpa de la idea que ellos mismos habían extendido sobre que aquel traslado no era más que un trámite para deshacerse de todos.

Los rumores solían traer consecuencias nefastas, por eso no quería seguir escuchando.

—¿Es cierto que hay infectados en Berproa? —preguntó una de las que estaba más cerca de Helina cuando un soldado llegó hasta ella y le entregó su ración.

Su mutismo fue suficiente; el miedo se contagió aún más rápido de lo que se había propagado la enfermedad.

Ella ya no sabía qué pensar. Solo quería que todo terminase. Llegar a Ucay y recuperarse.

—¿Qué pasa? —Vaz le tiró de la manga.

Al mirarlo, algo se revolvió en su interior y se llevó las manos al vientre para sentir al bebé, cuyos movimientos eran cada día más perceptibles.

Ahí dentro había vida.

Había alguien que llegaría al mundo en la peor situación que Helina era capaz de imaginar en *ese* momento, y la incertidumbre de su porvenir la sobrecogió, pues había aceptado separarse de su retoño en caso de que naciese antes de la partida —confiando en Siome—, a pesar de que ella era la única persona capaz de protegerlo con más voluntad que nadie.

En los ojos de Vaz vio amor; inocencia.

En los ojos de Vaz vio todo lo que se perdería si se separaba de su hijo.

Entonces la maternidad se apoderó de ella con más fuerza que nunca.

LUDO

PORTBURY

Acababa de tener una conversación con Rudolf y Rómulo para informar a este último de su promesa de concederle el norte a la familia Riel, aunque algo le decía que esos dos ya lo habían estado hablando, de ahí que su hijo no se hubiese mostrado disconforme. Habían intimado durante el trayecto, así que supuso que se habían hecho buenos aliados. Bien. A Ludo lo mismo le daba, pues ambos iban a tener mucho que hablar y negociar después de que renunciase al cargo.

Fue justo después de que se marcharan que Galon llegó a su tienda, conducido a petición suya por uno de sus hombres.

—No hemos tenido ocasión de hablar a solas en todo el viaje.

—Tampoco tenemos mucho de qué hablar entre nosotros —repuso el elfo—. Todo esto que estamos haciendo os concierne solo a mi hermano y a vos. A vuestro interés. Yo no quiero estar más involucrado de lo que ya estoy.

Ludo sabía que se refería al rescate de Tamara, que había sido todo un éxito.

—Agradezco mucho vuestro esfuerzo y participación para salvar a la princesa, Galon. Era primordial salvar a esa niña por una razón más de la que Siome pensaba.

—¿A qué otra razón hacéis alusión?

—Me consta que mi hijo no tenía intención de matarla, así que puedo imaginarme lo que quería hacer con ella para que dejase de causar enfermedad y muerte. —Ludo se sentó en la incómoda silla, tras la mesa dispuesta en su tienda, y observó a Galon, que se dedicó a echar un vistazo a la estancia como respuesta. Supuso que la austeridad del mobiliario le llamaba la atención, solicitado en préstamo a los portburianos, en comparación a la ostentosidad que había exigido Rómulo para unos pocos días—. Pensé que os gustaría saberlo —añadió.

Galon siguió sin decir nada. Paseó a sus anchas y reparó en las cartas de navegación que había sobre un desvaído baúl. Ludo las había estado ojeando sin preocuparse de devolverlas a su sitio, pues había aprendido que los elfos eran mucho más ágiles que los humanos a la hora de hacer uso de la lógica, pero no imaginaba que Galon sería capaz de anticiparse tanto.

—Estaba pensando en qué ocurriría si regresaseis a Roostad y vuestro hijo descubriese que Tamara ha escapado —lo dijo sin apartar la vista de los trozos de papel—. Ahora entiendo por qué habéis corrido tantos riesgos como Siome. Os iréis con ella.

De no ser por quién era su interlocutor, Ludo se habría apresurado a contradecirlo, alegando que lo dicho era una barbaridad, no obstante, siendo Galon y, además, siendo cierto lo que acababa de suponer, no pudo más que limitarse a arañar la madera de su asiento.

—Mi trabajo para con esta tierra ha terminado —explicó—. Debí cederle el cargo a Rómulo en el mismo instante en que Tomur enfermó y el pueblo me ofreció recuperar el título de lugarteniente por tradición familiar.

—Sois un buen hombre, Ludo Jensen.

—No, no lo soy. Solo soy un desertor que huirá de Aridia antes de que se convierta en un lugar que ya no lo representa.

—Porque vuestro hijo no será tan benélovo como vos —terminó de decir Galon—. Sabéis que todo cambiará con su gobierno.

—Es inevitable, y por eso admito que soy un cobarde. Rómulo espera que lo nombre lugarteniente de regreso a la capital. Cree que ya no veo las cosas con claridad y tal vez tenga razón. Por si no fuese bastante, también cederé el norte a Rudolf Riel, el descendiente de la familia que siempre ha estado al acecho del gobierno de este territorio. Siento que no soy capaz de mantener el legado que me dejó mi padre, así que me voy para dejar paso a una nueva generación con una visión distinta a la mía antes de tener que enfrentarme a mi propio hijo. Eso sería todavía peor.

—¿Por qué?

—El verdadero poder de un hombre sobre una tierra reside en la confianza que su pueblo le ofrece, del mismo modo que se debilita con cada duda.

Galon asintió en silencio, pero a Ludo no le pasó inadvertida la forma con la que frunció el ceño. Le había dado que pensar, eso seguro. Respetó su mutismo a la espera de que quisiese decir algo más.

—Ojalá mi padre hubiese tenido esa visión antes de echarlo todo a perder —dijo al fin—. El poder es un arma de doble filo: puede darte la gloria eterna o destruir todo aquello que has logrado si te ciega lo suficiente.

—Deberíais hablar con vuestro hermano sobre esa reflexión —le recomendó Ludo, conocedor de las ansias de poder de Endanur.

Con eso último, Galon dio por concluida la conversación, le hizo una inclinación como señal de despedida y se marchó acto seguido.

Ludo se recostó de lado en el asiento y se pellizcó el puente de la nariz para relajarse. Pensó entonces en Helina, la joven de la que Siome le había hablado. Ya no podía retrasar más su encuentro con ella. Además, había oído que los enfermos estaban tensos ante la carga de los barcos, el inminente atraque en puerto de dos más y la noticia de que llegarían otros contagiados procedentes de Berproa.

Ludo sabía que los motivos de su preocupación no eran infundados.

Esa ciudad era un problema adyacente al número de enfermos a trasladar. Endanur había propuesto obligar a todos sus ciudadanos a embarcar, a pesar de que, aunque sí la mayoría, no todos estaban infectados o habían sufrido por la Plaga.

Al pensar en todo aquello se acordó de Hutton, su gran amigo. Entendía lo desesperado que había tenido que estar para abandonar Roostad, aun siendo consciente de que expandiría la enfermedad, y, por otro lado, lo desgraciado que debía de haberse sentido al perder a su familia a pesar de ello. Nadie podía reprocharle lo que había hecho, por mucho que Ludo defendiese a capa y espada el concepto del bien común por encima del bien individual. Ni siquiera podían reprocharle que hubiese desaparecido. De seguir vivo, no sería más que un alma en pena atormentada hasta el final de sus días.

Nadie querría estar en su lugar.

Y, sin embargo, Ludo no podía dejar de pensar en que sus actos habían reconducido todo a la situación actual en la que se encontraban. Los hombres enfermos capaces de gobernar un navío habían muerto hacía unos días, del mismo modo que los hombres de Berproa irían al exilio y, por lo tanto, serían los nuevos capitanes de barco. De hecho, no podía creer que Hutton les hubiese facilitado tanto las cosas después de todo. Había personas más que capaces para dirigir y maniobrar los cuatro barcos —cinco cuando estuviese listo el último— que se habían solicitado en total.

«El Destino es cruel a la vez que compasivo», reflexionó.

Se levantó a coger su capa, salió de la tienda con decisión y ordenó a un conjunto de soldados que lo acompañasen y que llamasen la atención de los enfermos. Los pocos niños que había entre las mujeres contagiadas se apresuraron para situarse en la primera fila, lo más cerca posible de Ludo. Él les sonrió con la misma ternura que les había dedicado siempre a sus nietos, Ludino y Lahr. Había tomado la decisión de marcharse de Aridia poco después de haber aceptado el plan de Endanur, y lo único que lamentaba era no haberse despedido de ellos como era debido. Esperaba que, al menos, la mujer de Rómulo, Matilda, les hablase de él; de lo mucho que los quiso.

—Cuando quiera, comandante —le dijo un soldado.

Ludo miró con detenimiento al grupo de los críticos, cuya mayoría apenas podía levantarse.

—Escuchadme todos. En vista de que hay gente en la región vecina a Portbury que se ha contagiado por motivos varios, he ordenado preparar y avituallar un barco más. Sé que muchos os estaréis preguntando cómo vais a poder navegar teniendo en cuenta que muy pocos lo habéis hecho antes, mas no tenéis de qué preocuparos. Los marineros de Berproa se harán cargo de los barcos y también os enseñarán lo básico para poder ayudar una vez a bordo a los más… Sobre todo a las más capaces —puntualizó, porque ya era evidente que el número de mujeres era mayor—. Además, mis hombres os acompañarán en otros navíos hasta que crucéis aguas ucayas y os quedéis solos rumbo a vuestro destino.

Lo que no les dijo fue que dichos barcos de la familia Jensen, su flota personal, navegarían durante quince días hasta estar completamente seguros de que los de los enfermos no regresaban apabullados por las mareas que rodeaban Ucay. Tampoco lo que pasaría si eso ocurría.

Como cabía esperar, un murmullo fue extendiéndose entre la multitud.

—¿Qué demonios estáis haciendo, padre? —preguntó Rómulo por lo bajo.

Se había colocado a su izquierda y Ludo ni siquiera lo había visto venir.

—Estoy...

—Comunicándoos con los enfermos, ya veo. ¿Por qué?

—Porque les debemos una explicación —repuso Ludo, molesto por la interrupción de su hijo—. Es lo mínimo que podemos hacer por ellos.

—Eso tendríais que haberlo pensado antes de dar la orden de mandarlos hacia una muerte segura. Ahora no deberíais promover más falsas esperanzas de las que ya tienen.

Ludo miró a su hijo expresando por fin el enfado que había estado ocultando. Rómulo no había hecho más que contradecirlo una y otra vez, sin parar de cuchichear con Rudolf a sus espaldas. Le había perdido el respeto y no pensaba consentirlo.

—Será mejor que vuelvas a tu tienda —le sugirió.

—Deberíais haberme informado de que queríais dar un discurso. Se supone que...

—Se supone que sigo siendo el lugarteniente de Aridia y, como tal, decido si necesito consultar o no mis decisiones. —Rómulo le devolvió una mirada llena de reproche—. Espera a que llegue tu turno y entonces podrás hacer cuanto te plazca.

—No os imagináis el tiempo que llevo aguardando ese momento —concluyó Rómulo antes de darse la vuelta y alejarse de él.

Ludo tomó aire y volvió a mirar a los enfermos, expectantes por seguir escuchando.

—Para facilitar las tareas de organización, ahora mis hombres os dividirán en tres grupos, hasta que lleguen los berproenses y se organicen uno o dos más, así sea necesario. También nombrarán a uno de vosotros como líder, quien se responsabilizará de que todos estéis presentes y… —Ludo se interrumpió, a punto de decir la palabra «vivos»— receptivos en los recuentos y en la partida, así como a la hora de recibir cualquier instrucción pertinente. Os pido paciencia y calma durante los días que permanezcamos en Portbury a la espera de que todo esté listo. Salvo imprevistos, eso es todo. —Se volvió hacia uno de sus hombres y le dijo—: A la chiquilla embarazada hazla pasar a mi tienda cuando concluya el reparto.

Ludo se retiró para observar cómo iban disgregando a los enfermos.

Los soldados tenían orden de mantener a las familias unidas y también a los que pareciera que hubiesen creado un vínculo durante el viaje. No tenía ningún sentido hacerlo con prisas y sin miramientos si cabía la posibilidad de que estuviesen con quien quisiesen. Qué menos que eso.

Se dio la vuelta y se dirigió a su tienda; debía prepararse para la conversación que iba a tener con Helina.

La joven no tardó más de media hora en aparecer.

—Comandante, ¿la hago pasar? —le preguntó el sargento guardián apostado en la entrada.

—Sí, por supuesto.

Helina y él se quedaron un buen rato mirándose sin decir nada. Ludo sabía que ella no podía hacerse ni una ligera idea de lo que iba a decirle, aunque, por cómo habían tratado a las embarazadas cuando estaban recluidas en la Torre de Tomur, intuía que ella pensaba que sí. Pese a eso, se mantenía erguida, con la cabeza alta, la mirada fija en él y las manos sosteniendo su vientre.

—¿Cómo te encuentras?

—Bien, señor. ¿Y vos?

Ludo sonrió con amabilidad.

—No tan bien como me gustaría, pero no es algo que importe en este preciso momento. —Ludo le ofreció uno de los vasos de agua que tenía preparados, pero ella lo rechazó—. Supongo que te preguntarás qué es lo que estás haciendo aquí.

—Así es, señor, porque mucho me temo que no voy a tardar en dar a luz y estoy agotada del viaje.

—De eso quería hablarte. —Helina lo miró con intriga—. ¿Crees que nacerá antes de que zarpéis?

—No estoy segura.

—Has de saber que yo soy tu persona de confianza. Si das a luz, yo le llevaré el niño a Siome.

Se quedó sin habla.

Ludo supuso que él sería la última persona en la que ella habría pensado para dicha tarea. Helina protegió la abultada barriga con ambas manos.

—No —dijo.

—No tengas miedo.

—No. No voy a daros a mi bebé.

Ludo se frotó los ojos, tratando de acertar en la forma de convencerla.

—¿Qué es lo que te hace dudar de mí?

—No dudo de vos. Pero he decidido quedarme con él. —Justo iba a preguntarle por su cambio de parecer, pero la joven prosiguió—: No voy a dejar que nos separen. Si he hecho todo el viaje hasta aquí, no ha sido para terminar abandonando a lo único que me va a quedar cuando me suba a uno de esos barcos. No puedo hacerlo. Lo siento.

Su expresión se llenó de lamento.

—Siome me dijo que estabas de acuerdo.

—Sí, pero no puedo. Lo he estado pensando mucho y no puedo. —Hizo una pausa para mirar hacia arriba y contener las lágrimas—. Si mi destino es o no perecer en el trayecto hasta la isla o una vez allí, será con mi hijo. Será juntos.

—Deberías pensarlo bien.

—Hemos estado casi seis amaneceres viajando sin cesar, con la única tarea de obedecer órdenes. Creedme si os digo que he tenido mucho tiempo para pensar. No he hecho otra cosa.

Ludo se fijó en la inquietud de su rostro. Tenía miedo y algo más.

—Noto tu desconfianza. Es la misma que cuando has entrado antes de saber lo que tenía que decirte. Y luego de que te haya contado mis intenciones, nada ha cambiado.

Helina lo miró sin atreverse a hablar, por lo que Ludo esperó, paciente.

—¿Por qué iba a fiarme de alguien que ha acabado con todos los hombres que nos acompañaban y que guiarían los barcos? —dijo al fin. Volvió a emocionarse—. ¿Cómo iba a confiar en alguien así para encomendarle la vida de mi hijo? No nos procuráis ningún bien a ninguno. A vos no os importa lo que nos ocurra a los enfermos con tal de deshaceros de nosotros. ¡No os atreváis a desmentirlo!

Las circunstancias y la sinceridad de sus palabras lo superaron. No tenía ni idea de cómo defenderse ante tales acusaciones, porque eran totalmente ciertas. Sin embargo, él quería salvar al bebé. Lo quería de verdad, tanto por el acuerdo con Siome como por la responsabilidad de amparar una vida inocente.

No era justo ayudar solo a unos pocos, pero era mejor que nada. Ese era el pensamiento que lo había llevado hasta Portbury desde que había pactado con los elfos, y no por ello se sentía menos miserable. Solo lo hacía un poco más llevadero, si es que eso era posible.

Ludo se aproximó a la joven para intentar que su cercanía le diese confianza. Eso fue incluso peor.

—No me toquéis, os lo ruego. Dejad que me marche. —Las lágrimas ya caían por sus mejillas sin remedio. Estaba asustada a la par que enfadada—. He sido una estúpida. Mi hermana tenía razón.

—¿Tienes una hermana?

Helina dio un respingo, como sorprendida de haberla mencionado, y Ludo arqueó una ceja. Siome no había hecho ninguna alusión al respecto.

—¿Ella está contigo? —quiso saber.

—Ella... —Helina enmudeció al instante—. Por favor, dejad que me marche. Os lo ruego. Estoy muy cansada, me duele la tripa y necesito descansar.

Quiso decirle que se tranquilizara y recordarle que había nuevos hombres para manejar los navíos, incluso que podía descansar en su tienda si así lo precisaba, pero la mirada de Helina era tan intensa, su deseo tan grande, que fue incapaz de contradecirla. Se limitó a asentir y a hacerle un gesto con el brazo, invitándola a salir. Ella cerró los ojos con fuerza para descargar sus ojos anegados y luego le dedicó una última mirada antes de irse. ¿Agradecimiento? Ludo no tuvo muy claro lo que había significado, porque, después de todas las acusaciones, no había nada que pudiese ser de agradecer.

Se posó de nuevo en su inconfortable asiento, pensando en cómo iba a proceder de ahora en adelante. Se suponía que estaba allí, que no se había marchado al encuentro con Siome, porque debía esperar a que el bebé de Helina naciera para llevárselo con él. Y ahora que la joven había dejado claro que no se lo entregaría, las posibilidades eran muy limitadas.

Las únicas tres opciones eran marcharse sin la criatura —nacida o no cuando lo hiciese—, esperar al alumbramiento y llevársela sin el consentimiento de la madre, o tratar de llevarse a ambos, a la joven y a su hijo. La última era la más arriesgada por dos motivos: el primero residía en la dificultad de que nadie se diese cuenta, y el segundo en el hecho de que Helina estaba infectada y seguía siendo un peligro. Y a eso se sumaba la salud de la criatura. De no nacer completamente sana, Ludo corría aún más riesgo de contagiarse, o de contagiar a los elfanos que viajarían con Siome, por mucho que la elfa estuviese convencida de que no se daría esa horrible posibilidad. Llevarse al bebé por la fuerza no era mucho menos espantoso, por el sufrimiento que le causaría a la madre y porque esta podría dar la voz de alarma y señalarlo como culpable. Su ausencia corroboraría aquella disparatada noticia.

Partir con las manos vacías sería lo más sencillo.

CALA

PORTBURY

—Así que se supone que habías decidido venir hasta aquí para persuadir a tu hermana de que no se marchara —le dijo Aleph.

Ella resopló, cansada de explicárselo. Acababan de encontrarse en la reagrupación de personal y estaban hablando por lo bajo.

—No. Había venido con la intención de lograr que escapara, pensando que tendría tantas ganas como yo. El problema es que lo que ella quiere es marcharse.

—¿Y por qué sigues aquí?

—¿Cuántas veces voy a tener que repetírtelo? Por Vaz. ¿Qué haces tú aquí, si puede saberse? Tuviste la oportunidad de quedarte y decidiste hacer lo imposible por alcanzarnos.

—Las razones por las que vine ya no tienen mucho sentido…

—Deberíamos largarnos los dos —le dijo Cala—. Eso es lo que deberíamos hacer.

—Tú lo tienes fácil.

—¿Eso crees? Willem no me quita los ojos de encima.

—Solo tendrías que cambiarte de ropa y…

—¿Y hacer que me crezca el pelo de un día para otro? Por favor…

Aleph iba a replicar, pero no pudo.

—¡Pelotón del sargento Staton, al muelle número cuatro!

Esa era la orden que estaban esperando.

Todos los aludidos se pusieron en marcha y Cala miró por si lograba ubicar a las mujeres. No tenía ni idea de a dónde destinarían a su hermana, pero esperaba que la suerte estuviese de su parte. Había dos barcos en el muelle número cuatro, uno un poco más grande que el otro. Cala no había visto ninguno en toda su vida, así que aquellas naves la fascinaron. Además, no eran las únicas amarradas allí. Portbury era la ciudad portuaria por excelencia. Había embarcaciones de todos los tipos y tamaños, y ella se moría de ganas por subirse a uno de ellos y probar lo que era navegar. Al instante, se reprendió a sí misma por ese pensamiento. No había ido hasta allí para subir a ningún barco. Lo que tenía que hacer era impedir que Vaz lo hiciera y, con suerte, también Helina.

—¡Grupos de cuatro! —exclamó el mismo soldado de antes—. ¿Me habéis oído? ¡De cuatro!

Aleph se pegó a Cala de forma automática.

—¿Qué haces?

—Ha dicho que nos pongamos en grupos de cuatro.

—¿Y por qué te pones conmigo?

—¿Qué más te da?

Mars también se unió a ellos, junto a otro de los más jóvenes que se llamaba Hok.

—Más te vale recordar que me llamo Zafro —le advirtió a Aleph.

Una vez agrupados, les explicaron cómo debían hacer una cadena humana para transportar los víveres que había repartidos en el muelle y subirlos a los barcos. Cada grupo se encargaba de un determinado producto y ellos tuvieron que ocuparse de los sacos de patatas. Cala pensó que era una broma que les tocase justo los de patatas, teniendo en cuenta lo cansada que estaba física y mentalmente después de una semana caminando con pésimas condiciones de descanso.

—Estupendo —comentó con ironía.

Sin embargo, cuando subió a bordo del que les habían asignado —ya se había asegurado ella dicho puesto en la cadena— le cambió el humor. Sintió la inestabilidad, lo distinto de la superficie a pesar de estar sobre madera al igual que en el muelle. El barco reposaba sobre mar en calma, pero no era como pisar tierra firme. Se paró unos instantes para sentir el balanceo bajo sus pies y no volvió a ponerse en marcha hasta que le llamaron la atención.

Terminaron con la tarea una hora después y, para entonces, ya estaba atardeciendo. Cala se dirigió hacia el castillo de popa, subió por las escaleras y se encaramó al borde para mirar el horizonte. Quería deleitarse con la belleza que emanaba del mar, con el reflejo del sol ocultándose a lo lejos y la tonalidad del cielo en ese preciso momento.

«Navegar tiene que ser una experiencia maravillosa», pensó.

«¿Y si me voy con Helina?».

Volvió a la realidad tan rápido como apareció ese nuevo pensamiento. No, de ninguna manera. Cala no iría a cualquier parte. Rescataría a Vaz y marcharía hacia Roostad, y, si no allí, a dondequiera que le ofreciesen un trabajo. No estaba muy segura de que la volviesen a admitir en los establos después de su fuga inesperada.

—¿Qué tal por ahí arriba? —le preguntó Aleph cuando volvió.

—No ha estado mal.

—¿Solo eso? Me ha parecido que te parabas a observar más tiempo de lo necesario.

—Todavía queda mucho trabajo, ¿recuerdas? Sigamos.

—Eres la... —Cala lo miró con una expresión de advertencia—. La... persona más retraída que he conocido.

—Te felicito, Aleph.

—¿Cuántos años tienes?

—No es de tu incumbencia.

Cala se echó al hombro el último saco y se dio la vuelta para volver a subir al barco con el ceño fruncido. No entendía a qué se debía tanto interés de repente. Entonces otros de sus pensamientos repentinos la abordaron. Regresó sobre sus pasos y se encaró con él.

—Oye, ¿qué es lo que pasa contigo?

—¿Conmigo?

—No te hagas el tonto —continuó increpándole—. ¿Estás intentando sonsacarme información para Willem?

—Pero ¿qué...?

—Te he visto hablando con él, no te hagas el sorprendido.

—Mira, no tengo ni idea de qué es lo que se te pasa por la cabeza y sé lo mismo que tú con respecto a que Willem no deje de requerir mi presencia. Para mí, eso es tan raro como lo es para ti que esté siempre observándote.

—Si descubro que me estás mintiendo...

—Me gustaría saber cuáles son los motivos que te hacen dudar tanto de mí, cuando soy, de los dos, el único que no ha mentido hasta el momento.

—¿Ah, no? «No recuerdo quién me golpeó en la cabeza...» —citó con sorna.

—Me refería a mentir entre nosotros.

Cala aceptó la derrota y se puso en marcha, resignada, aunque no le gustaba perder. Quiso convencerse de que podría haberle rebatido eso último, pero habría sido engañarse a sí misma. Por mucho que ella desconfiase de todo el mundo, sabía que aquel muchacho era de fiar y que no ganaba nada enfrentándose siempre a él, porque no había ni una pizca de maldad en sus intenciones.

Cedió cuando los sargentos dieron por terminada la jornada, porque entonces fue Cala la que buscó su compañía después de recoger su ración de comida. Al parecer, llegar a Portbury había supuesto un cambio en el menú, porque les habían servido caldo de pescado, en lugar de gachas, y fruta. Aprovechó aquella novedad para entablar conversación.

—Por fin nos alimentan con algo consistente. Hasta tengo un trozo de carne, aunque a saber de qué. ¿Bacalao?

El chico la miró de reojo y continuó comiendo como si nada. Ella puso los ojos en blanco ante su comportamiento y se sentó a su lado. Comieron en silencio incluso después de que Mars apareciera. Cuando terminaron hasta la última gota de sus recipientes, fue precisamente él quien rompió aquella incomodidad.

—Por fin se ha acabado el viaje —dijo llevándose a la boca el último trozo de pan—. ¿Qué tenéis pensado cuando regresemos? ¿Solicitar un puesto como soldado o recuperar vuestros anteriores empleos? Los dos habéis finalizado ya la formación de aprendices, ¿verdad?

—Yo todavía no sé si voy a regresar.

La respuesta de Aleph los sorprendió.

—¿Y qué vas a hacer si no? —insistió Mars pelando su naranja— ¿Quedarte aquí?

—Aquí, en alguna otra ciudad del sur o…

—¿O qué? —Cala lo miró arqueando una ceja.

—O irme en uno de esos barcos. —Ella estuvo a punto de expresar en voz alta lo estúpida que le parecía su nueva idea, pero se contuvo—. Nunca he navegado y he oído que los capitanes de cada nave necesitarían al menos diez voluntarios.

—Sí —corroboró Mars—, y para eso están los enfermos de Berproa. Lo habéis oído, ¿no? No tardarán en llegar.

—Aun así, podría ofrecerme. Eso o esperar que me acepten en algún mercante.

—¿Y qué hay de tu familia? Tu padre te espera en Roostad, ¿no?

—Mi padre está en la capital, sí, lo cual no quiere decir que me espere. No sirvo para nada, así que… —concluyó encogiéndose de hombros.

Cala siguió sin decir nada, molesta. No tenía ni idea de en qué momento había empezado a importarle lo que Aleph hiciese o dijese. Resopló, se levantó y fue en busca de Helina con la naranja de su menú en la mano y sin despedirse de los otros dos.

Por el camino, estuvo pensando en lo que el chico le había sugerido al inicio de aquel día. Cambiarse de ropa y deshacerse de Zafro para volver a ser Cala. No era tan mala idea si conseguía el vestuario apropiado, y seguro que era mucho más fácil acceder al grupo de mujeres como una igual que como un recluta. Willem no tardaría mucho en percatarse de su ausencia, pero ¿qué iba a hacer? ¿Mandar a alguien a buscarla? ¿Y con qué motivo? ¿Desertor? No había ya ninguna causa de la que desertar. Habían llegado a Portbury y su misión terminaría al regresar. De vuelta a Roostad, no tendrían otra tarea que la de caminar.

La mayoría de los que se habían ofrecido voluntarios solo lo habían hecho por falta de trabajo, aunque también los había que querían ganarse un lugar entre los hombres de los Jensen, ahora que habían recuperado con totalidad su cargo de lugartenientes. Antaño, ser soldado había sido de las profesiones más demandadas, sobre todo después de que acabase la guerra marítima con los everbios y los soldados ya no tuvieran que ir a perder la vida al otro lado de Ganean. Por eso mismo se volvió muy difícil acceder a dicha profesión, porque fue pasando de padres a hijos, ya que sus tareas se redujeron a controlar y hacer valer las normas en las distintas regiones. Algunos jóvenes probaban suerte después de los cuatro años obligatorios de aprendices y se inscribían como reclutas durante los dos años establecidos, con la esperanza de optar a alguna vacante entre los soldados, pero muy pocos lograban una.

El hecho de que se hubiesen requerido voluntarios para la misión de los enfermos daba a entender que habría más oportunidad de formar parte del ejército Jensen. Pero claro, para eso tenías que ser un soldado ejemplar. Cala pensó en sus compañeros más cercanos e imaginó que Mars lo conseguiría, y que por eso les había hecho aquella pregunta. No ponía la mano en el fuego por ninguno de los demás.

Al aproximarse al lugar donde habían congregado a todos los desplazados, le sorprendió que los grupos hubiesen cambiado. Divisó con rapidez a su hermana y la vio rodeada de hombres, mujeres y niños, indistintamente de que estuviesen más o menos enfermos. ¿Qué sentido tenía que hubiesen estado segmentando tanto si en el último momento los juntaban?

Le dio un vuelco el corazón cuando alguien se le acercó de improvisto y se colgó de su brazo.

—Me has dado un susto de muerte —le dijo a Vaz, agachándose y ofreciéndole la espalda para que se subiese a caballito.

Él niño se aferró a su cuello mientras avanzaban.

—¿Qué tal has estado con Helina?

—Bien. Es muy guapa.

Cala sonrió. Por supuesto que lo era. Era demasiado guapa, de hecho, por eso le preocupaba que las agrupaciones hubiesen pasado a ser mixtas, pues todo apuntaba a que zarparían de la misma forma y no le hacía ninguna gracia. Tenía que volver a reunirse con ella para convencerla de que escapasen juntas, con Vaz, y ya solo le quedaba un último recurso. Caminó hasta uno de los vigilantes y puso al niño en el suelo antes de decir:

—¿Por qué están todos juntos? ¿Quién ha ordenado que…?

—¿Algún problema? —El sargento Staton habló detrás de ella. Ese hombre estaba en todas partes—. Creo recordar que te ordené no juntarte con el niño.

—Solo quería saber cómo estaba.

—No te conviene interesarte por el estado de ninguna de las personas que hay aquí.

—Él no está enfermo.

—Vuelve al muelle.

—Señor…

Willem la agarró del brazo y la acercó con brusquedad para añadir por lo bajo:

—Todavía no sé qué fue lo que te incitó a alistarte, pero, sea lo que sea, más te vale que no lo descubra, ¡o zarparás junto a toda esta escoria! —Se calló de repente—. Vete.

Sus ojos habían refulgido por la ira antes de interrumpirse. Tanto el soldado que estaba de guardia como el niño y ella se quedaron mirando al sargento con perplejidad.

Cala le dio un toque en el hombro a Vaz para que regresara con Helina y luego caminó de vuelta con sus compañeros, sin dejar de echar la vista atrás. El niño avisó a su hermana y pudieron saludarse en la distancia.

Con cada zancada, Cala sintió cómo la desesperanza se abría paso por todo su ser. No tenía ni idea de cómo llegar hasta Helina y tampoco de cómo conseguir que ni ella ni Vaz zarpasen. Su viaje había sido en vano y lo peor era que el camino a casa sería todavía peor, porque se quedaría sola.

Completamente sola.

DÍA 20 · LUNA MENGUANTE 93%

LUDO

PORTBURY

Al llegar a su tienda, Ludo encontró a Rómulo y a Rudolf hablando con el semblante muy serio.

—¿Qué ocurre? —quiso saber, molesto porque hubiesen accedido sin su consentimiento.

Echó un vistazo fugaz al baúl donde escondía los mapas y respiró, aliviado, al comprobar que no se había olvidado de guardarlos.

—Me temo que nuestro plan no ha ido todo lo bien que esperábamos, padre.

—¿Por qué?

Rudolf Riel fue quien contestó:

—Parece que hay algunos soldados con síntomas febriles y creemos que pueden estar contagiados.

—Se habrán acatarrado durante la travesía —repuso Ludo. No pudo evitar que le cambiara de pronto el ritmo cardíaco, aunque trató de sonar convincente—. Hemos sido muy cuidadosos como para que haya contagios.

—Existe la posibilidad de que alguno de los soldados haya intimado con alguna persona durante las guardias y no haya sido todo lo precavido que debiera —le explicó Rómulo.

Ludo se masajeó la sien mientras asimilaba la información. Maldijo a sus propios hombres para sus adentros.

—¿Qué es lo que ha pasado exactamente? O, mejor dicho, ¿quién o quiénes creéis que se han contagiado?

—Uno de los hombres de Rudolf nos ha informado de que uno de los nuestros ha estado evitando el aseo personal, y también ha observado que varios hombres han pasado la última noche vomitando y con síntomas febriles.

—No debería de haber ningún contagio por la Plaga a menos que, como decís, algún soldado se haya tomado la libertad de desobedecer.

—No queda más remedio que comprobarlo —continuó Rudolf—. Hemos pensado que lo más fácil sería someterlos a todos a un escrutinio completo, sin más dilación.

—Pero estamos preocupados por cómo podría afectar la noticia de que haya algún contagio —explicó Rómulo—. Si de verdad hay algún hombre infectado, no tendremos otra opción que destinarlo a uno de los barcos, y si ha estado evitando que nos demos cuenta del problema, no creo que esté por la labor de hacerlo de forma voluntaria.

—¿Y qué proponéis? —preguntó Ludo, consciente de que los otros dos ya habían pensado en ello.

—Encerrarlos haciéndoles creer que los elfos los sanarán. El día de la partida les daremos la opción de subir a bordo o morir.

—Además, no hay mal que por bien no venga —agregó Rudolf—. Los barcos necesitan a cuantos más mejor, pues los enfermos no tienen la fuerza necesaria para ocuparse de algo tan complejo como lo es la navegación.

Ludo empezó a caminar por la estancia pensando en todo lo que los otros dos habían dicho. Rudolf se había olvidado de los ciudadanos de Berproa. Ellos también tenían que embarcar y no eran, precisamente, pocos.

—O tendréis que obligar a los elfos a sanarlos —añadió Rómulo—. Eso sin contar la capacidad final de los barcos que has mandado preparar. De seguir surgiendo inconvenientes, esperemos que haya sitio de sobra.

—Me da la sensación de que vuestro plan inicial ha estado cambiando desde el principio —prosiguió Rudolf, consiguiendo que solo su voz le resultase exasperante.

—Dependía de demasiadas variables, padre.

—¡Por los cuatro elementos! ¡Este no era mi plan! —estalló Ludo—, sino el de los elfos.

Se dio cuenta de cómo lo que Siome le había dicho en la Torre de Tomur empezaba a cobrar cada vez más sentido. Tendrían que prescindir de más gente. Ya no podían permitirse perder o requisar otros barcos y tampoco dejar a una buena parte de las personas que debían marcharse en Portbury. Odió que tuviesen razón. Todos ellos.

—Ordenad la revisión de los soldados de manera urgente —sentenció—. Hemos de darle prioridad a ese asunto, antes de que puedan contagiar a más. No sé a qué estáis esperando.

Rómulo y Rudolf se le quedaron mirando con cara de asombro. Ludo había adoptado una actitud tan sumisa durante el viaje que se les hacía raro que hubiese retomado unas riendas que parecía haber abandonado.

—Preparaos para ir a Berproa a verificar que el quinto barco estará acabado y listo a tiempo de zarpar —sumó al mandato—. Y avisad de una vez a todos los berproenses de lo que hemos resuelto. Han de mentalizarse cuanto antes de su forzosa marcha.

—¿A todos? —preguntó Rúdolf con fingida sorpresa.

Ludo se acercó a él, amenazante y furioso.

—No os atreváis a fingir que no estabais al tanto —le dijo—. Lo último que necesito ahora es oíros hablar de vuestra falsa moral. ¡Marchaos de una vez! —añadió refiriéndose a él y a su hijo.

Cuando estos salieron de la tienda, se dejó caer en su asiento y deseó que aquello no fuese más que un mal sueño. Cada día que pasaba había riesgo de nuevos contagios, por no hablar de lo difícil que sería deshacerse de más enfermos o posibles enfermos.

—¡Dimax! —dijo alzando la voz para reclamar al sargento guardián que vigilaba la entrada de la tienda—. Necesito que busques a las personas que conozcan el arte de la costura y les ordenes que confeccionen guantes sin demora. Quiero a todas las personas de Portbury con las manos protegidas antes de que finalice el día, tanto si están enfermas como si no, y rostros cubiertos con lo que cada uno tenga. Junta a diez hombres y poned sobre aviso a la población. Que nadie salga de casa a menos que siga las medidas de seguridad. Y que los soldados deleguen en los reclutas la vigilancia de los enfermos y hagan cumplir las indicaciones repartidos por las calles de la ciudad.

Dicho eso, le lanzó una bolsa de monedas y Dimax no necesitó nada más para ponerse en marcha.

«Debía haberse tomado esa precaución desde el principio», pensó, «en cada uno de los pueblos de la región».

Luego se quedó meditando, recostado sobre su asiento, acerca de cómo iba a proceder ante el hecho de que, tal vez, tendrían que prescindir de los enfermos críticos. Y no solo de ellos.

Se sintió extremadamente miserable cuando se dio cuenta de que estaba especulando con vidas humanas de una forma despreciable. Y maldijo a Egonur y a los elfos por haber aparecido tres décadas atrás para terminar poniéndolo todo patas arriba.

Nada de lo presente estaría pasando de no ser por ellos.

Por su culpa —a pesar de que los humanos aceptaron ayudarlos durante el mandato de su propio padre—, se estaban muriendo, y él tenía que debatirse entre qué era correcto y qué no.

ALEPH

PORTBURY

Desde que cargaron el primer barco, Cala y él no habían vuelto a dirigirse la palabra y, debido a su propio ego, ella ya ni siquiera se quedaba demasiado rato si coincidían en un mismo lugar. Aleph apreciaba la amistad que había establecido con Mars, pero la echaba de menos, aunque odiase admitirlo.

«Increíble».

—Fíjate en esos soldados de ahí —le dijo su compañero.

Aleph miró hacia los hombres apelotonados que había a unos metros a su derecha, hablando con Willem Staton.

—Es hora de comer —dijo él intentando que no se le escapase ni una sola migaja del pastel de carne que estaba mordisqueando. Habían trabajado duro—. ¿No pueden esperar a que terminemos para ordenarnos una nueva tarea?

—El sargento está muy serio.

—Menuda novedad…

—No, fíjate. —Mars consiguió que se volviese una vez más para mirar al grupo—. Parece que hay urgencia en sus palabras. ¿Qué pasará ahora?

—A saber…

Fue a la vez que decía esa última frase cuando los soldados se dieron la vuelta y empezaron a gritarles a todos los demás. No entendieron ni una sola de sus palabras, pero, al ver que obligaban a los que se quedaban igual de perplejos que ellos a levantarse, decidieron hacer lo mismo y esperar instrucciones. Aleph pensaba que los soldados eran peores incluso que los sargentos, pues deseaban ser ascendidos lo antes posible y, para ello, debían ser tan obedientes como estrictos con los reclutas, es decir, con ellos.

—¿Qué ocurre? —Mars se atrevió a preguntarle a uno cuando los alcanzaron.

—Cierra el pico y sigue al resto a la Taberna de Crog.

—Quiero saberlo, Bali.

—Maldita sea, Mars, ¡ve! Luego te busco.

—¿Lo conoces? —preguntó Aleph al anexionarse a la fila que conducía a la taberna.

—Más o menos.

Aleph arqueó una ceja y esperó a que dijese algo más.

—Está bien. Es mi hermano.

Notó su rubor, sin embargo, prefirió no preguntar más, consciente de que debía tener sus motivos para no mencionar que tenía un hermano al servicio de los Jensen. Caminaron juntos y trataron de enterarse de qué era lo que iban a hacer dentro de la taberna. Unos decían que iban a pagarles por los servicios prestados antes de regresar a Roostad, opción que a Aleph le parecía ridícula; otros pensaban que iban a darles un descanso y que los invitarían a bebida. Aquella opción no parecía tan disparatada, pero, teniendo en cuenta cómo Willem se había dirigido a los soldados, no parecía que les hubiera dicho que podían ir a emborracharse.

El hermano de Mars no tardó en aparecer, cosa que sorprendió a ambos, aunque más todavía a Mars, porque lo agarró del brazo y lo apartó de la fila antes de hablar con él. Aleph aguardó a que regresara para enterarse de una vez por todas de qué estaba ocurriendo. Cuando lo hizo, estaba más rojo que hacía un momento.

—¿Y bien?

Mars se acercó a su oreja y dijo:

—Bali dice que van a examinarnos. Por lo visto, ha llegado información de que alguno de nosotros se ha infectado durante el trayecto.

—¡¿Qué?!

—¡Baja la voz! No puede enterarse nadie, ¿entiendes? Si alguno de los infectados se entera de qué es lo que vamos a hacer ahí dentro, huirá, y eso es justo lo que pretenden evitar.

—Parece que esta Plaga se extiende más fácil de lo que pensábamos —dijo Aleph recolocándose los guantes y tratando de separarse un poco de la fila, temeroso—. Me pregunto qué pasará con los que estén enfermos, si de verdad lo están.

—Supongo que tendrán que largarse de Aridia, con los demás.

Aleph se paró a pensar en las veces que había creído que estaba paranoico con el contagio. Ahora que había superado esa fase, quizá resultaba que no había sido todo lo precavido que debiera.

—¿Tú no estarás…? —le insinuó a Mars.

—¡No! ¡Por supuesto que no!

—¿Por eso discutías con tu hermano?

El chico se tensó al instante.

—No discutíamos.

—Sí que lo hacíais.

—Que no.

—Y yo te digo que sí. Todavía tengo ojos en la cara. Corrígeme si me equivoco.

Mars resopló.

—No era por eso —confesó al fin.

—¿Entonces? —insistió Aleph.

Esa vez fue un suspiro lo que precedió a la confesión.

—Una vez, cuando era pequeño, Bali me vio besándome con su mejor amigo. —Aleph enmudeció—. En realidad, yo era demasiado pequeño para entender lo que hacía, así que sucedió, sin más, y él nos vio. Nada volvió a ser lo mismo desde entonces.

—Vaya…

—Ahora estaba insinuando que tú y yo… Ya sabes. —Mars se encogió de hombros y añadió—: Le he dicho muchas veces que a mí no me gustan los chicos y no se lo cree. No me perdona lo que hice, porque no es capaz de creer que yo no sabía lo que su amigo significaba para él, ni lo que suponía un gesto tan simple como un beso.

—Entonces…, ¿no te gustan los chicos? —preguntó Aleph.

—¿Supondría alguna diferencia si me gustasen?

—Supongo que no —respondió con sinceridad.

—Vale, bien, asunto zanjado. Ahora será mejor que nos concienciemos para quitarnos la ropa. No sé a ti, pero a mí no me hace ninguna gracia plantarme desnudo delante de un montón de gente dispuesta a mirarme de arriba abajo.

—Ni a mí…

De pronto, le subió a la garganta un calor asfixiante.

—¡Hay que avisar a Cala! —exclamó sin pensarlo.

—¿A quién?

Aleph se golpeó la cabeza al darse cuenta del error al pronunciar su verdadero nombre.

—Tengo que irme —dijo tratando de salir de la fila.

Mars lo sujetó por una de las mangas para impedírselo.

—¿Qué dices? ¿A dónde vas? ¡No puedes irte!

—Suéltame, por favor —le rogó.

—¿Por qué? ¿Qué pasa? ¿Conoces a alguien que se haya contagiado?

—¡No! ¡No! Es peor que eso.

—¿Qué podría ser peor que eso, Aleph Winnick?

Respiró hondo y sujetó a su compañero por los hombros.

—Te juro que te lo explicaré, pero tienes que dejar que me vaya sin alertar a nadie. Confía en mí, te lo suplico.

A Mars no le quedó otra que ceder y soltarlo. Una vez libre, avanzó hacia el final de la fila en busca de Cala, suponiendo que no estaría por el principio y esperando no estar equivocado, pues ni siquiera la había visto a la hora de comer.

El soldado que apareció corriendo tras él y que lo empujó contra la empedrada pared lo pilló totalmente desprevenido.

—¡Quédate en la fila! —le espetó—. ¿A dónde crees que vas?

—Lo siento, lo siento.

Cuando lo soltó y se marchó para seguir vigilando, Aleph tuvo que contenerse para no gritar de dolor. Sentía que todos los huesos de su espalda se habían hecho picadillo.

—Creo que ahora, con más razón que nunca, podría decir que pareces un saco de huesos sin que te ofenda la expresión.

Al levantar la vista y ver a Cala, sintió tal alivio que sonrió a pesar de lo mucho que le dolían las paletillas.

—Te estaba buscando —le dijo tratando de mantenerse erguido.

—¿Por qué?

—Tienes que escaquearte como sea.

—¿Qué pasa? ¿Crees que no puedo emborracharme como el resto? ¿O que no debo?

—No vamos a la taberna para eso.

Cala se cruzó de brazos separando las piernas para tratar así de compensar la pequeña diferencia de altura entre los dos.

Aleph se dio cuenta de que todos estaban prestándoles atención, así que fingió que se caía de rodillas, esperando que ella lo ayudase. Pero no lo hizo y eso consiguió que él se enfureciese.

—¡Ayúdame! ¡Por lo que más quieras!

—Preferiría que me lo pidieses por favor, aunque ya que insistes...

Cuando se le acercó y trató de tirar de su brazo, él aprovechó y le dijo:

—Van a examinarnos. Creen que hay reclutas y soldados infectados y nos van a pedir que nos desnudemos para comprobarlo.

Cala lo soltó de inmediato y retrocedió. Aleph se levantó y la miró con compasión. No le dio tiempo a añadir nada más, porque entonces ella se escabulló, avanzando hacia el final de la fila. Aleph comprendió que tenía que hacer algo para captar la atención de los soldados al mando antes de que alguno reparase en su amiga y le impidiese huir.

—¡Socorro! —exclamó a la vez que se dejaba caer completamente—. ¡No siento las piernas!

Los que estaban a su alrededor lo miraron con incredulidad.

—¡No siento las piernas! —repitió con más convicción.

Después de que lo socorriesen, se preguntó cuál había sido el motivo que lo había impulsado a hacer todo aquello por una persona que apenas conocía, y se dio cuenta de que no importaba cuánto la conociese. Era lo correcto. Cala había estado mintiendo todo el camino por estar cerca de su hermana y evitar que embarcase. No merecía ser descubierta, porque no había hecho nada malo, por mucho que mentir al servicio de los Jensen fuese la mayor de las afrentas. Él nunca había tenido hermanos, ni siquiera amigos por los que sacrificarse, aunque sí lo anhelaba lo suficiente como para saber lo duro que debía de ser perder a una de las personas más importantes de tu vida.

Cuando terminó con la farsa, avanzó para reencontrarse con Mars antes de que llegase su turno, haciendo un esfuerzo sobrehumano por soportar el dolor que sentía. El chico ya estaba casi al principio de la fila.

—Me han jodido bien —le comunicó.

—¿Por qué?

—Uno de los soldados me ha chafado contra la pared creyendo que quería escaquearme —repuso él—. Pero traigo buenas noticias. Por allí atrás también piensan que vamos a beber…

—¡Quieres bajar la voz! No puedes andar diciendo que eso es solo una falsa suposición, Winnick.

—Perdona, tienes razón. Por cierto, ¿dónde están los que ya han entrado?

—Ni idea, pero tienes algo que explicarme, ¿recuerdas?

Aleph se encorvó para aliviar el dolor de su espalda.

—Y lo haré —aseguró sin cambiar de postura— después de que salgamos de esta. Es… complicado.

—Pues más te vale entonces contarme la verdad.

Asintió, consciente del compromiso en el que se había metido. Durante el tiempo que tuvieron que seguir esperando, se debatió entre inventarse una mentira creíble o decirle la verdad, pese a que la verdad ni siquiera lo incumbía a él.

Revelar la identidad de Zafro era faltar a una promesa, y mentir a Mars también.

—Nos toca. —Su compañero tiró de él.

Fueron diez en total los que accedieron a la taberna a la vez. Los que habían entrado antes que ellos estaban terminando de vestirse en silencio y dos soldados veteranos les indicaron hacia dónde debían dirigirse después. Aleph dio por hecho que el tabernero contaba con una puerta en la parte trasera, de lo contrario, no tenía sentido que los condujesen hacia allí.

—Desvestíos —ordenó el sargento Staton.

Aleph ni siquiera había reparado en su presencia hasta ese momento, pues todos los asistentes llevaban la cara semitapada con una especie de bufandas de piel, algo totalmente nuevo. Obedeció al instante, al igual que Mars, pese al asombro de sus compañeros. Por suerte, a nadie le sorprendió que tuviesen tanta predisposición a realizar lo que les habían pedido. O eso pensaba.

—Dejad todas las prendas en el suelo. —Se enderezó con las manos sobre la ropa interior y el soldado que había hablado se acercó a él—. Todas las prendas —añadió haciendo hincapié en cada palabra.

Entonces sí se sintió tan sorprendido como los demás. Miró a Mars, que ya había obedecido, y procedió a quitarse las calzas. Se sintió peor que cuando tuvo que desnudarse delante de su padre para demostrarle su virilidad. Cerró los ojos con fuerza en un intento de deshacerse de un recuerdo tan embarazoso.

—Proceded a la inspección —volvió a decir el sargento.

Unos soldados desfilaron por delante de ellos, separándoles las piernas y los brazos, incluso levantándoles las plantas de los pies. Luego los agarraron de un hombro para darles la vuelta y continuar el escrutinio.

—¡Este, señor! —dijo el que estaba más cerca de Aleph. Giró la cabeza a ambos lados intentando ver a quién se refería—. Mirad su espalda.

Cuando se dio cuenta de que era a él, volvió a sentir la misma presión en la garganta que al comprender que Cala corría peligro.

—Me he golpeado con un muro —dijo en su defensa— poco antes de entrar aquí.

—Acercadlo —pidió un hombre cuyo nombre Aleph desconocía.

Lo único que sabía de él era que poseía un cargo importante dentro del ejército, uno de los guardianes de Rómulo Jensen, por los detalles de su uniforme.

—Está contagiado —sentenció.

—¡No!

—Lleváoslo.

Aleph dirigió su desesperada mirada hacia Willem.

—Sargento, estoy diciendo la verdad, ¡lo juro! Un soldado me ha empujado contra la pared.

—No me interesan tus excusas.

—¡No estoy enfermo! Por favor, ¡preguntadle al soldado! Está ahí fuera. ¡Todos lo han visto!

—Tal vez te crea cuando inspeccionemos a Zafro y compruebe su estado.

—¡Pero, señor…! ¿Qué tiene que ver…?

—Sacadlo.

Lo último que pudo ver antes de que le pusiesen un saco sobre la cabeza fue la mirada de decepción de su único amigo. De Mars.

DÍA 21 · LUNA MENGUANTE 86%

ALEPH

PORTBURY

El frío y la humedad del lugar donde lo habían encerrado era tal que ya no era capaz de sentir el dolor en la espalda. No era capaz de sentir ninguna otra cosa más allá de sus músculos engarrotados. Lo habían dejado allí hacía, al menos, un día, completamente desnudo y con la cabeza al fin descubierta. No había más luz que la que entraba a través de la rendija de la puerta. Aleph se había apostado allí, acurrucado sobre sí mismo, a la espera de que alguien le diese algo de abrigo. A medida que el tiempo pasaba, veía esa posibilidad cada vez más lejana.

Creían que estaba infectado.

No podía parar de pensar en eso.

Le había dado tantas vueltas que incluso se había planteado que de verdad lo estuviera. ¿Podía ser eso posible? ¿Podía uno contagiarse sin saberlo, o sin padecer los síntomas? Aquello no tenía ningún sentido. Había sido muy cauteloso y no recordaba que ninguna de las personas infectadas lo hubiese tocado. A pesar del temblor, se llevó las manos a la espalda, tratando de descubrir alguna costra, pero sus dedos tampoco eran capaces de sentir. No le quedaba más remedio que esperar allí tirado a que alguien entrase para verificar o desmentir la causa por la cual lo habían acusado. Eso si no lo dejaban morir y punto.

Empezó a llorar sin poder evitarlo.

A llorar y a lamentar su mala suerte.

Cuando todo parecía ir a mejor, volvía a ser un desgraciado. Un apestado. Primero por su padre y ahora por el ejército al que había jurado servir. ¿Acaso no había sitio en aquel mundo para él? Si lograba salir de aquella, se embarcaría en el primer barco que zarpase, ya fuese con los que estaban dispuestos a hacerlo hacia Ucay o a faenar. Aunque tal vez no tuviese ni que proponérselo… Si decidían mantenerlo con vida pensando que estaba infectado, lo destinarían a uno de esos barcos. Entonces sí tendría que rezar a todo aquello en lo que no creía para no contagiarse rodeado de tantos enfermos.

De pronto, escuchó unos pasos que se acercaban. Intentó apoyarse contra la pared para que su aspecto no fuese demasiado lamentable, en vano. No pudo ni siquiera ver quién era la persona que había entrado y que lo obligaba a mantener la cabeza pegada al suelo, sujetándosela por la nuca.

—Por favor, ayudadme —suplicó—, por favor…

—La antorcha —pidió el hombre.

Entonces alguien más entró sosteniendo una llama que acercó a su cuerpo. Aleph tardó en sentir el calor que desprendía, y luego deseó con todas sus fuerzas que nunca se llevaran la antorcha.

Situaron el fuego sobre su espalda. Escuchó a uno de los hombres gruñir y entonces la antorcha recorrió todo su cuerpo. Le dieron la vuelta, aunque no consiguió ver demasiado. Tuvo que apartar la cara cuando el calor le derritió los mocos y a punto estuvo de quemarlo. Después de eso, lo dejaron en paz. Se fueron. Aleph trató de retener en su memoria el calor del fuego para que la sensación durase un poco más, hasta que se quedó dormido de puro agotamiento.

Se sobresaltó cuando abrieron de nuevo la celda. Luego sintió que algo caía sobre él.

—Vístete —le dijo una voz.

Aleph pestañeó unas cuantas veces para tratar de acostumbrarse a la luz que entraba por el hueco del umbral. Y antes de que pudiese distinguir a su interlocutor, este se marchó diciendo:

—Tienes dos minutos. Después entraré y te llevaré ante el sargento Staton, estés como estés.

Eso consiguió que la somnolencia desapareciese casi al instante. Aleph tanteó las prendas que le habían tirado, que nada tenían que ver con su uniforme, y empezó a vestirse sin estar muy seguro de si se ponía las cosas del derecho o del revés. Fue reconfortante sentir que ya no estaba desnudo, aunque todavía faltaba tiempo para que su cuerpo recuperase algo de calor. Le castañeaban los dientes cuando el soldado volvió a por él y lo sacó con facilidad agarrándolo por el chaleco. Debía de ser más de mediodía por cómo el sol incidía sobre ellos.

El soldado lo llevó hasta una tienda cerca de la del lugarteniente, no tan grande pero sí más ostentosa. En el interior, estaban Willem y Joffrem, junto a algunos de los otros sargentos.

—Le traigo al recluta Aleph Winnick, señor —anunció el soldado.

—Gracias, puedes retirarte.

Aleph aprovechó que dejaban de sujetarlo para recolocarse la ropa y sujetarse bien los anchos pantalones con el cinturón.

—¿Cómo te ha sentado el aislamiento? —le preguntó Willem.

Pensó que se trataba de una broma de muy mal gusto, así que respondió con la misma mordacidad:

—No me puedo quejar.

Todos se quedaron en silencio, observándolo.

—Sabías que íbamos a someteros a un reconocimiento —dijo el sargento cuando las ganas de abalanzarse sobre él se disiparon—. ¿Por qué?

—¿Qué os hace pensar que lo sabía, señor? —preguntó él, tan atónito como preocupado porque de verdad lo supiesen y le hubiese ocurrido algo a Mars.

—Que fingieses la enfermedad. No te hagas el tonto, Aleph.

—¡¿Que fingiese?! —Primero las dudas sobre que alguien lo hubiese golpeado, y ahora eso—. ¿Cuándo creéis que estaba fingiendo? ¿Cuando os dije que uno de los soldados me golpeó contra la pared y me magulló la espalda? ¿O cuando os supliqué que me sacaseis de ese lugar?

—Será mejor que no sigamos perdiendo el tiempo con esto —continuó Joffrem—. Ve al grano con él, Willem. El coronel puede volver de un momento a otro.

—¿Dónde está Zafro? —preguntó el aludido—. ¿A dónde ha ido?

Aleph pensó que esas cuestiones solo podían significar que Cala había logrado escapar y no se había sometido al examen.

—No sé nada de Zafro desde hace días —respondió con sinceridad—. Discutimos y dejamos de juntarnos en las horas de descanso.

—Será mejor que me cuentes la verdad.

Algo en la mirada de su superior le hizo comprender que iba en serio, que algo malo le pasaría de no decirle lo que quería saber.

—No sé qué más añadir, señor. Y creedme que os diría cualquier cosa con tal de no volver al lugar donde me habéis tenido encerrado.

—Zafro se esfumó el día del reconocimiento —continuó Willem— y me gustaría saber por qué.

—Llevo días sin hablar con él. Cualquiera de los reclutas podría corroborarlo.

—Qué casualidad, porque hay un par que aseguran que os vieron hablando en la cola hacia la taberna.

La evidencia de su mentira fue más impactante para él que para el resto de los presentes. Incluso la verdad se había vuelto en su contra.

—No he mentido respecto a que hace días que no hablo con él, pero es cierto que nos vimos antes del reconocimiento, y no sé qué deciros para que me creáis si os aseguro que no sé dónde está.

—Acércate.

Aleph caminó con cautela hacia donde estaba el sargento Staton. El hombre no había mudado la expresión desde que lo había visto al llegar y suponía que eso no era buena señal.

—Te lo preguntaré una vez más —agregó cuando quedaron frente a frente. Aleph fijó la vista en el suelo, pero él lo obligó a levantar el cuello para mirarlo a los ojos—. ¿Dónde está Zafro?

—O, más bien —añadió otro de los presentes—, quién es en realidad.

—Prefiero saber dónde está —lo corrigió Willem—. Lo demás a su debido tiempo.

Había algo que escapaba a su entendimiento. Los sargentos pensaban que Zafro no era quien decía ser, sin embargo, Aleph dudaba de que supiesen que era una chica o de que ese fuese motivo de tanta importancia, pues hacerse pasar por recluta no le parecía tan grave como para que él estuviese metido en semejante lío.

—¿Por qué no le preguntas por los murones? —propuso otro—. Empiezo a cansarme de que algunos todavía creáis en fantasmas.

¿Los murones? Ahora sí que estaba desubicado. Los trovadores contaban que, antes de que Aridia existiera tal y como la conocían en toda su extensión, estaba dividida en dos. Decían que las regiones de Asworn y Dlutva formaban parte de un territorio llamado Muron. Los Jensen fueron los que se encargaron de unificar los territorios, estableciendo la capital en Roostad y obligando a los murones a reconocer al primer lugarteniente, Rodrin —más tarde, Rodrin el Conquistador—, como único gobernador. Los que se negaron a perder la autonomía de su nación murieron en extrañas circunstancias y, con ellos, sus familias. De ahí que no quedase ningún habitante en Dlutva. ¿Qué tenía que ver todo eso con Cala?

Sin previo aviso, Willem lo sujetó por el pelo, tiró de él y le habló con violencia:

—¡Se me ha acabado la paciencia! ¿Me oyes?

El dolor de las raíces era tan intenso que no podía articular palabra.

—Te he concedido el beneficio de la duda y no ha servido para nada. —Willem lo soltó con brusquedad y él trastabilló hasta acabar en el suelo—. Llamad a los soldados y que se lo lleven al muelle. Ya saben lo que tienen que hacer con él.

Decir que Aleph salió de la tienda tranquilo era una media verdad.

Por una parte, pensaba que ya había terminado todo, que lo llevaban al muelle a reencontrarse con el resto de reclutas. Y por otra…, estaba muerto de miedo. Que hubiesen hablado de los murones no era nada alentador, aunque no entendía por qué razón a los aridianos les molestaba tanto que alguno de ellos hubiese sobrevivido, o que sus descendientes continuasen pululando por ahí. Una vez, cuando le preguntó a su padre por ellos, le dio tal porrazo que no se le ocurrió volver a mencionar la palabra «murón» en voz alta. Hasta se obligó a borrarla de su mente para evitar pronunciarla por error.

Fueron cuatro los soldados que lo escoltaron hacia su nuevo destino.

DÍA 22 · LUNA MENGUANTE 76%

KALUMA

VORPROA

Había dejado pasar a varios grupos de personas. Cada vez que aparecía uno nuevo, atravesando Vorproa de madrugada, dirigiéndose a Portbury, Kaluma miraba la bolsa con sus cosas y dudaba. Sabía que eran berproenses infectados por la Plaga de Tamara, llamados a presentarse en el muelle de Portbury para su posterior embarque con destino a Ucay.

Ella no estaba contagiada, así que se debatía entre fingir o no la enfermedad para poder acceder a uno de esos barcos. Era por eso que había reunido sus escasos bienes y llevaba horas pegada a la ventana de la casa que compartía con varias mujeres más, dudando con cada grupo que veía pasar. Su vida en Vorproa era buena pero no envidiable: no tenía problemas con nadie y no le faltaba comida. Sin embargo, no se veía el resto de su vida lavando ropa y cuidando niños. Ella quería navegar, por mucho que a los hombres de aquella ciudad les costase creerlo.

Sabía de sobra que en su día hubo mujeres dedicadas a la pesca o al transporte de mercancías, pero qué lejos quedaba aquella época en la que Ludan Jensen lo promovía. Su padre le había dicho, en numerosas ocasiones, que ese hombre favoreció que las mujeres se hiciesen a la mar más como un acto de necesidad que de bondad, pues le faltaban recursos una vez iniciado el comercio con Everb.

A Kaluma poco le importaba.

Lo importante era que existieron marineras en Aridia y que su padre le había enseñado bien para poder ejercer dicha profesión. Además, se le había presentado la oportunidad de demostrarlo, aunque tuviese que ser en un territorio distinto; aunque tuviese que irse a Ucay y empezar de cero.

Ya estaba amaneciendo y ella había perdido la cuenta del tiempo que había pasado observando por la ventana, cuando un grupo nuevo apareció a lo lejos.

Su pulso se aceleró.

Miró la bolsa con sus cosas y luego otra vez al grupo.

«Es ahora o nunca», se dijo.

Apagó la vela que había estado haciéndole compañía, cogió su capa, se colgó la bolsa al hombro y salió sin hacer ruido. Después echó a correr en dirección a las personas que atravesaban la ciudad con paso apresurado. Dos mujeres volvieron la vista sin decir nada al colocarse tras ellas.

Cuando llegaron a Portbury, a mediodía, varios soldados los esperaban para conducirlos al puerto. Todos llevaban guantes y pañuelos cubriéndoles los rostros y los obligaron a cubrirse las manos también. Kaluma cogió los guantes y se cubrió aún más con la capucha para que no reparasen en la piel de su cara sin imperfecciones. Sabía que nadie protestaría ante el hecho de que se presentase libremente para marcharse, pero tampoco quería que hicieran preguntas o la juzgasen en caso de que descubriesen que partía de forma voluntaria. No quería que alguien la tachase de delincuente y, por consiguiente, de fugitiva. Porque no lo era. Aunque, pensándolo bien, no creía que al lugarteniente le importase que algún bandido huyese de Aridia, pues sería algo menos de lo que preocuparse.

—Esta es la asociación más numerosa hasta el momento —escuchó decir a uno de los sargentos al llegar al muelle—. Ya no deben de quedar muchos.

Un soldado preguntó a uno de los vorproenses si sabía de más que estuviesen por llegar, pero él se encogió de hombros y dijo que creía que no. Kaluma hizo un cálculo rápido de los individuos que estaban a su alrededor y no pasaban de quince, contando a los niños. Pensó en la gente que había ido viendo pasar antes de unirse al grupo con el que estaba; veinte personas a bote pronto.

—Llévalos con el resto y sepáralos en la medida de lo posible —le dijo el sargento al soldado que se iba a hacer cargo—. Y recuerda que las familias han de permanecer unidas por orden del comandante.

Kaluma caminó en silencio, como todos los demás, y esperó paciente hasta que la asignaron a uno de los cuatro grupos que esperaban para subir a los barcos. Echó un vistazo a las naves donde viajarían y se desanimó un poco por el aspecto y el tamaño, pero se dijo que ya habría tiempo de construir nuevas embarcaciones cuando llegasen a Ucay.

CALA

PORTBURY

Estaba hambrienta después de dos noches escondida en el hueco entre dos piedras, junto a la casa del alguacil. Había pasado el tiempo observando el ir y venir de la gente, fijándose sobre todo en las mujeres, en busca de alguna que pudiese ayudarla. No conocía a nadie en Portbury, así que solo esperaba que su gente fuese más hospitalaria que la de Roostad. Cintia Mason la había ayudado allí, sí, pero ella era la excepción que confirmaba la regla y sospechaba que no encontraría a nadie tan amable como ella en ninguna parte. Pese a todo, tenía que arriesgarse, y no merecía la pena seguir esperando, pues, a cada hora que pasaba, estaba más cerca de la partida de Helina y también de que Willem Staton la descubriese.

Cala comenzó a desnudarse. Estaba tan nerviosa y en tensión, pensando en los resultados del plan, que incluso sudaba a pesar del frío. Cuando se deshizo de todo, dejó escondidos los pantalones, rompió la camisa del uniforme por las mangas y luego la abrió, convirtiéndola en un pañuelo para la cabeza. Podía pasar desapercibida ante sus compañeros por su cuerpo de mujer, pero no hacer que el pelo le creciera de la noche a la mañana.

Cuando vio a una mujer con una niña, decidió que era el momento. Salió abrazando su desnudez y fingió un llanto de auxilio. El primer impulso de la señora fue coger a la niña por los hombros y apartarla de Cala, que estaba a solo unos pasos de ella.

—Necesito ayuda —le rogó.

Sintió pánico al ver el desconcierto en los ojos de la persona que había escogido para que la socorriese. No dejaba de retroceder a medida que ella se acercaba, así que paró en seco y la miró, suplicante. Solo consiguió que madre e hija se alejasen agarradas de la mano. Sin más opción, se encogió sobre sí misma y empezó a buscar entre el resto de personas, desesperada.

Entonces escuchó unas voces. Varios niños empezaron a congregarse en torno a ella. Cala clavó las rodillas en el suelo para sentarse sobre ellas y ocultar su cuerpo lo máximo posible. La razón le decía que tenía que echar a correr, no quedarse allí sentada como objetivo de todas las miradas, pero estaba paralizada.

A punto de darse por vencida, alguien ordenó a los críos que se dispersasen.

—Cariño, ¿qué haces ahí sin ropa? —le preguntó una mujer de mediana edad—. ¿Qué ha ocurrido?

Cala la miró con asombro mientras ella se quitaba el desgastado delantal de lavandera y se lo colocaba sobre los hombros para cubrirla.

—Vamos, jovencita, acompáñame. Te daré algo de mi ropa. ¡Y cuando me entere del malnacido que te ha dejado así…!

—No, por favor. —Cala se apresuró en interrumpirla para que no llamase la atención—. Ha sido culpa mía.

La mujer no la creyó. Lanzó una mirada furtiva a los que andaban cerca y luego la ayudó a caminar hasta su casa. Una vez allí, le ofreció asiento al lado del pobre fuego que quedaba en la chimenea antes de ir a por algo de ropa que pudiera servirle.

Cala se secó las lágrimas falsas que habían terminado siendo reales después de todo.

—Me llamo Greta, ¿y tú? —preguntó la mujer a su regreso—. ¿Cómo te llamas? No eres de por aquí, ¿verdad?

Greta le dio un vestido azul muy parecido al que ella llevaba y un chaleco de lana que agradeció enormemente a pesar de llevar ya un rato junto al fuego.

—Me temo que no tengo zapatos para ti —añadió sin permitir que respondiera—, pero voy a traerte aguamendra caliente mientras te vistes, ¿de acuerdo?

A Cala se le hizo la boca agua solo de pensarlo. Llevaba tanto tiempo a base de agua fría de río proveniente del manantial de Roca Gris que la sola idea de poder tomar un poco de bebida caliente de almendras la reconfortó, y se puso todas las prendas con rapidez. También hacía mucho tiempo que no usaba la típica ropa que se consideraba de uso específico para las mujeres, antes incluso de hacerse pasar por recluta, así que se le hizo muy rara la sensación de llevar las piernas al descubierto tras la tela. Tuvo que hacer varios apaños para poder ajustar su escaso pecho al corte del vestido. Por suerte, de largo eran casi de la misma talla. Cala iba a tener que acostumbrarse a vestir así, al menos, por un tiempo.

—Me llamo Cala —respondió al fin cuando Greta le acercó un bonito cuenco de cerámica a las manos—. Y os agradezco mucho que me hayáis ayudado.

—No hay de qué, cariño. —La mujer inclinó un cazo para llenárselo—. Portbury está lleno de degenerados. Es lo que más lamento de esta ciudad. ¡Y que encima te hayan hecho pensar que es culpa tuya…! ¡Hasta dónde vamos a llegar!

A Cala se le escapó una risa al escucharla. Si bien era cierto que nada de lo que ella pensaba le había ocurrido, parecía que era algo habitual por la forma en la que lo decía. La suerte no la había abandonado todavía.

—Le he pedido ayuda a una señora antes de que vos me encontraseis —se atrevió a contarle— y no ha osado acercarse a mí.

—Las mujeres de por aquí no son muy dadas a recibir a las forasteras —le explicó Greta.

—¿Por qué?

—Lo único que quieren la mayoría de los hombres que salen con los barcos y pasan semanas fuera de casa es regresar junto a su familia. Las mujeres que vienen con intención de buscar un marido y un hogar se encuentran con que ya está todo el pescado vendido, así que… —Greta se encogió de hombros—. Supongo que te puedes hacer una idea, jovencita.

—¿Y qué hay de la minoría?

—La minoría, simplemente, no regresa.

Greta se quedó callada, mirando al vacío, y Cala dedujo muchas cosas de ese silencio.

—¿Tan peligroso es el mar?

—Es traicionero, Cala, querida. Nunca te fíes de él.

Se estremeció al pensar en Helina y en el largo viaje que la esperaba.

—¿Tenías pensado viajar a alguna parte? —le preguntó la mujer, reparando en su cara de susto.

—Quería… viajar, sí. Eso creo.

—Pues entonces no te dejes impresionar por lo que yo te diga. Solo soy una lavandera solterona enemistada con el mar desde hace más tiempo del que me atrevo a recordar. Tan pobre que ni siquiera puedo ofrecerte calzado.

Cala se observó los pies desnudos y negó con la cabeza.

—He caminado descalza mucho tiempo. No me vendrá mal recordarlo.

—Eres una elfana, ¿verdad? —La pregunta la pilló desprevenida. Miró a Greta con miedo, pero vio que ella sonreía con afecto—. Hoy en día no hay mucha gente que vaya de viaje. Desde que Everb cerró sus puertos, no hay muchos sitios que visitar, más allá de las islas. Una pena, la verdad. Siempre quise viajar a esa tierra. Supongo que, cuando llegues a la capital, no tardarán en trasladaros y llevaros junto a los elfos. Me parece tan emocionante…

—No es un viaje que desee especialmente —repuso Cala, siguiéndole la corriente al ver que la mujer no estaba asustada por su condición—. Supongo que no me queda más remedio.

—Se han empeñado en que sois peligrosos, ¿eh?

—¿Vos no lo creéis?

Greta ni siquiera tuvo que pensar la respuesta.

—Aquí, en Portbury, nunca ha habido muchos elfanos. Y, cuando los hubo, no causaron problemas.

Cala estaba segura de que a Greta le traía sin cuidado que los elfanos se marchasen o no, pero no podía arriesgarse a preguntarle si los cobijaría —a su hermana, a Vaz y a ella— llegado el momento. Sabía que se arrepentiría de haberle confesado que era una elfana, pero no habría podido mentirle ni aunque hubiese querido. Greta también era de las buenas. Por lo visto, Cala estaba teniendo la mayor de las suertes en ese sentido, a pesar de lo infructuoso que había resultado su viaje.

—¿Perdisteis a vuestro marido en el mar? —le preguntó sin pensar.

Greta suspiró y se sentó en un taburete.

—No perdí a ningún marido, querida —respondió—, perdí mucho más que eso. Y por eso jamás voy a perdonarlo.

—Siento si os he incomodado.

—Tranquila.

Greta le sirvió lo que quedaba de aguamendra y luego se retiró a la cocina. Cala no quería ser desagradecida, pero tenía que irse cuanto antes. Apuró el contenido del recipiente y se levantó para despedirse.

—He de irme.

—Suponía que no tardarías.

—Habéis sido muy amable conmigo —le dijo, sincera—. Espero veros de nuevo algún día, si es que nos dejan regresar, para devolveros el vestido y agradeceros la ayuda que me habéis ofrecido como es debido.

—No me debes nada, jovencita. Ve y disfruta de tus próximos viajes. Mi dulce compañera siempre decía que el océano era lo más bonito que había visto en su vida.

Cala andó por la ciudad mucho más tranquila y confiada con el vestido de Greta. Caminó hasta el abrevadero de la plaza principal para ver su reflejo y recolocarse el pañuelo improvisado. Al caber también la posibilidad de que algún recluta de Roostad la reconociera como Cala, de cuando iba a la escuela, se cuidó de evitarlos.

—Hola —le dijo a un soldado para anunciar su llegada—. Vengo a unirme a los enfermos. Me he contagiado.

—¿De dónde vienes? —le preguntó retrocediendo varios pasos.

—De Berproa —mintió—. Nos han dicho que teníamos que venir hasta aquí.

—¿Y por qué has tardado tanto, si puede saberse? El último grupo ha llegado a mediodía.

—Lo siento, yo… estaba cansada y…

—Dale unos guantes y déjala pasar de una vez, Steve —dijo el otro soldado que estaba con él—. ¿Qué más da cuándo haya llegado?

—¡Pues sí que da! ¿Cómo vamos a estar seguros de que todos se marchan en los barcos si todavía aparecen rezagados? ¿Acaso no hay una autoridad adecuada?

—La habrá.

Cala se giró para ver quién había pronunciado la última frase y se quedó tan paralizada como los otros dos. El mismísimo Rómulo Jensen acababa de personarse delante de ellos.

—Dadle los guantes, apuntad su ingreso y preparaos para hacer el último recuento. Es la hora.

Los soldados le ordenaron a Cala que mantuviese la distancia mientras la conducían a uno de los cuatro grupos y luego comenzó a buscar a su hermana entre la gente. Había escuchado a la perfección la forma en la que Rómulo había dicho que harían el último recuento. Eso solo podía significar que estaban a punto de enviar a todo el mundo a los barcos.

Como mínimo, había veinte personas en cada agrupación. Helina no estaba en la misma que ella, pero quedaban muy cerca unas de otras, así que se pasó a la de al lado con sigilo y se agachó para buscar entre los que estaban sentados. Cuando se dio cuenta de que los soldados empezaban a organizarse para el conteo final, gritó el nombre de su hermana a la desesperada.

Una vez más, fue Vaz quien la encontró.

—¿Cómo es que siempre sabes dónde estoy, renacuajo?

No era solo que el crío lograse ubicarla enseguida, sino que acababa de hacerlo aun con el cambio de apariencia. Vaz abrió las fosas nasales, como inspirando con fuerza.

—¿Me hueles?

Asintió, serio. Luego la agarró de la mano y tiró de ella para conducirla hasta Helina. Estaba recostada en el suelo sujetándose el abdomen cuando llegaron.

—¡¿Qué te ocurre?! —exclamó arrodillándose a su lado.

Helina la miró con desconcierto.

—He pasado los dos últimos días con mucho dolor —le explicó nada más reconocerla.

Cala se acercó más a ella para que nadie escuchase lo que iba a decirle.

—Tenemos que salir de aquí, Helina, por favor. Vente conmigo.

—Ya lo hemos hablado…

—Y, sin embargo, aquí estoy. Insistiendo por ti, por el bebé y lo mucho que me importáis. No quiero que te vayas.

—No podemos salir de aquí —observó Helina con pesar.

—De eso nada. Podemos y lo haremos. Solo que habrá que correr. —Cala miró a Vaz—. ¿Estás preparado? —añadió sonriendo.

Él asintió, aunque no parecía contento del todo.

—Marchaos antes de que sea demasiado tarde. —Cala miró a su hermana tras escucharla—. Yo no puedo salir corriendo. Lo sabes muy bien, al igual que sabes que tomé una decisión en la Torre de Tomur antes de partir, Cala, y voy a continuar hasta el final.

—Antes de que me digas que no cambiarás de opinión bajo ningún concepto, he de decirte algo. Mostrártelo, más bien.

La incertidumbre asomó en los ojos de Helina. Cala miró a su alrededor para esquivar miradas indiscretas y luego se subió el vestido hasta el abdomen, evitando que se le viese todo el cuerpo gracias a la gran caída que tenía. Por primera vez en ciclos, mostró la cicatriz que habían dejado las costras de la Plaga en la parte izquierda de su ombligo.

—¿Qué es eso? —dudó su hermana.

—Lo sabes perfectamente.

—¡Estás infectada!

—¡Chist! ¡No levantes la voz! —exclamó Cala por lo bajo. Se cubrió antes de continuar—. No sabía que era la misma infección que la de los demás hasta mucho después. Para cuando me enteré de la existencia de las costras de los infectados, yo ya me había curado.

—¿Cómo?

—No lo sé. Me pasé una semana indispuesta y maldiciendo a todas horas, sin salir de casa y sin apenas comer. Cuando por fin pude ponerme en pie, retomé el trabajo y las tareas como si nada hubiera pasado. Supongo que la urgencia por volver a mis labores y ganar dinero me ayudó bastante. Y ya después me dediqué a arrancar esas costras que se me formaron con una navaja, día tras día, hasta que conseguí que desaparecieran.

—No me lo puedo creer.

—Lo único que hay que creer es que lo que digo es cierto. Que enfermé igual que tú, que me recuperé y que pude y puedo vivir como si nada hubiera pasado. No es irreversible, Helina. No es tan grave como nos han hecho creer.

—La gente ha muerto por esta enfermedad, ¡y son precisamente los elfanos quienes han sucumbido con mayor gravedad! ¿Cómo puedes decir eso? Mira mi piel, Cala. ¡Mira mi cara! —Helina se incorporó, desesperada, apartándose el pelo para mostrar al completo sus secuelas—. ¿Crees que esto tiene arreglo?

—Creo que para sanar tienes que empezar por creer que puedes hacerlo.

—¡Pues yo no lo creo! Lo siento, pero no puedo. No sabes lo que he visto dentro de esa torre y nunca lo sabrás, así que no me digas que podemos salvarnos. Hasta los elfos creen que no tenemos nada que hacer aquí.

—Y los dos que nos han acompañado en el viaje no han movido ni un solo dedo para aliviaros los síntomas.

—¿Qué insinúas?

—No han ayudado ni a uno solo de los enfermos que se han quedado en el camino. —Cala trató de sonar convincente—. Han preferido dejarlos morir, porque eran prescindibles. ¿Y sabes qué es lo que pienso? Que todos lo somos. Que todo esto es un engaño y que lo único que quieren es que desaparezcamos: los elfanos y los infectados. Quieren purificar Aridia y limpiarse las manos para empezar de cero. Eso es lo que quieren. Y creo que tú también lo sabes.

—Basta, Cala, por favor. Ya basta.

Justo cuando iba a replicar, la voz de los soldados empezó a elevarse por encima de todos los presentes.

—¡Haced filas de dos en dos en cada grupo! ¡¿Lo habéis oído?! ¡De dos en dos!

—¡Los niños pequeños no cuentan! —continuó otro—. Deberán ir acompañados de un adulto y ambos serán una única persona en la fila. ¿Entendido?

El barullo se extendió en cuestión de segundos. Cala tuvo que ayudar a su hermana a incorporarse y después estuvieron recibiendo empujones sin parar por parte de las personas que intentaban mantenerse unidas a pesar de las órdenes.

—No sé cómo piensas escapar de aquí —Helina le habló haciendo un gran esfuerzo por mantenerse en pie—, ni siquiera sé por qué se te ha ocurrido hacerte pasar por enferma, pero, sea cual sea tu plan, coge a Vaz y vete cuanto antes. Aprovechad este caos.

Tan pronto como terminó de decir la última palabra, varias personas trastabillaron cerca de donde estaban y algunas cayeron al suelo, interponiéndose entre ellas, separándolas y consiguiendo que se perdieran de vista. Cala sintió una mano sujetando la suya y descubrió a Vaz a su lado, observándola con inquietud.

No se lo pensó dos veces.

Empezó a moverse sin soltarlo, tratando de abrirse paso hacia el exterior. Era consciente de que habría más soldados que nunca, pero Helina tenía razón. Tenían que escapar. Ya.

—Vaz.

—¿Sí?

—Hay que correr mucho, ¿de acuerdo?

—De acuerdo.

—Lo más rápido que puedas —añadió—. Iremos al mercado para mezclarnos con la gente. Cuanta más gente mejor.

El niño asintió.

—Conozco un lugar donde podemos escondernos. Si la cosa se complica, te dejaré allí y despistaré a los hombres que nos persigan. Prométeme que no saldrás mientras los soldados estén en Portbury.

Cala quería añadir que, si ella no volvía a buscarlo, debería apañárselas solo, pero descubrió que algunos soldados se acercaban para cerrar las filas y no hubo más tiempo que perder. Volvió a coger a Vaz de la mano y echaron a correr. No tuvo muy claro si los gritos que escuchó a sus espaldas correspondían a las órdenes que daban para organizar a los últimos o a que se habían percatado de su huida.

No se detuvo a comprobarlo.

Corrieron sin descanso.

De no ser por aquel vestido y por Vaz, Cala podría haber avanzado más deprisa, pero no iba a renunciar a ninguna de las dos cosas justo en ese momento, así que hizo todo lo que pudo por llegar lo antes posible a la plaza. En cuanto se hubieron entremezclado con la gente que iba y venía, bajaron el ritmo. Fue entonces cuando Cala echó la vista atrás con prudencia para ver si tenían perseguidores. Y los había. Dos. Apremió a Vaz y lo condujo hasta el escondite que había estado usando los días anteriores.

No estaba todo lo despejado que le habría gustado cuando llegaron. Por suerte, el revuelo en el muelle había captado la atención de casi todos los que merodeaban por allí. Cala les echó un último vistazo a los soldados, ya dentro del mercado, y se apresuró en acercarse a la pared de piedra. Se inclinó, simulando que le ordenaba la ropa a Vaz, y miró a la gente con disimulo antes de empujarlo hacia el agujero que daba paso al escondite. Segundos después, entró ella y se agazapó abrazando al niño para tratar de calmar su respiración acelerada. Deseó con todas sus fuerzas que nadie la hubiese visto desaparecer tras el hueco, y mucho menos sus persecutores.

HELINA
PORTBURY

No se atrevía a volverse para comprobar si Cala y Vaz habían logrado despistar a los soldados. Desde el empujón que la había separado de Cala, Helina caminaba sujetándose el abdomen, concentrada en retener al bebé un poco más. No era el momento idóneo para ponerse de parto, lo sabía de sobra, al igual que sabía que lo último que su hermana necesitaba era que mostrase la flaqueza que realmente se moría por transmitir. Cerró los ojos para retener el lamento que anhelaba salir y, aunque lo contuvo, no pudo evitar que un par de lágrimas resbalasen por sus mejillas.

Acompasó la respiración a medida que avanzaba. Su mente se dividía entre el porvenir de su hermana, el nacimiento del bebé y Siome. La elfa no la perdonaría por haber condenado a su hijo, estaba segura. Pero ella no se habría perdonado a sí misma dejar al bebé en manos de un desconocido, mucho menos en las de Ludo Jensen. No.

Esperaba que su hijo, al menos, sí la perdonase.

Sin previo aviso, los que marchaban por delante de ella pararon y unos tras otros fueron chocando. Lo hicieron porque se habían detenido a observar un punto concreto del muelle. Cuando dirigió la vista en la misma dirección que los demás, se quedó más que sorprendida al ver a Aleph.

El chico estaba semidesnudo, atado a un poste cerca del amarradero principal. Apenas podía mantenerse en pie, pues estaba sujeto con las muñecas en alto a saber desde hacía cuánto. Por la forma en que perdía el equilibrio y le caía la cabeza, supuso que llevaba más tiempo de lo que le desearía a nadie, por mucho que se mereciese el castigo. De todos modos, ¿Aleph? ¿Qué habría hecho para encontrarse en tal estado? ¿Era posible que estuviesen castigándolo por el favor que ella le había pedido de que hablase con Cala?

De pronto, sintió que le fallaban las piernas y se agarró a la primera persona que encontró.

—¿Estás bien? —le preguntó la mujer de su lado.

No contestó.

El grupo reanudó la marcha y, para su asombro, los recondujeron hacia donde él estaba. En uno de los zarandeos, pudieron ver su espalda, o, mejor dicho, su piel desgarrada por los azotes. Estaba tan cerca que casi podría haber avanzado para ayudarlo, pero justo entonces se sintió peor que nunca. Cuando su fila empezó a avanzar hacia el barco asignado, Helina notó que desfallecía a la vez que escuchaba su nombre en alguna otra parte. Trató de resistir en pie; de concentrarse. La visión se le nubló antes siquiera de poder ubicar aquella voz en el rostro de Siome. Se desmayó sin poder evitarlo.

SIOME

PORTBURY

Después de cinco días y medio a galope, cuando Siome llegó a Portbury, ya entrada la tarde, estaba sin aliento. Dejó su cansada montura en una cuadra y luego se hizo pasar por una ciudadana normal y corriente.

Los soldados habían sido muy hostigadores durante el reparto, ella misma lo había advertido como espectadora, al igual que otras tantas personas que habían acudido al muelle para no perder detalle de lo que iba a suceder. Se recriminó no haber llegado antes para localizar a Helina con algo de tiempo. Fue solo cuando la joven perdió las fuerzas que la encontró entre uno de los grupos que ya avanzaban hacia el segundo barco, pues los que caminaban con ella pararon, unos curiosos y otros con intención de socorrerla. Intentó abrirse paso para acercarse, pero un montón de gente ralentizó su propósito y luego varios soldados le impidieron el paso.

Gritó su nombre para que Helina la escuchase y hombres y mujeres la miraron con curiosidad.

A lo lejos pudo ver cómo otros tantos soldados se acercaban hasta donde Helina estaba siendo socorrida por los enfermos, ya en el suelo. Y entonces se la llevaron a toda prisa.

Siome cerró los ojos y lamentó su porvenir.

A pesar del alboroto, escuchó cascos de caballo que se acercaban, y eso desvió la atención de todos de nuevo hacia la plaza del muelle, muy cerca de uno de los embarcaderos. Se trataba del lugarteniente, acompañado de dos de sus guardianes, cabalgando con presura.

Ludo bajó veloz de su caballo y se dirigió a donde estaba su hijo. No parecía muy contento cuando se le acercó para hablarle y, al instante, se enfrascaron en una discusión asaz acalorada. Tanto que los soldados tuvieron que hacer un círculo alrededor de ellos para evitar que los presentes se inquietasen al verlos tan enzarzados. Siome supuso lo que debía de haber ocurrido: se había dado la orden de cargar a los pasajeros a expensas de Ludo.

Ella no fue la única que avanzó para atender mejor, pero se topó con un muro de personas imperturbable en las primeras filas. Por fortuna, hablaban muy alto, se gritaban.

—¡No podemos esperar más, padre! —exclamaba Rómulo.

—¡¿Y cuándo pensabas avisarme de que te ibas a tomar la libertad de dar la orden de embarcar?! —Ludo se expresaba con más enfado que nunca.

—¡Lleváis dos días recluido en vuestra tienda sin que os importe los incidentes que nos han hecho apresurarnos!

—¡Estaba pensando en la mejor solución posible!

—¡Yo también! Y, mientras tanto, he tenido tiempo de hacer un viaje de ida y vuelta a Berproa, obedeciendo vuestras órdenes. ¿Qué habéis estado haciendo vos?

De pronto, los humanos que tenía delante se echaron hacia atrás, instigados por los soldados, obligándola a retroceder. Era alta y, aun así, Siome tuvo que ponerse de puntillas para seguir viendo lo que ocurría. Rómulo se había marchado y Ludo recorría de un lado a otro la fila de los enfermos de Helina. No tardó en comprender que estaba buscando a la joven. El enfado se le notaba en la cara.

Siome lo siguió con la mirada. Cuando la multitud empezó a disiparse, los soldados también se relajaron y ella encontró el hueco que necesitaba para llegar hasta Ludo. Fingió que chocaba con él por detrás para llamar su atención, pero no la reconoció —cosa que la alivió y preocupó al mismo tiempo— y la apartó pensando que era una enferma.

—¡Quítate de encima!

Siome se retiró ciñéndose todavía más el pañuelo sobre el rostro, lamentándose de no poder compartir un momento de intimidad con el lugarteniente. Afortunadamente, mientras regresaba hacia el gentío que observaba el embarque de los enfermos, Galon pasó por su lado, rozándole el hombro de manera sutil, avisándola así de que él sí la había reconocido. El elfo se acercó a Ludo y le habló al oído.

Siome esperó mientras el hombre dirigía la mirada hacia donde ella estaba, intentando reconocerla en la distancia, entre todos los rostros que había a su alrededor. Cuando lo hizo, se inclinó hacia Galon para hablarle. Acto seguido, se retiró a toda prisa en dirección a su cabalgadura.

Fue el elfo quien se le acercó y la agarró del brazo.

—Será mejor que me acompañes.

Siome fingió sorpresa, pero no opuso resistencia.

—¿Qué estás haciendo aquí? —preguntó Galon después de guiarla hasta un lugar apartado.

Iba oculto bajo su capa para que los humanos no lo reconociesen.

—Tuve la corazonada de que debía venir a por Helina, la joven embarazada —respondió con calma—. No debí dejarla sola.

—Ya no se puede hacer nada. Ludo me ha pedido que te comunique que dicha joven no quiere abandonar a su bebé. No quiere entregárselo a él ni permitir que nadie se lo lleve.

La pena se apoderó de ella.

—Cometí el error de pensar que confiaría la vida de su hijo a otra persona llegado el momento, y por eso he venido. Ella solo confiará en mí. —Hizo una pausa para mirar el barco al que había sido destinada—. Hay que evitar que la criatura permanezca a bordo cuando nazca. Tenemos que asegurarnos de que alguien lo saque antes de que zarpen.

—Ese bebé no nacerá hasta después de partir —aseveró Galon—. Lo sabes tan bien como yo. Su madre ha tomado una decisión.

Siome suspiró de una forma que daba a entender muchas cosas. En primer lugar, que había fallado. No había sido capaz de ver las cosas con claridad por culpa del mal estado que el encierro en la torre le había provocado, y ahora no podía salvar a Helina de ninguna de las maneras sin provocar un escándalo. En segundo lugar, resignación. Por su culpa, Ludo había aceptado el plan de Endanur. No podía dejar de pensar si había hecho o no lo correcto. Toda aquella gente… estaba siendo enviada al peor punto de Ganean sin saberlo.

Siome estudió la expresión de los que quedaban en el muelle. No mostraban alegría ante el falso y prometedor destino que les habían augurado. Estaban aterrados, pues el instinto era agudo en todas y cada una de las especies ante la supervivencia. Ella debería haber sido capaz de encontrar una solución mejor. Pero era tarde. Muy tarde. Y tenía que regresar a Seic.

Si lo que Galon decía era cierto, y nada la hacía dudar de su palabra, tenía razón: Helina había tomado una decisión y no había nada tan certero como la determinación de una madre.

—Tengo que irme —anunció.

—¡Espera! —Galon la retuvo sin necesidad de sujetarla. Bastó la urgencia en su voz—. ¿Has podido reunir a los elfanos en Cabo Ribalta?

—No tantos como me gustaría, pero sí.

—Quiero saber más cosas de la isla a la que pretendes ir con ellos —continuó—. Sé que os vais en busca de un lugar de leyenda, aunque no tengo ni idea de cómo esperáis encontrarlo.

—¿Quieres saber hacia dónde nos dirigimos?

—Quiero saber la ubicación exacta.

—No puedo darte las coordenadas, Galon, no las sé. Vamos a navegar a ciegas rumbo al horizonte, más allá del nordeste de Everb, hacia el límite de lo conocido.

—Tienes la certeza de que existe una tierra virgen en esa dirección, ¿verdad?

—Sí, tanta como tú y yo la tenemos respecto a la existencia de Anoa, en algún lugar del Vasto Océano. Solo sé que es real, que existe y que por eso nos arriesgaremos.

—Necesito descubrir dónde está —dijo Galon con pesar, conocedor de que era imposible concretar más.

Él mismo sabía lo impreciso que se volvía todo fuera del límite de lo conocido. De no ser por los Qûom, los elfos del agua, cualquiera de las otras razas no sería capaz de alcanzar Anoa, el sitio donde los más ancianos se retiraban hasta morir cuando decidían que ya habían vivido suficiente y donde comenzaban la Cuarta Etapa, conocida como la de Fin de Legado, la única que no dependía de un rango de edad.

—¿Y por qué no vienes? Nos sería de mucha ayuda un elfo del aire.

—Sabes, tanto como yo, que no puedo marcharme ahora. No obstante, necesito una vía de escape si sucede lo impensable. Si mi hija…

—Si se descubre tu mestizaje. —Siome terminó la frase por él y notó la desesperación en su mirada—. Como decía, solo sé que la ubicación es verdadera, sea cual sea. Nuestros antepasados nos hablaron de su existencia cuando la tierra se separó tras la muerte de Syphie, y voy a guiarme por el instinto, a pesar de que no conozco el viento ni el agua tanto como tú o un Qûom. Me alejo de mi elemento, consciente de lo mucho que me expongo a lo incierto. Y, si algún día, tu familia o tú necesitáis cobijo, estoy segura de que lograrás encontrarnos dirigiéndote hacia el nordeste.

Siome observó que los enfermos estaban terminando de embarcar.

—No puedo quedarme más —añadió—, de lo contrario, no llegaré a Seic antes que el barco que Ludo enviará para los elfanos. Por favor, transmítele mi deseo de proteger a Helina y a su hijo junto a las hijas de Tomur. Ambos me necesitan y solo él puede salvarlos.

Y, dicho eso, Galon ya no pudo detenerla.

LUDO

PORTBURY

Cuando todos los trasladados estuvieron repartidos en los barcos, Ludo y Rómulo se citaron para reunirse de inmediato en su tienda. A pesar de sus diferencias y de la acalorada discusión, faltaba por decidir la partida de los ciudadanos que quedaban en Berproa y la de los soldados contagiados que habían descubierto y que tenían apresados.

De camino, Ludo pasó junto al joven que los soldados habían amarrado a un poste por la deserción de otro recluta que todavía estaba en busca y captura. Por lo visto, el sargento Staton había decidido que sería un buen reclamo para ese otro, Zafro, de quien se temía que fuese un infiltrado de los murones. El joven creía que tenían algo que ver el uno con el otro, así que había supuesto que, en algún momento, el que estaba en paradero desconocido trataría de rescatarlo. Lo único que cojeaba en aquella estrategia era que ninguno de los dos chicos podía ser murón, pues por todos era sabido que habían desaparecido de Aridia en la época de su bisabuelo. Pero claro, su hijo estaba obsesionado con cualquier cosa que hiciese tambalear el poder que ya había empezado a saborear, así que creía ciegamente en la sospecha que había generado su amigo y compañero Willen Staton.

Rómulo lo estaba esperando cuando llegó, de pie y desafiante. Era más alto que él, pero no se amedrentó. Sabía que su engreimiento le traería más infelicidad que éxito, aunque él no estaría para comprobarlo. Cada vez tenía más ganas de marcharse y de dejarlo hacer.

—Sentémonos —pidió. No le extrañó que Rudolf Riel los acompañase y tampoco objetó. Cuanto antes terminasen, mejor—. Me consta que la situación es insostenible, así que no nos andemos con rodeos. ¿Está listo el barco de Berproa?

—Lo está —repuso Rómulo—, solo que me temo que no es lo bastante grande.

—No se puede meter dentro de un barco a la mitad de un pueblo, por pequeño que sea —opinó Rudolf—, y nos consta que solo han venido hasta Portbury voluntariamente menos de la mitad.

—No, a todos no, mas contábamos con que los hombres que sí lo hiciesen se repartiesen en los barcos como capitanes y marineros.

—Y así ha sido. Hay cerca de una decena de berproenses en cada barco, dos o tres marineros con sus respectivas familias. Pero ¿qué sugerís que hagamos entonces con los soldados que se han contagiado? —preguntó Rómulo.

—Son militares, no marineros. Tendrán que ser distribuidos igual que el resto de pasajeros y asimilar que recibirán órdenes a bordo.

Ludo estaba refiriéndose, sobre todo, a los sargentos. No pasaban de quince —tres de alto rango—los que habían sido descubiertos con síntomas de la enfermedad, así que había sido un golpe bajo para ellos descubrir que iban a ser deportados. De hecho, estaban bajo arresto, pues había dos en particular que no consentían abandonar Aridia. Los demás aguardaban sin más opción. Se habían resignado a aceptar su suerte, en parte, porque los habían convencido de que regresarían en cuanto sanasen, como a todos. Ludo sentía punzadas en el pecho cada vez que recordaba la cantidad de mentiras que habían estado transmitiendo con respecto a aquel exilio, aunque ya no se le caía la cara de vergüenza.

No, ya no.

—Necesitamos un informe de las vacantes en cada barco antes de decidir. —Ludo les hizo un gesto a varios de sus hombres para que se pusiesen con ello—. ¿Sabemos ya si los que quedan en Berproa opondrán resistencia?

—Creemos que… sí —respondió Rudolf.

—Dadme detalles.

—Todavía no saben que los obligaremos a partir —continuó Rómulo.

—Pensaba que te encargarías de darles la noticia a la vez que comprobabas el estado del último barco.

—¿De verdad creéis, padre, que habrían accedido a terminar con los ajustes de la nave sabiendo que está destinada a ellos?

—¿Acaso no tenemos buenos y leales soldados para garantizar el éxito de nuestros planes?

—Los tenemos, pero ¿queréis otra matanza justo días u horas antes de que todo esto acabe por fin?

Ludo dejó escapar una risa irónica. Como si él hubiese deseado alguna de las carnicerías que se habían dado —y se darían— desde el plan inicial.

—No, por supuesto que no, pero ¿no será lo que ocurra de igual forma cuando se enteren de que los obligaremos a zarpar?

—No os descentréis —intervino Rudolf en un intento por que dejasen de increparse el uno al otro—. No es momento de…

—¡Callaos! —gritaron Ludo y Rómulo casi al unísono.

—Es más de mediodía —continuó Ludo—. Al acabar el día, todos los barcos de Portbury deben estar listos y garantizada para mañana la llegada del de Berproa. Entonces, antes de que se ponga el sol y sin más demora, espero estar en el muelle viéndolos perderse en el horizonte, rumbo a Ucay.

Tras la marcha de su hijo y de Rudolf Riel, Ludo se quedó pensando en que, después de semanas de tensión, por fin el desenlace estaba más cerca que nunca y apenas podía creerlo. Sabía que aún quedaba tiempo de sobra para que las cosas se torciesen, y por eso no quería hacerse tempranas ilusiones a la vez que se sentía aliviado de que todo estuviese a punto de terminar.

No habían sido pocas las cosas que habían ocurrido durante el traslado y, por lo que le habían contado los sargentos consejeros gracias a sus informadores, tampoco habían sido pocos los elfanos de todas partes que habían acudido a la Torre de Tomur. Estaba a rebosar.

Ludo suspiró con ganas y pensó en descansar un rato antes de que sus hombres regresasen con el parte de las vacantes, cuando Endanur se presentó sin ser anunciado.

—No tengo tiempo para vos —le dijo, enfadado.

—No falta mucho para que nuestro trato finalice —enunció el elfo de todos modos.

—Justo por eso no veo qué tenemos que hablar si he hecho todo lo que queríais.

—Lo que ambos queríamos —lo corrigió Endanur.

Ludo se rio de nuevo.

—Podemos dejar de fingir, ¿no creéis? —No le ofreció asiento. Endanur se sentó pese a ello—. Vinisteis a Roostad con la intención de deshaceros de Tomur y todo jugó a vuestro favor desde el principio. La Plaga no fue más que una ventaja. Me he parado a pensarlo muchas veces, y yo jamás habría tomado la decisión de deshacerme de los enfermos. Mucho menos, pedir a los elfanos que se vayan de Aridia. Todo, absolutamente todo, lo orquestasteis vos con una única intención. Purificar vuestra raza. Y de no ser por…

Se interrumpió de inmediato y sintió cómo su corazón se aceleraba por la imprudencia de haber estado a punto de nombrar a Siome.

—¿Por quién? —le insistió Endanur.

—Por mi hijo —improvisó—. Él tiene la misma ambición que vos. Él es quien de verdad ha hecho posible que todo saliese como esperábamos. Mañana mismo le cederé el puesto de lugarteniente y vos y yo habremos terminado para siempre. Tendréis que apañároslas con Rómulo a partir de entonces, así que os recomiendo que desaparezcáis en cuanto tengáis ocasión. Os tiene todavía menos aprecio que yo.

—¿Vais a cederle el cargo después de todo lo que habéis conseguido?

—Sí.

—¿Por qué? Podríais pasar a la historia como…

—¿Como el lugarteniente menos tolerante que ha gobernado Aridia? Yo no quería esto. —Ludo se levantó para servirse un trago—. No siento odio hacia los elfanos. Ellos no eligieron su destino. Fue vuestro padre quien impuso su existencia y, entre todos, los condenamos.

—¡Tienen dones perjudiciales!

—¡Mas no son culpables de tenerlos! Egonur debería haber previsto las consecuencias antes de llevar a cabo su brillante idea.

—No habléis de mi padre como si lo hubieseis conocido. ¡Vos no tenéis derecho a juzgarlo!

—No, por supuesto, porque soy un humano y porque vos ya lo juzgáis lo suficiente.

Endanur golpeó la mesa y se levantó, airado.

—Teníais razón. Vos y yo ya no tenemos nada más que hablar, y no voy a consentir que sigáis insultando a mi familia en mi presencia. Nuestra relación termina aquí y ahora. Haréis bien en recordar que jamás volveréis a saber nada de los elfos ni aunque lo pidáis.

—Bien. Que así sea.

Cuando el elfo se marchó, Ludo se tumbó bocarriba en su lecho.

Él nunca había sido un hombre tan malhumorado, pero cargaba con tal cantidad de estrés que se había vuelto sombrío, borde e irrespetuoso. Solo descansaría cuando pusiera distancia con la tierra que tanto había amado, cuando viese la costa alejarse desde el barco y se asegurase de que iba a empezar de cero.

—Siento molestaros de nuevo, padre.

Rómulo apareció segundos después de que cerrase los ojos y no se molestó en abrirlos.

—¿Qué pasa ahora? —preguntó desde la cama.

—¿Cuándo me anunciaréis como vuestro sucesor?

Tomó aire para recuperar algo de paciencia.

—Justo después de la partida.

—¿Cómo? ¿Queréis anunciarlo aquí? Creí que sería en Roostad.

—No esperaré más tiempo. ¿Acaso no lo prefieres?

—¡Portbury no es el lugar ideal, padre!

Sin más opción, se incorporó de lado y habló de nuevo:

—No me importa el lugar y a ti tampoco debería importarte. Lo haremos aquí, mañana o nunca —sentenció.

Rómulo se dio la vuelta con acritud y desapareció sin rechistar.

Con la última visita que recibió después de él, Ludo estuvo a punto de perder los estribos. La única razón por la que no lo hizo fue porque creyó reconocer los ojos tristes de un viejo conocido escondidos bajo un montón de pelo cano y una barba andrajosa.

Charles Hutton.

RÓMULO

PORTBURY

Cuando los soldados de Ludo regresaron con el recuento de pasajeros, las cifras no fueron todo lo alentadoras que él y su padre hubiesen deseado. Ajustando al máximo, restaban cinco vacantes en el barco número tres; tres en el cuatro. Todo lo demás estaba completo, sin tener en cuenta el quinto barco de Berproa. Rómulo calculaba que en dicha ciudad habría todavía unas ochenta u noventa personas, pero las plazas disponibles no llegaban a sesenta. La última nave era la más grande, casi el doble que las otras, pero, aun así, su tamaño no era proporcional a lo necesario.

—Van a tener que apretarse —observó Rudolf.

—Ya están apretados —continuó él—. Los barcos uno y dos no deberían estar tan llenos. Ni siquiera hay hueco para que suban más berproenses en caso de que fuera necesario.

—Ha de haber un mínimo de ocho personas capacitadas por cada barco —expuso Ludo—. Y me consta que eso ya estaba garantizado, ¿no es así?

Rómulo miró a su padre, extrañado.

—Por mucho que se aprieten, no van a poder embarcar todos —insistió.

—Lo sé —coincidió él con insólita calma—. Pero he dado por sentado que los ciudadanos de Berproa no van a quedarse de brazos cruzados mientras tus hombres los obligan a dejar sus casas. Habrá bajas.

—¿Cómo es que estáis tan seguro de eso?

—Porque te estoy dando permiso para hacer las cosas a tu manera, como has estado haciendo todo este tiempo. ¿O no ha sido así? —Su padre le dedicó una mirada muy acusatoria—. Ahora, además, cuentas con mi bendición, así que soluciona esto, Rómulo, y pronto. Volveremos a vernos mañana, tal y como acordamos.

Y, dicho lo cual, se marchó, dejándolos a ambos patidifusos.

Rómulo miró entonces a Rudolf.

—Parece que habíais subestimado a vuestro padre —dijo este último.

—O tal vez os haya subestimado a vos.

Los dos hombres se desafiaron con la mirada. Después de las últimas declaraciones de Ludo, empezaba a sospechar que su aliado se hubiese ido de la lengua.

—No deberíamos perder el tiempo con osadías —añadió Rudolf—. Ya habéis oído a vuestro padre: no hay tiempo que perder. Y ambos tenemos un objetivo común, espero que no lo olvidéis al tomar el mando.

Rómulo entrecerró los ojos para lanzarle una última advertencia antes de reunir a sus hombres y darles instrucciones. Su padre había sido muy claro en todo lo que había dicho, incluido en las acusaciones contra su persona, y sintió que se ponía rojo de rabia al recordarlo. Pero logró calmarse, pues tenía que mostrarse firme y tranquilo cuando se dirigiese a Willem y le hiciese el que esperaba que fuese el último encargo. Pues nada le importaba más que aquella empresa llegase a su fin y él sustituyese a su padre en el cargo.

Willem estaba más irritado que de costumbre. Por lo general, era un hombre pacífico y calmo, pero, desde que se le había escapado el joven recluta, había perdido sus dos mejores cualidades. Rómulo estaba preocupado, aunque no tanto como él. Por mucho que ese o el otro rufián maniatado en el embarcadero perteneciesen a aquella sociedad extinta, no constituían ninguna amenaza frente a todo el ejército Jensen. Mucho menos cuando él estuviese al mando, porque pensaba restaurar el orden y ampliar el número de soldados. Sin embargo, su buen camarada se lo había llevado a lo personal.

—Parece que no hayas dormido en días —le dijo a su fiel y servicial amigo.

—¿Acaso tú sí lo has hecho?

Fue una pregunta involuntaria pero sincera. Rómulo se dio cuenta de las cargas que había puesto sobre los hombros de Willem. De todas ellas. Aun así, no se lo pensó dos veces a la hora de volver a delegar en él.

—Todos hacemos lo que podemos. Ahora ya solo nos queda una misión que rematar, tan importante como las demás. Hemos de sacar a todos los ciudadanos de Berproa en el último barco que han preparado y hacerlos llegar hasta aquí antes de mañana por la tarde. La ciudad quedará desierta.

—A todos, dices.

—Han estado muy expuestos a la Plaga de la princesa y vamos a asegurarnos de que todos desaparecen. Así lo hemos decidido.

Willem asintió con prudencia.

—¿De cuántos hombres dispongo? —preguntó, sin conmoverse siquiera.

—De cuantos creas necesarios y que sepan montar a caballo, para que partáis esta misma tarde y estéis allí antes del amanecer. Habrás de llevarte a algún marinero de Portbury por si las cosas se ponen difíciles.

—¿Cómo de difíciles?

—Ese barco tiene que llegar hasta aquí sea como sea. Si los de Berproa oponen resistencia, ya sabes lo que hay que hacer.

Willem lo miró en absoluto silencio.

—Adelante —lo apremió, consciente de que ansiaba añadir algo más.

—Está siendo una espera muy larga —dijo refiriéndose a Tamara—. Espero que tengas presente mi incuestionable obediencia en el futuro.

Sintió un ligero brote de rabia que nacía y que pugnaba por salir ante el atrevimiento de Willem, pero se contuvo. Ya tendría tiempo de resolver su pretenciosa avaricia en el futuro, además de pedirle que le rindiese la pleitesía que hasta ahora no le había mostrado.

—Por supuesto —le respondió—. No lo dudes nunca. Ya sabes que queda muy poco para que eso ocurra, porque, entre tú y yo, mi padre me va a ceder el mando después de que zarpen los barcos y tendré la potestad que necesitas para tus asuntos con la joven. Por eso es tan importante esta última tarea que te ordeno. Si todo sale según lo previsto, antes de que acabe el ciclo estaremos de regreso en Roostad, con todo lo que eso supone para ambos.

DÍA 23 · LUNA MENGUANTE 66%

WILLEM

BERPROA

La gente de Berproa no esperaba que sucediese lo que sucedió, ni tampoco los soldados que había comandado para sacarlos a todos de sus hogares y puestos de trabajo a primera hora de la mañana. Pero las órdenes eran las órdenes.

—No podéis hacernos esto. —Era lo que más repetían los pasajeros durante el trayecto de Berproa a Portbury, a bordo del barco que ellas mismas habían preparado.

Los que todavía tenían fuerzas, claro, porque habían sido sometidos a una terrible brutalidad por parte de los soldados y porque estaban mucho más apretados de lo que deberían.

—No es justo.

—No estamos enfermos.

—Ludo Jensen ha perdido el juicio —decían también.

Esa última frase se había quedado grabada en la mente de Willem y se reproducía en su mente una y otra vez. El asunto de la Plaga había llegado demasiado lejos, pero no era solo culpa del lugarteniente. Todo lo había desencadenado la princesa Tamara.

Su princesa.

La razón por la que él estaba haciendo todo cuanto le pedían.

Su lealtad a la casa Jensen se había incrementado todavía más por esa joven y no paraba de preguntarse si merecería la pena; si su compañía sería premio suficiente por todo lo que estaba cargando a sus espaldas: la muerte de tantos inocentes, enfermos o no. Tamara nunca lo había mirado con aprecio. Todo lo contrario. Pero Rómulo lo había convencido de que terminaría adorándolo una vez supiera que seguía viva gracias única y exclusivamente a él. Ella sería su recompensa.

Quedaba solo media hora de camino para llegar a Portbury y estaba resultando agotador. Los niños lloraban, los hombres y las mujeres protestaban sin descanso y, en el mejor de los casos, los soldados solo amenazaban con sus dagas a los más exaltados. Ya contaban con más de dos docenas de bajas por la brutalidad con la que habían tenido que actuar en Berproa, así que esperaba no tener que llegar a más.

El reflejo de las casas ardiendo se encendió en sus recuerdos.

Habían quemado la ciudad y, todavía entonces, estaría reduciéndose a cenizas.

Berproa, a pesar de contar con menos de ciento cincuenta habitantes, había pasado de ser la ciudad más famosa de Aridia por la construcción de barcos a nada.

A poco más que una aldea vacía y llena de fantasmas.

CALA

PORTBURY

Llevaban más de un día agazapados detrás de aquel hueco en la pared donde Cala se había ocultado con Vaz. Era la segunda vez que escuchaba el rumor por el hambre en el estómago del niño y él ni siquiera se había quejado. Pero todavía no podían salir. Los soldados continuaban merodeando por la plaza, señal inequívoca de que los barcos no habían zarpado. «*¿Por qué* tardan tanto?», se preguntaba sin parar.

Estaba convencida de que no podrían retrasarlo más de aquella tarde y esperaba que entonces los Jensen y el ejército partiesen de regreso a la capital sin más demora. Esa posibilidad la alentaba a no perder la esperanza de ser libre de una vez por todas. Entonces conseguiría algo de comida para Vaz y para ella e iría en busca de un nuevo hogar. Portbury le había gustado en un primer momento, por desgracia, no era tan grande como para no volver a coincidir con Greta, quien, sabiendo que era elfana, por muy buena que fuera, podría terminar buscándole problemas, o creándoselos Cala a ella por seguir ayudándola.

No.

Se marcharía.

Al norte.

Porque allí estaría segura.

—¿Has oído eso? —le preguntó Vaz, deteniendo sus cavilaciones.

—No. ¿Qué?

—Esas señoras están hablando de un prisionero.

Cala apretó las cejas, inquieta, y se acercó a la pared para prestar atención.

—Dos días lo tienen ahí. Pobre muchacho —decía una.

—Solo él entenderá por qué ha hecho lo que sea que haya hecho —continuaba la otra.

—He oído que quería desertar por temor al contagio. Deberían haber sido un poco más indulgentes. Estaría asustado, y como para no estarlo. A mí me parece que todo esto de trasladar a los enfermos desde Roostad hasta aquí ha sido un suicidio. ¿Sabías que han enfermado soldados durante el camino?

—Sí, lo escuché el otro día. Y hoy he oído que ya los han llevado a los barcos.

—¿Cuándo crees que regresarán?

—Solo el Destino lo sabe.

Con cada cosa que añadían, Cala se escandalizaba más. Cuando se separó y se sentó para tratar de asimilar lo que había escuchado, descubrió que Vaz la miraba con atención.

—¿Qué ocurre?

—Creo que hablan de Aleph —susurró el niño.

—¿De Aleph? ¿Por qué?

Vaz se encogió de hombros, pero Cala no subestimó su comentario, pues él había estado atendiendo y era un niño avispado. Si había llegado a esa suposición era por algo. No tuvo que darle muchas vueltas para entender por qué podía ser una posibilidad: Zafro, por lo tanto, ella, había desaparecido. No era de extrañar que hubiesen ido a por Aleph después de eso. De hecho, era lo más probable. ¿Cómo no se le había ocurrido?

Había involucrado a Aleph sin quererlo.

Cala volvió a pegarse a la pared para incorporar posibles detalles. No escuchó nada más aparte de la algarabía general de los viandantes.

—¡Rayos! ¡No! Se han marchado.

—Han dicho que estaba colgado en el puerto.

—¡¿Colgado?!

Vaz juntó sus manos y las subió por encima de la cabeza.

—Así.

Cala maldijo a Willem Staton y a todo el ejército de los Jensen, pero sobre todo se maldijo a sí misma por haber dejado a aquel chico tan expuesto. Porque sí, todo había sido por su culpa, desde el instante en que lo dejó inconsciente y lo sometió a la vergüenza de una posible deserción. Y Aleph ni siquiera se lo había reprochado lo suficiente.

Debía hacer algo, fuera como fuese.

—Vamos a tener que salir de aquí —le dijo a Vaz, con determinación—, y vamos a tener que hacerlo ahora.

—¿Iremos al muelle?

—Más o menos. ¿Estás preparado para una nueva aventura?

El niño asintió con entusiasmo y sus tripas volvieron a sonar. Cala le revolvió el pelo. Luego rescató sus desgastados y arrugados pantalones de recluta, los ocultó bajo el brazo y le ofreció la mano a Vaz, que se agarró a ella. Una vez conectados, tomó una gran bocanada de aire y la expulsó para relajarse y convencerse de que todo iba a salir bien.

Por el bien de ambos, esperaba que Greta estuviese dispuesta a ayudarla.

Al menos, una vez más.

ALEPH

PORTBURY

Los labios secos le dolían tanto como todo lo demás, por eso, cuando uno de los soldados se acercó para echarle por encima un cubo de agua y evitar así que muriese antes de lo debido por deshidratación, Aleph sacó fuerzas y se bebió las gotas que le caían del pelo mojado. Después se dejó caer otra vez para descansar las piernas, pese al dolor que eso le producía en los hombros. Su respiración era cada vez más y más agónica, y ya ni siquiera sabía si lo que pasaba alrededor era real o fruto de su imaginación. Había sido un constante ir y venir de gente durante todo el día y había perdido toda esperanza de que lo liberasen. Se preguntaba, en sus momentos de lucidez, qué era lo que harían con él cuando partiesen los barcos de los enfermos. ¿Lo abandonarían allí mientras todos los soldados regresaban a Roostad? ¿Acabarían con su sufrimiento rebanándole el pescuezo?

«Ojalá existiesen de verdad los murones», pensó, «y ojalá yo fuese uno de ellos. Así, al menos, tendría alguna posibilidad si viniesen a rescatarme».

—Winnick —dijo la sombra que acababa de colocarse a su lado—. ¿Cómo estás?

Consiguió entreabrir los párpados y levantar la cabeza para ver a Mars, pero, cuando quiso responderle, no le salió más que un quejido de la garganta.

—Está bien, no digas nada. Solo quería comprobar que seguías con vida.

Aleph no quería ni imaginar el aspecto que debía presentar si Mars había corrido el riesgo de acercarse a él para comprobar que todavía era capaz de respirar.

—Ya queda poco. Los barcos van a zarpar de un momento a otro. Tú solo… aguanta, ¿de acuerdo? Lo siento —añadió con presura—, tengo que irme.

No pasó mucho hasta que volvió a escuchar una voz conocida, mucho menos amistosa que la de Mars.

—No negaré que me ha sorprendido que hayas resistido aquí apostado estos días, como tampoco negaré lo mucho que me has decepcionado en calidad de recluta. —El sargento se puso delante de él y le levantó la cabeza colocándole los dedos sobre la barbilla—. ¿Sabes? Había visto algo en ti. Había decidido concederte la oportunidad que nadie pensaba darte, incluso había pasado por alto tu llegada tardía a esta misión. Y todo por nada. Mañana concretaremos qué haremos contigo. Si sobrevives.

Se dio cuenta de que apenas quedaba una hora de luz cuando Willem se marchó. Una línea anaranjada estaba invadiendo el muelle y no tardaría en sumirlo todo en la más absoluta oscuridad. Se puso de pie como buenamente pudo, para descansar, esa vez, los brazos, y volvió a notar movimiento, mucho movimiento a su alrededor. Y ruidos, y voces. Muchas voces.

Los soldados estaban reorganizándose, gritaban órdenes y hablaban con la gente. Y la gente se acercaba cada vez más. Empezaron a sonar bocinas a lo largo y ancho de la plataforma que dividía al gentío de los barcos. Aleph levantó la cabeza para mirar por última vez aquellas impresionantes naves, que estaban cargadas hasta los topes, llenas de personas que habían tenido la desgracia de sucumbir a la Plaga de Tamara.

Sin razón aparente, pensó en Helina. La joven embarazada que debía de estar en ese preciso momento a bordo de uno de los barcos, a punto de marcharse para siempre, pese al sufrimiento de Cala. Entonces también pensó en Cala, y deseó con todas sus fuerzas que ya estuviese tan lejos de Portbury como para que Willem no pudiese encontrarla, con Vaz. Si habían conseguido salvarse, su calvario habría merecido la pena.

Se durmió y se despertó de nuevo con el sonido de las bocinas, esa vez entremezclado con el griterío y los vítores de la gente. No sabía si alegrarse de que el ajetreo lo mantuviese consciente de forma intermitente o si, por el contrario, lamentar el no poder dejarse vencer de manera definitiva.

Entreabrió los ojos y vio que habían zarpado, que los barcos se alejaban mar adentro.

«Barcos de destierro», pensó.

Con ellos, había terminado todo.

Habían salvado Aridia de una terrible enfermedad mortal.

Tiempo después del alboroto, hubo un momento de silencio. Y alguien tomó la palabra.

Aleph no podía alcanzar a escuchar nada de lo que decía; tampoco le importaba. El sonido del mar se introducía en su conciencia como una bella melodía y mecía sus pensamientos para que abrazase el sueño. Estaba a punto de hacerlo cuando notó que un murmullo crecía de nuevo y se convertía en escándalo. Levantó la cabeza, molesto porque hubiesen interrumpido aquella sensación que trataba de arrastrarlo a la más profunda calma. Pero no pudo ver más que una masa de gente borrosa. Los sonidos se fueron desvaneciendo poco a poco y las siluetas desdibujándose ante sus ojos a la vez que perdía —ya sí— el conocimiento.

GRETA
PORTBURY

Había dejado a una —casi— completa desconocida en su casa, con un niño a cuestas. Greta Rosett siempre había sido una persona bastante confiada, pero lo que había hecho rozaba el límite de la imprudencia. Sin embargo, allí estaba de todos modos, en el puerto a petición de la susodicha, cerciorándose de todo lo que pasaba para poder llevarle las noticias a la desesperada muchacha.

Por lo pronto, ya había divisado al chico que estaba colgado del poste, al inicio de un embarcadero. Desde que los barcos habían partido, se le estaba haciendo difícil mantener su plaza en la primera fila para observar su estado. Los soldados habían pedido a la ciudadanía que se acercase para escuchar al lugarteniente, y todos estaban apretujándose y empujando desde atrás.

Todavía quedaba gente lanzando vítores por la partida de los barcos, como si eso significase que nunca más pudiesen contraer una enfermedad mortal. A Greta aquel asunto le producía risa.

«Pobres diablos», pensó.

—¡Silencio! ¡El lugarteniente va a hablar!

Y, como si eso fuese lo más importante de sus vidas, callaron.

Greta observó a Ludo Jensen acercándose a la multitud. Habían improvisado un pequeño escenario de madera, pero no lo usó. Permaneció a ras de tierra, a la misma altura que el pueblo. Ella no lo conocía. De hecho, solo lo había visto en persona en algún que otro Mercado Regional de Primavera y siempre de lejos. Ahora que podía apreciar mejor sus rasgos, le pareció que aparentaba más edad de la que seguramente tenía. Las canas se habían adueñado de su barba y su pelo, y era evidente que hacía días que no se arreglaba ninguna de las dos cosas. Incluso la ropa que vestía estaba descuidada y sucia, aunque lo que a ella más le llamó la atención fue su expresión cansada. Acababa de exiliar a una buena parte de la población porque se la consideraba una amenaza, y también había conseguido que *todos* los elfanos marchasen hasta la capital para organizar su partida. Pero no parecía contento. Más bien, lo contrario.

Greta lo escuchó con atención.

—Ciudadanos de Portbury, en representación de cada uno de los aridianos, habéis sido partícipes de uno de mis últimos actos como lugarteniente de Aridia. Vosotros seréis los encargados de compartir, recordar y perpetuar en la memoria de las nuevas generaciones lo que mis hombres y yo hicimos para proteger esta tierra. Mi familia ha cuidado de este territorio casi desde siempre, así que, cuando el pueblo me nombró de nuevo como su protector tras el contagio del Rey Impuesto, Tomur, no me quedó más remedio que actuar en consecuencia ante una terrible plaga desencadenada por Tamara, su propia hija. Se han tomado las medidas necesarias por el bien de todos, aunque haya

sido injusto para las familias afectadas por la pérdida. El Destino obrará de ahora en adelante y traerá de vuelta a nuestros seres queridos si así lo desea.

»Como ya se os hizo saber antes del Cuarto Creciente de este ciclo, los elfanos han sido llamados a Roostad para su posterior traslado a la tierra de los elfos. —Señaló a dos hombres que habían permanecido cerca pero ocultos tras unas capuchas. Entonces se descubrieron—. Endanur, Rey de los Elfos Arë, y su hermano Galon han prometido ayudarlos y cobijarlos para que no sigan desatando caos y muerte, para protegernos de un don que no son capaces de controlar. Por eso, aquí y ahora, os digo que, si todavía queda algún elfano en Aridia, marche a la capital antes de que sea demasiado tarde, pues en el futuro no podremos ser tan benevolentes. Y, de igual forma, se os hace saber que no se tolerará ningún acto relacionado con la ocultación de identidad de ningún elfano. Todos somos responsables del porvenir de Aridia, y es nuestro deber cuidarnos de un mal que nos ha sido impuesto por la avaricia y el dejar hacer de unos pocos.

A Greta no le pasó por alto cómo uno de los elfos hizo amago de adelantarse; el otro lo agarró por el brazo, impidiéndoselo.

—Para terminar, y como último acto al mando de este territorio, he decidido renunciar al cargo que recayó en mí por línea sucesoria. Así que, antes de que el sol se oculte en el horizonte, os hago partícipes de mi renuncia como lugarteniente en favor de mi hijo Rómulo Jensen. Él ha nacido para estar al mando, y su deseo es incluso mayor que el mío respecto al bienestar de esta tierra y, por lo tanto, no sería justo retrasar su ascenso a la espera de mi muerte. A partir de hoy, dejo en manos de Rómulo la prosperidad de Aridia. Espero que lo aceptéis con el mismo agrado que me aceptaron a mí hace varios ciclos, en Roostad, pues ha sido una pieza fundamental para con el éxito de nuestro cometido. Ha sido un placer estar a vuestro servicio. Sois un gran pueblo, nunca lo olvidéis. Que el Destino os proteja.

En cuanto acabó, Ludo echó a caminar y varios hombres fueron tras él para escoltarlo lejos de allí. El alboroto se hizo eco enseguida, pero Rómulo tardó apenas unos segundos en hacerse notar, subiéndose a la tarima y elevando la voz.

—¡Silencio!

Greta pensó que era una mala señal que el nuevo lugarteniente tuviese que pedir silencio. Porque el silencio era una muestra de respeto y, como tal, debía darse sin imposición. Debía ser elección del pueblo.

Aun así, callaron, sumisos. Porque, del mismo modo que Ludo transmitía buenas intenciones, su hijo solo auguraba severidad en su mandato.

No tardó en demostrarlo, por si quedaba alguna duda.

—Es un honor para mí tomar las riendas del territorio, al igual que lo ha sido danzar a la sombra del gran hombre que es mi padre. A partir de hoy, habrá muchos cambios, siempre en beneficio de todos nosotros. Estoy deseando regresar a Roostad para empezar con ellos, así que os prometo que pronto tendréis noticias mías de la mano de nuestro ejército, del cual ya adelanto que volverá a ser tan poderoso como antaño. Por último, me gustaría remarcar las palabras de mi padre con respecto a los elfanos, para que no se repita el exilio de inocentes en el futuro. Depende de todos, pero yo me encargaré personalmente de que se cumplan todas y cada una de las nuevas normas. Gracias por vuestro tiempo. Ahora id a celebrar que hemos purificado Aridia de la Plaga más temible que ha asolado nuestra preciada tierra.

Los aplausos llegaron tímidos, puede que alentados por el ejército, presente en todo momento. Las palabras de Rómulo habían sonado frívolas y muy amenazantes. Greta, en sus cuarenta y tres años de vida, jamás había presenciado algo así. Había odio en ellas.

Rencor.

Pensó en Cala y en el pequeño, a los que había cobijado, y, por un momento, sintió el miedo que él le había transmitido sobre el peligro que suponían los elfanos. Sintió hasta el deber de entregarlos, pero se contuvo, porque no todo era blanco o negro, por mucho que quisieran imponer que así sería desde entonces.

Sacó los oscuros pensamientos de su cabeza y trató de concentrarse en su tarea, que no era otra que comprobar que Aleph se quedaba solo con la caída del sol y que no había nada más que dos guardias vigilando la zona después de que todo el mundo se dispersase, incluidos los soldados.

Los infectados se habían marchado.

Era hora de celebración y de descanso.

ALEPH

PORTBURY

—¡Despierta, Aleph! Despierta de una vez…

Gruñó como respuesta para que lo dejasen en paz.

—¡Aleph! ¡Venga!

El zarandeo empezaba a molestarlo, porque estaba demasiado a gusto perdido en la inmensidad de aquel sueño tan reparador. La voz no dijo nada más, pero notó que tiraban de él, que lo movían y que… ¿lo soltaban?

El golpe que se dio contra el suelo al quedar libre de las ataduras terminó por despertarlo. Otro gruñido ascendió por su garganta como protesta.

—¡Lo siento! De veras que lo siento, pero era la única manera. Aleph, por favor, despierta. No puedo cargarte sola. Necesito que…

La voz se calló de golpe y la persona que estaba a su lado se quedó tan quieta que tuvo la sensación de que se había esfumado. Cuando esta lo cogió de la mano, notó su temblor. Aleph fue recuperando la consciencia y consiguió abrir los ojos, aunque, al principio, solo lo recibió una tremenda oscuridad.

—No te muevas —le susurró quien lo había soltado—. No hagas nada.

Estaba tan destrozado que no le supuso ningún problema acatar las indicaciones. Se limitó a esperar, como había estado haciendo durante los últimos tres días. ¿Habían sido tres?

El temblor que notó a través del contacto de sus manos se incrementó. Aleph intentó que sus ojos se adaptasen a la noche justo a tiempo de ver una silueta acercándose hacia ellos. Cuando llegó hasta su posición, se plantó cuan alto era, con los brazos cruzados. No pudo levantar la cabeza tanto como para descubrir su rostro.

—Solo le traía agua, señor, lo siento.

Aleph empezaba a reconocer la voz de la persona que estaba a su lado.

—¿Por eso has deshecho sus ataduras?

—Estaba inconsciente. Me pareció lo más apropiado.

—¿Quién te has creído que eres para decidir el Destino de este recluta, jovencita?

—Tenéis toda la razón, he sido una imprudente. Me disculpo ante vos, pero no me marcharé sin atenderlo. De lo contrario, morirá.

—Ni siquiera sabes el porqué de su castigo. ¿Qué te hace pensar que no lo merecía?

Cala, porque era Cala, calló durante unos instantes.

—¿Y qué os hace pensar que los enfermos que han zarpado merecían el Destino que vos los habéis obligado a tomar, lejos de su tierra, su familia y su hogar?

Aleph se quedó más seco de lo que estaba al pensar en quién podía ser la persona con la que Cala estaba hablando con tanta desfachatez.

—No lo pienso, y estás en lo cierto. No tenía ningún derecho. Espero, al menos, que tus motivos con este soldado sean más honestos y sinceros que los míos. Llévatelo antes de que os descubran, porque, si no, acabarás haciéndole compañía. Seas quien seas, te deseo mucha suerte tratando de ocultarlo, pues uno de los sargentos, amigo de mi hijo, no descansará hasta encontrarlo.

En cuanto el hombre se alejó, Cala lo hizo a un lado, lo cubrió con torpeza y le colocó unos ajustados sacos de rafia en los pies. Él no protestó, ni siquiera cuando ella lo levantó y pasó uno de los brazos por encima de sus hombros para ayudarlo a caminar. Aleph sacó las últimas fuerzas que le quedaban para mantenerse erguido y ayudar un poco durante el recorrido. No tenía ni idea de a dónde iban, pero que llegar era cuestión de vida o muerte para los dos era incuestionable.

Cuando alcanzaron el inicio de las casas, vio dos cuerpos uniformados tendidos en el suelo. Parecían… ¿dormidos? Habría preguntado de no ser porque todavía no le salían más que lastimeros quejidos. ¿Cómo se las había apañado Cala para hacer lo que estaba haciendo?

Siguieron caminando entre la oscuridad de las calles de Portbury hasta lo que le pareció una trampilla. Cala la abrió y lo ayudó a entrar en el interior, después lo hizo ella y cerró tras de sí.

—Avanza, Aleph. Sé que no ves nada, pero tampoco hay obstáculos. Ya casi estamos.

Una puerta se abrió a escasos metros, permitiendo que el haz de luz lo terminase de guiar hasta allí. Una mujer los recibió con cara de extrema preocupación.

—¿Os han seguido? —le preguntó a Cala.

—No ha habido inconvenientes —mintió la chica. Aleph dedujo que había ocultado el encuentro con el hombre del muelle de manera deliberada—. Los reclutas no me han reconocido y estoy casi segura de que no hemos dejado rastro. Los sacos… —Paró en seco, mirándose los pies. Luego volvió la vista hacia sus talones—. ¡No! ¡Rayos, no!

Aleph reparó en el barro que ambos habían arrastrado bajo sus improvisados calzados.

—Voy a arreglarlo. Voy a…

—¡Jovencita! ¡Vuelve aquí!

Pero Cala no dio opción a que alguien se interpusiese en su camino. Se deshizo de los sucios sacos y desapareció por la puerta en dirección al pasadizo.

Él se halló entonces a solas frente a la señora. En cuestión de segundos, se desplomó delante de sus narices y perdió toda noción.

CALA

PORTBURY

Cómo había podido ser tan despistada.

Cómo.

No dejaba de preguntárselo mientras regresaba a la calle tratando de borrar su propio rastro, una mezcla de barro y sangre desde el poste en el que había permanecido Aleph. Estaba tan desesperada que se tiró al suelo y empezó a arrastrarse sin importar que alguien la viese.

Paró cuando un relámpago incidió sobre toda la ciudad, iluminándola un par de segundos. Cala se quedó completamente quieta hasta que el sonido del trueno llegó a sus oídos. Entonces se permitió levantar la cabeza. Vio una vela encenderse a lo lejos, en una de las casas, y supo que no sería la última.

Desesperada, miró de un lado a otro para comprobar que había llevado a cabo su tarea con éxito. Y sí, había hecho un buen trabajo, pero todavía quedaba un largo recorrido, al menos, hasta donde había dejado dormidos a los reclutas. No iba a darle tiempo. No iba a poder…

Cuando el segundo relámpago mostró de nuevo la ciudad, Cala se encontró con una figura a escasos metros de ella. Supo quién era antes de que hablase.

—La tormenta está a punto de llegar y la lluvia borrará tu rastro —le dijo mientras se le acercaba—. Es tu segundo golpe de gracia esta noche. Deberías regresar para celebrarlo.

—Me habéis seguido —lo acusó, como si tuviese el derecho de reprochárselo.

Cala se dividía entre echar a correr y seguir hablando con él. Las dos opciones tiraban igual de fuerte.

—Sí, porque tú, con la juventud que atesoras, has tenido el valor de decirme a la cara lo que pensabas sobre el destierro de los enfermos y, por alguna razón, he sentido la ferviente necesidad de saber a quién o a quiénes has perdido.

—Así que la he perdido —añadió Cala.

Ludo Jensen acababa de confirmar sus sospechas. Aquel poderoso hombre estaba ante ella lleno de culpa y vergüenza, podía notarlo. Y, a su vez, Cala no quería creer que fuese cierto. Que todo hubiese terminado para Helina.

—Déjame compensarte —continuó Ludo.

—¿Compensarme? —La primera gota de lluvia coincidió con su primera lágrima—. ¡Mi hermana ha partido en ese barco con su hijo a punto de nacer! ¿Cómo vais a compensarme? ¡¿Cómo?!

El hombre se acercó todavía más.

—¿Tu hermana, has dicho?

Cala retrocedió ante su escrutadora mirada. No tenía ni idea de por qué seguía allí plantada hablando con el hombre que había destruido su vida, que había roto su familia para siempre.

La lluvia fue cobrando intensidad a medida que avanzaba la conversación.

—Está bien. Tienes razón. No puedo traer de vuelta a tu hermana. Su destino ya no depende de mí y no puedo hacer nada por evitarlo. Pero tal vez pueda ayudar al chico.

—No sé de qué me hablas —mintió, tratando de proteger la identidad de Aleph.

—Ve al puerto y busca a Vinicius Fletcher. El barco tiene su nombre grabado en la popa. Lleva al chico contigo. Se ocupará de él y de ti, en caso de que quieras venir con nosotros.

Cala se limitó a arquear la ceja derecha. No llegó a entender a qué se estaba refiriendo con exactitud hasta que él añadió:

—En caso de que tú también quieras desaparecer.

Si Cala hubiese sido una humana normal y corriente, no habría dudado ni un segundo a la hora de creer o no lo que aquel hombre decía. Sin duda, no lo habría creído. Por desgracia o por suerte, no lo era, y su instinto no le permitía basarse solo en lo que conocía de él, porque su aura irradiaba mucho más. Transmitía honestidad.

—¿Cómo sé que no es una trampa? —preguntó tras asimilar las sensaciones que le producía.

—Ya no soy nadie relevante en Aridia y, aunque lo fuese, por nada del mundo escogería quedarme aquí ahora que mi hijo está al mando.

—¿Por qué le habéis cedido el cargo? ¿Por qué habéis abandonado lo que tanto os ha costado recuperar?

—Porque no merezco ningún reconocimiento después de lo que he hecho, al contrario. Seré el motivo de odio de todos aquellos a los que he dejado sin una parte de su familia, pero lo seré lejos de aquí. Es el último favor que le concedo a mi hijo.

No terminaba de entender su discurso; tampoco tenía tiempo de continuar con las preguntas.

—Vinicius Fletcher —añadió el hombre—. Eso es todo lo que puedo hacer por ti y espero que sea suficiente.

Y, dicho lo cual, el exlugarteniente de Aridia se marchó bajo aquel manto de lluvia y oscuridad.

Cala no se lo pensó dos veces. Regresó a la trampilla y corrió por el pasillo hasta la casa de Greta. El Destino había estado tendiéndole una infinidad de puentes y no había tiempo que perder.

—¿Dónde está Aleph? —le preguntó con urgencia a la mujer.

—Arriba, con el niño. ¿Qué sucede?

—Tenemos que irnos —repuso mientras subía corriendo por las escaleras.

—Por todos los cielos, ¡Cala!

Le impactó ver el estado en el que se encontraba su amigo, tendido en el camastro que Greta había improvisado para él y después de que le retirase una buena parte de la sangre seca de la espalda.

Estaba dormido.

Vaz lo velaba.

—Nos vamos —le dijo a este último.

—¿Otra vez?

—Sí. Lo siento. —Cala se arrodilló frente a Aleph y le dio unos golpes en el hombro—. Ey, tienes que despertarte. Debemos hacer un último esfuerzo.

—Jovencita —le reprochó Greta desde la puerta—. ¿Se puede saber qué es este alboroto?

—Vaz, ocúpate de despertar a Aleph.

Cala se levantó y se dirigió hacia la mujer. Le cogió ambas manos.

—Vos sois una bendición, Greta. Lo mejor que ha podido pasarme en todo este camino. Me habéis ayudado sin conocerme, e incluso cobijado pese a las consecuencias.

Pero, después de lo que me habéis contado sobre la sucesión de Ludo Jensen y lo que ocurrirá con los elfanos que no se hayan marchado a Roostad, no puedo dejar que acarreéis con esa responsabilidad, así que vamos a marcharnos. Si nos pillan, jamás les hablaré de vuestra generosidad. Os lo prometo.

—Cariño, dime al menos si hay algo más que pueda hacer por ti. Por vosotros.

Cala miró a Vaz y Aleph. Este último seguía inconsciente y no parecía que fuese a despertar en un tiempo.

—¿Podríais ayudarme a llevar a mi amigo al puerto? He de llegar hasta un barco.

—¡Ahí fuera llueve a mares!

—Esa es nuestra ventaja, Greta. Nadie más osaría salir a la calle con este temporal. Debemos darnos prisa.

Antes de que agarrasen a Aleph para transportarlo, Greta insistió en colocar unas vendas alrededor de su torso para que las rozaduras del camino no agravaran sus heridas. Cala aceptó, a pesar de que perdieron casi diez minutos en prepararlo. El estado del joven era tan lamentable que, de no tomar precauciones, podría terminar sucumbiendo a una terrible infección. Y ya habían tenido suficiente de ellas.

Lo bajaron por las escaleras, guiadas por Vaz. Luego se colocaron en la posición más cómoda para ambas y todos juntos salieron de la casa. Cala no se olvidó de cargar sus pantalones, pasándoselos por los hombros para sujetarlos de algún modo; no quería prescindir de ellos en lo que fuera que les deparase el futuro.

—Agárrate a mi falda —le dijo Cala a Vaz una vez que hubieron doblado la primera esquina—. No te separes de mí.

La visibilidad era escasa por el incesante manto de agua que caía sobre ellos, pero no se detuvieron ni una sola vez. Cuando pasaron cerca de donde los reclutas todavía dormían, se percató de que ya no estaban en el suelo, sino que alguien se había molestado en apartarlos y dejarlos apoyados sobre la pared de una de las viviendas. Podía imaginarse quién.

Ludo Jensen se había convertido, del día a la noche, en un auténtico misterio.

Localizar el barco fue mucho más complicado de lo que había creído, principalmente porque, debido a la tormenta, no solo era difícil distinguir unos de otros, sino que el balanceo de las carcasas imposibilitaba la lectura de cualquier nombre.

«Vinicius Fletcher», recordó Cala, «grabado en la popa».

—¡Greta, coge a Aleph y a Vaz y esperadme aquí! —le gritó a la señora para hacerse oír. El rumor del mar era ensordecedor—. Iré sola a buscar el barco y regresaré cuando lo encuentre, ¿de acuerdo?

—¿Estás segura?

—¡Sí! ¡No os mováis hasta mi regreso!

Corrió sin descanso, resbalando de una punta a otra del puerto. Algunos de los hombres que estaban despiertos, intentando que la tormenta no causase demasiados desperfectos, se sorprendieron al verla. En una ocasión, se paró para preguntarle al hombre que se había dirigido a ella por el barco que buscaba, pero la comunicación fue imposible, así que continuó.

Hasta que lo halló, gracias a que había grabadas una «V» y una «F» sobre el nombre completo que Ludo había mencionado. Era distinto al resto de embarcaciones, aunque no sabía decir por qué. Cala miró el interior en busca de algún indicio de capitán o marineros, sin éxito. De todas formas, regresó hasta donde aguardaba Greta, la ayudó a sujetar a Aleph y se dirigieron hacia allí.

—Es este.

—¿Has hablado con alguien de a bordo?

—¡No! Lo haré ahora.

—¡No puedes subir por ahí! —la advirtió Greta, escandalizada al ver sus intenciones.

Cala consiguió atrapar la escalerilla de cuerda que colgaba de la cubierta con una de las cañas de pescar que habían quedado esparcidas por el muelle. Sabía que sería complicado subir por ahí con el temporal y la lucha que el propio barco mantenía sobre el mar, pero no contemplaba ninguna otra alternativa y el tiempo corría en su contra. Con suerte, solo tendría que lidiar con unos cuantos rasguños y a eso estaba más que acostumbrada.

Así que saltó, agarrada a la escalerilla.

Al chocar con el casco, no pudo contener el grito por el golpe que recibieron sus rodillas, pero aguantó, y luego empezó a subir a pesar del empuje del viento y del vaivén. Al alcanzar el borde, accedió a la cubierta, aunque fue casi más difícil eso que la aventura por la escalerilla.

Saludó a Greta y a Vaz y se dispuso a encontrar a alguien allí arriba. Justo cuando iba a tirar de la puerta que daba acceso a las plantas inferiores, una luz se encendió en el castillo de popa. Un hombre cubierto de pelo y barba salió con un farolillo en la mano.

—¡¿Quién anda ahí?!

Cala levantó las palmas de las manos y se aproximó lentamente.

—¿Sois Vinicius Fletcher?

—¿Quién lo pregunta?

—Me llamo Cala. Ludo Jensen me dijo que viniese.

—¿Ludo?

—Sí, señor. Me dijo… que este era un lugar seguro.

—¿Se puede saber por qué no has esperado hasta mañana? ¡Mira esta tormenta!

—Porque no he venido sola.

Cala caminó con dificultad hasta el borde para que el hombre la siguiera y pudiese ver a los otros tres que esperaban abajo.

—Ese de ahí es el chico que estaba amarrado en el muelle —explicó—. El lugarteniente dio a entender que aquí estaría a salvo.

Vinicius se asomó y observó al curioso grupo en silencio. Un niño, una mujer y un joven inconsciente.

—¿Vais a subir todos o solo el chico?

—Si hay hueco para alguno más, al niño y a mí también nos gustaría… ocultarnos.

—Está bien —cedió el hombre—. Solo el Destino sabe cuáles son las intenciones de Ludo Jensen, pero no seré yo quien se detenga a prejuzgarlo. Bajaré la pasarela. Llevad mucho cuidado al subir con este viento traicionero.

—¡Gracias!

Tal y como había previsto aquel hombre, no fue fácil transportar a Aleph. La pasarela era demasiado estrecha para que Cala y Greta pudiesen cargarlo como habían estado haciendo, así que optaron por sujetarlo de pies y axilas y ascender en fila. Cuando lo consiguieron, Cala regresó a por Vaz, lo cargó a su espalda y lo llevó hasta arriba. Greta había llevado a Aleph a la cubierta inferior, ayudada por Vinicius, así que Cala y el niño atravesaron la trampilla para reunirse con ellos en una humilde habitación con un camastro. La mujer había desnudado al chico y estaba deshaciéndole el vendaje. Cala se estremeció al ver otra vez el estado de su espalda. La humedad había empeorado las heridas.

—Necesito vendas nuevas y algo de ropa seca. Está congelado y, si no entra en calor, no despertará.

Vinicius se marchó en busca de lo que había pedido y Cala se limitó a acurrucarse en un rincón, temblando de miedo y frío, con Vaz. El mensaje de Greta había sido desalentador y ya no le quedaban fuerzas para ayudarla. Por suerte, no parecía necesitarla. Por sí sola era capaz de manejar el delgado cuerpo del chico.

«Por favor, Aleph. No te mueras», le pidió en su pensamiento.

—Se pondrá bien, ¿verdad? —preguntó Vaz.

—Claro —contestó acunándolo contra su pecho—. ¿Tú cómo estás, pequeño? ¿Tienes frío?

—No. Solo estoy mojado.

Cuando Vinicius regresó, lo hizo cargado de varias prendas. Dejó unas pocas a los pies de Cala y el resto se lo acercó a Greta. Entre los dos, procedieron a la cura de Aleph y luego a vestirlo. Todo lo que había en el montón de ropa era grande, pero Cala entendió que debían de ponérselas antes de que la sensación de frío fuese todavía mayor en cuanto la excitación del viaje los abandonase. Así pues, ayudó a Vaz a desvestirse y le colocó una enorme camisa que apretó en su cintura con un cinturón de tela. Luego hizo lo propio consigo misma, cuidándose de que sus cicatrices en el abdomen quedasen bien ocultas. Se puso otra de las enormes camisas y desistió al tratar de ajustarse los únicos bombachos disponibles. Podría haberse metido dentro de una sola pernera, con lo cual extendió todas las prendas, también las de Aleph y Vaz, y decidió esperar a que la lluvia cesase para poder tenderlas, incluidos sus propios pantalones.

Le sorprendió la habilidad con la que Vinicius ayudó a Greta a recomponer del todo a Aleph.

—Ahora —comentó la mujer— solo cabe esperar a que despierte. Gracias por vuestra ayuda —le dijo al hombre.

Greta se levantó del camastro y se acercó a Cala. Le entregó una bolsita cerrada con una cuerda y le explicó el contenido sin detenerse en detalles.

—Aquí tienes lo necesario para unos cuantos días. Recuerda suministrarle solo una pequeña dosis cuando veas que el dolor le es intolerable. Y no temas si duerme durante mucho tiempo. Eso forma parte del proceso y significa que todo va bien.

—No sé cómo agradecéroslo, Greta.

—Ha sido un placer ayudarte, jovencita, seas quien seas.

Cala se dio cuenta de que se estaban despidiendo.

—¡No os vayáis! —le pidió—. Quedaos con nosotros.

Greta se echó a reír a pesar de la situación.

—Subir a este barco es más de lo que nunca pensé que haría, pero he de volver, antes de que los fantasmas del pasado me llenen de tristeza. —Vaz se acercó también a ella para decirle adiós—. Cuidaos mucho, ¿de acuerdo? Y sobrevivid, pase lo que pase. Nadie tiene derecho a interferir en vuestras vidas, así que manteneros a salvo es la mejor ofensiva contra toda esa panda de charlatanes.

Cala se lanzó a sus brazos y la apretó con todas sus fuerzas, al igual que Vaz. Ambos le debían la vida.

—Nunca os olvidaremos —le aseguró.

—Ni yo a vosotros.

Greta los obligó a quedarse mientras regresaba a la cubierta principal para impedir así que volviesen a empaparse. Vinicius fue quien la guio y por eso se quedaron a solas con Aleph. Cala se acercó al camastro donde reposaba, tendido bocabajo para que su espalda descansase. Entre las vendas, podía ver alguna que otra marca de los azotes a los que había sido sometido. Se estremeció al pensar en lo que había pasado, porque suponía que ella tenía algo que ver, aunque todavía no supiera del todo por qué. Al menos respiraba con normalidad, señal inequívoca de que se había estabilizado.

Se sentó con las piernas cruzadas y le acarició el pelo. Vaz volvió a situarse a su lado y apoyó la cabeza en ella. También lo acarició a él.

Cuando Vinicius reapareció, lo hizo vestido con ropa seca y con otra lámpara de aceite, pues había dejado la anterior junto a Aleph.

—Amanecerá en menos de una hora —anunció—. Será mejor que os ocultéis y os acomodéis antes de que la ciudad despierte.

Cala lo miró, extrañada.

—¿No estamos ocultos aquí?

—No, por supuesto que no.

El hombre dejó la lámpara en el suelo y manoseó la pared que quedaba a su espalda. A continuación, metió un cuchillo a través de una grieta y empezó a tirar. Cala se sorprendió muchísimo al descubrir que había una estancia al otro lado. Mucho más pequeña, pero suficientemente amplia para que los tres pudiesen adentrarse en ella sin problema.

—Os traeré unas mantas para que las coloquéis en el suelo y que el chico pueda estar un poco más cómodo. Deberéis permanecer escondidos hasta que hayamos levado el ancla y vayamos mar adentro. Hasta entonces, guardad silencio, sobre todo cuando oigáis llegar a los marineros. ¡Ah! Y tratad de dormir. —Eso último lo dijo dirigiéndose a ella en especial—. El chico no requerirá atención por unas cuantas horas. Dormirá toda la noche e incluso puede que parte de la mañana. Descansad, que seguro que os hace falta. A los tres.

Cala asintió en silencio y luego empezaron a trasladarse. La apenó tener que mover de nuevo a Aleph, pero Vinicius lo cargó y lo colocó sobre el suelo del habitáculo secreto con delicadeza. Vaz y ella se acomodaron a su lado y esperaron a que el hombre cerrase de nuevo la puerta.

Cuando lo hizo, se quedaron al amparo de la oscuridad, mecidos por las olas que acariciaban con ímpetu el casco de la embarcación.

CUARTA PARTE

DESTINO

CUARTO MENGUANTE

DÍA 24 · LUNA CUARTO MENGUANTE

LUDO

PORTBURY

El día amaneció con lluvias, pero, al menos, la tormenta había amainado. La tierra se había convertido en barro y todo el mundo andaba de un lado a otro tratando de cobijarse bajo las cornisas de las casas. Ludo había terminado de vestirse y solo le quedaba calzarse las oscuras botas para ponerse en marcha en cuanto pudiese hablar con Galon. La mayoría de sus pertenencias ya estaban a bordo de *El Fletcher*; dos de sus hombres se ocuparon de transportarlo cuando todavía era el lugarteniente oficial y, por tanto, comandante del ejército de Aridia. El ambiente se había vuelto extraño después de los recientes cambios: los soldados se habían hecho a la idea de que ya no ejercía ningún poder sobre ellos, aunque se les hacía raro acatar única y exclusivamente las órdenes de Rómulo, el cual, por supuesto, no había tardado en imponerse. Todo estaba organizado para que partiesen de regreso a Roostad a mediodía, según sus instrucciones.

Ludo esperó paciente la llegada del menor de los elfos, el único que conocía sus verdaderas intenciones. Mientras, reparó en la edad de ambos: treinta y nueve y cuarenta y tres. Sin embargo, nadie habría deducido que Ludo era unos años más joven por su apariencia. Mientras que el pelo de su cabeza y su barba hacía tiempo que había empezado a volverse blanco, la cabellera de Galon, dorada y lacia, mantenía todavía el brillo que podría lucir un adolescente aridiano bien aseado. Hasta la imagen de Endanur, pese a que había entrado en la Tercera Etapa según sus tradiciones, conservaba facciones más tersas que la mayoría de las suyas. Las arrugas recorrían la cara de Ludo, acuciadas por años de preocupaciones. Pensó en cuán cómoda debía de resultar la vida de los elfos para que todos luciesen un aspecto tan perfecto a pesar de los años acumulados. ¿Cuáles serían sus inquietudes? ¿Días de lluvia que detenían el canto de los ruiseñores, tal vez?

Galon interrumpió sus pensamientos accediendo a la tienda.

—Buenos días —saludó, cordial.

—Buenos y dichosos sean para ambos. Acomodaos.

—Me he enterado de que le habéis dicho a vuestro hijo que os quedaréis unos días retirado aquí, en el sur.

—Así es.

Ludo se levantó al comprobar que el elfo no tenía pensado tomar asiento.

—¿Y qué ocurrirá cuando se de cuenta de que no regresáis a Roostad? —le preguntó Galon, curioso—. De que habéis desaparecido.

—Rómulo estará tan ocupado imponiendo su ley que no le importará. A nadie le importará.

—¿Eso creéis?

—Un lugarteniente no pasa a la historia por sus actos de menos de un año —se justificó Ludo—. Yo solo seré un recuerdo lejano de los que me conocieron. Puede que incluso en el futuro ya nadie se acuerde de que fui el impulsor de toda esta desgracia. Ojalá sea así. Aliviaría mi sufrimiento en el exilio.

—¿Qué vais a decirle a Siome cuando aparezcáis con las manos vacías?

Galon le hizo la pregunta clave, la que estaba esperando.

—No las llevo tan vacías —respondió con júbilo.

—¿A qué os referís?

—Encontré a su hermana. Vino hasta aquí tras ella.

—¿A la hermana de la joven embarazada?

—Justo eso.

Galon se quedó callado, asimilando la información. Ludo supuso que entendía perfectamente lo que significaba; que era imposible que todos los elfanos hubiesen acudido a la llamada de reunirse en Roostad. Y, por lo tanto, quién sabía si aquella no había sido la primera plaga de muchas.

—¿Y cómo la habéis convencido para que se vaya con vos? —cuestionó Galon.

—Todavía no sabe a dónde vamos. Solo le he ofrecido la protección que necesitaba. Fue ella quien rescató al muchacho del muelle que todos creían que era un murón.

El elfo asintió en silencio.

En un primer momento, Ludo creyó que se debía de verdad a un mero acto de generosidad, pero, tras pensar en ello durante la noche, había llegado a la conclusión de que tenía que haber algo más. De lo contrario, la joven no se habría arriesgado ni esforzado tanto por él.

—¿Qué vais a hacer vos? —le preguntó a Galon, conocedor de que albergaba muchas dudas desde que había hablado con Siome.

—Regreso con mi hermano. ¿Qué, si no? Mi familia me espera.

—Lo sé. Hacéis bien. Mas vigilad de cerca la codicia de vuestro hermano.

—No es necesario que me pongáis en sobre aviso. He crecido con él, Ludo Jensen.

—En ese caso, dejad al menos que os alerte sobre mi hijo. A él no lo conocéis más que de este viaje, y dudo que os haya pasado por alto de lo que es capaz. —Ludo aludió tanto a la cakowa de Mangaro como a la eliminación de los hombres enfermos—. No bajéis la guardia en su presencia y regresad con los vuestros en cuanto podáis. Protegeos.

—¿Qué insinuáis?

—Nada, y os lo digo con total sinceridad. Mas, si me permitís un consejo, desapareced antes incluso de que lleven a cabo la destrucción de la Torre de Tomur.

—Lo tendré en cuenta.

—Que así sea. Ahora, si me lo permitís, mi barco me espera.

Ludo hizo ademán de salir, pero Galon no había terminado con su curioso interrogatorio.

—Una última pregunta. ¿Qué vais a decirle al capitán para que os lleve hasta un lugar que nadie ha visto jamás? ¿Qué motivo le daréis? ¿O acaso pensáis privarlo de dicha información?

Ludo sonrió.

Podría haberle dicho que el capitán de *El Fletcher* era un viejo amigo suyo. Alguien en quien confiaba plenamente y al revés. Y que tenía tan pocas ganas de quedarse en Aridia como él.

—Permitidme algo de misterio, mi querido aliado y amigo —dijo, sin embargo.

—La amistad no puede darse por algo tan nimio como nuestros acuerdos —lo corrigió el elfo, serio.

—Después de todo, ¿es eso lo que creéis?

Galon arrugó la frente, manteniéndose firme en su decisión.

—Entonces, eso me recuerda que, por el momento, continuamos perteneciendo a mundos distintos —objetó Ludo—. Ojalá la enemistad entre la raza humana y la élfica no dure eternamente, aunque supongo que yo ya no estaré vivo para ver ese milagro. Ha sido un placer conoceros. Hacedle saber a vuestro hermano que os deseo a ambos una larga y próspera vida.

No fue una despedida emotiva ni mucho menos. Ludo y Galon se estrecharon la mano, como era tradición entre aridianos. Y eso fue todo.

A fin de cuentas, el elfo tenía razón: apenas se conocían.

Tiempo después, cuando salió de su tienda, lo hizo usando capucha, encorvándose y fingiendo cojera para pasar inadvertido. Por lo pronto, nadie preguntaría por él, pero tampoco nadie podía saber cuándo partiría. Él mismo se había ocupado de llevar sus últimos bienes a *El Fletcher* la noche anterior, después de que los soldados se marchasen a festejar el éxito de la empresa.

Cuando llegó al barco no hizo falta que se descubriese. El capitán lo estaba esperando desde hacía rato. Desplegó la pasarela y lo recibió a bordo.

—¿Todo listo? —le preguntó a modo de bienvenida.

Ludo asintió y preguntó de vuelta:

—¿Recibiste a mis invitados de última hora?

—Sí, los recibí y están a buen recaudo hasta nueva orden.

Lo que el capitán había querido decir era que estaban escondidos.

—Has hecho bien en ocultarlos.

—Lo imaginaba. ¿Quién diablos son? ¿Estáis seguro de llevarlos?

—Lo estoy, aunque deberán permanecer ocultos, al menos, hasta que nos hayamos alejado de la costa varias millas. En cuanto a quiénes son..., mucho me temo que tendremos que descubrirlo. Y, por favor, Charles, háblame como a un igual.

—Está bien..., pero tú no me llames Charles.

Ludo se disculpó por su despiste y acompañó a su amigo hasta la cubierta inferior, donde después lo siguió hasta un camarote modesto pero espacioso.

—Esto es lo mejor que puedo ofrecerte, a menos que quieras compartir mi cama.

—Es más que adecuado si la alternativa es aguantar tus ronquidos.

Los dos hombres rieron.

—Y esos son los baúles con tus cosas —añadió señalándolos, situados al lado de tres barriles.

—¿Eso es naca?

Vinicius sonrió con picardía. Ludo se sorprendió sobremanera, porque, aunque conocía su existencia por la fama de dicha bebida entre la gente de mar, no estaba al tanto de que la naca hubiese seguido circulando por Aridia después de que se paralizara el contacto con los everbios, sus únicos fabricantes.

—Ya te pondré al día de algunos asuntos poco lícitos que los de Everb llevan a cabo a espaldas de su rey.

—Será de agradecer, mi querido... Vinicius.

—Eso está mejor —concluyó su amigo guiñándole un ojo.

Además de sus cosas, Ludo reparó en la ropa que había esparcida por la estancia para que se secase. Levantó una ceja, extrañado, al ver dos pares de calzas, unas de varón y otras características de recluta.

—Voy a llevarme todo esto para tenderlo en cubierta —dijo Vinicius a la vez que recogía las prendas—, de lo contrario, no se secará nunca.

Luego se acercó a la pared tras el lecho.

—Están aquí —susurró golpeando ligeramente la madera.

Ludo abrió los ojos por la sorpresa.

—¿Ahí?

—Moza —continuó Vinicius golpeando de nuevo uno de los listones—. ¿Todo bien ahí dentro?

—Está dormida —repuso una vocecilla infantil.

—¿Cómo está el chico?

—Creo que bien, señor.

—¿Respira?

—Ronca.

—Será mejor que zarpemos cuanto antes —le dijo a Ludo—. Cuando despierten necesitarán agua y comida.

—¿Hay un niño ahí dentro? —preguntó, extrañado.

—¿Acaso no contabas con él?

Ludo dudó de que las personas que estaban al otro lado fuesen las que él esperaba.

—Abre. Tengo que ver quiénes son antes de partir.

—De acuerdo, espera.

Vinicius cerró la puerta del camarote y luego procedió a abrir la pared. Había una grieta vertical que habría pasado totalmente inadvertida de no ser porque su amigo introdujo una navaja por la ranura. Al otro lado había tres personas. El muchacho del muelle, tumbado y cubierto de vendas, la chica, acurrucada en una posición imposible, vencida por el sueño, y el niño. Un niño que le resultaba familiar.

—¿Quién eres tú?

—Vaz.

—¿Y ellos? ¿Son tus padres?

El crío negó con la cabeza.

—Son mis amigos —añadió.

—De acuerdo —dijo Ludo dirigiéndose al capitán—. Leva el ancla. Nos vamos de aquí.

Se alejaron de la costa en constante balanceo debido a la resaca que había producido la tormenta. Ludo se sorprendió de lo poco que recordaba de sus días en el mar, pues se mareó bastante. En parte, lo achacaba a tener que estar oculto en aquel camarote. Hubiese preferido estar en cubierta ayudando con las tareas de manejo y dirección de velas. Pero debía permanecer allí hasta que llegasen a Cabo Ribalta y todos los marineros que había contratado Vinicius abandonasen el barco. Era la garantía más segura para que toda Aridia pensase que se lo había tragado la tierra. Para eso y para que nadie supiese de las intenciones de *El Fletcher* hacia la desconocida isla. Esperaba que el tamaño de la nave fuese perfecto para albergar a todos los elfanos que la elfa hubiese podido rescatar de su destino en Roostad.

Calculaba que habían pasado dos horas desde la partida cuando escuchó ruidos al otro lado. Sus invitados debían de haber despertado. Ludo se acercó a la grieta y colocó su daga de la misma forma que se lo había visto hacer a Vinicius con el cuchillo.

—Me alegro de que al final hayas decidido unirte —dijo al lograr su cometido. La joven no le respondió. Se quedó agazapada abrazando al niño—. ¿Cómo está? —Se refirió al chico.

—Necesita agua.

—El capitán no tardará en traernos provisiones.

—¿Por qué tenemos que viajar aquí? —quiso saber ella—. ¿Son soldados Jensen los que hay ahí arriba?

—No, no lo son. Pero cuanto más cuidado tengamos mejor, ¿no crees?

—Os aseguro que nadie sabe quién soy —añadió la joven.

—¿Ah, no?

Ella se cruzó de brazos, desafiante. Ludo reparó de pronto en su pelo corto. La noche anterior no le había resultado significativo. Sin embargo, a plena luz del día, tanto eso como las ropas holgadas que llevaba le llamaron la atención.

—¡¿Dónde están nuestras cosas?! —exclamó, alterada.

—El capitán se las llevó a secar.

La chica iba a seguir hablando, pero justo entonces apareció Vinicius, cargado con un cubo de agua dulce, varios trozos de pan y una cuña de queso. Hizo un verdadero esfuerzo para cerrar la puerta tras él con todo a cuestas.

—¿Qué habéis hecho con mi ropa? —le increpó la chica a su buen amigo, que lo miró a él, como preguntándole el porqué de su desconfianza.

—Está arriba —repuso Vinicius sin darle mayor importancia—. Echa el cerrojo —se dirigió a Ludo mientras se acercaba al hueco—. ¿Qué tal habéis estado?

—Bien, si no tenemos en cuenta la oscuridad y los crujidos de la madera.

Cada cosa que decía evidenciaba más su descaro.

—Compartiremos mi camarote hasta llegar a nuestro destino, si te parece bien —le propuso Ludo.

Vinicius arrugó la frente, extrañado.

—Si tenemos la garantía de que nadie va a entrar aquí —aclaró—, no será necesario que viajen ahí dentro todo el tiempo. Además, me parece que tienes a un nuevo grumete. Dice que nadie la conoce y que está dispuesta a ayudar.

Ella lo miró con sorpresa. No había dicho nada de eso último, pero él lo había supuesto por el arrojo que demostraba.

—¿Ayudar? ¿Has navegado alguna vez, jovencita? —le preguntó Vinicius.

—No. Jamás. Lo cual no significa que no pueda aprender —repuso con altanería.

Ludo sonrió al comprobar que no se había equivocado al juzgarla.

—Pensándolo bien…, ella sería la mejor excusa —comunicó el capitán, de pronto.

—¿A qué te refieres?

—Podría hacerla pasar por mi hija. Así tendría libertad para ir y venir a su antojo y nadie la molestaría. Además, nos vendría bien que alguien más supiera de navegación.

—Yo también puedo aprender —destacó el niño.

La joven salió del interior y se plantó delante de Vinicius con los brazos en jarras.

—Mira por dónde, no vais a tener un hijo, sino dos.

El capitán soltó una carcajada.

—No dejaré que ningún crío ande correteando por mi nao.

—Os doy mi palabra de que no os molestará y que a la larga me lo agradeceréis —insistió ella, seria y decidida—, pues os será de tanta ayuda como yo. Además, no creo que el señor Jensen quiera cargar con nuestra compañía todo el rato.

El chico de las vendas emitió un quejido y descubrieron que trataba de incorporarse.

—Dadme el agua. —La chica le quitó a Vinicius el barreño de las manos y lo llevó rápidamente hasta él—. No te muevas, Aleph, pero bebe.

—Deberíamos pasarlo a mi lecho —propuso Ludo—. Ayúdame a transportarlo.

—¡No! —Se puso la mano en la boca después del grito, como para disculparse por elevar la voz—. Ya basta de moverlo de un sitio a otro. Tiene que guardar reposo absoluto y me ha costado mucho acomodarlo de una vez por todas. Se quedará aquí hasta que pueda levantarse.

Ludo se dio cuenta de que, además de arrojo, tenía un carácter de mil demonios. Vinicius también lo apreció, por lo que dejó la comida que había traído y enunció:

—Comed. Más tarde iré a por vuestra ropa y os la traeré. Estará seca pronto.

—¿Y qué hay sobre lo de salir de aquí? —preguntó ella.

—Lo estudiaré mientras tanto.

Cuando su amigo se retiró, Ludo cogió una pieza de pan y se sentó en el camastro a comérselo en silencio, mojándolo previamente en agua para ablandarlo. Con un cuchillo también cortó queso. El niño pequeño estuvo un buen rato delante de él, dándole lametazos a su pan y observando el queso con tanta atención como a él, sin pronunciarse. Ludo le fue ofreciendo algunos trozos.

Al cabo de un tiempo, el chico de las vendas habló.

—Cala… —dijo con la voz ronca.

—Chist —lo recriminó ella—. No hables. Todavía tienes que recuperarte un poco más. Ten, esto es pan. ¿Podrás masticarlo?

—Así que te llamas Cala —dejó caer Ludo.

No la veía desde donde estaba, pero podían escucharse a la perfección.

—No es de vuestra incumbencia.

—Pero es cierto.

La chica bufó, resignada.

—Sí, me llamo Cala.

—En realidad, se llama de dos formas —añadió entonces el niño.

—¡Vaz! No hables con él.

—Todavía no te fías de mí, ¿eh?

—Por razones evidentes, ¿no creéis?

—Os he traído a los tres hasta aquí —continuó Ludo—, lejos de un lugar donde probablemente os estarán buscando. Eso podría ser suficiente, pero, ya que no basta, deberías darte cuenta de que vosotros no sois los únicos que se están escondiendo.

—No pretendáis hacerme creer que vos y yo somos iguales. Ahorráoslo.

—Intenté salvar al hijo de tu hermana —le confesó.

Cala salió del hueco, impulsada como un resorte.

—¿Qué habéis dicho?

—Qué intenté salvarlo. Ahora mismo debería de estar a bordo de este barco. Pero, en el último momento, ella, Helina, ¿verdad?, se echó atrás. Además, no llegó a nacer antes de la partida.

—¿Conocíais a mi hermana?

—Sabía quién era. —Vio el miedo asomando en los ojos de la chica—. Queríamos salvar, al menos, al bebé —añadió para tranquilizarla.

—¿Quiénes lo queríais?

—Te contaré una historia, Cala, y vas a tener que confiar en mi palabra. Es el motivo de este viaje, pero, cuando lleguemos a Seic, serás libre de quedarte con nosotros o en Aridia. ¿Puedes escuchar sin juzgarme durante el tiempo que tarde en explicarme?

Como respuesta, arrugó el entrecejo, cogió a Vaz de la mano y se sentó frente a él, dispuesta a escucharlo.

VINICIUS

RUMBO CABO RIBALTA

Iban a buen ritmo, porque navegaban a sotavento desde que el sol había empezado a descender, así que, salvo imprevistos, llegarían a Cabo Ribalta con el quinto atardecer. Apenas podía creer que su vida fuese a tomar una dirección tan diferente, que tuviese un propósito siquiera. Tras la muerte de su esposa e hija, despojado de todo cuanto fue, se había dedicado a vagar entre los puertos de Vorproa y Portbury como un pordiosero. Fue gracias a que se ofreció voluntario para ayudar en un pesquero y conseguir algo de comida que se dio cuenta de que no podía continuar así.

El contacto con el mar fue lo único que lo devolvió a la realidad, recordando su juventud a bordo del barco de Ludan el Explorador y, más tarde, de Robert el Magnífico, aprendiendo a navegar junto a su mejor amigo, Ludo. Debido a sus altas nociones de navegación, no tardó en destacar entre el resto de sus compañeros, así que muy pronto le ofrecieron dirigir uno de los pesqueros. Poco a poco fue recuperándose, aunque decidió mantener el pelo y la barba que le habían crecido por si un día coincidía con alguien de Berproa.

Todos debían seguir creyendo que Charles Hutton había muerto o que estaba desaparecido, en el mejor de los casos. Por eso adoptó un nuevo nombre: Vinicius Fletcher. Además de todo eso, descubrió una habilidad que jamás pensó que tendría: las apuestas. Así había conseguido el barco en el que ahora navegaban. Cuando lo ganó estaba en muy malas condiciones, pero con mimo y destreza reparó hasta la última tabla y lo convirtió en una de las naves más majestuosas de toda Ganean. Su deseo era viajar y ganarse la vida como mercader; la llegada a Portbury de Ludo Jensen cambió su rumbo.

Se había presentado en su tienda sin avisar, consciente de que lo más probable era que lo echasen a patadas. Por fortuna, Ludo lo reconoció, haciendo un buen uso de la intuición. Mantuvieron una charla muy larga, pues él tenía muchas cosas que aclararle a su viejo amigo, así que concretaron seguir hablando a bordo de su barco. Y, cuando Ludo contempló de primera mano la nave de la que se había adueñado, sus ojos se llenaron de sorpresa y emoción. Lo que hablaron después de las debidas explicaciones se resumía a la presente situación. Ambos iban a bordo de *El Fletcher* camino a un lugar desconocido con previa parada en Cabo Ribalta.

Y no iban solos.

Vinicius acababa de recoger la ropa de sus invitados más misteriosos y se dirigía directo al camarote de Ludo para entregársela. Lo había sorprendido, y mucho, que, a pesar de haber sido su amigo quien respaldase la seguridad de los dos jóvenes y el niño, apenas tuviese relación con ellos.

La moza parecía de armas tomar. Le caía bien.

—¿Qué es lo que guardáis con tanto recelo en el camarote principal, capitán? —le preguntó uno de sus hombres al verlo recoger, de entre las prendas, un vestido.

—Nada que pueda interesarte, Chuck. Vuelve al trabajo, ¿quieres?

—Eso está hecho, capitán.

Chuck era el único de los marineros que conocía de Vorproa. Un joven ambicioso que llevaba la navegación en las venas; por eso era su contramaestre y el encargado del timón cuando él atendía otras obligaciones, como las de aquella mañana.

Escuchó los gritos procedentes del camarote desde la escalera. Eso no era buena señal. Cuando entró, encontró a la chica caminando de un lado para otro y acusando a Ludo.

—¡Basta! —exclamó este último—. ¡Baja la voz! Van a oírte todos.

—¿Qué ocurre aquí? —preguntó Vinicius. Cala lo miró con los ojos llenos de lágrimas. Y de odio—. Cálmate, jovencita. Sea lo que sea, gritar no te servirá de nada.

—Acaba de decirme que ha enviado a mi hermana hacia una muerte segura —dijo ella.

—También he dicho que lo siento —añadió Ludo.

—¡Como si eso bastara o sirviese de algo! No puedo creer que me haya fiado de vos. Mi hermana hizo bien en no hacerlo. ¡Y yo ahora estoy atrapada aquí! Debería haberme quedado con Greta.

Solo paró cuando reparó en la ropa que él había traído.

—Dadme mis pantalones —le ordenó.

No tuvo tiempo de buscarlos. Ella le arrebató todas las prendas y lo hizo por su cuenta. En cuanto encontró lo que buscaba, se los puso y, sin pedir permiso, salió a toda prisa hacia la cubierta principal.

—¡Vuelve aquí!

Pero nadie podía parar a las personas como ella.

Él lo sabía de buena mano.

CALA

RUMBO CABO RIBALTA

Le faltaba el aire.

Llevaba faltándole durante días, pero acababa de llegar al límite y el cuerpo le pedía correr, liberarse. Necesitaba respirar y dónde mejor que en mitad del océano.

Ni siquiera reparó en los marineros que se habían quedado observándola mientras corría a toda prisa hasta el mirador de popa. Su latido acelerado hacía que el pecho le subiera y le bajase a una velocidad asombrosa; incluso le dolía. Entonces supo que tenía que gritar y eso fue lo que hizo.

Gritó hasta desgañitarse para poder soportar el dolor ante la pérdida de su hermana.

HELINA

RUMBO UCAY

Gritaba tanto que el resto de los pasajeros incluso se tapaban los oídos.

Hacía apenas una hora que se había puesto de parto, cerca de completar el octavo ciclo de su gestación, y estaba siendo mucho más angustioso de lo que había temido. Dos mujeres la atendían, pero las contracciones estaban acabando con ella. Se sentía cada vez más débil, a pesar de que ellas la animaban con ahínco para que pujara.

—¡No puedo! —repetía una y otra vez.

—Vas a tener que hacerlo de todas maneras —escuchó a una de las enfermas de la torre a lo lejos —, así que deja de quejarte.

Ni siquiera en un momento como ese podían evitar ser groseras con ella. Helina estaba cansada de todas y cada una de las mujeres con las que había tenido que compartir aquel calvario. Por suerte, las que la estaban ayudando eran de Berproa; dos de las muchas personas obligadas a partir por precaución sin estar infectadas, y de las pocas que habían ofrecido, al menos, uno de sus absorbentes de tela para el parto y el posparto de Helina.

—Un poco más, muchacha —le dijo la que estaba entre sus piernas esperando al bebé—. Te prometo que merecerá la pena.

Se rio para sus adentros, con ironía.

¿Qué merecía la pena y qué no? ¿La merecía el arrastrar a su retoño con ella, fuera cual fuera el lugar al que estaban destinados? En cualquier caso, no había vuelta atrás. Su hijo iba a nacer en alta mar, en un barco a rebosar de gente infectada por la Plaga de Tamara, escoltados por otros barcos llenos de soldados que no les permitirían regresar a casa.

Todo era un sinsentido.

Pero allí estaba, dando vida, o intentándolo.

—Ya casi está —siguió apremiándola la improvisada partera—. ¡Empuja!

Helina sintió cómo se desgarraba por dentro y por fuera con el último empujón y supo que lo había conseguido.

—¡Una niña!

La mujer se levantó con el bebé en brazos y los pasajeros más cercanos aplaudieron el éxito. Sin embargo, ella no tuvo tiempo de ver el rostro de su hija, porque todo se volvió negro.

DÍA 26 · LUNA MENGUANTE 44%

KALUMA

RUMBO UCAY

No le había perdido la pista a la joven madre desde el alumbramiento. Sabía que se llamaba Helina y que las mujeres que habían atendido el parto la habían llevado al camarote de los marineros principales para que descansase. Y con «principales» se refería a todos los que se ocupaban del manejo del barco y cabían allí dentro, a pesar del espacio.

La dirección de aquel navío no era un tremendo caos solo porque, quienes sustituían a los pocos berproenses que sí habían navegado con anterioridad, seguían la estela de la flota oficial de los Jensen y del resto de barcos que los precedían. Kaluma podía haberles dado unos cuantos consejos, pero estaba segura de que ninguno de ellos —mucho menos los dos sargentos— aceptarían la recomendación de una mujer de veinte años. Su padre los habría puesto a todos en su sitio en un santiamén… Él siempre había soñado con conquistar Ucay, aun cuando ni siquiera un cuarto de la población aridiana sabía que el extraño territorio era un archipiélago, o que existía siquiera.

Dejó esos pensamientos de lado y volvió a su principal interés: la muchacha y su bebé. Sabía que ella estaba en estado grave y que la criatura había sobrevivido. Las mujeres decían que era una niña sana, sin indicios de infección, cosa que ella ya había augurado, pues la madre presentaba señales de la terrible enfermedad, pero ya no padecía los síntomas característicos.

Estaba obsesionada con poder acercarse a ella, porque tenía una corazonada.

Se daba por hecho que todos los pasajeros de aquella cochambrosa nave que los trasportaba hacia Ucay eran humanos, de distinta condición, pero humanos. Y se daba por hecho, precisamente, porque los elfanos habían sido llamados a Roostad con un objetivo muy diferente. Sin embargo, ella formaba parte del segundo grupo. Había mentido para poder hacer realidad el sueño de su padre de llegar a aquella isla. Y algo le decía que la joven madre también era una elfana.

Eso lo volvía todo muchísimo más interesante.

Quería saberlo todo de ella: descubrir si sus sospechas eran ciertas, conocer su procedencia de ser así y preguntarle por aquel cambio de identidad para modificar su sino. La sola idea también le dio esperanzas de que más pasajeros hubiesen hecho lo mismo, aunque, en ese caso, debían de estar en alguno de los otros barcos, ya que no había percibido a ninguno más. Era raro que pudiese distinguir a humanos y elfanos, pero podía. Lo hacía a través del olfato y, hasta entonces, nunca le había fallado. Delfo, su padre, era quien le había enseñado a controlar ese don, pues ambos eran descendientes de Wiwarin, una elfa Qûom a la que ninguno de los dos había conocido, y, por lo visto, esa era una de las características más destacables de los elfos del agua. Tanto como podía serlo el tacto para los Thaòk.

En un acto reflejo, Kaluma se llevó la mano a la bolsa de viaje que siempre portaba con ella. En su interior, guardaba un montón de papeles con anotaciones de su padre sobre el comportamiento de las mareas, pero también los había con la información que ambos habían ido recopilando acerca de los elfanos que habían conocido después de que los elfos llegasen y se reprodujesen: origen de la ascendencia, descendencia, dones... Entre los dos habían puesto nombre a mestizajes conocidos e incluso hipotéticos, y ella tenía la intención de seguir especulando sobre ello en cuanto llegasen a Ucay. Por eso tanto interés en Helina y en su hija. Consideraba idónea la casualidad de que las dos hubiesen coincidido en el mismo barco.

En cuanto vio salir a una mujer del camarote de cubierta, Kaluma se dirigió con disimulo hacia ella.

—Buenos días —le dijo—. ¿Qué tal se encuentra la chica?

—Ha despertado, pero está muy débil.

—¿Puede recibir visitas?

—De momento, ha de descansar. —La mujer la miró de arriba abajo—. ¿Por qué? ¿Qué quieres?

A Kaluma le molestó que la tratase como a una cría sin importancia, porque no era ninguna de las dos cosas.

Fue cortés, a pesar de todo, para ganarse su favor.

—Veréis, yo... quería ofrecerle ayuda con su hija. Antes me dedicaba a...

—No será necesario. Ya nos estamos ocupando nosotras.

—Pero es que yo...

—He dicho que no. Y ahora, si me disculpas, tengo que ir a buscar algo de comida para ella.

—¡Iré yo! —La mujer se echó hacia atrás, desconcertada por su entusiasmo—. Vos quedaos al cuidado de la joven, que yo apenas tardaré en ir y volver con algo de vitaminas. Conozco al que se encarga de la cocina —mintió.

—Está bien, como quieras.

La mujer regresó al camarote no sin dedicarle una mirada cargada de sospecha, diciendo algo para sus adentros.

Kaluma tomó aire y se dirigió a paso ligero hacia la cocina. Por el camino, tuvo que sortear a muchos de los pasajeros que andaban de un lado para otro. Por suerte, había un compartimento especial para los enfermos críticos y una persona encargada de controlar que no saliesen de allí. Aunque a ella lo mismo le daba; era inmune a la enfermedad y tenía pruebas fehacientes, pero comprendía las medidas, teniendo en cuenta las consecuencias que podía ocasionar el hecho de que continuasen contagiándose en tan poco espacio. Sin pasajeros no habría marineros —por incompetentes que fuesen—, y sin ellos no se podía gobernar barco alguno y jamás llegarían a su destino.

Sonrió al descubrir que el cocinero se había quedado dormido en un rincón, agarrado a una botella de juc o naca, supuso. Buscó sin demora entre las cajas y los escasos armarios algo que le fuese de utilidad para la recuperación de Helina, hasta que dio con las naranjas. Le sorprendió la escasez de los productos, aunque no se le ocurrió pensar que eso era todo cuanto tenían para el largo viaje, pues no creía que nadie en su sano juicio los hubiese hecho embarcar con dicha cantidad de alimentos. Habría más, seguro.

Cogió también un poco de caldo con ayuda de un recipiente de cerámica y salió sin hacer ruido, de vuelta a la cubierta principal. Uno de los marineros, de los que a veces dirigía el timón, le impidió el paso al interior del camarote.

—¿A dónde crees que vas?

Otro con aires de superioridad.

—Traigo alimento para la joven que dio a luz.

—¿Ah, sí? ¿Y cómo has conseguido todo eso? —le preguntó refiriéndose a lo que llevaba—. Se supone que nadie puede comer en horas no oficiales.

—Pero es que la joven...

—Será mejor que te lo requise antes de que cualquier otro se de cuenta de lo que has hecho.

Entonces la puerta se abrió y apareció el único hombre decente que debía de haber a bordo.

—Déjala pasar de una vez, Talio, y vuelve al trabajo.

El tal Talio miró a Kaluma con parsimonia y desprecio y luego se echó a un lado para cederle el paso.

—Gracias —le dijo ella con retintín antes de atravesar la puerta.

Cuando pensaba que ya no había nada más que pudiese asombrarla en aquella embarcación, lo hizo. Kaluma siguió los pasos del hombre que le había dado acceso y sorteó algunas hamacas que colgaban del techo y que, en ese momento, albergaban a los marineros que relevarían a los que había entonces trabajando. Si ya de por sí era escaso el espacio del que disponían en las cubiertas inferiores, en el camarote principal era casi peor, con la única ventaja de que debían turnarse y que pocas veces coincidirían todos en el interior.

Cuando llegaron junto a las dos mujeres que atendían a Helina y a la niña, el hombre desapareció sin que le diese tiempo a darle las gracias.

—Has tardado —le dijo la misma con la que había hablado minutos antes.

—He traído sopa y naranjas —replicó Kaluma, haciendo caso omiso de su comentario.

Se acercó aún más para dejar los alimentos sin apartar la mirada de la chica, que entreabría los ojos intentando incorporarse. La otra mujer la frenó con una mano y luego le puso un trapo mojado sobre la frente mientras acunaba al bebé.

—¿A qué estás esperando? —le preguntó la primera.

Kaluma las miró una por una tratando de inventar una excusa, sin éxito.

—¿Podría hablar un minuto a solas con Helina?

—¿Cómo dices?

—Necesito hablar con ella en privado.

—Ya te he dicho que debe descansar. Mírala. ¿Acaso crees que está en condiciones de mantener una conversación? Además, ¿quién eres tú? ¿Os conocíais de antes? Porque no te vi ayer cuando rompió aguas.

No supo cómo defenderse de tal acusación. Todos habían sido partícipes de la llegada del bebé, porque los gritos de Helina podrían haber atravesado incluso el Vasto Océano y llegado hasta Everb, pero solo aquellas berproenses la habían ayudado. Kaluma lo había visto todo desde la distancia; fue cuando empezó a percibir aquel olor tan peculiar de los elfanos y descubrió que procedía de ella, intensificado por la pérdida de sangre.

Se había dedicado durante muchos años al cuidado de niños en Vorproa después de la muerte de su padre, después de que le prohibiesen seguir usando su mercante y otros hombres se lo apropiasen sin darle más que una miseria por él, y también había visto partos. Sin embargo, nunca había asistido uno como tal, y por eso dejó que otras personas que parecían más expertas hiciesen su trabajo, sin estorbar.

—Eso no significa que no quisiese ayudar —se defendió—, o que no pueda hacerlo ahora.

—Será mejor que te vayas. Sé lo que intentas, y aquí no hay sitio para nadie más.

Kaluma miró a la mujer con enfado.

—No pretendo ganarme un hueco en esta abarrotada estancia, señoras —les comunicó—. No es esa mi intención ni lo será en el futuro. Os lo demostraré si me concedéis el tiempo que os he pedido para hablar con la chica.

—Quiero hablar con ella —dijo Helina, de pronto. Kaluma la miró y descubrió que tenía los ojos abiertos. Sonrió y miró a las mujeres, exultante—. Dejad que hablemos, por favor.

—¿Estás segura? —le preguntó una—. No deberías gastar las fuerzas que necesitas para amamantar a tu hija. No tardará en demandar más leche, y apenas tienes.

Por toda respuesta, Helina se apoyó sobre las manos para incorporarse, no sin dificultad, y le lanzó una mirada severa. Como movidas por una fuerza invisible, las dos se apartaron unos metros para darles intimidad.

—Ven, acércate —le pidió Helina. Ella se arrodilló a su lado para que pudiesen charlar con la mayor discreción posible—. ¿Te manda Siome?

Kaluma la miró sin comprender.

—¿Quién es Siome?

Helina la observó durante unos segundos, intentando descubrir algún indicio de duda en sus ojos. No lo encontró, pues nunca antes había escuchado ese nombre.

—¿Por qué tanto interés en hablar conmigo?

Kaluma se puso cómoda.

—Eres elfana, ¿verdad? —le preguntó a Helina sin ser capaz de contener la alegría. Se dio cuenta del cambio de actitud de la chica y de que empezó a buscar con la mirada a las mujeres—. ¡No! Espera. No tengas miedo. Yo también lo soy.

No dudó al confesarlo porque su olfato era todavía más preciso gracias a la cercanía. Solo se permitió un momento de pánico al percatarse de que la chica podría ser elfana sin saberlo. Por suerte, no fue el caso.

—¿Quién eres?

—Kaluma Brontton, de Vorproa. Mi padre fue uno de los primeros elfanos, antes incluso que el rey Tomur. Somos descendientes de una elfa Qûom. Bueno, él lo es. Lo fue.

—¿De una elfa?

—¡Sí! —Estaba cada vez más entusiasmada hablando con la muchacha—. Una que se enamoró de mi abuelo en una época en la que nadie imaginaba que una unión así pudiese suceder.

—¿Y cómo es que estás aquí? ¿Por qué no has ido a Roostad? —preguntó Helina con mucho interés.

—Mi padre siempre quiso ir a Ucay. He venido persiguiendo su sueño.

—Pero este viaje es una locura… Ni siquiera sabemos si podremos sobrevivir, o qué sucederá una vez lo hagamos con las provisiones que queden. Las probabilidades no son nada alentadoras. Con todos los que somos, lo más seguro es que continúen los contagios y…

—Bobadas. Estoy convencida de que lo conseguiremos.

—Ojalá pudieses infundirme algo de tu fervor. Quisiera pensar de verdad que tendremos un futuro en Ucay. Eso sería lo único que me libraría de la culpa de haberme embarcado con mi hija.

Kaluma no entendía por qué tanto pesimismo, ni por parte de Helina ni por otras de las personas que había a bordo. La gran mayoría eran enfermas que habían sido trasladadas desde Roostad, y era cierto que sus rostros denotaban lasitud y derrota y que solo ellas sabían el calvario que debían haber pasado caminando jornada tras jornada en sus lamentables condiciones. Pero ¡por todas las mareas! ¡Iban a Ucay! Con total probabilidad, serían las primeras personas en pisar aquella tierra, los primeros pobladores del territorio. Kaluma suponía que, dada la peligrosidad conocida del Mar Ucayo, los barcos escoltas los ayudarían en todo lo posible y que, con el paso de los días, los torpes marineros se convertirían en diestros. Nada ni nadie les impediría llegar a su destino.

De fondo, empezaron a escuchar el llanto de la niña.

—Me reclaman —dijo Helina—. Prometo buscarte cuando pueda volver a caminar, si es que puedo.

—Sabes perfectamente que podrás, que te recuperarás. Pero tienes que proponértelo.

Helina arrugó el entrecejo.

—¿Estás segura de que no conoces a Siome? ¿O a mi hermana Cala?

—¿Por qué tanto interés? ¿Quiénes son?

—Nadie. Olvídalo. Nos veremos en unos días.

Las de Berproa ya estaban de vuelta, pero Kaluma aún tenía una última pregunta. Se acercó a Helina un poco más y le susurró:

—¿Podrías decirme de dónde vienes? ¿Quiénes fueron tus padres? Algo sobre tu pasado.

Helina dudó. Luego suspiró y se acercó a su oído para darle una rápida respuesta.

Kaluma se levantó instigada por una de las mujeres y se fue retirando a medida que todo volvía a la normalidad en aquel espacio.

Una vez en el exterior, trató de recordar las distintas combinaciones que su padre y ella habían establecido. La chica había dicho que era hija de un elfo y una elfana.

«Un elfo y una elfana».

Estuvo repitiendo la información en su cabeza mientras iba de un lado para otro, soportando algún que otro comentario sobre que dejase de incordiar. Teniendo en cuenta el tiempo que hacía que los elfos se habían retirado de Aridia, llegó a la conclusión de que la única posibilidad de que un elfo hubiese concebido con una elfana era si esta era una alfa, es decir, una de las primeras del periodo de apareamiento. Y entonces Helina solo podía ser una elfana…

«*¡Carente!*», gritó para sus adentros.

No podía creer que hubiese tenido la suerte de coincidir con una carente. ¡Que existiera!

Definitivamente, su padre siempre tenía razón.

DÍA 27 · LUNA MENGUANTE 24%

LLEGADA DE SIOME A SEIC
Y DEL EJÉRCITO A ROOSTAD

CALA

RUMBO CABO RIBALTA

Que Vinicius le enseñase algunas cosas sobre navegación había conseguido que su malestar se redujese mínimamente desde la última vez que le dirigió la palabra a Ludo. Agradecía que el capitán hubiese aceptado hacerla pasar por su hija y que tuviese tanta facilidad para transmitir sus conocimientos. Algunas veces hasta permitía que Vaz los acompañase y se empapase de todo cuanto decía, aunque no pudiese poner lo aprendido en práctica.

Había tenido la impresión de que navegar la cautivaría, aunque jamás podría haber imaginado cuánto.

A veces pensaba que, en parte, se debía a no tener que estar todo el día encerrada junto al exlugarteniente de Aridia, pero, en el fondo, sabía que eso era solo una pequeña excusa. Lamentaba que Aleph no pudiese acompañarla, pues fue el primero de los dos en expresar en voz alta sus ganas de hacerse a la mar. Al menos, seguía evolucionando y ya pasaba la mayor parte del día espabilado. Cala agradecía que nadie hubiese preguntado por las medicinas que Greta le había proporcionado, que aliviaban el dolor y lo hacían dormir durante largas horas.

Justo estaba esperando el aviso del capitán para empezar a desplegar las velas del palo de mesana y poner en práctica lo aprendido junto a otro par de marineros —que la ayudarían y supervisarían su tarea— cuando el vigía gritó: «¡Barco a la vista!», señalando entre popa y estribor. Vinicius se encaramó a la barandilla sin demora y desplegó su catalejo. Luego no hizo falta más que una mirada de advertencia hacia Cala para que ella dejara lo que estaba haciendo y corriese a avisar a los del camarote.

—Se acerca un barco —anunció nada más llegar.

Ludo fue el primero en reaccionar, levantándose para abrir la puerta que daba paso al escondite. Vinicius los había prevenido de las medidas a adoptar si algo así llegaba a suceder. Nunca se sabía con quién podían encontrarse durante el viaje, ya que navegaban en aguas neutrales del Vasto Océano para no ser interceptados desde ningún punto de la costa de Aridia; pero manteniéndose cerca del límite del Mar Blanco.

Cala ayudó a Aleph a acomodarse en el hueco secreto. Tenía tan asumido que aquel lugar era donde debía estar, que se sorprendió cuando Ludo le recordó que era ella y no él quien tenía que quedarse en el camarote, pues era la que se hacía pasar por la hija del capitán.

Un buen rato después, Vinicius por fin apareció tras la puerta.

—Solo era un pesquero everbio —dijo. Cala volvió a llenar sus pulmones de aire, ya más tranquila, y luego el hombre se acercó a la pared y dio unos golpes en la madera—. Ya podéis salir. No hay peligro.

—¿Everbios tan cerca de Aridia? —preguntó Ludo.

—Seguían la pista de un banco de barracudas.

—¿Barracudas?

—Ya sabes que los del este siempre han tenido gustos muy peculiares.

Los dos hombres rieron para relajarse.

—¿Seguro que todo está en orden? —le insistió Ludo.

Cala también había notado la cara de preocupación del capitán.

—Sí, por ahora sí, pero llevo varios días pensando en qué sucederá cuando tu hijo Rómulo se organice y se acuerde de los permisos de navegación. Hasta hoy, todas las embarcaciones aridianas se regían a través de las acreditaciones otorgadas por el rey Tomur. Si alguien nos preguntase, o peor, si nos pidiese que nos identifiquemos…

Ludo puso una mano tranquilizadora en el hombro de su amigo.

—Dudo que mi hijo tenga tiempo de tramitar el cambio antes de que nosotros estemos lejos de su alcance, y recuerda que las noticias no llegan de Aridia a Everb de un día para otro. No debemos preocuparnos por nada a menos que la adversidad nos haga adentrarnos demasiado en el Mar Bravo, y si eso sucede, ya pensaremos entonces en qué hacer.

—Tienes razón —concluyó Vinicius. Luego se dirigió a Cala—. ¿Qué te parece si continuamos con tu aprendizaje? Creo recordar que te habías quedado a medias.

—¿Yo puedo ir? —preguntó Vaz.

Tanto ella como el capitán lo miraron y sonrieron.

Tras la interrupción del pesquero everbio, Cala siguió toda la mañana aprendiendo a desplegar y arriar las velas de los palos menores. Vinicius le prometió que, cuando consiguiese dominar esa tarea, pasarían al palo mayor, y ese aliciente era más que suficiente. Quería llegar a Cabo Ribalta con la capacidad de ser útil en cualquier otro barco. La mayoría de los marineros de a bordo concluirían su viaje allí, así que esperaba que hiciesen buenas recomendaciones sobre ella entre los seicianos del puerto.

Vinicius la había convencido de que aquel era uno de los barcos más grandes que existía, al menos, en Aridia. Con sus veinte metros de eslora y doce de manga, distaba mucho de asemejarse a cualquier otra nave destinada al mismo fin —recreo o transporte de mercancías—, pues había pertenecido al ejército Jensen muchos años atrás y había sido reconstruida casi en su totalidad. Cualquier otro barco más pequeño en el que se embarcase sería la mitad de difícil de manejar, así que, si aprendía bien, se convertiría en una de las mejores marineras.

A Cala no le sorprendió que *El Fletcher* hubiese pertenecido a la flota oficial; sin ser una entendida en aquel campo, había sabido apreciar su peculiaridad y belleza desde el mismo instante en que lo vio. Estaba lejos de parecerse a cualquiera de los que ella misma había avituallado para que marchasen rumbo a Ucay. Al pensar en ello, no pudo evitar hacerlo también en Helina, por lo que su energía decayó un tanto. Fueron los ánimos de Vaz los que la persuadieron para no desistir en su intento por arriar bien, y de una vez por todas, el velacho del trinquete. Después de eso, Vinicius dio por concluido el aprendizaje y la obligó a descansar.

Antes de retirarse al camarote, se dirigió a la toldilla para saludar a Chuck, que, en ese momento, era quien manejaba el timón. Allí arriba el aire la refrescó, logrando así deshacerse de una buena parte del sudor. Vaz, como era de esperar, subió tras ella.

—¿Qué te ha parecido la lección de hoy? —le preguntó el piloto.

—Más dura de lo que imaginaba —respondió Cala.

—Se te da bien, ¿sabes?

—¿El qué?

—Aprender y todo eso, aunque no es de extrañar que lo tengas en los genes siendo hija del capitán Fletcher.

Cala trató de no sonar muy forzada cuando dijo:

—Sí, claro. Debe ser eso.

Sin embargo, Vaz no pudo disimular la risa, así que ella le dio un codazo amistoso, lo echó hacia atrás y se despidió para bajar al camarote. Una vez estuvieron fuera del alcance de Chuck, lejos de reprender a Vaz, se echó a reír con él de buena gana.

—¿Qué es tan gracioso? —les preguntó Aleph al entrar.

—Eso. Contadnos —añadió Ludo.

Cala mudó de expresión en cuanto el hombre habló. Había decidido que ni siquiera se mostraría cordial ante él.

—¿Cómo estás? —le preguntó a Aleph.

—La mañana ha sido tranquila, pero ahora el dolor está volviendo a ser un poco inaguantable. Solo quiero que llegue la hora de comer para poder echarme un rato.

Le dedicó una penetrante mirada a Ludo para que los dejase a solas, aunque eso solo significase cambiar de posición dentro de la estancia: Cala pasaba a colocarse junto a la cama que el hombre le había cedido a Aleph, mientras él se sentaba en la esquina opuesta. Era imposible tener momentos de intimidad, considerando el reducido espacio, por eso Cala agradecía aquel silencioso pacto y, a la vez, aprovechaba para hablar en voz baja con su amigo, sobre todo cuando se referían a la medicina.

—¿Me vas a contar alguna vez cómo has conseguido esto? —preguntó el chico cuando Cala se desató del cinto el saco que Greta le había proporcionado.

Aleph estaba tumbado sobre su costado derecho, de cara a ella.

—Queda muy poco —lo advirtió al dárselo—. Te dejo que lo guardes ahora que ya estás consciente para que lo gastes bajo tu responsabilidad, pero te recomiendo que procedas como has comentado: después de comer y antes de echarte un rato. Esto hará que descanses mejor.

Cala vio cómo abría la bolsa y tocaba con un dedo la espesa y transparente mezcla. Había sido ella la encargada de introducirle la sustancia en la boca durante los dos primeros días, siguiendo las recomendaciones de Greta.

—¿Tú sabes qué es? —insistió Aleph.

Cala negó y no mintió con ello.

Lo único que sabía era que lo había elaborado la mujer en su propia casa, así como había elaborado el bizcocho que les había regalado a los soldados encargados de vigilar a Aleph en el muelle. Todavía recordaba la cara de agrado de Mars cuando le dio el primer bocado. Había sido una coincidencia desafortunada que él fuese, precisamente, uno de los encargados de la vigilancia. Esperaba que no hubiese supuesto mucho problema para él que Aleph hubiese escapado. Era un chico genial, así que lo deseaba de todo corazón.

Después de que Cala le confesase sus secretos a Greta, el día que regresó a su casa cargada con Vaz y desesperada por elaborar un plan para rescatar a Aleph, ella terminó por confiarle los suyos.

Greta Rosett había resultado ser hija de una curandera que trataba a todos sus pacientes con remedios y brebajes elaborados en el sótano de su hogar. No había sido la única en servirse de plantas medicinales para la sanación, ni mucho menos. Era una costumbre muy extendida que continuaba ejerciéndose dentro de la profesión, pero se corrió el rumor de que la vieja señora Rosett usaba algunas plantas venenosas o cuyo uso se había prohibido por algún motivo.

Fue el chivatazo de una joven de alta cuna la que despojó a la señora Rosett de la única profesión que conocía y lo que fomentó que debiese actuar de forma clandestina a partir de entonces. Y también lo que hizo que Greta se dedicase a la lavandería en lugar de heredar los conocimientos de su madre. La señora Rosett se había negado a que su hija corriese una suerte incluso peor que la suya —despojada de todo respeto—, y por eso Greta solo sabía lo poco que había tenido tiempo de aprender antes de la acusación.

—¿Puedo echar un vistazo? —le preguntó a Aleph refiriéndose a su espalda.

El chico asintió y se giró hasta colocarse bocabajo. Cala levantó con cuidado una parte del vendaje y comprobó que la inflamación había empezado a remitir. Suponía que Aleph estaba aguantando el dolor, así que no insistió más.

—Tiene buen aspecto.

—¿Tú crees?

—Sí.

—Debería preguntarle a Vaz, a ver qué opina él.

El niño los miró al escuchar su nombre, pero Cala le hizo un gesto con la mano para que se quedase donde estaba. Sabía perfectamente cuáles eran las intenciones de Aleph y le dio un pequeño pellizco en el brazo a modo de reproche.

—¡Ay! —protestó—. No deberías golpear a un herido.

—Agradece que siento lástima por ti.

Cala se dio la vuelta, se sentó apoyando la espalda en el borde del camastro y cerró los ojos. Había sido una mañana muy intensa de aprendizaje y puesta en práctica, y suponía que al día siguiente sus músculos amanecerían resentidos. No obstante, eso le recordaría que se estaba curtiendo para navegar y lo compensaría todo.

No tardó en surgirle una duda al caer en la cuenta de que los marineros que trabajaban en las labores de *El Fletcher* no continuarían el viaje una vez llegasen a Cabo Ribalta. Abrió los ojos y miró a Ludo.

—¡Eh! —gritó, llamando su atención—. Si se supone que los hombres que se ocupan del barco de Vinicius no continúan el viaje hacia vuestra misteriosa isla una vez que hagamos la primera parada, ¿cómo pensáis navegar después?

—Me sorprende que alguien de tu calaña haya creído que la habitación oculta tras esa pared de ahí es el único secreto de una embarcación como esta.

Cala enmudeció, por la sorpresa y la vergüenza. Odiaba que alguien la dejase en mal lugar, pero, viniendo de Ludo Jensen, era todavía peor. Estaba a punto de replicar cuando el hombre prosiguió:

—No somos los únicos en Aridia con cuentas pendientes.

En lugar de añadir algo, Cala se levantó, salió de la estancia dando un fuerte portazo y subió a la cubierta sintiéndose completamente humillada sin razón aparente. Estaba tan tan enfadada que, si en algún momento se había planteado la posibilidad de arriesgarse a seguir en aquel barco después de la parada, todas sus dudas se disiparon.

DÍA 28 · LUNA MENGUANTE 15%

RUDOLF

ROOSTAD

Estaba contento.

No.

Eufórico.

Y lo había estado durante todo el camino de vuelta a Roostad, pero más en aquel momento, porque Rómulo había firmado y hecho oficial el nuevo territorio del que él ya era lugarteniente: Cirjon.

Estaba deseando regresar a casa para contarles a los suyos el éxito de la gesta que había llevado a cabo. No solo había participado en la expulsión de los enfermos de Aridia, sino que había conseguido la independencia de la tierra sobre la que había estado trabajando, él y todos los que se habían marchado a su sombra. Ahora tenían el poder de autogobernarse y, por si fuera poco, también a un gran aliado como vecino. Aridia y Cirjon serían inseparables en el futuro y concertarían matrimonios para legitimar aquel trato. Además, poblaría el territorio del norte, separado de

Risorj por la confluencia del Mar Blanco a su paso por el Estrecho de Rodrin y de Luana.

Rudolf era un visionario, lo había sido siempre, aunque nadie lo había creído. Solo había algo negativo en su intachable proeza, que no era otra cosa que el usar a los elfanos como moneda de cambio. En Cirjon nunca habían hecho nada malo y habían resultado tanto o más trabajadores que los humanos. Prescindir de ellos había sido duro, pero su gente lo entendería, pues con el trato procuraba para ellos un bien mayor, y lo había conseguido.

Los habitantes de Roostad los habían recibido, a Rómulo y a él, como auténticos héroes. Y a los elfos, claro, pero ellos no contarían en el futuro si los planes del nuevo y joven lugarteniente seguían adelante.

Lo primero que había hecho Rómulo con su recién otorgado título había sido mandar construir una fortaleza. Los constructores ya se habían puesto manos a la obra con el diseño y su objetivo era usar la piedra, tal y como Tomur había hecho para elevar en altura su famosa torre. Rudolf pensó en que haría lo mismo cuando estuviese de vuelta. Además, la piedra no suponía ningún problema. Tenía recursos más que de sobra en Risorj, además de una enorme cantera al norte, en la gran porción de tierra que le había sido asignada.

El único inconveniente era que, pese a los logros más recientes y la tranquilidad que se había notado en un primer momento al comunicarles a todos la partida de los enfermos, los habitantes de la capital no podían dejar de hablar acerca de qué ocurriría con los elfanos de la Torre de Tomur.

Y Rudolf se moría de ganas por que lo supiesen.

Porque Rómulo podía llegar a ser muy despiadado, pero Rudolf disfrutaba de todas sus atrocidades a modo de espectador. Le divertía lo macabro, aunque por sí mismo fuese incapaz de tener unas ideas tan descabelladas como las de su socio.

Le entraba la risa solo de pensar en lo que se iba a anunciar en cuanto Rómulo Jensen apareciese en la plaza, a las puertas de la torre donde todos los elfanos permanecían encerrados. Y faltaba poco, muy poco.

Los primeros en llegar fueron los elfos, que se situaron cerca de él, frente al lugar donde se colocaría el nuevo lugarteniente de Aridia. Rudolf pensó también en el suelo adoquinado que había bajo sus pies en aquella zona de la capital. Iba a hacer de Risorj la ciudad más bella de Ganean con todas las ideas que había estado recabando.

Cuando los soldados regresaron después de hacer el llamamiento, los ciudadanos empezaron a aparecer, con los niños a la carrera encabezando la multitud. Fueron situándose detrás de ellos, hablando entre cuchicheos. La mayoría no dejaba de mirar a los elfos, así que Rudolf se estiró para no parecer un ser insignificante a su lado.

Y entonces llegó Rómulo, y reinó el silencio.

Era increíble cómo había tomado el mando con tanta soltura, henchido de poder. El ejército estaba completamente a sus pies, mucho más disciplinado que nunca. Era la confianza en sí mismo lo que lo hacía parecer tan buen líder. Rudolf lo envidiaba, pero no pensaba tomarse el cargo tan en serio, de todos modos. Sus objetivos eran la diversión y el lujo; los consejeros harían el trabajo sucio.

—Aridianos y aridianas de Roostad —comenzó Rómulo—. Estamos aquí, ante la vieja Torre del fallecido Tomur el Impuesto, para decidir el Destino de los elfanos que han ocupado nuestras tierras desde que los elfos llegaron y tomaron todo cuanto quisieron. —«Qué bien habla», pensó Rudolf, emocionado—. Como ya sabéis, se les hizo llamar hasta la capital para congregarlos a la espera de que nuestros amigos los elfos, Endanur y Galon, se los llevasen con ellos al bosque, donde quedarían bajo su custodia y ya nunca más podrían causar ningún mal. Sin embargo, ahora todo ha cambiado. Hemos llegado a la conclusión de que es igual o más peligroso dejar que vaguen a sus anchas hasta el bosque, después de lo que hemos soportado. —Rudolf observó al pueblo, que asentía con la cabeza, conforme. «Bien»—. Estamos hartos de tanto sacrificio... —La gente empezó a vitorear cada nueva frase—. Hartos de vivir con miedo y hartos de tener que pensar en las posibles consecuencias que una sola vida con sangre élfica podría causarnos.

»Así pues, mi primer decreto como lugarteniente es que nunca más toleraremos la presencia de elfos o elfanos en esta tierra, y que no volveremos a tratarlos con tanta amabilidad como hasta hoy. Nadie vendrá a quitarnos lo que es nuestro, pues ya hemos perdido bastante. ¡Sargentos! —Una parte del ejército que estaba presente avanzó, situándose detrás de Rómulo. Rudolf no pudo disimular la sonrisa—. ¡Quemad la torre! ¡Reducidla a cenizas!

Él fue el primero en aplaudir con entusiasmo. Tuvo que interrumpirse cuando se dio cuenta de que los ciudadanos se habían quedado tan sorprendidos que no lo habían seguido. Segundos después, se dividieron. Por un lado, estaban los que, aunque con retraso, empezaron a lanzar vítores y a aplaudir la decisión de su lugarteniente; por otro, los que miraban con horror a los soldados que se dirigían a la torre tras encender sus antorchas. Rudolf dedujo que estos últimos conocían a algunos de los que estaban prisioneros.

Sintió lástima por ellos. No mucha. Lo justo.

Cuando miró a Rómulo, vio que estaba sonriendo. Rudolf levantó el brazo y le sonrió de vuelta, pero entonces se fijó bien.

No le estaba sonriendo a él; lo hacía en dirección a los elfos, a su derecha.

Se escucharon los primeros gritos dentro de la torre, así que no le quedó más remedio que alternar la vista entre una cosa y otra. La mirada de Rómulo quería decir muchas cosas y él no estaba dispuesto a perderse los detalles. Cuando lo vio mover los labios, se concentró para poder descifrar el mensaje. Fue tan claro que no tuvo dudas de que lo había entendido.

«Vosotros seréis los siguientes».

GALON
ROOSTAD

El caos no tardó en llegar y el ejército se puso manos a la obra para poder controlar la situación, ya que algunos de los ciudadanos estaban corriendo hacia la torre, tratando de evitar aquel desastre.

Porque, sin duda, eso era: un auténtico desastre.

Galon agradeció la misericordia de las personas que se ofendieron ante las medidas adoptadas y que intentaron socorrer a los elfanos. Le hubiese sorprendido esa actitud compasiva de no ser porque, de entre los pocos humanos con los que había tratado, uno de ellos había sido Ludo.

Cuando los gritos procedentes del interior de la construcción se hicieron notar, tuvo que apartar la vista. Eso lo llevó a mirar al montón de gente que se arremolinaba en la plaza y que gritaba con entusiasmo. Los había tan volcados con la causa que incluso retenían a los que querían abrirse paso para plantar cara al ejército y parar aquella situación.

Y entonces, irremediablemente, le vino a la mente su padre y todo lo que este había causado desde que emprendió su idea de reproducirse con humanos, lo cual despertó el descontento general de muchos elfos, sobre todo de los Fógur —razón por la que se marcharon del bosque sin decir a dónde—, y ahora terminaba con aquella desproporcionada masacre.

La semilla que Egon plantó en su día había llegado demasiado lejos, Galon lo sabía y estaba seguro de que Endanur, en su fuero interno, también lamentaba lo que había sucedido. O eso era lo que quería creer. Porque su hermano no era ningún asesino y porque los elfos no estaban a favor de ese tipo de atrocidades. Sin embargo, los ojos de Endanur tenían un brillo muy peculiar, en el cual se reflejaban las llamas que contemplaba de una forma parecida a la admiración. ¿Qué era lo que le había pasado a su hermano? ¿Tanto le había afectado la hazaña de su padre como para rozar la delgada línea entre la cordura y la locura? Esperaba no tener que ver una expresión similar en su rostro cuando regresasen al bosque y siguiesen con sus vidas, porque el miedo se había apoderado de él y pronto sintió que le faltaba el aire.

El sonido de los gritos en el interior de la torre entremezclados con los de la gente y las órdenes de los sargentos empezaron a resultarle inaguantables, al igual que el calor, que no tardó en amenazar a los que estaban más cerca.

Galon iba a decirle a su hermano que se retirasen justo cuando este habló:

—En breve, no serán más que polvo.

Supo enseguida que Endanur se estaba refiriendo a los elfanos.

A él se le revolvió el estómago solo de pensarlo.

—Deberíamos irnos —le dijo a modo de recomendación.

—¿Y perdernos este espectáculo?

—¿Espectáculo? Esto es una tragedia, Endan. No tiene otro nombre y, si crees lo contrario, es que la ira te ha estado cegando durante demasiado tiempo.

—Es posible —reconoció su hermano.

Galon estuvo a punto de perder la paciencia.

—Tenemos que irnos —insistió—. Nuestro compromiso con los humanos ha terminado y ya no somos bien recibidos. Nunca lo fuimos —le recordó.

—Deberán estarnos agradecidos de por vida. Hemos evitado la propagación de su estúpida plaga a una mayor escala y que podría haber sido determinante para el continuo desarrollo de Aridia, puede incluso que de toda Ganean.

—Sí, pero a qué precio.

Endanur lo miró con notable expresión de enfado.

—A la vista está de que no todos los humanos se sienten cómodos con las medidas adoptadas —le explicó Galon mientras señalaba la lucha que libraban los soldados por mantener a las personas alejadas de la torre—. El concepto que tenían de nosotros ya no...

—¡El concepto que tenían de nosotros ya estaba mancillado por culpa de padre! —lo interrumpió su hermano—. Nosotros hemos resulto el problema derivado de todo lo que su estrategia supuso. Hemos restaurado el orden.

Galon optó por no replicar, pues su hermano estaba tan extasiado de gloria que era imposible que lo escuchase.

Decidió retirarse por su cuenta hasta la posada donde habían acordado pasar la última noche antes de su marcha definitiva, no sin antes echarle un último vistazo a la torre, consciente de que al día siguiente todo el interior estaría reducido a cenizas.

Cenizas de odio.

WILLEM

ROOSTAD

Había llegado la noche, pero la ciudad seguía iluminada por las últimas llamas de la torre. Por suerte, ya no se escuchaban los lamentos de los que habían quedado atrapados dentro. Los que oía eran solo producto de su imaginación.

Había sido un día largo, organizando los preparativos para el anuncio de Rómulo. Su primera acción había tenido que ver con el nombramiento de Cirjon como nuevo territorio independiente de Aridia, al norte, cediéndole el mando a Rudolf Riel. La segunda, la incineración de la Torre de Tomur, con todos los elfanos dentro.

—¿Qué pasará si todavía queda algún elfano en Aridia? —le preguntó con cautela mientras observaban la nube de humo ascendiendo sin fin hasta el cielo.

Rómulo le respondió sin siquiera mirarlo:

—Creo que hemos sido claros, pero, si después de hoy se descubre a algún elfano más en Aridia, ya no seremos tan amables, créeme.

Willem tragó saliva. Si quemar vivas a un montón de personas, elfanas o no, había sido ser amables, no quería ni imaginar lo que el nuevo lugarteniente tenía preparado para los posibles descendientes que hubiesen decidido ocultarse. Con toda certeza, había al menos una persona que continuaba con vida: Tamara Tomursor. Justamente, la principal causante del caos. Su amada.

Willem llevaba mucho tiempo esperando a que llegase el momento de la liberación de la muchacha.

—Mañana obtendrás tu recompensa —le prometió Rómulo, haciéndose partícipe de sus anhelos—. Ahora ve a descansar.

Pero Willem no podía más. Había hecho y padecido mucho por la joven. Mucho más de lo que haría en su vida por cualquier otra persona. Hasta se había vuelto loco pensando en los murones y en las posibles traiciones que su reaparición habría causado. Por si fuera poco, no había encontrado a Zafro y Aleph Winnick se había escapado. Lo habían liberado en Portbury durante el festejo por la partida de los barcos y nadie había vuelto a saber nada de él. Justo por eso mismo había tenido que matar a los dos reclutas que lo habían custodiado, a los que alguien había dormido para poder llevar a cabo el rescate, entre ellos, uno de los mejores chicos: Mars Lillard. Willem había matado sin piedad desde que entrara en el ejército, pero lo de Mars fue un golpe duro. Ese muchacho tenía mucho potencial y no se lo merecía. Con toda seguridad, era el que menos lo merecía.

Así que estaba harto de dar y no recibir nada.

Y por eso dictó su propia sentencia.

Caminó entre las sombras hacia el lugar donde había sido confinada la princesa Tamara, para liberarla por su cuenta y obtener de una vez la ansiada recompensa. Estaba tan concentrado en llegar a su encuentro que no se percató de que no había nadie vigilando el acceso a su celda. Tenía vía libre, lo que hizo que el pulso se le acelerara aún más. Por fin iba a ser suya. Por fin iba a volver a verla. Por fin…

Nada.

No había nada en la celda.

Nadie en ella.

Willem se llevó las manos a la cabeza y fue a buscar a alguien para pedirle explicaciones. Fue hacia la tropa que se había quedado protegiendo la ciudad y preguntó por el sargento al mando.

—¿Tamara? ¿La hija de Tomur? —respondió con desdén el susodicho cuando le preguntó por ella—. Desapareció. Se esfumó de repente. Descubrimos la celda vacía después de que os marchaseis. Dimos por hecho que Rómulo se había encargado personalmente de ella.

Willem se dirigió entonces hacia la torre en llamas y la observó durante un buen rato, tratando de contener la rabia que sentía. Se le daba bien hacerlo, pero había llegado a un límite al que ningún ser debería llegar, y todo ese resentimiento estaba dando paso al odio más profundo.

Sin pensárselo, sacó su puñal y cambió de rumbo, en dirección al hogar de Ludo Jensen, donde vivía también la familia de Romúlo. Sabía de sobra el camino, al igual que sabía, con todo detalle, lo que haría para compensar su sufrimiento. Caminó en silencio hasta la puerta y la abrió con cuidado. Todo estaba oscuro en el interior, pues hacía ya rato que debían de estar durmiendo. Al acceder al dormitorio, sintió la adrenalina golpeándolo en la sien. Avanzó con cuidado y se acercó al bulto bajo las mantas. Podía hacerlo. Podía cargar con una tragedia más a sus espaldas, con la muerte de otra persona inocente. Solo una más.

Tan obcecado estaba con su cometido que, al igual que no se había sorprendido de no encontrar guardas cerca de la celda, tampoco se había cuidado de que nadie lo siguiera. Cuando subió el puñal para acabar con la vida de Matilda, la mujer de su amigo, una hoja de espada lo atravesó por la espalda y asomó por su abdomen.

—¿Por qué, Willem? —le preguntó Rómulo casi en un susurro—. ¿Por qué su vida y no la mía?

Quiso darse la vuelta y replicar, explicárselo, pero no tuvo tiempo. Se cayó al suelo y lo último que escuchó fue el grito histérico de una mujer.

DÍA 29 · LUNA MENGUANTE 15%

El Fletcher atraca en Cabo Ribalta

ENDANUR

DE VUELTA AL BOSQUE

«Vosotros seréis los siguientes».

Cómo se había atrevido a amenazarlo de esa forma.

Quién se había creído ese vulgar humano.

Endanur recordaba una y otra vez las palabras de Rómulo mientras cabalgaba a toda velocidad junto a Galon, de regreso al bosque. Hacía rato que se habían adentrado en la espesura de la vegetación que los conduciría hasta su hogar y estaba impaciente, deseoso de llegar y contar lo que había sucedido.

Él había conseguido liberarlos de Tomur y los elfanos.

Se había deshecho de todos esos insultos a la raza élfica y terminado con la vergüenza que Egon, su padre, les había impuesto. Esperaba que todos recibieran las buenas nuevas con entusiasmo.

Su hermano no parecía contento en absoluto, pero Galon era el elfo más peculiar que había conocido, el único capaz de empatizar con otras razas. En su opinión, eso lo llevaría a la perdición, aunque, por suerte, estaría a salvo en cuanto regresase con su mujer y su hija. Estaba seguro de que no daría problemas y de que no hablaría de los métodos poco ortodoxos que habían utilizado para purificar Aridia.

Endanur había preparado un discurso que nacía de la base de que la misión se había llevado a cabo única y exclusivamente bajo su consejo, siendo él el principal artífice del proyecto. Su hijo, Erund, estaría muy orgulloso del padre que tenía, y Feia, su mujer, pasaría a vivir como la reina que merecía ser desde el mismo instante en que aceptó compartir su vida con él.

—¿Has pensado en lo que dijo Rómulo? —le preguntó su hermano poco antes de llegar con la primera luz del amanecer.

Lo miró, molesto por la interrupción de sus grandiosos pensamientos.

—¿Por qué habría de pensar en lo que diga un estúpido humano?

—Porque ese estúpido humano es el dirigente de Aridia.

—Me trae sin cuidado, Galon, lo que haga o deje de hacer en el futuro. Teníamos un acuerdo, ¿recuerdas? Ellos nos ayudaban y nosotros regresábamos al bosque para siempre.

—Así que pasarás por alto sus últimas palabras.

Endanur detuvo su montura y obligó a su hermano a hacer lo propio.

—¿Crees que, ahora que por fin ha terminado todo, voy a quedarme esperando unas posibles represalias? ¿Qué te hace pensar que tendrían la más mínima oportunidad frente a nosotros?

—Podrían quemar el bosque —elucubró Galon.

—¿Cómo dices?

No había contemplado esa posibilidad. Jamás se le habría pasado por la cabeza semejante injuria.

—Que podrían...

—¡Nadie en su sano juicio quemaría el bosque, Galon! ¡Ni el más insensato de los humanos se atrevería a hacerlo!

Y eso fue lo último que se dijo antes de que reanudasen la marcha y todos lo recibiesen como el rey que era y debía ser.

Un rey que, una vez más, subestimaba a los hombres.

Igual que Egon.

DÍA 31 · LUNA MENGUANTE 1%

TERMINA LA CUARTA LUNA FRÍA

SIOME

CABO RIBALTA

Todo estaba preparado.

Le parecía mentira que estuviesen a punto de conseguir el primero de sus propósitos, que no era otro que dejar tierras aridianas para perderse en la inmensidad del Vasto Océano, hacia el nordeste de Ganean, en busca de un nuevo hogar para los elfanos que habían logrado salvarse, las niñas y ella.

Había sido toda una sorpresa que el mismísimo Ludo Jensen hubiese decidido acompañarlos. Con él y Vinicius al mando de aquel magnífico barco, sería mucho más fácil. Menos arriesgado, al menos. Cuando lo vio aparecer a bordo de la impresionante nave que era *El Fletcher*, no fue necesario que él dijese nada. Con un simple gesto, le agradeció su decisión, comprendiéndola también.

Después de comprobar que había hueco para todos los que aguardaban en las cuevas y de dos días de organización, ya solo quedaba que terminasen con los últimos preparativos antes de emprender el viaje.

Mientras Vinicius compraba provisiones con el dinero que Ludo había reunido para tal fin, Siome fue, una vez más, en busca de Cala. Esa muchacha estaba muy afectada por lo mal que se había resuelto el caso de su hermana y tenía todo el derecho del mundo a maldecir a cuantos maldijo, incluida ella. Pero debía conseguir que partiera con ellos, por su seguridad.

Cala no era consciente de lo importante que era una chica como ella, pues no era una elfana corriente y eso saltaba a la vista de cualquiera que pudiera apreciarlo. Estaba casi segura de que era el resultado del apareamiento entre un elfo y una de las primeras elfanas, sin la edad permitida para dicha práctica según las leyes de Aridia y justo antes de que los elfos se retirasen al bosque para siempre. Así que tenía la convicción de que ella y su hermana melliza eran únicas en todo el mundo. Todavía no tenía muy claro cuáles eran las peculiaridades de alguien así, pero estaba dispuesta a descubrirlo. Ni siquiera descartaba que poseyese algún don que estuviese ocultando o que no se hubiese pronunciado aún, como en Helina.

Y, por otro lado, estaba el niño que iba siempre con ella, Vaz, cuya procedencia sí era todo un misterio. Pasaba mucho tiempo con Abbey y Laizar porque, pese a ser unos años mayores que él, eran los más afines dentro de la pequeña comunidad que entre todos habían construido en las cuevas. Era mucho más inteligente que cualquier otro niño de su edad.

Cuando Siome alcanzó a Cala, en lo más alto de la montaña donde se ocultaban, la halló hablando con Aleph, el joven recluta que ya estaba casi recuperado. Ella misma lo había visto maniatado en el muelle y, a pesar de su delgada constitución y endeble apariencia, había logrado sobrevivir.

—¿Cómo te encuentras? —le preguntó para anunciar su llegada.

—Mucho mejor —respondió él, alegre—. Teníais razón. El barro ha ayudado mucho a cicatrizar las heridas.

Siome se alegraba de que hubiese recuperado una buena parte de su energía. Le sonrió fugazmente para hacérselo saber.

—Hola, Cala —continuó—. ¿Podemos hablar?

La chica se dio la vuelta y se quedó donde estaba, cruzada de brazos, desafiándola.

—No lo sé. ¿Vais a engatusarme como hicisteis con mi hermana? ¿Vais a llenarme la cabeza de promesas incumplibles?

Su rechazo hacia ella era notable y no se molestaba en ocultarlo.

—Me parece que eres bien capaz de discernir entre lo que puede ser real y lo que no, Cala.

—¡Oh!, por supuesto. Pero mi hermana no lo era, ¿verdad?

—No lograría hacerte comprender cuáles fueron mis razones para lo que hice con una simple conversación. Lo único que puedo hacer es ofrecerte compartir mis conocimientos durante el viaje y una vez lleguemos a la isla.

—A la isla que nadie sabe que existe, ¿cierto?

—Existe.

—¿Cómo podéis estar tan segura si nunca habéis estado allí? —preguntó con escepticismo.

—No siempre hace falta ver para creer.

—Qué patético. —Cala se levantó—. Todo esto lo es.

Cuando hizo amago de marcharse, fue Aleph quien la retuvo.

—¿Qué piensas hacer si no?

—¿A qué te refieres?

—¿A dónde irás? ¿Con quién vas a quedarte? —le preguntó el chico.

—Haga lo que haga, será mucho mejor que embarcarme con una panda de embusteros, ¿no crees? —repuso Cala.

—Yo confío en ella.

—En ese caso, ¿a qué esperas? Vete.

—Es lo que haré.

La muchacha se quedó unos segundos completamente quieta.

—No estarás hablando en serio, ¿no?

Siome los observó a ambos mientras se miraban en busca de comprensión.

—¿Qué otra cosa quieres que haga, Cala? No puedo volver a casa; el ejército de los Jensen me busca y tengo las manos vacías. Entiendo que tú no te fíes de ella, o de Ludo, pero gracias a ellos tengo una oportunidad de…

—¡¿Gracias a ellos?! ¿Cómo te atreves? ¡Yo te saqué del muelle!

—¡También me llevaste hasta allí, lo quieras o no! No te lo reprocho, pero entiende que todos cometemos errores, igual que todos estamos siempre a tiempo de subsanarlos.

Cala decidió que era preferible no seguir escuchándolo. Con un gesto, evitó que continuase y luego se marchó colina abajo hasta desaparecer del campo de visión de ambos.

Aleph se sentó, abatido. Siome esperó unos segundos antes de colocarse a su lado.

—Es una joven muy testaruda —empezó a decir.

—Y más si está furiosa —puntualizó él.

—Y ambos sabemos que lo está. Es por eso que debo pedirte que seas tú quien la convenza de que venga con nosotros —añadió Siome sin preámbulos.

—¿A mí?

—Sí, Aleph. La vida de Cala corre peligro, y no me quedan argumentos lógicos para demostrárselo.

—¿Y qué otro tipo de argumentos esperáis que pueda usar yo?

—El emotivo. El de la amistad.

El chico rio.

—Os equivocáis. Cala y yo no somos amigos.

—No me equivoco —aseveró Siome.

—Ya habéis visto que poco le importa lo que yo diga o haga…

—La amistad no se forma única y exclusivamente de buenos momentos. Hay más, como, por ejemplo, las vivencias que os unen. Mucho me temo que lo que hay entre vosotros lo es.

El barco zarparía esa misma noche y así se lo hizo saber al joven. Era de vital importancia que hablase con ella y la disuadiera de su idea de permanecer en Aridia antes de que eso ocurriese.

Cuando le preguntó al chico si se figuraba dónde podía encontrar a Cala y él respondió que sí, Siome supo que no se había equivocado al asumir su amistad.

ALEPH

CABO RIBALTA

Caminaba con cuidado hacia el acantilado. Todavía le dolían la mayoría de los músculos, pero quedarse todo el día acostado esperando a que el malestar remitiese no aceleraría el proceso. Por eso, cuando Siome lo apremió para ir a hablar con Cala, lo único que necesitó fue valor para atreverse con semejante reto.

Entre roca y roca, pensó en lo que había dicho hacía unos minutos respecto a que se iría en *El Fletcher*. Al llegar a Portbury como recluta y contemplar la posibilidad de enrolarse en cualquiera de las tripulaciones, supo enseguida que eso era lo que quería hacer. Jamás había navegado, pero el mero hecho de ir mar adentro y aprender un oficio lo había cautivado. Además, se había empapado de las divertidas y hogareñas aventuras de Vinicius y Ludo durante los cinco días de trayecto hasta el cabo, muy distintas a las de los reclutas y soldados del ejército Jensen, repleto de chicos y hombres con ganas de llamar la atención y sin mucho más que hacer que imponer la ley entre los ciudadanos, sin importar lo justa que fuese. Hacerse a la mar le había parecido lo mejor, y estaba seguro de que su padre se alegraría de haberse librado de él. La única persona a la que echaría de menos sería a Mars, y eso era mucho decir teniendo en cuenta que había tratado muy poco con él. Y a Cala, por supuesto, en el caso de que su apremio para que zarpase no fuese suficiente.

«Qué narices voy a decirle», pensó, consciente de su desafortunado comentario en lo alto de la cueva. La había culpado de su suerte por un acto que había hecho de buena voluntad. Y uno no debería esperar nada a cambio de una cosa así. Lo hacía, sin más. Él había decidido protegerla, así que no tenía ningún derecho a reprocharle que lo hubiesen apresado y azotado. ¿Ella podría haberse mostrado agradecida? Sí. También. Pero Siome tenía razón. Después del viaje que habían llevado a cabo juntos, empezaba a conocerla y sabía de sobra lo agradecida que estaba, aunque no lo manifestase. Cala tenía una forma muy peculiar de expresar sus sentimientos y por eso había estado cuidando de él incluso cuando ya había conseguido ponerse en pie.

Tal y como esperaba, la encontró sentada en el último saliente, cara a cara con el mar. El pelo ya le había crecido un poco y sus puntas serpenteaban sin orden hacia atrás a causa del aire, tan persistente en la costa este.

Acomodó el trasero a su lado lo más dignamente que pudo a causa del dolor y la incomodidad y empezó a hablar:

—¿Sabes? No te he agradecido que hayas cuidado de mí tras rescatarme. Intuyo que creías que me debías un favor y por eso me liberaste de la vergüenza de aquel poste, pero nada te obligaba a curarme y has estado haciéndolo todo este tiempo. Así que gracias.

Cala no contestó. Ni siquiera modificó su postura. Al volverse un poco para mirarla, Aleph contempló el brillo de sus ojos, con lágrimas pugnando por salir, tal vez por el cúmulo de emociones con las que había tenido que lidiar o tal vez solo por la intensidad de la brisa.

—Todavía no me has dicho cuántos años tienes —le recordó, para cambiar de tema—, pero he estado haciendo mis cálculos y no debes de tener más de trece, aunque seas tan alta.

Aleph percibió una leve mueca de enfado. Era evidente que tenía más de trece.

—Yo tengo diecisiete, aunque no lo aparente —siguió—. Mi padre siempre decía que, cuando llegase a los veintiuno y alcanzase el límite aceptado para casarme según las estúpidas tradiciones de Aridia, no habría nadie en el mundo dispuesto a corresponderme, y mucho me temo que no solo se refería a personas. Sostenía que mi apariencia nunca sería la de un hombre de verdad. Ahora me pregunto qué esperaba que hiciese yo al respecto. ¿Cortarme en dos y añadir un poco de torso de otra persona? De piernas, ¿tal vez? Nos habría ido mucho mejor si no se hubiese avergonzado tanto de mí. O a lo mejor solo se avergonzaba de sí mismo por haber tenido a alguien como yo y renegar de mí era una forma de sobrellevarlo. No sé por qué todo tiene que guiarse siempre por unos cánones estipulados. Por eso me voy de aquí, Cala. Me voy para ver si encajo en alguna otra parte. De momento, siento que en el barco de Vinicius no importa cuán alto o fuerte me vea. Al igual que no importa cuánto de elfo o de humano tengas. Y a mí con eso me vale.

—Eres idiota —dijo Cala entonces —. Que haya gente que te diga cómo debes ser o a qué debes aspirar no significa que no puedas encontrar tu sitio. Tampoco que no vayas a encontrar a alguien dispuesto a aceptarte, por mucho que otros se empeñen en avergonzarte. Y, de todas formas, eso no debería impedirte vivir tu vida.

—Si he de elegir entre vivir o no con miedo, prefiero escoger lo último, Cala.

El rugir de las olas los acompañó hasta varios minutos después. Aleph regresó al punto de partida, situándose de frente y dejando la vista perdida en el horizonte. Cala estaba quieta a su lado. Justo cuando pensaba que no añadiría nada más, se levantó, airada.

—¡Es que no lo entiendo! —exclamó abriendo sus brazos—. No te entiendo, Aleph. De verdad que no. ¿Cómo puedes fiarte de alguien que ha guiado a su pueblo al exilio bajo una premisa que no existe? ¡De alguien que ha ordenado eliminar a todos los elfanos de Aridia! ¡Por todas las estrellas de la noche, Aleph! Sus hombres te dejaron colgando de un poste en el muelle de Portbury. ¿Qué te hace pensar que todo esto no es otra de sus estratagemas para llevarnos a cualquier sitio y deshacerse de nosotros? ¡No tiene ni pies ni cabeza! Nada de esto lo tiene, pero veo que soy la única que piensa en esa posibilidad, una de cientos que se me ocurren. —Hizo una pausa para tomar aire y se puso las manos en la cabeza, retirándose todo el pelo hacia atrás—. Mira, si has venido solo para convencerme, será mejor que regreses. Además, no deberías estar aquí. Hay demasiad humedad.

—Además de moza de cuadra, recluta y marinera, ¿ahora también eres una experta en medicina? —La mirada que Cala le dedicó estaba lejos de ser amistosa—. De acuerdo, de acuerdo, ya me callo. Pero no voy a irme hasta que te calmes.

—Buena suerte entonces.

Y, dicho lo cual, se sentó a varios metros de él y en sentido contrario. Aleph pensó que era una pena, pues iba a perderse las esplendorosas vistas del Mar Blanco antes del inicio de la tarde. Resignado, se levantó para ir a buscarla.

—Cala, por favor —le dijo agachándose y situándose frente a ella—. Hemos llegado juntos hasta aquí. Sé que desconfías, tienes motivos para hacerlo. Y también sé que lo haces más de aquí —se tocó la sien y luego el corazón— que de aquí. Y que te resistes a ver con claridad lo que es la mejor opción para nosotros solo porque estás sufriendo. ¡Y estás en todo tu derecho! De verdad, no te juzgo por eso. Yo... estaría destrozado en tu lugar. Es solo que... no quiero perderte ahora. Eres lo único que me queda.

Por alguna razón, eso último caló de verdad en ella. Por eso, lo miró de una forma muy concreta, como llena de dolor. Se preguntó por qué había sido tan importante y ella no se lo ocultó.

—Eso fue lo que le dije a mi hermana cuando traté de convencerla para que escapase y se quedase conmigo.

Vaz llegó en el momento justo para evitar que Cala se viniera abajo. La rodeó con sus brazos y la apretó con fuerza.

—¡Hola! —Su suave vocecilla sonó tras ellos.

—Hola, Vaz.

Cala se secó los ojos con las palmas de las manos.

—¿Estás llorando?

—No. Es que hace mucho viento aquí —se justificó ella.

—Te estaba buscando.

—¿Qué ocurre?

—La señora Rinda ha dicho que el barco va a zarpar esta noche. ¿Cuándo vamos a preparar nuestras cosas? Está todo el mundo haciéndolo. Laizar me ha preguntado si podemos ponernos juntos cuando estemos a bordo, pero le he dicho que tenía que preguntártelo. ¿Podemos?

Cala miró a Aleph, pidiéndole ayuda. Él sabía que todavía no le había dicho al niño que sus caminos se separarían, que ya no podría hacerse cargo de él. Aleph levantó las manos en señal de que no pensaba involucrarse en ese asunto.

—Ven, Vaz. —Lo guio hasta su regazo—. Verás, no voy a marcharme con los demás.

—¿No? —El niño estudió el rostro de ambos muy confuso, hasta que creyó entender a qué se refería—. Oh, en ese caso, debería decírselo a Laizar.

—Pero tú sí puedes ir —le aseguró Cala. Vaz la miró, interrogativo—. No hay ningún problema en que durmáis juntos si los dos estáis de acuerdo —siguió.

—Eso lo he entendido. Lo que no he entendido es lo anterior.

—Lo que Vaz quiere saber —continuó Aleph para presionarla— es por qué has dicho que no vendrás con nosotros. En el barco.

—Gracias por la aclaración —repuso ella con evidente ironía—. Resulta que tengo algunos asuntos pendientes por resolver. —El niño la observaba muy atento, como siempre que le hablaba—. Así que había pensado en marcharme más adelante, mientras tú partes con Aleph, Laizar y todos los demás.

—¿Tú... no vas... a venir conmigo?

Vio la cara de desolación del niño. Era lógico que alguien de su edad hubiese dado por hecho que Cala formaba parte de su nuevo hogar. Ella lo había protegido las últimas semanas. Ella lo había sido todo para Vaz. Aleph se alegraba de no tener que estar en su lugar a la hora de explicarle que su vínculo no era tan férreo como había imaginado, porque hasta él sentía que Vaz ya era parte de su familia.

Siome tenía razón. La amistad también consistía en todas y cada una de las vivencias que habían compartido. Y, por mucho que Cala tratase de negarlo, aquel viaje los había unido a los tres de alguna forma.

—Tengo que buscar a Helina, ¿recuerdas?

Aleph pensó en lo mucho que debía de haberle dolido decir esas palabras.

—Helina no quiere que la busques. —Cala se quedó helada—. Ella me contó que quería marcharse y eso hizo, ¿no?

—Vaz, dime una cosa —intervino Aleph—. ¿Cuántos años tienes?

—Cinco —fue Cala quien respondió, revolviendo el pelo del niño—, pero es muy listo.

—Mañana cumpliré seis —añadió el susodicho.

—¿Mañana? ¿Naciste con la Primera Luna Cálida? —preguntó Cala.

Vaz asintió.

Aleph miró hacia el cielo de manera inconsciente, buscando la luna, a pesar de la temprana hora. Llevaba tanto tiempo sin percatarse del día que era que ni siquiera sabía a qué altura del ciclo estaban.

—¿Hoy acaba la última Luna Fría del año? —preguntó Aleph también.

Estaba perplejo.

Hacía más de medio ciclo desde que partieron de Roostad y llegaron a Seic. No podía creerlo.

—¡Enhorabuena, Vaz! —prosiguió Cala—. Cumples años en apenas unas horas. ¿No estás contento?

Vaz negó, serio. Como Cala le había agarrado las manos, se zafó de ella y mantuvo la cabeza gacha, entre avergonzado y enfadado, balanceándose de un lado a otro. Cuando Cala trató de acercarse, él se apartó y luego echó a correr en dirección a la cueva. La chica suspiró con ganas y se abstuvo de mirar a Aleph.

—Me lo merezco —confesó. Después se levantó y se dirigió a él, que se incorporó a su vez—. En fin. Prométeme que cuidarás de Vaz, por favor.

—Estará bien, si eso es lo que te preocupa.

—No. Ya sé que estará bien. Lo que quiero es que me prometas que lo cuidarás.

—¿Por qué?

—Maldito seas, Aleph, ¡porque es importante para mí!

Era consciente del impacto que tendrían sus palabras cuando dijo:

—Si de verdad te importa, no deberías siquiera plantearte abandonarlo. Y, por cierto, no me creo eso de que no te fíes de la elfa y de Ludo. De lo contrario no enviarías a Vaz con ellos, ni me confiarías su seguridad a mí.

Cala lo miró con furia. Apretó los puños y luego también se fue, tomando el mismo camino que el niño. No había ninguna otra dirección que no fuese esa, pues todos los elfanos estaban ocultos en el interior de aquella montaña, a la espera de desaparecer de Aridia. Y por fin había llegado el momento.

Aleph descendió por el camino que llevaba al puerto para ver cómo iban los últimos preparativos en el imponente barco de Vinicius. Por lo poco que había podido tratar con el capitán, había descubierto que era una persona muy honrada. Ludo y él eran viejos amigos, se notaba en la complicidad que había entre ellos. Por más que Aleph había querido dudar del antiguo lugarteniente, nada demostraba que lo que estaba haciendo no era sino un acto de bondad. Durante la travesía desde Portbury, no había podido salir del camarote para aprender sobre navegación, pero él y Vinicius le habían prometido que, cuando llegasen a su destino, sería tan diestro en dicho oficio como ellos.

Eso solo podía significar que sería un viaje largo.

No podía esperar más a levar ancla.

CALA

CABO RIBALTA

Rumbo a lo desconocido.

No podía creer que todos estuviesen tan tranquilos ante semejante perspectiva. Ella, muy a su pesar, confiaba en la extraña aventura organizada por Siome y Ludo, pero el proyecto todavía le parecía complejo y arriesgado. Además, ni quería ni podía reconocer que era un buen plan, porque no pensaba dar su brazo a torcer después de lo que había sucedido con su hermana. Era por eso que aceptaba que se llevasen al niño. La sinceridad de Aleph la había molestado, sin embargo, no había podido rebatir sus argumentos, así que Cala se había pasado las últimas horas de la tarde ayudando a quienes lo necesitaban para transportar sus cosas al barco, con Vaz. No había habido forma de convencerlo de que no lo estaba abandonando, aunque ya no parecía enfadado. Aun así, no dejaba de pensar en que lo enviaba junto a un montón de extraños que lo único que tenían en común con él era su descendencia élfica, para algunos inocultable por su complexión, estatura o peculiar color de ojos. Vaz era uno de ellos. No solo porque era más alto que la media de los niños de su edad, sino por su audacia. Iba a destacar quisiera o no, y eso lo pondría en el punto de mira. Ella, sin embargo, sí se creía capaz de rehacer su vida, aunque fuese sola, en alguna ciudad de Aridia bien alejada de Roostad. Ningún soldado la reconocería jamás si se valía de su condición de mujer.

«Bienaventurados los que nacen con cada Nueva Luna», pensó con ironía, citando las palabras que su tío repetía año tras año al recordar la última conversación con el niño. «Menuda ventura la nuestra. La mía». Esperaba que, al menos, el futuro de Vaz estuviese a la altura de aquel dicho aridiano.

Con la llegada del ocaso, Cala sentía que la cabeza le iba a estallar de tanto pensar. Ludo había aparecido en la cueva para pedirles a los elfanos que emprendiesen la marcha hasta el barco, ya que la oscuridad provocada por el Fin de Luna los protegía de posibles avistamientos. Una cosa era que, durante el día, se viese a unos pocos ir y venir de la colina al barco, avituallándolo, y otra muy distinta que toda una marea de gente, sobre todo mujeres y niños, accediera a *El Fletcher*, salidos de la nada. Cualquiera que hubiese vislumbrado a esos últimos, por lo atemorizados que estaban y el cuidado con el que caminaban, habría pensado que se trataba de una panda de fugitivos diminutos.

Su papel consistía en ayudar a los más pequeños a cruzar la pasarela hasta la cubierta. Estaba deseando que acabasen de embarcar y, a la vez, la aterrorizaba, porque no sabía si sería capaz de despedirse.

—¿Has tomado una decisión? —preguntó Ludo a sus espaldas, en uno de los descansos entre grupo y grupo.

—No quiero hablar con vos.

—Me consta.

Por si fuera poco, Vinicius se unió a él.

—Me había acostumbrado a tener una hija —le dijo—. Una vez la tuve, y navegar contigo ha sido como recuperar una parte de cuanto perdí.

No podía creer que estuviese chantajeándola de ese modo.

Vale que habían hecho buenas migas en el viaje hasta Seic, pero eso no le daba derecho a sincerarse con ella en un momento tan crítico.

—Tendréis muchos niños a bordo, capitán. Os será fácil suplantarme si el anhelo de una hija es lo que os preocupa.

—Eres una buena marinera, Cala —siguió Ludo—. Te necesitamos.

Por suerte, divisó un nuevo grupo acercándose.

—Como si yo supiese mucho más que ellos.

—No sabes mucho, es cierto. —Miró a Vinicius con cierto enfado—. Pero tienes coraje, algo que en esta profesión se valora mucho.

—Se necesita gente así en alta mar, Cala. Gente con valor frente a la adversidad.

—Os ha debido de caer un rayo en la cabeza durante estos días anclados —sentenció antes de agarrar al primer niño en la pasarela.

Y los hombres volvieron a su faena el tiempo que duró la organización.

Pero después regresaron.

—Si vienes con nosotros, tienes derecho a una condición —dijo Ludo—. La aceptaremos sea cual sea.

¿Por qué estaban tan empeñados en llevarla?

No lograba entenderlo.

Siome, Aleph, Ludo, Vinicius.

¿Por qué tanta insistencia?

—Todos tenemos un precio o una condición —siguió el capitán— y, dado que no hay ninguna fortuna en juego en este momento, estamos ansiosos por conocer tu cláusula.

Cala se frotó el centro de la frente con los dedos.

—Los hombres siempre habláis muchísimo. Qué tedio. ¡Qué tortura!

—Parece que lo dices con conocimiento de causa —comentó Ludo.

—Ya lo creo que sí.

Pero lo que había podido parecer un comentario arbitrario había sido del todo intencionado. Cuando Cala se dio cuenta, se volvió para mirarlo.

—Zafro, ¿no es cierto? —añadió el exlugarteniente.

De repente, su cara perdió todo el bronceado que había adquirido trabajando en la cubierta de *El Fletcher*. Suerte que estaba demasiado oscuro para que alguien pudiese reparar en ello.

—No se de qué me habláis —se defendió.

—¿No?

—No tengo ni la más remota idea. —Trató de sonar convincente pese a la evidencia de que la había descubierto.

—Está bien, Cala. No vamos a insistirte más. Ya solo resta decir que, si a última hora cambias de opinión, serás bienvenida.

—No desperdicies la oportunidad de navegar en mi barco. Nunca estarás a bordo de uno igual —concluyó Vinicius antes de que los dos hombres la dejasen respirar.

Cala odiaba que hubiese mencionado el barco, porque era más que cierto que era una construcción solemne. Una obra verdaderamente bien hecha. El tiempo que había pasado allí, aprendiendo a manejar las velas y subiendo a la cofa, había sido increíble. Se había sentido como nunca.

Libre.

Sin embargo, Ludo y Vinicius estaban muy lejos de convencerla con ese argumento. Ni siquiera con la mención de las estúpidas cláusulas. Lo único que la hacía dudar era Vaz. El niño perdido que se había convertido en su sombra y que tanto la había ayudado. Él estaba en el último grupo, con Rinda, sus hijos, Aleph y otro montón de niños, incluido su amigo Laizar y su hermana Sylvia, de dos años, la pasajera más joven. Lo descubrió enseguida abriéndose paso para correr hasta ella y lanzarse a sus brazos. Cala notó que lloraba.

Nunca lo había visto llorar.

Estaba desconsolado.

—¡Eh! Renacuajo —le dijo poniéndose a su altura—. ¿Qué te pasa? ¿Qué ha pasado?

—No quiero irme sin ti —respondió entre sollozos—. Por favor, prefiero estar contigo sea donde sea. No hablaré. No preguntaré. No molestaré. Te lo prometo. Me portaré bien.

Cala sintió tanta pena en el pecho que no pudo hacer otra cosa que abrazarlo para consolarlo. Ni siquiera pudo evitar que se le saltasen las lágrimas. Ese niño era una bendición y ella había decidido renunciar a él.

Cuando Rinda intentó quitárselo de encima, Vaz se resistió, pero a ella no le importó, porque entonces recordó las palabras de Aleph: «Eres lo *único que me queda*».

No quería que ni él ni Vaz pasasen por lo mismo que ella. No quería que el último recuerdo que tuviesen de su persona fuese tan triste y doloroso. Así que cedió.

El crío estaba tan afligido que había empezado a atragantarse por las convulsiones que le provocaba su propio llanto. Cala empezó a limpiarle la cara con delicadeza para calmarlo y le dijo:

—Vale, Vaz, ya está. Ya puedes parar de llorar, ¿sabes por qué?

Él tosió.

—¿Por qué?

—Porque soy yo la que debería pedirte a ti que me concedas el honor de quedarme contigo.

Vaz la miró sin comprender.

—¿Crees que habrá sitio en el barco para mí? —añadió, decidiendo al mismo tiempo que «su condición» sería que a él se le permitiese ser su ayudante.

La mirada del niño sonrió antes incluso de que lo hicieran sus labios. Cala lo levantó en brazos y cruzó la pasarela con él.

Aleph la estaba esperando en la cubierta con una sonrisa de oreja a oreja.

—Para que lo sepas, idiota —le dijo, seria—, hoy cumplo dieciséis.

—Tienes una forma curiosa de demostrar tu simpatía por mí —replicó él, todavía con la sonrisa pintada en la cara—. Me dejas inconsciente, me tiras sobre un montón de estiércol, me llamas idiota…

—¿Y quién dice que te tenga simpatía?

Después de aquello, se desafiaron en silencio, él sonriendo y ella con el ceño fruncido. Hasta que, justo cuando el elfano encargado de la pasarela anunció que ya estaban todos a bordo, se fundieron en un amistoso abrazo a modo de tregua.

Cala, Aleph y Vaz.

Los tres.

Rumbo a lo desconocido.

UN CICLO DESPUÉS · LUNA MENGUANTE 1%

TERMINA LA PRIMERA LUNA CÁLIDA

RÓMULO

SYCIRES

Todo había quedado pactado antes de la marcha de Rudolf Riel hacia Risorj, la ciudad en la que el hombre se había establecido y que había escogido como capital de Cirjon. Pero había necesitado un ciclo completo para prepararlo todo: siete días de idas y venidas de sus hombres en busca de reclutas capaces de luchar procedentes de todas las ciudades aridianas, y veinte más para convertirlos en soldados útiles.

Su idea de aniquilar a los elfos de Ganean no había hecho más que crecer a medida que se planificaba y se acercaba la fecha del ataque.

Debían situarse en los lindes del bosque con el inicio de la Segunda Luna Cálida y por eso se encontraba en Sycires, dentro de su tienda, esperando a que sus hombres confirmasen que el despliegue de norte a sur había sido un éxito y que podían empezar a penetrar la espesura que separaba el límite entre Aridia, tierra de los hombres, y el bosque, hábitat de los elfos.

Su venganza estaba a punto de efectuarse y eso lo excitaba mucho, más que cualquier persona o pensamiento. Había vivido por y para ese momento, y estaba preparado para recibir los debidos méritos. Tenía muy claro que su nombre se recordaría mucho después de su muerte y la de Ganean, si es que Ganean podía tener fin.

Rómulo Jensen, el que salvó a los humanos de la maldición de los elfos y luego los exterminó para preservar la autenticidad y el poder de su propia raza. Los elfos ya no podrían causar más problemas si acababa con ellos, y mucho menos regresar con sus característicos aires de grandeza para ridiculizarlos diciendo que eran torpes e inferiores.

Lo habían subestimado y no deberían haberlo hecho.

Porque ellos eran más longevos, sí, y poseían dones, pero no se reproducían con la misma facilidad. Por muchas cualidades que tuviesen, no podrían competir contra todo un ejército.

—Comandante —dijo su sargento guardián—, nos acaban de informar de que los hombres de Rudolf Riel ya están al otro lado.

Dos ejércitos, para ser más exactos.

—Excelente. Da la orden de empezar el avance. Luego seguid las normas y esperad a mi señal para encender las antorchas.

—¡Sí, señor!

Nadie conocía el lugar exacto de la morada de los elfos, pues, por mucho que tiempo atrás —antes incluso del mandato de su bisabuelo, Ludan el Explorador—, hubiese habido expediciones para encontrarlos, jamás habían resultado exitosas. No obstante, tampoco a nadie se le había ocurrido peinar la zona de la forma en la que lo hacían ahora, con un ejército por cada extremo, atravesando en su totalidad el bosque que dividía Aridia de lo que ya se consideraba

Cirjon. De hecho, el único camino que conectaba ambos territorios debía trabajarse constantemente para evitar que se perdiera por la fuerza acuciante de la vegetación, pues el bosque era frondoso, sendero tras sendero, y no dejaba que nada impidiese el desarrollo natural.

Cuando el sol resplandeció entre las pesadas nubes que se cernían sobre ellos, ya habían recorrido diez senderos. Rómulo dio el alto y la orden se fue extendiendo de izquierda a derecha. Las dos primeras filas no hicieron nada, pero los que venían detrás retrocedieron varios pasos y empezaron a moverse con brío, usando lo que habían cargado para eliminar la maleza, creando así un corte en el terreno. Los más atrasados se encargaban de retirar lo que cortaban o arrancaban. Trabajaban en silencio, con el único sonido de las herramientas y sus esfuerzos. Hasta las aves que poblaban las copas de los árboles cesaron su canto.

Rómulo espoleó a su montura para ver los progresos. Quedó maravillado con la ejecución de su plan, y no podía esperar a que llegase la hora de las antorchas. Su mano derecha había pasado a ser un tal Corney, al que apenas conocía, del que le habían dado muy buenas referencias los hombres que habían servido con su padre. Echaba de menos a Willem. Había sido una lástima que su lealtad se hubiese visto corrompida de aquella forma. Rómulo todavía no había encontrado una justificación a la desaparición de la princesa Tamara, pero se alegraba de que el pueblo se hubiese creído que la había llevado hasta el interior de la torre momentos antes de la incineración. Suponía que Willem había pensado lo mismo, o algo similar, tras aparecer a hurtadillas en mitad de la noche con la clara intención de asesinar a su mujer. No tuvo más remedio que matarlo, pues poco había más peligroso que un hombre desesperado por amor.

La tarea duró horas. Por suerte, terminaron poco antes de que anocheciera, lo cual no dejaba de ser una ventaja. La noche les dificultaría todavía más a los elfos cualquier posible huida, pues sabía que no todos veían en la oscuridad tan bien como los del fuego y los del aire. Endanur lo había mencionado durante su estancia en Roostad y él se había cuidado de no olvidar dicha información.

Pasado un rato, cogió aire y dio el mandato definitivo:

—¡Ahora sí, caballeros! ¡Ha llegado la hora! ¡Adelante con las antorchas!

Las dos primeras filas gritaron y el sonido fue extendiéndose de punta a punta, de norte a sur. Se había acabado el silencio y, con ello, la suerte estaba echada. Soldado tras soldado fueron encendiendo las antorchas, unos sosteniendo el cubo con el líquido inflamable y otros sujetándolas y dando un paso al frente para prender fuego a todo cuanto tenían delante. Después se fueron retirando hasta la línea divisoria que habían construido los de atrás. A pesar del jaleo de los soldados y el crepitar de las llamas, Rómulo no tardó en escuchar el leve eco producido por los gritos de júbilo al otro lado, en las filas de Rudolf Riel. Lo habían logrado. El plan había funcionado.

Poco tiempo después, tuvo que retirarse aún más cuando las llamas amenazaron con campar a sus anchas, ayudadas por el aire. Además, el calor era cada vez más insoportable. Corney se le acercó para advertirle que, si el viento continuaba, tal vez no pudiesen controlar el incendio.

—El Destino decidirá el futuro de este bosque. Que se queden solo los aguadores y ordenad la retirada de los soldados antes de que sea demasiado tarde. Esperaremos a los resultados fuera de este maldito lugar.

—Pero no podemos dejar que se queme todo, señor —replicó—. Y tampoco podemos esperar que los aguadores resistan sin problema. Se asfixiarán.

Bastó una mirada de Rómulo para que Corney desapareciera de su vista.

Esa estúpida manía que tenía la gente de preocuparse por sus semejantes aun cuando el fin era conseguir un beneficio mayor lo enfurecía.

Para cuando regresaron a los lindes del bosque, todos estaban exhaustos, incluido él. Sin embargo, no podía permitirse el lujo de descansar, pues eso supondría perderse aquel maravilloso espectáculo de luces en tonos grises y naranjas extendiéndose hacia el cielo.

Ya de madrugada, algunos soldados salieron del bosque sujetando a otros heridos con quemaduras o falta de oxígeno. Rómulo ordenó que los atendieran por puro protocolo, porque toda su atención estaba puesta en comprobar que el fuego continuaba abriéndose paso hasta el corazón del bosque.

El recuerdo de la Torre de Tomur en llamas nada tenía que ver con lo que había ahora ante sus ojos. El gran bosque sagrado ardía en toda su extensión, desde Asworn hasta Berproa. Cuando amaneciera no quedaría más que el vestigio de lo que fue.

UN CICLO Y UN DÍA DESPUÉS · LUNA NUEVA

EMPIEZA LA SEGUNDA LUNA CÁLIDA

TAMARA

RUMBO LÍMITE DE LO CONOCIDO

Tenía la sensación de que amanecía mucho más temprano en medio del océano que en Roostad, y también que la gente tenía muchísima más energía a primera hora que en la capital. Pero, pese a dicha energía y al ánimo que se había respirado en el ambiente durante los primeros días, ahora, algo más de un ciclo después de que partieran desde Cabo Ribalta, la gente empezaba a desanimarse y la comida, a escasear. La soledad había sido casi su única compañía cuando su hermana Abbey se iba a jugar con los demás niños.

Todos la miraban de soslayo cuando se dignaba a salir de su camarote.

Todos la temían.

Al menos, esa era la sensación que le daba. Por eso, cuando Cala se le acercó aquel día, se sobresaltó, aunque pronto comprendió que solo había llegado hasta allí para mirar por la borda. Tamara la observó con la misma atención con la que la otra joven contemplaba el más allá.

—¡Mira eso! —exclamó con efusividad.

Tamara dirigió la mirada hacia el horizonte.

—¿El qué? No hay nada.

—No. Te equivocas. Fíjate allí.

Siguió la dirección del brazo de la chica y no le pareció que el amanecer fuese más bello que de costumbre. No apreciaba nada fuera de lo común y Cala se dio cuenta.

—Puedes hacerlo mejor, princesa. Agudiza la vista.

Tamara se sorprendió tanto por el hecho de que empleara aquel término con ella como por el último comentario. ¿Acaso sabía que podía ver más allá si se lo proponía? Cuando comprobó, cauta, que seguía inmersa en la tarea de tratar que ella descubriese algo notable, se armó de valor y entrecerró los ojos para ampliar el campo de visión. Al principio, no apreció nada, pero, de pronto, un leve movimiento captó su atención. Unas pocas manchas subían y bajaban muy a lo lejos… Eran…

—¿Pájaros? —expresó en voz alta.

—¡Gaviotas! —exclamó un niño, alcanzando a Cala y pidiéndole que lo subiese hasta la cornisa.

—En Portbury las veíamos cada mañana —continuó la chica, aupando al crío—, antes de que se perdieran en el horizonte. ¿No te parece que vienen hacia aquí?

Tamara la escudriñó con curiosidad cuando se dio la vuelta para llamar al capitán, dando así la voz de alarma. ¿Era una elfana?

—¡Mirad! —dijo el niño entonces.

Vaz, se llamaba. Recordó su nombre porque lo habían nombrado el grumete más joven de la historia de Ganean. Estaba señalando en la misma dirección que Cala.

—¡Se acercan! —añadió.

El capitán Fletcher no tardó en aparecer, corriendo hacia la cubierta superior para desplegar su catalejo.

En cuestión de segundos, todos los pasajeros que ya estaban despiertos se congregaron en estribor, curiosos. La mayoría no veía nada, pero unos pocos empezaron a dar saltos y a dejar escapar gritos de emoción al atisbar el vuelo de las aves. Por alguna razón que Tamara desconocía, parecía que era una buena señal.

JULIUS

BOSQUE DE ARIDIA
(LO QUE QUEDA DE ÉL)

El sol de mediodía lo pilló recorriendo senderos a lomos de la joven yegua, Thila, que finalmente Rómulo Jensen le había regalado por su lealtad y templanza. Su misión, y la de los otros cuatro compañeros que cabalgaban con él, consistía en recorrer lo poco que restaba de bosque en busca de un mínimo indicio de vida.

De supervivientes.

Julius Mason sabía que era imposible que encontrasen lo que buscaban, porque, por no haber, no había ni siquiera ruinas de asentamientos construidos por los elfos. En todo aquel montón de hojarasca y cenizas, no había nada más que el recuerdo de una tragedia. Otra más.

De no haber sido por la lluvia que llegó antes del amanecer de aquel día, el espeso bosque de Aridia habría desaparecido casi por completo. Allí, en la zona norte donde él estaba, solo había quedado un reducido pinar cerca de Asworn, antes inmenso. Julius miró al cielo y se imaginó siendo un ave, sobrevolando el terreno y observando desde arriba el desolador paisaje.

No solo les habían arrebatado el hogar y la vida a los elfos. Cientos de animales habían sufrido las mismas consecuencias.

—¿Habéis oído las últimas noticias de Seic? —comentó uno de los soldados.

—¿Lo de los seres diminutos?

—Se llaman enanos, zopenco.

—¡Y lo de los gigantes!

—¿De qué habláis? —preguntó Julius.

Era el más joven de todos ellos, pero lo respetaban porque sabían que contaba con el favor del lugarteniente.

—Los trovadores cuentan que el día de la última Luna Fría se vio partir a un numeroso grupo de gigantes y enanos en el puerto de Cabo Ribalta. ¡Salieron de cuevas, subieron a un barco y se hicieron a la mar!

—Menuda bobada —dijo otro.

—¿Tú qué opinas, Julius? —inquirió el que estaba a su derecha—. ¿Crees que se lo han inventado?

Meditó la respuesta. Solo había oído hablar de enanos o gigantes en historias cuando era muy pequeño, y ya ni siquiera recordaba lo que decían. Lo que sí recordaba era que nunca las había creído.

—Lo que creo es que tenemos demasiada imaginación.

Dicho lo cual, espoleó a su montura para que avanzase más rápido y diese pie a que los demás volviesen a centrarse en su tarea.

Julius estaba deseando acabar, a pesar de saber que no podía parar ni darse por vencido hasta que hubiese recorrido de un extremo a otro el espacio de tierra que se les había asignado. Cuando lo hiciesen, regresarían a la capital e informarían sobre aquello que Rómulo Jensen tenía tantas ganas de escuchar: los elfos habían desaparecido. No quedaba ni rastro.

Los aridianos creerían que el lugarteniente había conseguido deshacerse de todos ellos, que por fin se habían extinguido, y no sería él quien intercediera para desmentir tal información. Quien sí esperaba ser en el futuro era el que se vengara de todas las atrocidades y muertes inocentes de las que Rómulo había sido artífice, empezando por la de su padre.

Mientras tanto, mantendría en secreto la imagen del elfo que apareció durante la noche del incendio en la costa de Asworn y lo miró a los ojos, momentos antes de lanzarse al mar y desaparecer bajo el agua.

EPÍLOGO I
MEDIADOS DE LA SEGUNDA LUNA CÁLIDA

HELINA
UCAY

De los cinco barcos que zarparon de Portbury hacia Ucay, solo dos lograron sobrevivir al indomable Mar Ucayo. Nadie, salvo Kaluma, contaba con la bravura de las mareas que daban acceso a la isla, pero tampoco pudieron dar marcha atrás para evitarlas. La flota de los Jensen cercaba cualquier posible escapatoria, así que las personas que se habían hecho cargo de la navegación no tuvieron más remedio que arriesgarse. El resultado había sido aciago y aún habría sido peor de no ser por Kaluma, que además estaba haciendo todo lo posible por conseguir que lo que quedaba del barco donde ellas habían viajado no se fuese mar adentro y se perdiese para siempre.

Helina sabía que habían sobrevivido gracias a ella.

Los supervivientes habían llegado a la costa desnutridos y en unas condiciones lamentables. Los barcos estaban prácticamente destrozados, tanto como sus cuerpos después de dos ciclos luchando contra infinidad de corrientes y tormentas. Para colmo, en Ucay no había nada esperándolos, tan solo una porción de tierra gris con pequeñas ínsulas a su alrededor. No tardaron en descubrir que la isla principal había sido el resultado de la lava de un volcán explosionado, extendida por el mar que lo rodeaba.

No había vegetación.

No había vida.

Mujeres, hombres y niños desembarcaron sin apenas fuerzas, bajo un sol abrasador y amenazante.

Helina era consciente de que solo era capaz de mantenerse en pie porque tenía que sostener en brazos a su hija Alma. Bajó del castigado barco y caminó con el agua por la cintura hasta la orilla. La arena negra la recibió y ella se dejó caer de rodillas, abrazó al bebé con vigor y aguantó las lágrimas ante un panorama tan abrumador.

Volvió a levantarse y caminó sin descanso, tierra adentro, en busca de algo que le diese esperanza. Todos los demás permanecían en la costa, ayudando a los más desvalidos y agrupándose para brindarse algo de apoyo después de aquel suplicio. Sin sospecha alguna, los habían conducido hasta una tierra muerta con la clara intención de que, si lograban llegar, no tuviesen recursos para volver ni subsistir.

Cuando Helina hubo caminado más de lo que su cansancio y su estado le permitieron, estuvo a punto de rendirse. Se sentó y derramó las lágrimas que le quedaban en un intento de refrescar la piel reseca de Alma. Luego la dejó dormida y bien acomodada y empezó a cavar con las manos, penetrando en el interior de los restos de ceniza.

Tenía que haber alguna cosa debajo.

Algo.

Media hora más tarde, después de que el agujero fuese tan hondo como para albergarla, se topó con ese algo. Helina lo observó con detenimiento y tuvo que frotarse los ojos y volver a mirar antes de creérselo. Era un tallo, verde y brillante, como jamás hubiese visto ningún otro. Con el corazón acelerado, siguió cavando un poco más hasta que la planta apareció por completo. No tenía ni idea de qué era, pero, sin duda, era vida.

Salió, cogió a Alma y, ya sí, corrió con sus últimas fuerzas hasta la playa a avisar a los demás. Le pidió a una mujer que sostuviese a la niña para poder tomar aire y hablar. Tras indicar dónde estaba su descubrimiento, niños y adultos corrieron en esa dirección, deseosos de verlo con sus propios ojos.

Helina esperó en la playa, exhausta, pensando en lo que su hermana y Kaluma —la única amiga de verdad que había tenido— habían dicho acerca de la voluntad para poder curarse. Con esta última, había mantenido más de una conversación al respecto, pues el viaje les había ofrecido largas horas de intimidad. Y, pese a su insistencia y sus ánimos diarios, Helina no había conseguido mejorar, ni en relación a la enfermedad ni respecto al posparto. De hecho, la pérdida de sangre durante más de un ciclo, junto con las nefastas condiciones de a bordo, habían mermado las escasas energías que de por sí tenía. Y, de no haber sido por Alma, ni siquiera habría llegado viva a Ucay.

Porque no.

No siempre era cuestión de voluntad, por mucho que las únicas personas para las que ella había sido importante creyeran que sí. Pues ¿acaso Helina no había deseado, desde que supo que estaba embarazada, estar bien para poder seguir adelante y ver crecer a su hija? ¿No había luchado cada día, a pesar de su lamentable estado, de las tormentas y de las dificultades en aquel maldito barco? ¿Y todos cuantos habían perecido durante el inicio de la Plaga? ¿Acaso ellos no habían deseado, con ahínco, curarse?

Por supuesto que sí.

Pero a veces, simplemente, no podía ser.

Y Helina sabía que ella ya no podía más.

Por eso, cuando escuchó las voces a lo lejos llenas de alegría, corroborando su descubrimiento, se acostó y colocó a Alma a su lado. Le sonrió con ternura, le sujetó una de las manos y la admiró por última vez antes de cerrar los ojos para siempre.

EPÍLOGO II
EMPIEZA LA CUARTA LUNA CÁLIDA

SIOME

CORELF

Habían tardado más de lo esperado, pero habían encontrado la isla.

Cuando los elfanos divisaron tierra desde el barco de Vinicius Fletcher se sorprendieron; cuando se acercaron y vieron que estaba completamente rodeada de coral se emocionaron.

Con la reciente llegada de la Cuarta Luna Cálida, ya llevaban allí tiempo de sobra como para que todos estuviesen mínimamente acomodados. Habían construido sus hogares y habían seleccionado lo que era comestible hasta que los cultivos empezasen a producir alimentos.

Habían empezado de cero, creando su propio mundo en el lugar más recóndito de Ganean.

Abbey había sido la encargada de bautizar el lugar como Corelf.

Y no se había producido ninguna enfermedad mortal.

Siome todavía tenía mucho trabajo por delante, estudiando el suelo, creando zonas fértiles y ayudando a quienes habían recibido algún don y no tenían capacidad para manejarlo. Por suerte, la mayoría habían resultado ser descendientes de los Thaòk, los elfos de la tierra, gracias a que su aspecto era el más similar al de los aridianos corrientes y habían pasado tan desapercibidos como Siome cuando llegó a Aridia por primera vez. Por eso le estaba resultando fácil determinar cuáles eran las causas de que sus habilidades fueran las inversas a las esperadas, y podía anticiparse a los pequeños desastres que causaban sin intención.

Había estado muy pendiente de Tamara, hablando con ella sin presionarla, con el propósito de descubrir algo más sobre la Plaga que fue capaz de generar a través del primer contagio de su hermana Gisell. La transmisión de la enfermedad había sido elevadísima entre elfanos; todos los de Roostad sucumbieron y muchos habían fallecido rápido. También parecía que los elfanos contagiaban con facilidad a los humanos, sin embargo, de humano a humano había sido mucho menos grave. Siome dedujo que la voluntad de Tamara para con su propia hermana tenía mucho que ver. Genéticamente, elfanos y humanos eran muy parecidos, pero ese don que la joven había desarrollado a la inversa solo había perjudicado con mayor trascendencia a sus semejantes. El deseo de perjudicar había surgido de elfana a elfana y, por lo tanto, los humanos no habían recibido la carga más fatal, ni el conocimiento de causa.

La pequeña de las hijas de Tomur no parecía haber heredado un don, como su hermana mayor, pero Siome la seguía siempre de cerca por lo que pudiera pasar.

Todos los niños se habían adaptado a la perfección y colaboraban cuando era necesario. El resto del tiempo se divertían jugando, como debía ser. Ya tendrían tiempo de hacerse cargo de responsabilidades en la isla.

Abbey y ella estaban sentadas viendo el atardecer, rodeadas de algunos que también disfrutaban de las vistas que el buen clima les regalaba.

—Siome, ¿cuándo regresaremos? —le preguntó la niña.

La elfa miró a su alrededor para observar lo mucho que habían progresado en tan poco tiempo. Después miró de nuevo hacia el horizonte y, cuando el sol desapareció por completo, le respondió:

—Cuando se hayan olvidado de nosotros.

GLOSARIO

CICLOS LUNARES

En Ganean, un año equivale a doce ciclos de luna, cuatro de Luna Fría, cinco de Luna Cálida y tres de Luna Templada. El año empieza con la Primera Luna Fría y termina con la Tercera Luna Templada.

RAZAS ÉLFICAS

Arë /aríí/: elfos del aire
Thaòk /taók/: elfos de la tierra
Fógur /fógur/: elfos del fuego
Qûom /kúom/: elfos del agua

PRIMERA ETAPA: MÁXIMA JUVENTUD
desde los 21 hasta los 40 años
SEGUNDA ETAPA: MÁXIMA EXPERIENCIA
desde los 41 hasta los 70 años
TERCERA ETAPA: MÁXIMA SABIDURÍA Y LEGADO
de los 71 años en adelante
CUARTA ETAPA: FIN DE LEGADO
retirada voluntaria

MERCADOS PRINCIPALES

Mercado Regional de Primavera, Portbury
(PRIMERA LUNA CÁLIDA)
Mercado Territorial de Aridia, Roostad
(CUARTA LUNA CÁLIDA)
Mercado Regional de Otoño, Sidalt
(PRIMERA LUNA TEMPLADA)

DISTANCIAS

1 sendero = 1 kilómetro
1 jornada = 20 kilómetros

OTROS TÉRMINOS

- **Juc**: bebida alcohólica de cebada
- **Naca**: bebida alcohólica de caña de azúcar
- **Aguamendra**: bebida de almendras
- **Murones**: habitantes de una extinta región del norte comprendida entre Asworn y Dlutva, recordados por defender la autonomía de su comarca y por sus prácticas medicinales de dudosa procedencia, ya obsoletas.

CRONOLOGÍA DE LA DINASTÍA JENSEN

Rodrin Jensen el Conquistador
Ludan Jensen el Explorador
Robert Jensen el Magnífico
Ludo Jensen (actual en la historia)

EDAD DE PERSONAJES

principales | *secundarios*

Endanur 72
(elfo del aire) 🜁
Feia 52
Erund 17

Galon 43
(elfo del aire) 🜁
Jadynn 35
Alënn 4

Siome 58
(elfa de la tierra) 🜃

Ludo jensen 39
Rómulo Jensen 22
Matilda 20
Ludino 3
Lahr 1

Aleph Winnick 17

Rudolf Riel 34

Vinicius Fletcher 40

Greta Rosett 43

Cala Wrim 15
Helina Wrim 15

Vaz 5

Rinda Well 25
Tobias Well 7
Ruy Well 5

Laizar Farell 8
Sylvia Farell 2

Kaluma Bronttom 20

Rey Tomur 32
Mery 31
Tamara 14
Gisell 12
Abbey 8

Willem Staton 22
Sargento Joffrem 26

Cintia Mason 17
Julius Mason 16
Catina Mason 13
Valero Mason 8

Mars Lillard 17
Bali Lillard 20

AGRADECIMIENTOS

Tengo que agradecer a muchísima gente que yo haya escrito por fin el inicio de esta saga, así que empezaré dándoles las gracias a Cris, Patricia y Laura por aquella cena en un Ginos en pleno centro de Madrid y por escuchar de principio a fin toda la trama de este proyecto. Vosotras sois las testigos principales de que la Plaga de Tamara, como tantas otras plagas a lo largo de la historia, es anterior a la que nos ha tocado tan de cerca.

A Álvaro, el primer beta. Gracias por aceptar el manuscrito —en las condiciones en las que estaba—, por la rápida lectura, por las divertidas anotaciones y por toda tu ayuda con los temas de barcos y navegación. Por estar ahí para todas las dudas, por tontas que fueran, y por darme una oportunidad como escritora de fantasía.

Me hacía especial ilusión que Luis y tú formaseis parte de esto de alguna forma.

Así que gracias también a Luis, por ser un amigo y un lector superatento; por haber escuchado mis propuestas para la novela, de audio en audio, y haber aportado tan buenas ideas. Gracias también por no hacerme sentir pesada y disfrutar con cada noticia y boceto.

A Viky y Araceli. Quería contar con vosotras por lo mucho que habíais disfrutado acompañando a los Becker, así que gracias por esa primera lectura y esos *e-mails* sinceros llenos de *fangirleo* y sugerencias. Teníais razón en todo.

A Yai, Sonia y Arantxa, mis talentosas y generosas amigas. Gracias por vuestro tiempo con esta historia, que sé que no os sobra. También a Lidia y Carol de igual forma, por estar disponibles para atender y resolver mis problemas durante la corrección; saber que todas siempre estáis ahí es un refugio para mí.

Gracias a los ilustradores, por un trabajo tan bien hecho. Por vuestra profesionalidad y amabilidad a partes iguales. No podría haber caído en mejores manos, de verdad que no. Recuerdo la sensación de ver a cada uno de los personajes —primero en boceto y luego acabados— cuando Diego me los enviaba. Recuerdo pensar: «¿Cómo es posible que haya gente capaz de hacer algo así a partir de cuatro detalles y que resulte tan fiel a mi imaginación?». Y qué decir de Andrés. Mención especial para él por esa lucha con las distancias y la escala en el mapa; por dedicarle tantas horas y permitirme tantos cambios. Qué contenta estoy de haberte encontrado, porque estoy segura de que nadie habría puesto tanto empeño ni tanta atención hasta en la última piedra.

A Rual, Candela, Carlos, Victoria y Julia, por ayudarme a entender un poco más los detalles sobre construcción, agricultura, descripciones y recursos medievales. Y, en especial, a Haizea, por toda su ayuda con las aves y los árboles. He aprendido muchísimo, y siempre eres y serás un referente para mí.

Gracias a Marta, mi editora, por confiar en mí como lo hace y por permitirme darme a conocer en el que siempre ha sido mi género favorito, y a mi correctora, Arantxa, que ha conseguido que todo quedase incluso mejor de lo que yo quería. Qué gran labor la suya; la de todos los correctores.

A Diego, mi *tó*. Gracias por tu paciencia siempre que me vuelco de lleno en la escritura. Y como no, gracias a Rayo y Coco, los recién llegados, por darme tanta tregua entre enero y febrero, cuando solo teníais tres meses, para que pudiese entregar la novela a tiempo. Haber trabajado con vosotros dentro de la mochila de porteo, dormidos sobre mi pecho, es algo que nunca olvidaré.

A mi madre, por ese fin de semana en mi casa, apurando al máximo la estancia para que yo acabase de una vez por todas. Y a Paula y a Luis Carlos, ¡por más de lo mismo en Zaragoza!

Y, por último, a María, la misma persona a la que va dedicado este libro y la lectora menos dispersa que he conocido. Ella sabe por qué está en todas las partes posibles de esta novela.